CYNTHIA OZICK

Miss Nightingale in Paris

CYNTHIA OZICK

Miss Nightingale in Paris

Aus dem Amerikanischen von
Anna Leube und Dietrich Leube

GRAF

Die Originalausgabe erschien 2010 unter dem Titel
»Foreign Bodies« bei Houghton Mifflin Harcourt in New York.

MIX
Papier aus verantwortungsvollen Quellen
FSC® C014496
FSC
www.fsc.org

Der Graf Verlag München ist ein Unternehmen
der Ullstein Buchverlage

ISBN 978-3-86220-039-9

Satz: Uwe Steffen, München
Gesetzt aus der Berkeley Oldstyle
Druck und Bindung: GGP Media GmbH, Pößneck
Printed in Germany
www.graf-verlag.de

Aber es gibt zwei ganz verschiedene Möglichkeiten, was mit ihm – in Anbetracht des wunderbaren Orts, an dem er sich befindet – geschehen könnte. Die eine ist, dass er verrohen könnte. Die andere ist, dass er kultiviert würde.

Henry James, *Die Gesandten*

1

23. Juli 1952

Lieber Marvin,

ich bin also wieder zurück. London war okay, Paris war schrecklich, und bis Rom habe ich es nicht geschafft. Sie sagen, es sei der heißeste Sommer seit vor dem Krieg. Und abgesehen vom Wetter gibt es, fürchte ich, nicht viel zu berichten. Die Adresse, die Du mir gegeben hast – dort ist Julian vor etwa einer Woche abgereist. Anscheinend habe ich ihn um wenige Tage verpasst. Es hätte Dir nicht gefallen, eine Pension in einer heruntergekommenen Gegend weit draußen in Richtung Stadtrand. Ich habe getan, was ich konnte, um ihn aufzuspüren – habe es an allen Orten versucht, wo er Dir zufolge vielleicht gearbeitet hat. Seine Zimmervermieterin hatte nicht die geringste Ahnung, als ich mich erkundigte. Alles, was sie zu bieten hatte, war die vage Spur einer Freundin. Er hat alles mitgenommen, offenbar nicht viel.

Ich schicke Dir Deinen Scheck zurück. Nach dem Ort zu schließen, wo Dein Sohn wohnte, hätte er die 500 $ bestimmt gebrauchen können. Tut mir leid, dass ich nicht weiterhelfen konnte. Ich hoffe, Dir und (vor allem) Margaret geht es gut.

Viele Grüße
Beatrice

2

ANFANG DER FÜNFZIGERJAHRE des letzten Jahrhunderts suchte eine schlimme Hitzewelle Europa heim. Sie wälzte sich von Sizilien, wo sie die halbe Insel zu braunem Rost versengte, nach Norden bis Malmö an der Südspitze von Schweden; aber am schlimmsten wütete sie über der Stadt Paris. Heißer Dampf zischte von den nassen Ringen, die Weingläser auf den eisernen Tischen von Straßencafés hinterlassen hatten. Am tief hängenden Himmel verströmte ein Hochofen glühende Böen, oder aber ein feuriger Geysir, der sich vom Kern der Sonne gelöst hatte, schleuderte kochende Lava auf Dächer und Straßenpflaster. Die Leute machten diesen oder jenen Vergleich – manchmal war es der Hochofen, manchmal der Geysir, und hin und wieder hieß es, die entsetzliche Hitze sei etwas allgemein Bösartiges, ein Relikt des noch nicht lange zurückliegenden Krieges, so als wäre der ganze Kontinent in eine Region der Hölle verwandelt worden.

Zu der Zeit gab es in ganz Paris Fremde, die zusammen mit der einheimischen Bevölkerung litten, sich den Schweiß abwischten, der ihnen vom Schlüsselbein sickerte, und gleichfalls darüber klagten, sie hätten das Gefühl zu ersticken; doch ansonsten hatten sie nichts gemein mit den Parisern, im Übrigen auch nichts miteinander. Diese Fremden zerfielen in zwei Gruppen: die eine energisch, ehrgeizig, fröhlich und trinkfreudig, die andere bleich, streitsüchtig, unglücklich: eine Schar flüchtiger, umherschweifender Gespenster.

Die Ersteren wollten die Vergangenheit heraufbeschwören: eine Art Theater, das sich an sich selbst berauschte. Es waren meist junge Amerikaner um die zwanzig und dreißig, die sich »expatriates« nannten, obwohl sie kaum mehr waren als literarische Touristen auf einem längeren Besuch, benebelt von Legenden über Hemingway und Gertrude Stein. Sie trafen sich in den Cafés, um zu schwatzen und zu lästern und die alten Geschichten von der verlorenen Generation zum Besten zu geben und zu verachten, was sie zurückgelassen hatten. Sie wechselten im Turnus Liebhaber beiderlei Geschlechts, gaben sich als Existenzialisten, gründeten Avantgardezeitschriften, in denen sie sich gegenseitig publizierten, prahlten damit, Sartre im *Deux Magots* gesehen zu haben, und waren sich stolz, unerbittlich und unablässig ihrer Jugend bewusst. Anders als jene frühere Gruppe von Ausländern, die erwachsen wurden und nach Hause zurückgekehrt waren, wollten diese Leute für immer in Paris jung bleiben. Sie bildeten eine kleine Stadt voll weiß leuchtender Stirnen, doch ihre Zähne waren von zu viel Whiskey und Wein und zu vielen starken französischen Zigaretten verfärbt. Sie sprachen nur Amerikanisch. Ihr Französisch war schlecht.

Das andere ausländische Kontingent – die Gespenster – war polyglott. Sie plauderten in Dutzenden von Sprachen. Aus ihren Mündern strömten die Klangfarben von ganz Europa. Im Unterschied zu den Amerikanern mieden sie die Vergangenheit und waren unberührt von jedem Anflug von Nostalgie, Folklore oder idyllischer Erneuerung. Es waren Europäer, die Europa gezeichnet hatte; sie trugen die Tätowierung Europas. Man konnte von ihnen nicht sagen – wie man es mit Gewissheit von den Amerikanern sagen konnte –, dass sie eine Nachkriegswelle waren. Das waren sie nicht. Auch wenn sie in Paris gestrandet waren, steckte der Krieg noch immer in ihnen. Sie waren die Heimatlosen, die, die nur vorübergehend hier waren, die, die Zeit zu gewinnen suchten. Paris war eine Durchgangsstation; sie waren nur in Paris, um aus Paris wegzufahren, sobald sie wussten, wer sie aufnehmen würde. Paris war eine Stadt, in der man wartete. Es war eine Stadt, aus der man fortwollte.

Beatrice Nightingale gehörte weder zu der einen noch zu der anderen Gruppe. Sie war – für Außenstehende – vierundzwanzig Jahre lang »Miss Nightingale« gewesen, selbst während ihrer Ehe und erst recht nach ihrer Scheidung, und hatte manchmal angefangen, an sich unter diesem Namen zu denken, und sei es auch nur, um das bedrohliche Summen von »Bea« zu vermeiden. *To Bea or not to Bea:* Sie gehörte zu diesem lachhaft leicht erkennbaren Schlag mittelalterlicher Lehrerinnen, die auf einen ersehnten Sommerurlaub in den romantischeren Hauptstädten Europas sparten. Dass diese Hauptstädte nach dem Krieg vernarbt und verbraucht waren, dass all ihre viel gepriesenen Reize verblasst waren, entging ihr nicht. Sie war robust, intelligent, nicht unerfahren (auch die Ehe hatte sie ein, zwei Dinge gelehrt). Schließlich war sie achtundvierzig Jahre alt und noch kaum ergraut, war streng mit ihren Schülern, Highschool-Jungen, die Entenschwanzfrisuren zur Schau trugen, über Wordsworth lachten und sich über Keats lustig machten: Wenn man die *Ode an eine Nachtigall* durchnahm, gerieten sie schier aus dem Häuschen, johlten und grinsten anzüglich – aber sie wusste, wie man sie zähmte. Sie war gut in ihrem Job und schämte sich nicht dafür. Und nachdem sie ihn zwei Jahrzehnte lang gemacht hatte, war sie noch immer nicht ausgelaugt.

Sie hatte für London, Paris und Rom gebucht, gab aber die Idee mit Rom auf (obwohl es im Angebot des Veranstalters inbegriffen war), als sie in ihrem lauten, heißen Hotelzimmer in der Nähe von Piccadilly von den gefährlichen Temperaturen im Süden las. London war gerade noch erträglich gewesen, wenn man sich im Schatten aufhielt, aber Paris war entsetzlich, und Rom musste ein Glutofen sein. »Dieser lachhaft leicht erkennbare Schlag« – das waren die spöttischen, an sie selbst gerichteten Worte (da sie allein reiste, hatte sie niemanden, zu dem sie sie hätte sagen können), auch wenn sie sie vermutlich aus einem flotten Reiseführer hatte, von der Sorte, die die eigenen Inhalte ironisiert. Ein seriöserer Führer, der, der zuunterst in ihrer geräumigen Tasche verstaut war – Pass, Notizbuch, Fotoapparat, Papiertaschentücher, Aspirin und so weiter –, war nicht flott. Er war strapaziös gründlich, und wenn man seiner nahezu priesterlichen Kartografie folgte, war man danach berauscht von Bildern und Skulpturen und historischen Plätzen, die an Enthauptungen in früherer Zeit erinnerten.

Auf der Seite, die Bea an diesem Julitag in ihrem Führer konsultierte, gab es keine Monets und Gauguins oder Tagesausflüge zu irgendwelchen Chateaus. Die Überschrift lautete: »Cafés nach Vierteln«. Den ganzen Nachmittag war sie von einem Café zum anderen gezogen auf der Suche nach ihrem Neffen. Ein dünner Fettfilm trübte ihre Sicht – es war, als würde die Hornhaut schmelzen –, und ihr Puls ging entweder zu schnell oder schien ganz stocken zu wollen, ab und zu gab es kleine warnende Stiche. Vom Straßenpflaster, von den Mauern der Gebäude gingen glühend heiße Vibrationen aus. Paris lag südlich der Sahara, die Stadt wurde in einem großen äquatorialen Bottich gekocht. Bea ließ sich auf einen Korbstuhl neben einem heißen runden Tisch fallen und bestellte kalten Saft, saß dann nach Luft schnappend da, nur leicht erholt, den verschwommenen Blick auf den *garçon* gerichtet, der ihn brachte. Ihr Neffe war Kellner in einem dieser Straßenlokale, so viel wusste sie. Es war schwer, an ihn als ihren Neffen zu denken: Er war der Sohn ihres Bruders, er war zu weit weg, er war für sie so vage wie ein Gerücht. Marvin hatte ihr ein Foto geschickt: ein Junge Anfang zwanzig, strohblondes Haar, undefinierbare Miene. Wie ihn ausmachen unter den anderen, die alle gleich aussahen mit ihren weinfleckigen weißen Schürzen, die sie um die dünne Taille gebunden hatten? Sie nahm an, sie würde sofort wissen, dass er es war, sobald er seinen Mund aufgemacht und sich als Amerikaner zu erkennen gegeben hätte: Sie müsste nur zu jedem infrage kommenden strohblonden Jungen sagen: Entschuldigung, bist du Julian?

»*Pardon?*«

»Ich suche nach Julian Nachtigall aus Kalifornien. Kennen Sie ihn, arbeitet er hier?«

»*Pardon?*«

»*Un américain.* Julian. *Un garçon. Est-il ici?*«

»Non, Madame.«

Bestimmt gab es einen effizienteren Weg, ihn zu finden. Marvin hatte mit diesen großmächtigen, herrischen Buchstaben, die genauso laut waren wie seine großmächtige, herrische Stimme, die genaue Adresse seines Sohnes aufgeschrieben. Dreimal war sie bisher die ramponierten Stufen zu dem gedrungenen braunen Gebäude in der verkommenen braunen Gegend hinaufgestiegen, die ihr penibler Führer nur erwähnte, um seine Leser davor zu warnen. Eine knochige Vermieterin tauchte plötzlich aus einer Tür am oberen Ende der Treppe auf; der Junge, sagte sie in einem Kauderwelsch, das so verstümmelt war wie ihre Zähne, wohnte weiter oben, ein Stockwerk höher, bloß, er war nicht zu Hause, schon seit vier Tagen nicht mehr. *Oui, certainement*, er arbeitete in einem von diesen Cafés, was konnte so ein Junge sonst tun? Wenigstens zahlte er seine Miete. *Dieu merci*, er hat einen reichen Vater dort drüben.

Oh! Es war also vergebliche Liebesmüh, völlig sinnlos, es kostete sie einen Teil ihres Urlaubs, und das alles, um Marvin einen Gefallen zu tun, um Marvin *nützlich* zu sein, der – nach Jahren der Missbilligung, der Zurückweisung, ja geradezu des Hasses, wie es ihr vorkam – auf einmal an die Familienbande appellierte. Diese aussichtslose Suche und die mörderische Hitze. Rückständiges Europa, wo man unverblümt nach einem Klo fragen musste, wenn man zur Damentoilette wollte, und wo anscheinend nichts, aber auch gar nichts klimatisiert war – zu Hause in New York war alles klimatisiert, Herrgott noch mal, man lebte schließlich in der Mitte des zwanzigsten Jahrhunderts! Ihr Reiseführer nahm keine Rücksicht auf die Blase des Touristen und dachte in seiner leidenschaftlichen Konzentration auf die Erbstücke vergangener Zeiten nicht im Traum daran, sich zu bremsen. Er empfahl kleine, originelle Boutiquen in schicken Gegenden – wenn man etwas im amerikanischen Stil haben wollte, so rügte er, sollte man in Amerika bleiben. Aber sie hatte genug vom Kleinen und Originellen und unbezahlbar Schicken und mehr als genug von diesem dämlichen Umherziehen von einem Café zum anderen: Was sie brauchte, waren eine Klimaanlage und eine Toilette, und zwar dringend. Sie ging weiter durch das sengende Miasma des Spätnachmittags, und als sie ein hohes graues Gebäude mit einem eingemeißelten Fries über den beiden stattlichen Portalen sah, hielt sie es einen Augenblick lang für ein weiteres historisches Monument, das irgendetwas mit Richelieu zu tun hatte. Doch da waren die in Stein gemeißelten Lettern: GRAND MAGASIN LUXOR. Ein Kaufhaus! Ein Schwall kalter Luft kam ihr entgegen, sie atmete auf. Die Damentoilette sah ganz ähnlich aus wie die, die sie zum Beispiel bei Bloomingdale's vorgefunden hätte, lauter Spiegel und marmorne Waschbecken. Man mochte es amerikanischen Stil nennen, den Ort wegen seiner barbarischen Mimikry verdammen – außen Louis-treize, innen New York –, aber der Ort war lebenspendend.

Die Damentoilette führte durch einen Gang in eine Art Restaurant, das allerdings mehr einer belebten Broadway-Cafeteria ähnelte, wo sich die Kunden niederließen, um sich herum ihre soeben erstandenen Taschen und Schachteln. Unter der Decke hingen Rauchschwaden; all diese Leute qualmten gierig ihre Zigaretten. Bea sah sich nach einem Stuhl um. Jeder Tisch war belegt. Da bemerkte sie einen leeren Platz, übersät mit Untertassen voller Asche und besetzt von drei Männern und einer Frau, die sich lautstark unterhielten.

Sie legte die Hand auf die Lehne des leeren Stuhls. »Darf ich mich für einen Moment hierhersetzen?«

Die Frau zuckte die Achseln, was bedeuten mochte: Nur zu, was schert es mich. Es war unklar, ob sie Englisch verstand oder ob die Geste mit dem Stuhl genügt hatte. Die Männer setzten ihr Streitgespräch fort – falls es eines war. Hier gab es keinen Haufen voll gestopfter Taschen: Wahrscheinlich suchte diese kleine, heftig diskutierende Runde genau wie Bea nichts anderes als Zuflucht vor der Backofenhitze auf der Straße. Überall der Geruch nach Eiern und Kaffee. Dahintreibende Parfumschwaden: Ein Mannequin schwebte vorbei, unheimlich groß, mit unheimlich großen Füßen, die Schleppe eines seidenen Kleidungsstücks hing ihr über dem langen Arm, sie hatte keinen Busen, Augen aus Glas, einen matisseroten Mund, Kinn, Glieder und mit Lack gefestigtes Haar waren perfekt: das wahre Modell eines Pariser Models, das Duftwolken verströmte. Die Männer gafften, als sichteten sie einen bengalischen Tiger an einem Ort, der nach Küche roch. »*Imbéciles*«, murmelte die Frau; diese an Bea gerichteten Silben klangen durch einen nicht identifizierbaren Akzent rau gefärbt. Der Akzent passte zu dem strengen Aussehen der Frau: dichte schwarze Locken, die von einem zornigen Kopf sprossen. Wie in einer Vision glitt der lebende Roboter vorbei, und die Männer nahmen ihren Streit wieder auf – falls sie überhaupt gestritten hatten. Sie sprachen Französisch und auch wieder nicht Französisch, es klang nach einem halben Dutzend Sprachen gleichzeitig:

ein Gemisch aus Europa. Ein Streit, ein Protest, eine Klage, ein resigniertes Gebell? Bea war erleichtert, in Ruhe dasitzen und sich abkühlen zu können – sie wäre fast eingeschlafen, während diese rätselhaften zänkischen Stimmen wie Unterwasserflora am fernen Rand ihrer Erschöpfung hin und her waberten. Den entsetzlichen Gang zurück ins Hotel hatte sie noch vor sich. Wer waren diese Leute, woher kamen sie? Zu schäbig, zu provisorisch, um gewöhnliche Bürger zu sein. Sie gehörten hier nicht her, waren fehl am Platz und nicht einzuordnen. Sie ließen die Zigarette von der Unterlippe baumeln, bloß damit die Zeit verging. Die Frau mit diesen ungeduldigen, grimmigen Kräusellocken, die sich um ein fleckiges Gesicht ringelten, erhob sich und wurde von einem der Männer wieder auf ihren Stuhl gezogen. Sie erhob sich erneut – um wohin zu gehen? Woher waren sie gekommen, wohin konnten sie gehen?

Bea verließ sie schließlich. Solche Typen hatte sie über ganz Paris verstreut gesehen.

Sie machte sich ein letztes Mal auf, um nach Marvins Sohn zu suchen. Die Vermieterin mit dem zerklüfteten Gebiss tauchte so plötzlich auf wie zuvor, nur diesmal in Baumwollpantoffeln, mit einem nassen Mop in der Hand und einem großen Stofffetzen um die Taille gebunden. Sie wischte die Treppenstufen. Der Junge war fort, seit zwei Tagen schon, fort für immer, mit seinem Rucksack und einem Mädchen, das ihm half, den Seesack hinauszuschleppen. Was hatte er da drin, Eisenstangen? Das Zimmer hatte er noch für eine Woche gemietet, es war jedenfalls ein Glück, dass er keine Schulden hinterließ, dieser nichtsnutzige Junge, wegen seines Vaters in Amerika. Das

Mädchen? Ein stilles, dunkles kleines Ding, wie eine Araberin oder eine Zigeunerin.

»Wie soll ich wissen, wohin er ging? Er hat mir nichts gesagt, warum sollte er auch?«

»Ich muss mit ihm reden, ich bin seine Tante.«

»Sie tun mir leid – ein Junge wie der. Meine eigenen beiden Neffen, sie haben richtige Jobs, nicht den einen Tag hier, den anderen Tag da und jedes Mal ein anderer Chef. Vielleicht ist er zu ihr gezogen, zu der da, die ist kein halbes Kind wie er, hat schon eine Falte zwischen den Augen, so machen sie's, nach einer Weile ziehen sie zu denen. Wenn Sie oben nachschauen wollen, habe ich nichts dagegen, Sie müssen bloß auf die Stufen aufpassen, die sind noch nass. Ich hab selber da oben nachgeschaut, um nach Schäden zu sehen. Ein paar Nägel in der Wand stören mich nicht, wie wenn er ein Bild aufgehängt hätte.«

»Aber hat er denn irgendetwas zurückgelassen?«

»Das hab ich da oben gefunden, wenn Sie es wollen, geb ich's Ihnen, ich brauch's nicht.«

Die Vermieterin hielt ihr ein zerfleddertes Buch hin.

Im Taxi, auf dem Weg zum Hotel, sah sie es sich genauer an. Eine Art Wörterbuch, eine unentzifferbare Sprache neben einer Spalte auf Französisch, kein Name eingetragen, auch sonst keinerlei Hinweis. Es war alt; die Seiten waren brüchig und lose. Sinnlos, es zu behalten, und so ließ sie es liegen, als sie das Taxi bezahlte und ausstieg.

Am nächsten Tag besuchte sie den Louvre, und den Rest der Woche verließ sie sich – soweit ihr Geld und das mörderische Wetter es erlaubten – auf ihren Reiseführer, der sie zu historischen Schauplätzen und alten Herrlichkeiten geleitete. Dann fuhr sie zurück nach Hause in ihre Zweieinhalbzimmerwohnung in der 89. Straße West, wo die unförmige Silhouette einer Klimaanlage ein Fenster verdunkelte und wie eine abgenutzte Trommel vibrierte. Und wo sich immer die Frage stellte: To Bea or not to Bea.

3

28. Juli 1952

Liebe Bea,

Du hast ihn verpasst? Du warst mitten in Paris, Du wusstest haargenau, wo er war, Du wusstest ziemlich genau, wo er vielleicht beschäftigt war, und ich war auf Dich angewiesen. Und was bekomme ich stattdessen? Einen Wetterbericht! In der letzten Zeit haben mich die Geschäfte, wie Du weißt, ziemlich in Beschlag genommen, ich konnte weder für Geld noch gute Worte selber hinfahren, meine Schwester macht Urlaub und denkt an nichts als an ihr eigenes Vergnügen und lässt mich im Ungewissen. Du hast Dich einfach nicht genügend bemüht. Mir ist klar, dass Du Julian nicht kennst, aber wenn Du schon keinen Familiensinn hast, könntest Du doch ein bisschen Verantwortung für die Familie empfinden, oder?

Du erwähnst ein Mädchen. Einfach so. Julian ist dreiundzwanzig Jahre alt. Dass er sich in diesem Alter mit irgendeinem Mädchen von dort einlässt, das ist nicht das, was ich mir für meinen Sohn vorstelle. Dir ist doch klar, dass Margaret selber gehen würde, wenn das machbar wäre, aber wie Du weißt, ist sie etwas neurasthenisch und schlicht nicht in der Lage, allein zu reisen. Natürlich sind wir beide sehr in Sorge, Margaret noch mehr als ich. Sie findet es unerträglich, dass wir manchmal nicht wissen, wo sich Julian aufhält, er schreibt ja so selten. Ich sehe, dass er sich in dieser experimentellen Phase befindet, die typisch ist für seine Generation, sie wollen mal dieses und mal jenes ausprobieren, manchmal den Eltern zum Trotz, umso besser, das mögen sie. Das Problem mit diesen jungen Leuten ist, dass sie nicht beim Militär abgehärtet wurden, nicht dass ich nicht froh wäre, dass ihm das erspart blieb, was ich im Pazifik erlebt habe. Und wenn ich bedenke, dass ich das als nicht mehr ganz junger Korvettenkapitän mitgemacht habe, war es für mich auch nicht so leicht. Ein eigensinniger Junge, ich glaube, wir haben ihn verzogen. Oder vielleicht auch nicht – es ist ja nichts Ungewöhnliches an einem Jahr im Ausland nach der Schule, sie alle machen es heutzutage. Ein Jahr bei den Meschuggenen in Paris, warum nicht, aber es sind jetzt schon drei, *und er macht keinerlei Anstalten, heimzukommen, um sein Studium zu beenden. Ich kann Dir versichern, dass Margaret und ich nie einen Studienabbrecher erwartet haben! Es ist mir peinlich als ehemaligem Studenten, der seiner Alma Mater erhebliche Beiträge gespendet hat. Es war nicht im Mindesten vorauszusehen, dass er das Studium nicht zu Ende bringen würde, trotz all seiner verrückten Lektüre, Camus und was sonst noch alles, eine Zeitverschwendung für jemand, der Wissenschaft studiert. Oder vielmehr Wissenschaftsgeschichte, das leichtere Fach, er hat nicht den Kopf für die echte Sache. Iris hat das Zeug dazu, sie schlägt nach mir, sie hat einen vernünftigen Kopf auf den Schultern und dazu einen guten Kopf für Chemie – ist sogar schon zur Hälfte fertig mit ihrer Dissertation. Ich rechne damit, dass sie sich vernünftig verheiratet. Man weiß ja, wie die Gene verrückt spielen, manchmal denke ich, es ist ein bisschen was von Dir in Julian, und ich kann es weiß Gott nicht brauchen, dass er in einer schlechten Ehe landet, ganz zu schweigen davon, dass er irgendwelchen Flegeln, die in einer Autowerkstatt landen werden, etwas beibringt.*

Was die 500 Dollar angeht, so deutest Du an, damit hätte er aus diesem Slum in was Besseres umziehen können. Von wegen! Ich kann mir vorstellen, in was für einem schmuddeligen Aufzug er herumgelaufen ist, und ich habe davon gesprochen, dass man ihn mit etwas Anständigem ausstaffiert, einem Hemd und sogar einem richtigen Anzug etc., egal, zu welchem Preis, aber ich habe Dir ausdrücklich gesagt, ich will, dass mein Sohn überhaupt von dort verschwindet, aus Europa mit all dem Blut und Dreck, und heimkommt nach Amerika, wo er hingehört. Er beschwert sich, dass seine Mutter und ich ihn manipulieren – was immer er darunter versteht –, aber wenn hier irgendjemand manipuliert, dann ist das Julian. Ich höre von ihm nur, wenn er völlig pleite ist. Die seltenen Male, wenn er ansonsten schreibt, schreibt er an Iris. Sie standen sich früher nahe, die beiden, hielten zusammen wie Pech und Schwefel, obwohl sie – bei dem Altersunterschied von drei Jahren und wo er den Kopf immer in den Wolken hatte – nie viel gemein hatten, soweit ich sehen konnte.

Wenn aber irgendjemand herausfinden kann, was er unter Umständen vorhat, dann ist es seine Schwester. Wer weiß, was er ihr erzählt – sie liest seine Briefe, und danach verschwinden sie. Wenn du sie fragst, sagt sie, es geht ihm prima, es geht ihm gut, er besucht irgendwelche Vorlesungen, er hat irgendeinen Job – und dann stellt sich raus, er macht Tische sauber.

Hier nun also meine Idee, und ich hoffe, diesmal schaffst Du's. Ich möchte, dass Du, sobald wir herausbekommen haben, wo er ist, Dir eine Woche oder so freinimmst und noch mal rüberfährst und ihn zurückbringst. Wie Du das anstellst, ist mir egal. Tu, was immer Du tust, wenn Du Deine künftigen Mechanikerlehrlinge dazu kriegst, diese Kinderreime zu schlucken, die Du ihnen *dauernd reinstopfst. Du scheinst zu glauben, dass Du das gut kannst. Wenn Du ihn bestechen musst – ich meine, mit $$$ –, dann bestich ihn. Bring ihn fürs Erste einfach nach New York zurück. Er wird nicht hierherkommen wollen zu seiner eigenen Familie, wenigstens nicht gleich. Er wird sich vermutlich vorkommen wie ein geprügelter Hund. Da ist Iris, die immer ein bisschen so lächelt wie die Katze, die den Kanarienvogel gefressen hat, und da ist der mürrische Julian, aber weshalb muss er eigentlich schmollen? Er hat schon immer seinen Willen durchgesetzt. Ich möchte, dass Du ihn, wenn Ihr in Idlewild aus dem Flugzeug steigt, zu Dir nach Hause mitnimmst und ihn ein paar Tage dabehältst und ihn beruhigst. Ich behaupte nicht, dass er es Dir nicht übelnehmen wird, aber wenn Du mit Deinen normalen Flegeln fertig wirst, wirst Du auch mit einem Jungen wie Julian fertig werden. Sprich mit ihm über Bücher – das wird er mögen.*

Aber das ist nur ein Teil meiner Idee. Nicht dass ich glaube, es wäre ein Kinderspiel, ihn von Paris loszueisen. Er hat sich dort eingelebt – Iris sagt, manchmal schreibt er ihr sogar teilweise auf Französisch. Ich bin nicht so dumm zu glauben, dass eine Verwandte, die er nie gesehen hat, die aus heiterem Himmel bei ihm auftaucht, viel Einfluss auf ihn haben wird, einfach so. Du musst ihn kennen, um aus ihm schlau zu werden, nicht dass ich das je gekonnt hätte. Tatsache ist, ich komme nicht an ihn ran, und Margaret – Margaret ist furchtbar erschöpft. Manchmal ist sie schlicht zu erschöpft, um auch nur den Gedanken an Julian zu verkraften, daran, wie lang er jetzt schon weg ist.

Auf Iris kommt es also an. Ich schicke sie nächste Woche in den Osten, damit Du Dich mit Julian vertraut machst. Ein Briefing, im Marinejargon. Ich hätte so was arrangieren sollen, bevor Du seinerzeit in Urlaub gefahren bist – aber ich hab zu spät davon erfahren, als dass ich etwas hätte tun können, außer Dir den Scheck schicken. Du solltest Dich öfter melden. Wenn ich sehe, wie dick Iris und Julian befreundet sind, merke ich, wie nachlässig meine eigene Schwester gewesen ist. Seit Mama und Papa tot sind, achtzehn Jahre seit Mamas Tod, zehn seit dem von Papa, was weiß ich da schon von Deinem Leben? Dass Du Pech gehabt hast mit einem Kerl, der Oboe spielte, oder was war's noch mal? Iris landet am Donnerstagnachmittag um 16.10 Uhr in LaGuardia. Sie bleibt über das Wochenende und fliegt am Montag wieder zurück – am Dienstagvormittag muss sie um 9.00 Uhr im Labor sein.

Viele Grüße
Marvin

31. Juli 1952

Lieber Marvin,

ich freue mich, Deine Tochter kennenzulernen. Zum Glück habe ich nicht vor, die Stadt am Wochenende zu verlassen, was ich im Sommer manchmal mache, und kann sie also aufnehmen. Ich glaube, sie war höchstens zwei, als ich sie das einzige Mal gesehen habe. Es ist schön, dass Iris Julian so gut versteht – sie wäre bestimmt eine bessere Botin als ich, also warum nicht? Ich fürchte, Du bist ein wenig zu selbstherrlich, wenn Du glaubst, ich könnte einfach wieder losfliegen, bloß auf ein Wort von Dir hin. Ich habe nämlich einen Job, ob Du ihn nun wertschätzt oder nicht.

Grüße
Bea

3. August 1952

Bea,

erzähl mir nichts von Deinem sogenannten Job, sie werden Dich nicht vermissen. Du tust das, was Du tust, und Du bist, wer Du bist, weil Du nie den Drang hattest, etwas anderes zu sein. Iris ist dabei zu promovieren, das hab ich Dir doch bereits erzählt, dieses schwierige Zeug, das echte Ding – sie ist ehrgeizig, sie ist auf dem richtigen Weg, sie bleibt bei dem, was sie angefangen hat. Dich will ich dort haben, ich hab Dir schon erklärt, warum. Du kannst Dir freinehmen – besorg Dir eine Stellvertreterin von der Lehrergewerkschaft oder was auch immer. Wie ich schon sagte, ich lass Dich wissen, wo Julian ist, sobald wir etwas hören. In der Zwischenzeit wird Iris Dich ins Bild setzen.

Marvin

4

MARVINS TIRADEN, MARVINS große Töne mit allen Widersprüchen und lahmen Enthüllungen. Seine plumpe Sprache, selbst da, wo er sich für besonders raffiniert hielt. Die alte, ekelhafte Herablassung. Das unfreiwillige Bekenntnis seiner Verzweiflung – sein Sohn war ein trauriger Fall, darum ging es doch letztlich. Und trotzdem wollte er sie mit einer großspurigen Handbewegung noch einmal losschicken.

Marvin strebte nach Höherem. Wie glücklich wäre er gewesen, sagte Bea zu Mrs Bienenfeld, die Geschichte unterrichtete (das war in der Mittagspause im Lehrerzimmer), wenn ihn ein Bourbone oder gar ein Borgia gezeugt hätte. Ein Lowell oder ein Eliot hätte es fast genauso gut getan. Leider war er der Enkel von Leib Nachtigall, einem armseligen Niemand aus einem armseligen Dorf in der Provinz Minsk, Weißrussland. Der arme Marvin war nicht mit dem Zaren aller Reußen verwandt – außer er hätte eine bestimmte negative Beziehung anführen wollen: Großvater Leib war vor der Einberufung in die Armee des Zaren geflohen, war auf dem Zwischendeck gereist und in Castle Garden mit nichts als einer ramponierten Ledertasche an Land gegangen, um ein Leben in der Neuen Welt zu beginnen. Marvin, dieser erstaunliche Marvin, war das erstaunliche Werk des erstaunlichen Amerika. Inzwischen war er ein überzeugter Kalifornier. Und das größte Wunder von allem war, dass er ein Tory war (genau gesagt, ein Republikaner), ein amerikanischer Bourbone, ein amerikanischer Borgia! Oder, wenn man unbedingt eine Stufe tiefer gehen wollte, ein Lowell oder ein Eliot. Wenn man wirklich ein bisschen weiter nach unten gehen wollte, nur ein kleines bisschen, dann würde man entdecken, dass er eine Breckinridge geheiratet hatte, die Schwester eines Kommilitonen aus Princeton. Ihr Blut war blau genug. Sie hatte Verwandte im State Department.

Nach New York zog es ihn selten – hin und wieder mal der Geschäfte wegen; die zwei Beerdigungen, fast ein Jahrzehnt auseinander, zuerst die von Mutter, dann die von Vater. Bea hatte Marvins Sohn noch nie zu Gesicht bekommen. Iris, das ältere Kind, hatte sie nur das einzige Mal gesehen, als Marvin seine Frau und die kleine Tochter nach Osten mitgenommen hatte aus Anlass eines hochbedeutsamen Klassentreffens. Iris und Julian: Bea konnte sich kaum an ihre Namen erinnern. Zu Julians Geburt schickte sie ein Geschenk, dessen Empfang Marvins Frau höflich bestätigte: »Vielen Dank für Deine guten Wünsche, und bestimmt wird dem kleinen Julian die niedliche Giraffe gefallen« – etwas in der Art, auf dickem, parfümiertem Briefpapier mit diesem lächerlichen Familienwappen am oberen linken Rand.

Und doch hatte Marvin den ererbten Namen beibehalten und Bea nicht, mit Rücksicht auf ihre Schüler: Was sollten diese großen Rüpel mit ihren New Yorker Kehlköpfen auch mit »Nachtigall« anfangen? Was sie damit anfingen: Sie krächzten, gurgelten, niesten, bis sie aufgab – aber auch Nightingale hatte eigene komische Konsequenzen. Miss

Mary Canary, Miss Polly-Want-a-Cracker, Miss Old Crow. Miss Robin Redbreast – vor allem *das* hatte Grinsen und Prusten und Pfiffe zur Folge sowie eine heimlich auf die Wandtafel gezeichnete Skizze von einem dicken Vogel mit Brille und einem Paar deutlich zur Schau gestellter ballonförmiger Auswüchse. Als Strafe mussten die grinsenden Missetäter Shelleys Ode *An eine Lerche* auswendig lernen und wurden für die Darbietung von ihr benotet. Oh, wie weit war es mit ihr gekommen! Lyrik als Strafe. Hatte der Sommerurlaub nicht ein Gegengift für all das sein sollen, eine Belohnung, die sie sich verdient hatte?

»Aber kannst du dir vorstellen«, sagte sie zu Mrs Bienenfeld, »er verlangt, dass ich zurückgehe, wo ich doch gerade erst heimgekommen bin. Er schnippt mit den Fingern und erwartet, dass ich springe. Als hätte ich kein eigenes Leben ...«

Dieser Briefkopf! Aus dem primitiven Kalifornien ein übertrieben nobles Wappen: ein silberner Schild mit zwei gekreuzten Schwertern, aus einem grünen Fluss aufsteigend. Ein Tribut an Margarets Herkunft: Marvin hatte es in einem Buch über schottische Heraldik gefunden.

5

DIE KLIMAANLAGE WAR überall an und ratterte wie immer. Es war acht Uhr. Sie hatten auf Tabletts im Wohnzimmer zu Abend gegessen, wo die Anlage besser kühlte – pochierte Eier auf Toast. Auf einem Beistelltisch stand ein Krug mit Eistee.

»Ist es in L.A. auch so heiß?«, fragte Bea.

»Meistens. Manchmal noch heißer. Wie war es in Paris?«

»Schlimmer. Entsetzlich. So heiß, dass man hätte in Ohnmacht fallen können.«

»Und bist du in Ohnmacht gefallen?«

»Nein, aber ich habe literweise getrunken. Die Leute vom Hotel sagten, es war der schlimmste Sommer seit fünfzehn Jahren. Bist du müde vom Flug, oder würdest du gern ein paar Schritte gehen? Es ist noch ganz hell. Ich kann dir den berühmten oberen Teil vom Broadway zeigen.«

»Ich würde lieber hier bei dir bleiben«, sagte Iris.

»Wir müssen nicht sofort davon anfangen. Wir haben morgen und dann noch zwei Tage.«

»Womit anfangen? Ach so … mit Julian.«

»Deshalb bist du doch überhaupt gekommen.«

»Das sagt Dad.« Sie reckte den Hals und schaute sich um. »Wie lange lebst du schon allein?«

Aufdringlich, unverfroren!

Bea unterdrückte ihren Ärger und sagte: »Fast mein ganzes Erwachsenenleben.«

»Ich glaube, ich habe das irgendwie gewusst. Ich hab gehört, dass du mal verheiratet warst.«

»Dann hat dein Vater viel häufiger an mich gedacht, als ich geglaubt hätte ...«

»Dad hat es vor langer Zeit mal erwähnt. Ich weiß es deshalb noch, weil er fast nie über seine Familie spricht.«

»Spricht deine Mutter über ihre?«

»Eigentlich nicht. Aber es lässt sich nicht vermeiden, die Leute sprechen sie darauf an. Vor allem auf meinen Onkel, den, der gestorben ist. Du weißt, er war im Kongress, hat sogar überlegt, ob er als Präsident kandidieren soll.«

»Das haben die Zeitungen damals geschrieben.«

»*Ihn* hab ich auch nicht gekannt.«

Das Mädchen hatte eine Art, sich das Haar aus dem Gesicht zu streichen mit einem Achselzucken, das halb ein Tic war, halb ein Erschauern. Doch hatte die Geste nichts Unsicheres, es war eher ein Zeichen von Unerschrockenheit: das Aufbäumen eines ungebärdigen Fohlens. Ihr Haar war lang, weder hell noch dunkel – eher bronzefarben, metallisch, und wenn sie es zurückwarf, klang es ganz leise nach Münzen, die in einem Netz aufgefangen wurden. Ihre Ähnlichkeit mit ihrer Mutter ließ an eine verschwommene alte Fotografie denken, soweit sich Bea überhaupt einen verblassten Eindruck von Margaret ins Gedächtnis rufen konnte. Iris hatte die gleiche durchscheinende Haut – zarter weißer Rauch – und die schmale Nase mit den ovalen Nasenlöchern und die helle Iris. Iris: Hatten sie sie nach der Iris des menschlichen Auges genannt? Ihre war eher ausdruckslos als lebhaft – ein Schleier. Sie mochte einen zwar anschauen, aber man ahnte nicht, was sich hinter ihrem Blick rührte.

»Ich dachte, du würdest gern ein Stück sehen, solange du hier bist«, sagte Bea. »Ich habe uns Karten besorgt – in einem kleinen Theater drunten im Village. Was meinst du?«

Es war Selbstverteidigung. Was erwartete Marvin, wenn er ihr seine Tochter aufhalste? Ein Spaziergang, ein Stück, Sightseeing – was sollte sie bloß mit dieser selbstsicheren jungen Frau *tun*? Das Empire State Building, Ausblicke auf die Stadt? Wie sollte sie die Zeit ausfüllen, wie lange würde es dauern, bis sie eingeweiht wäre in Julians Gewohnheiten, Julians missliche Lage … Julians Seele? Und wozu?

»Diese zwei Tage«, sagte Iris. »Ich hab gar nicht so lange Zeit.«

»Aber nach dem, was dein Vater meinte, glaubte ich … du bleibst nicht bis Montag?«

»Ich fliege morgen. Tut mir leid wegen der Tickets, falls sie verfallen …«

»Morgen?«, fragte Bea nach.

»Ja, und wenn es dir nichts ausmachst, könntest du Dad anrufen, ich weiß, normalerweise schreibst du, aber es wird ihm egal sein, wenn es ein R-Gespräch ist. Vor allem, wenn es dringend ist. Erklär ihm einfach, dass du mich die ganze Woche dabehalten willst, und am Freitag bin ich wieder zurück.«

Bea holte tief Luft. »Zurück von wo?«

»Von Julian. Es ist alles geregelt, Flugticket und der

ganze Rest, aber nur, wenn du hilfst. Wenn Dad es herausfinden würde, würde er in die Luft gehen.«

»Dein Vater hat mir gesagt, du müsstest wieder in die Schule zurück, das ist das eine«, sagte Bea. »Und das andere, dass du auf keinen Fall ganz allein nach Paris fahren kannst ...«

Aber da fiel ihr ein, dass sie genau das Marvin vorgeschlagen hatte: Iris als Abgesandte.

»Ich hab das Geld für den Flug und praktisch den ganzen Rest noch übrig. In Reiseschecks. Das Geld, das Dad mir gegeben hat, damit ich es dir für die Rettungsaktion gebe – bring ihn mir lebend zurück.«

»Du weißt doch gar nicht, wo er ist.«

»Mom und Dad wissen es nicht. Er hat einen Brief geschrieben, bloß nicht an sie, sondern an mich. Ich hab ihn an ihnen vorbeigeschmuggelt, das mach ich immer, sie haben ihn nicht gesehen. Einen Teil davon kann sowieso niemand lesen, es ist nicht mal Französisch, sondern in einer merkwürdigen Art Schrift, einer von Julians Scherzen, er kann manchmal komisch sein.«

»Da mache ich nicht mit«, sagte Bea. »Ich kann dich nicht fahren lassen, dein Vater hat dich hierhergeschickt, du kannst nicht einfach abhauen ...«

»Ich bin nicht mehr zwölf, und *du* willst ja gar nicht fahren. Du hast Dad gesagt, du musst unterrichten und kannst nicht weg.«

»Es wäre nicht so einfach, und ich sehe auch nicht, was das soll. Warum schickt Marvin deinem Bruder nicht etwas Geld, wenn er es braucht, und lässt ihn in Frieden? Wozu der ganze Umstand mit dem Sendboten?«

»Dad lässt niemand in Frieden. Der arme Julian – es ist Dads Plan. Ich soll die Madame Curie der Familie sein, und Julian ist … ein hoffnungsloser Fall. Er strengt sich nicht an, er ist ein Schmarotzer, er hat nicht das kleinste bisschen praktischen Verstand, er weiß nicht, was er will, konzentriert sich nicht, ist zu emotional – alles das.«

»Und bist du wirklich Madame Curie?«, fragte Bea.

»Ich hab nicht Dads Energie, das hat keiner. Er will, dass ich mich um den akademischen Grad bemühe, den eigentlich Julian kriegen sollte, ich bin der Ersatz für den Star. Bloß dass es keinen Star gibt.« Sie zuckte ruckartig die Achseln. »Ich meine, ich kann es wirklich von Dads Standpunkt aus sehen. *Merlin* ist ein Magazin, das sie in Paris betreiben. Es wird von einer Clique von Amerikanern dort herausgegeben, und es stand sogar tatsächlich ein Artikel von Julian drin. Über Tauben.«

»Tauben?«

»Vermutlich Ringeltauben. *Tauben im Marais* hat er ihn genannt, über Leute, die so nutzlos sind wie Tauben, lästige Dinger, die auf den Straßen herumpicken, allen im Weg sind, die niemand will. Dann hatte er noch was, ähnlich wie Lyrik, aber nicht direkt, in einem großen dicken Heft namens *Botteghe Oscure*. Irgendeine reiche Amerikanerin hat es gegründet, eigentlich eine Prinzessin, die mit einem echten italienischen Prinzen verheiratet ist. Er hat uns diese Sachen geschickt, und Dad wurde wütend und schrieb ihm ich weiß nicht was. Und danach hat er nicht mehr verraten, was er vorhat.«

Das Mädchen klang erregt – Bea sah, dass sie mit ihrem Urteil vorschnell gewesen war. Sie hatte willensstark gewirkt, war aber nur ein vom Sturm getriebenes Blatt. Zum ersten Mal fiel ihr auf, dass die Oberlippe leicht über die Unterlippe vorstand, wie eine Dachtraufe; im Profil sah es wie eine kleine Wölbung aus. Marvins Mund! Die Blutsbande, eigentlich erstaunlich.

»Iris« – und sie streckte die Hand aus, wie um die Wahrnehmung von sich zu weisen –, »was, wenn dein Bruder zufrieden ist mit seiner jetzigen Situation?«

»Dad hat erwogen, ihm kein Geld mehr zu schicken. Und eine Zeit lang hat er das auch probiert – noch im letzten Monat. Aber Julian ist absolut willens, am Rand der Armut, von der Hand in den Mund zu leben, das funktioniert also nicht.«

»Weshalb glaubst du dann, dass er auf dich hören wird?«

»Das wird er nicht, ich weiß, dass er das nicht tun wird. Ich möchte ihn bloß *sehen*. Und ich will, dass er mich sieht. Ich will ihm das Geld selber geben. Besonders wenn es das letzte ist, das er vermutlich je kriegen wird. Deshalb ist es besser, wenn ich gehe, Tante Bea, besser ich als du …«

»Du brauchst nicht Tante zu sagen.« Irgendetwas rührte sich plötzlich, etwas, was sich zwischen den Rippen verbarg.

»Das meine ich ja gerade. Warum sollte es Julian interessieren? Julian und ich wussten ja praktisch nicht, dass wir überhaupt eine Tante haben. Rüberzufliegen ist für dich nicht sinnvoll, egal, was Dad sich eingeredet hat. Er hat das Gefühl, ihm bleibt nichts anderes übrig, er sagt, die Geschäfte halten ihn fest, aber das ist es nicht. Er begreift … also, er begreift, dass er keinerlei Macht mehr hat, wenn es um Julian geht.«

»Und wenn es um Iris geht?«

»Ich bin nicht anders als Julian. Bloß dass ich ihn glauben lasse, ich sei anders. Ich habe länger gebraucht.«

»Wozu?«

»Um wegzukommen.«

Eine unbehagliche Stille machte sich zwischen ihnen breit. Das Mädchen stand auf und fing an, im Zimmer herumzugehen, von den Bücherregalen zum Fenster – die späte Sonne versank gerade in der Dämmerung –, zu den vergilbenden Käthe-Kollwitz-Drucken an der Wand und zu der gestreiften Couch mit den abgenutzten braunen Kissen. Und schließlich zu dem grotesken Flügel, der viel zu bombastisch war für dieses bescheidene Zimmer: ein stattlicher Löwe in einem engen Käfig. Während Bea zusah, wie Marvins Tochter das Innere ihrer Vergangenheit betrachtete (die Drucke aus den Museumsläden, die zerlesenen Taschenbücher, den Flügel auf seinen dicken Pranken, Iris' Finger, der eine Taste anschlug), wurde ihr zum ersten Mal bewusst, wie alles in diesem allzu vertrauten Raum diesem Sprössling des Wohlstands fremd und bestimmt auch armselig vorkommen musste. Auf Marvins angeberischen Schnappschüssen ähnelte das große Haus in Kalifornien einem Schloss in Form einer Konquistadoren-Hacienda. Marvin der Eroberer! Das Mädchen schlenderte in das Schlafzimmer und wieder zurück: Wie makellos sie doch war, wie jung, was für eine endlose Reihe unbefleckter Jahre lag vor ihr, und was war all das, schalt sich Bea, wenn nicht ganz gewöhnlicher Neid einer Frau in mittleren Jahren? Ihr ganzer Körper war nichts Besseres als ein geflochtener Korb, aus dem sich schale verlorene Sehnsüchte verflüchtigten. Dieser verdammte Flügel! Dieser verdammte Leo!

Und nun dieser Eindringling, der sie Tante nannte. Tante? Dann musste sie, ob sie wollte oder nicht, die Rolle annehmen und sie auch spielen.

»Du musst müde sein«, sagte Bea. »Du kannst das Schlafzimmer haben, und ich nehme die Couch. Man kann sie ganz leicht ausziehen.«

»Ich hab eigentlich an ein Hotel gedacht …«

»Da kannst du noch lange genug in Paris wohnen.«

»Nein, da bin ich bei Julian … Paris? Tante Bea! Dann machst du es also? Du rufst Dad an?«

Eine Verschwörung. Ein waghalsiger Akt. »In Ordnung«, sagte Bea. Sie genoss es in gewisser Weise, Marvin gegenüber ungehorsam zu sein – nein, ihn zu hintergehen.

6

AM NÄCHSTEN MORGEN verließ das Mädchen das Haus. Bea ging mit ihr zum Broadway, wo selbst zu dieser frühen Stunde – all die Gebäude ringsum waren noch grau vor Schlaf – mit Sicherheit Taxis unterwegs waren. Iris hatte nicht frühstücken wollen.

»Ich komme gut zurecht, es gibt immer was zu essen im Flughafen. Oder sonst im Flugzeug ...«

»Und in der Zwischenzeit«, sagte Bea, »wird mich dein Vater bei lebendigem Leib verspeisen.«

»Ich frage mich, wie es angefangen hat mit dir und Dad, so wie die Dinge heute stehen ...«

Bea fand, dass diese Bemerkung nicht mehr als ein Knurren wert war. »Mein Bruder mag mich nicht, das ist alles.«

»Aber warum?«

»Das ist nicht so ungewöhnlich. Kain und Abel, Jakob und Esau ...«

Doch dann näherte sich blinkend ein gelbes Licht dem Bordstein, und Iris war verschwunden. Ein Phantom. Eine Erscheinung. Eine kurze Begegnung! Und ohne einen Augenblick der Intimität. Eine junge Fremde, die kam und ging. Oder kam, eine beliebige Taste auf dem Flügel berührte und mit diesem Klang verschwand.

Das Telefonat mit Marvin war dann doch kein Strafgericht. Bea hatte sich auf Gebrüll und Getöse gefasst gemacht, Marvins Angebertaktik. Aber er war beinahe friedlich, geradezu freundlich: Er hatte keine Lust, so schien es, sie bei lebendigem Leib zu verspeisen.

»Gut«, sagte er. »Sieht so aus, als kämt ihr beide gut miteinander aus. Hat sie dir von den blödsinnigen Zeitschriften erzählt, für die der Junge geschrieben hat? Die haben ihm keinen roten Heller bezahlt. Er wird einfach nicht erwachsen. Seine Schwester ist zweimal so viel wert wie er, das hast du ja gesehen. Klar, lass sie noch ein paar Tage bleiben, das kann ja nicht schaden. Quetsch das Mädchen aus, sie kennt ihren Bruder in- und auswendig, also in Ordnung, solange sie dir sein Bild malen kann, wenn du verstehst, was ich meine ...«

Sein Bild malen! So bemühte sich Marvin um eine gewählte Ausdrucksweise. *Dir ist doch sicher klar, dass Margaret selber gehen würde, wenn das möglich wäre, aber wie du weißt, ist sie etwas neurasthenisch*, oder er verstieg sich zu einem fremden Idiom, zu dem, was er für Beas Sprache hielt, die hochnäsige Sprache der Poesie: den Chor der törichten Vögel. Sie konnte ihm nicht vorwerfen, satirisch oder womöglich sarkastisch zu sein. Keine Spur vom Princeton der weißen Schuhe; wenn Marvin am meisten er selbst war, klang er nach der Gosse. Darin lag eine Art Unschuld: Er war ernsthaft, er war vergesslich, er versuchte aufrichtig, es ihr recht zu machen, er bemühte sich, konziliant zu sein. Im Augenblick betrachtete er sie als nützlich.

»Auch wenn Iris ihre Laborstunde verpasst?«, fragte Bea und näherte sich dabei der Gefahrenzone. Um diese Zeit, schätzte sie, war das Mädchen schon seit drei Stunden in der Luft.

»Überlass das meiner Tochter, sie wird das nachholen, das schafft sie. Das Kind wird mit allem fertig. Hör zu, wenn sie nicht vor diesem großen Examen stünde, irgendeiner wichtigen Prüfung, dann hätte ich *sie* auf die Reise geschickt – du hast ja die gleiche Idee gehabt. Aber noch ein paar Tage mit ihrer Tante, das macht mir keine Sorge, das ist eine Investition. Je mehr Zeit du mit Iris verbringst, desto besser kannst du dir ein Bild machen, erlebst keine großen Überraschungen, wenn du siehst, was du in Angriff nehmen musst. Sie soll dich also auf die Spur bringen, bleib dran, führ sie ein bisschen herum, wenn das hilft, zeig ihr die Stadt.«

Der arme Marvin: Er war außer Atem, machte das beste draus. Julian, der ganz, ganz schwierige Fall.

»Ich habe uns Theaterkarten besorgt«, sagte Bea. Eine geschwindelte Wahrheit. Sie hatte vor, Mrs Bienenfeld einzuladen, um die zweite Eintrittskarte zu nutzen. Man spielte *Othello*. Danach, falls Mrs Bienenfeld einverstanden war (sie hatte einen Mann und einen halbwüchsigen Sohn zu Hause), würden sie vielleicht auf ein Dessert in einem dieser schummrigen Lokale im Village einkehren: Kerzen auf Untertassen.

»Ein Stück, das ist gut«, sagte Marvin. »Wenn es nach mir ginge, würde ich eins von diesen Broadway-Musicals aussuchen, ich höre, es läuft immer noch *South Pacific*. Also, hast du's jetzt geschafft, dir freizunehmen?«

»Noch nicht.« Der Keim des Verrats.

»Hör zu, warte bloß nicht bis zur letzten Minute, ich will, dass du dort bist, sobald wir was wissen. Irgendwann wird er seiner Mutter einen Hinweis geben und seine neue

Adresse rausrücken. Er zieht dauernd um, das ist so deren Art. Ich meine damit die Herumtreiber. Ich will diesen Jungen wieder hier haben!«

Es ging los mit dem Geschrei.

»Grüße an Margaret«, sagte Bca und hängte auf.

7

AM ENDE – AM Ende wovon?, ah, sie wusste es, sie wusste es – lud sie Mrs Bienenfeld doch nicht in den *Othello* ein. Er wurde in einem dieser Avantgardetheater in einem Keller im Village gespielt, einem Teil, der eigentlich noch die Lower East Side war. Man ging eine Treppe mit rissigen Steinstufen hinunter, die nach Urin stanken, dem von Menschen oder von Hunden (es gab Indizien für beides, einen eingetrockneten Kothaufen und den abgebrochenen Absatz eines Schuhs, aus dem die Nägel ragten), und trat ins Dunkel, wo Reihen ramponierter Klappstühle einem schmalen Podium gegenüberstanden. Die Kostüme waren provisorisch und plump, und man konnte in die Kulissen sehen, wo die Schauspieler mit Perücken und Schwertern hantierten und sich für den nächsten Auftritt vorbereiteten. Außerdem sah man, auf einem Holzregal drollig nebeneinander aufgereiht, eine ganze Anzahl von *Heinz*-Ketchupflaschen, nobles Shakespeare'sches Blut. Auf diesen Bühnen ging es darum, das Unerwartete zu tun (das Schlüsselwort war »transgressiv«): Den Mohren spielte eine weiße Frau mit geschwärztem Gesicht und Pluderhosen, die Brüste von einem breiten Seidenband abgebunden; Desdemona war ein junger Neger mit Lippenstift und gelber Perücke. Oder das Ganze würde, aus Ersparnisgründen, in Manhattan spielen, im Hintergrund impressionistische Wolkenkratzer und die Schauspieler in moderner Kleidung.

Also zerriss sie am Ende die Eintrittskarten. Es war wegen des Flügels: Die Verbindungslinien mochten unsichtbar sein, aber sie waren *da*, spürbar und hörbar. Auf jeden Fall hörbar! Der Flügel gehörte Leo; vor Jahren hatte er ihn zurückgelassen. Nicht für immer, hatte er gesagt, nur für ein paar Wochen – bald würde er den Spediteur vorbeischicken. Bea selbst war eine musikalische Niete. Ein taubes Chromosom, ein fehlender Wirbel. Leo wusste das, als sie heirateten: Es gefiel ihm. Wenn Bea darüber nachdachte (selbst heute noch wanderten ihre Gedanken oft in diese Richtung), glaubte sie, es sei dieser fehlende Wirbel, um so viel ausgeprägter als ein bloßer Mangel an Begabung, was ihm von Anfang an gefallen hatte. Dadurch blieb er makellos: Sie konnte ihn nicht beflecken mit irgendeinem Halbwissen oder nichtssagendem Lob. Der Flügel war sein Geist, sein Geist war der Flügel. Sie hatte ihn nie angerührt, es sei denn (selbstverständlich!), um die Beine abzustauben, das hoch aufragende glänzende Gehäuse. Gehorsam glitt das Staubtuch nur flüchtig über weiße Zähne und dünne schwarze Rauten; sie wagte nicht, den im Inneren verborgenen Hammer in Bewegung zu setzen, geformt wie ein Fuß in einer samtenen Socke, der Ausrufer. Der Flügel war geschütztes Territorium. Sie hatte dort keinen Zugang, teils aus Unwissenheit, teils aus Respekt. Der Flügel wurde verehrt.

Und aus dem Äther hatte – ungebeten, aufdringlich –dieser verhängnisvolle Fremdkörper, diese unbekannte Nichte, diese Iris mit den forschenden, indiskreten blauen Augen, eine Taste berührt und einen Ton hervorgebracht. Einen einzelnen Ton, einsam, isoliert, desolat. Sogar keusch. Leo dagegen hatte donnernde Schwärme ausgeschickt, aufeinanderprallende Armeen, rasende, zerzauste Bataillone, Schlachtrufe, aufsteigende und herabstoßende Kampfflugzeuge, große zermalmende Panzer auf riesigen zermalmenden Ketten. Den Lärm ekstatischer Götter, die töten konnten.

Damals war Leo ein schöner Junge gewesen. Man konnte es nicht anders sagen. »Hübsch« ist etwas Äußeres, Flüchtiges. Leos Schönheit war platonisch, eingebettet in eine Theorie der Welt und deren unwahrscheinliche Wirklichkeit. Seine runden Augen deuteten den Kreislauf ewiger Dinge an, und ein paar Zentimeter darüber kündigten sich die ersten Falten eines intelligenten Stirnrunzelns an. Er war nicht sehr groß, aber umso mehr lenkte dies die Aufmerksamkeit auf seinen Kopf. Leos lockiger Kopf schien größer, als er in Wirklichkeit war, wegen des tiefschwarzen Haares, das angriffslustig von Ohren und Stirn abstand, ohne eine Beimischung von banalem Dunkelbraun oder Spuren des jüdischen Zugs ins Rötliche. Aus dem Dickicht welliger Schwärze, den Ringeln und Wirbeln, die hin und wieder wie Laub in der Sonne glitzerten, blickten einen zwei stählerne Augen an, unerbittlich urteilend. Die Nase war von strenger Perfektion, wie die Zeichnung eines Schulmädchens; darunter ein mildes Grinsen. Es war dieser beunruhigende Widerspruch – der freundliche Mund und Leos unverschämter, unnachsichtiger, taxierender Blick –, der schockartig dazu führte – was Bea kaum zugeben wollte –, dass sie sich auf der Stelle in ihn verliebte. Er räumte ein, dass sie sich unweigerlich hatten begegnen müssen. Das Schicksal war dagegen, dass sie sich nie begegnen würden; versuchte man, sich dem Schicksal zu widersetzen, besonders wenn man zufällig eine Straßenecke entfernt wohnte, würde man implodieren. Und wieder das unbekümmerte Grinsen.

Leo war der Cousin von Laura Coopersmith, und Laura war Beas Klassenkameradin im Hunter College: Die beiden saßen in Geschichte und Englisch nebeneinander, in den neumodischen Kleidern mit tief sitzender Taille, die nur bis zum Knie gingen. Laura hatte sich ein Paar Schmachtlocken zugelegt, jede ein braunes Komma mitten auf der Backe. Von ihrem Hals baumelte eine lange Reihe falscher Woolworth-Perlen: Das war, sagte sie, der Flapper-Look, den sie nach Fotos in den Gesellschaftskolumnen, wo es um Debütantinnen und das Nachtleben ging, kopiert hatte. Aber weiter reichte ihr Mut nicht. Sie nahm ihre Zukunft als Highschool-Lehrerin ernst und hatte Geschichte gewählt, weil das Fach ihrer Meinung nach auf Tatsachen beruhte und objektiv war und man nicht darüber streiten konnte. Sie bewunderte Leo und mochte ihn nicht: Wenn er sie nicht veralberte, ignorierte er sie. Er war ein Auswärtiger, kam aus Chicago und studierte Klavier und Komposition am Juilliard-Konservatorium. Um seine sparsamen Eltern zufriedenzustellen, war er bereit gewesen, bei der Familie seines Onkels in New York zu wohnen – Lauras Vater und Leos Vater waren Brüder. Beide waren Geschäftsleute, Lauras Vater handelte mit Papierwaren, Leos Vater mit Textilien. Die Musik, erklärte Laura, kam von der Seite von Leos Mutter. Sie hatte gehofft, professionelle Sängerin zu werden, und einmal ein Konzert mit Schubert-Liedern im Kulturzentrum von Des Plaines gegeben. Irgendwo in Leos Genen war ein weitläufig verwandter, aber berühmter Kantor versteckt. Der Volksmund behauptete, Kantoren seien, wenn sie nicht ausgemachte Dummköpfe waren, nicht besonders intelligent. Diese ehrabschneiderische Behauptung konnte nicht für Leo gelten. Er las Nietzsche und Aldous Huxley.

Bea verbarg ihre Verliebtheit auf ihre heimliche Art vor Laura, die ohnehin nur über deren Vergeblichkeit gespottet hätte: *Leo ist nichts für Leute wie dich.* Leute wie Bea! Lauras Ziele waren bescheiden. In ihrem letzten Studienjahr verlobte sie sich mit Harold Bienenfeld. Ihr Hochzeitskleid hatte eine fast zwei Meter lange Schleppe aus Spitze. Gegen Ende der Zeremonie ließ der Junge, der die Ringe gehalten hatte und auch für den geliehenen Käfig zuständig war, vier zahme weiße Tauben fliegen. Sie kreisten über den Köpfen der erstaunten Gäste und flogen dann wieder brav in ihren Käfig zurück, dessen Boden mit Kot bedeckt war.

»Ich nehme an, du bist die Nächste«, sagte Leo.

»Die Nächste was?« Aber natürlich wusste sie es.

Sie standen nebeneinander in der Nähe eines Gebildes aus Eiscreme – Zwillingsmeerjungfrauen, die sich umarmten –, zu dessen Füßen große ovale Platten mit Melonenscheiben lagen, Schicht auf Schicht in Rosa, Orange und Grün, übersät mit prallen Erdbeeren, die noch an ihren belaubten Stielen hingen. Die Erdbeeren erinnerten an Organe, die soeben der klaffenden Wunde in einem anästhetisierten Bauch entnommen worden waren.

»Braut, Gattin, Mutter, Lehrerin.«

»Lieber wäre ich ein Indianerhäuptling«, erwiderte Bea.

»Es kann keine zwei Häuptlinge in einem Stamm geben.«

»Wer ist der andere?«

»Dein Bruder, Prinz Marvin. Er ist allerdings eher ein Inder, ein Radscha aus Princeton. Und du bist das Bettelkind, das man auf eine staatliche Schule geschickt hat, die nichts kostet.«

»Marvin ist gut in Mathematik. Sie haben ihm ein Stipendium gegeben.«

»Und worin bist du gut?«, fragte Leo. Sie war sich fast sicher, dass er sie nicht ärgern wollte. Er wollte nur eine nützliche Information. Oder aber – und das war es, was sie befürchtete – alles, was sie sagen mochte, würde ihm nichts bedeuten, es wäre nur Geplapper, um die Zeit zu vertreiben.

Mit neunzehn war Bea aufrichtig. »Ich möchte mir einen Namen machen in der Welt«, erklärte sie ihm. Kaum hatte sie es ausgesprochen, fühlte sie sich gedemütigt.

»Ein Ziel, das so bewundernswert ist, wie die Formulierung banal ist«, sagte Leo und gab ihr einen kleinen, ungeduldigen Schubs. »Los, komm schon, ein Walzer, auch wenn sie ihn miserabel spielen. Affen mit Harmonikas, aber was macht das schon?«

Banal: Sollte sie sich gekränkt fühlen? Aufrichtig zu sein war riskant. Er beurteilte sie nach seiner Cousine Laura, nach den ineinander verschlungenen gefrorenen Meerjungfrauen (»Anhängerinnen von Sappho«, murmelte er) und nach der zweitklassigen Hochzeitskapelle; er beurteilte sie nach Harold Bienenfeld, der in das Steuerberatungsbüro seines Vater einsteigen würde. Wenn man sich einen Namen machen wollte, wie anders konnte man das ausdrücken? Besser, es nie zu erwähnen. Wenn man es erwähnte, war es nur normal, dass man verspottet wurde. Am Ende des Tanzes ließ er sie fast bis zum Boden gleiten, ein Manöver wie im Ballsaal, das sie bisher nur im Film gesehen hatte. Bei der abwärts sausenden Bewegung, die sie so tief sinken ließ, dass sie mit dem Kopf fast den Boden berührte, bis sie wieder auftauchte in die warme Höhlung seiner langen Jackettärmel, wurde ihr einen Augenblick schwindelig. Nun erschien sein Gesicht wieder in ihrem Blickfeld.

»Einen Namen? Irgendeinen beliebigen Namen?« – als sei soeben nichts dazwischengekommen. »Oder hast du etwas Bestimmtes im Sinn?« Leichte Übelkeit. Sie atmete langsamer, hoffte, damit eine aufsteigende Gasblase zu unterbinden. Die Blase platzte lautlos in ihrer Kehle. »Denn ich bin«, sagte er, »ganz und gar für das Eindeutige. Du musst es *wissen*, und du musst wissen, dass du weißt. Der Beethoven des 20. Jahrhunderts zum Beispiel, das bin ich. Vielleicht auch Strawinsky. Hindemith vielleicht. Kleine, nenn mich einfach Doktor Faustus. Kapitän meines Schicksals.«

Sie sah, dass er, auch wenn er sie und sich selbst verspottete, ebenso vom Ehrgeiz getrieben war wie Marvin, der Radscha aus Princeton. Aber noch war er bloß ein armer Junge aus Chicago, der bei den Verwandten seines Vaters in einer Wohnung ohne Fahrstuhl im vierten Stock in der Bronx untergekommen war. Laura hatte ihr erzählt, dass er auf einer ausziehbaren Couch im Esszimmer schlief, wo er morgens allen im Weg war.

»Du bist keine schlechte Tänzerin«, räumte er ein. »Ich habe schon mit schlechteren getanzt. Aber beim Bolschoi hast du keine Chance, also was dann? Worauf bist du aus?«

Er war jemand, der sich an einem Faden festhalten konnte. Er ließ nichts baumeln, er blieb konsequent. Die Hitze in seiner Stimme – war das künstlich, übertrieb er? Egal, sie ließ sich darauf ein. »Du wirst lachen«, sagte sie, »ich habe nämlich zu verschiedenen Zeiten verschiedene Ideen gehabt, und sie alle laufen auf das Gleiche hinaus. Manchmal denke ich, ich könnte eine Auslandskorrespondentin sein oder sogar eine Art Detektivin, die sich überall herumtreibt, um Dinge herauszufinden. Und manchmal denke ich an Archäologie, dass ich alte Geheimnisse entdecke, die alle anderen längst vergessen haben. Aber in letzter Zeit« – sie plapperte drauflos, sollte sie sich trauen? – »habe ich überlegt, ob ich mir nicht eine Art Lexikon ausdenken soll.«

»Miss Samuel Johnson, Lexikografin. Erfreut, Sie kennenzulernen.« Sie war erleichtert: Er lachte nicht. Stattdessen sah er sie prüfend an, als wäre sie ein fremdartiges Insekt, ein merkwürdiger Vogel oder eine unbekannte Wurzel, von der es hieß, sie sei essbar. »Aber Miss Johnson, Ma'am, man kann nicht umhin festzustellen, dass das alles in keinem vernünftigen Zusammenhang steht ...«

»Oh, aber sie sind sich doch alle ähnlich! Es sind Dinge, die zunächst verborgen sind, und dann entdeckt man sie. Ich meine, es wäre kein Lexikon für *Wörter*, nein, nichts dergleichen. Nichts, was es je gegeben hat.«

»Wie wäre es mit Wolkenformen? Elefanten, Giraffen, Schuhe, Kamine, aus denen Rauch steigt, Pasteten, Nachspeisen, Käse. Natürlich auch Ballone. Thunfisch in der Dose oder ohne, mit kleinen Wolkenzeichnungen drum herum. Oder wie wäre es mit einem Lexikon berühmter Ganoven oder Serienkiller in alphabetischer Reihenfolge?«

»Wenn du *so* redest«, sagte sie (und blinzelte dabei ein wenig verwirrt), »dann erzähle ich es nicht.« Und tat gleich darauf genau das. »Ein Lexikon der Gefühle. Stimmungen. Gerüche. Gefühle, die jeder irgendwie empfunden hat, nur dass es kein Wort dafür gibt. Hör mal«, rief sie, »du kannst dich doch nicht lustig machen über alles, was es gibt!«

»Ich kann mich über alles lustig machen, was es nicht gibt. Für mich klingt es«, sagte er freundlich, »als wärst du auf dem besten Weg, eine ganz gewöhnliche Highschool-Lehrerin zu werden. Wahrscheinlich für englische Literatur – bei all dieser Empfindsamkeit.«

»Und du«, gab sie zurück, »bist bloß ein ganz gewöhnlicher falscher Prophet. Und was noch schlimmer ist, du bist nicht auf dem Weg dahin, sondern du bist bereits dort.«

Sie schämte sich: Warum hatte er nicht herausgehört, was unter diesem unglückseligen Auswurf von abwegigem Unsinn verborgen lag? Es war Stückwerk; es war schlimmer als Wolken, es hatte überhaupt keine Form. *Ich möchte mir einen Namen machen:* Das meinte sie doch gar nicht, es war albern, es war banal (ja!), eine Fantasie, eine Art missratenes Gedicht; sie war schuldig. Das Problem, wenn man Gedichte liebte (und sie liebte sie, sehr sogar), die Worte halblaut aussprach und doch so verhalten, dass niemand hörte, was man närrisch murmelte, das Problem war, dass es einen entflammte, dass man wünschte, das eigene Leben auf diesem Erdenrund möge *zählen*, so wie der Dichter und das

Gedicht zählten. *Ah, love, let us be true to one another! For the world, which seems to lie before us like a land of dreams, so various, so beautiful, so new* ... Ein Name, eine Markierung, eine Kerbe in der Geschichte, eine Hinterlassenschaft – selbst, ja selbst wenn es nicht ihre eigene war. Sie griff die Idee sofort auf: *Das* war es, worauf sie aus war: verbunden zu sein auf irgendeine intime Weise mit einem Mirakel, einer Macht, einem Wunder, der anderen Seite des Mondes, wohin gewöhnliche Sterbliche nie gelangen konnten. Oder sich in die Sonne zu stürzen! Der dunkle Saal war überheizt: vergoldete Gesimse, Spiegelwände, schummerige Kronleuchter, aus denen dicke elektrische Kerzen ragten, kleine Götterstatuen auf kannelierten Sockeln. Ein Sänger mit Schmalztolle jaulte schleppend in ein Mikrofon und dehnte dabei die Vokale, als kaute er Sahnebonbons. Die Kapelle spielte jetzt einen Foxtrott. Paare pressten Schultern und Hüften aneinander, die Fliegen der Männer lockerten sich, aus den Achselhöhlen der Frauen sickerte Schweiß. Und nun wurde der Hochzeitskuchen auf einem Wagen hereingerollt, wie ein verspäteter gebrechlicher Gast, der sich tapfer mit allzu vielen Fransen und Troddeln ausstaffiert hatte. Auf der obersten Etage stand das steife kleine Brautpaar aus Zucker mit seinen winzigen schwarzen Spielzeugaugen aus Lakritz. Ein Kind in einem langen rosafarbenen Gewand und mit einem Kranz im Haar rannte hin, pickte die Augen aus, um sie zu lutschen, und spuckte sie dann wieder aus. Die Skulptur aus Eis schmolz rasch zusammen. Niemand störte sich daran, ihre Pracht war dahin, und Leo, der in der Nähe herumstand, hielt seine flache Hand unter den kalten tropfenden Schwanz einer Meerjungfrau und fing die

Tropfen auf, die so gleichmäßig fielen, wie ein Metronom tickt. Bea hatte das Gefühl, er brenne; es war, als hätte seine Hand Feuer gefangen, und er kühlte sie nun in Eiswasser. Während sie sich umsah und dann auf ihre unangenehm spitzen blauen Ballschuhe aus Satin blickte, die ihre Zehen schmerzhaft einzwängten, erkannte sie, dass er aus Schwefel war – er war ein Streichholz, er konnte Flammen entzünden!

Alle beide verachteten Lauras Hochzeit.

Er begann, sie zu Studentenkonzerten mitzunehmen. Manchmal trat er dabei auf, meistens jedoch nicht. Er klagte, er spiele nicht gut genug Klavier – die Übungsräume am Juilliard waren zu gefragt, die Wartelisten zu lang, er bekam nicht genügend Zeit. Bei seinem Onkel stand ein Klavier (Laura hatte als Kind Unterricht bekommen), aber es war gebraucht, völlig verstimmt und seinen Ansprüchen kaum angemessen. Er übte trotzdem darauf, auch wenn er bei jeder falsch klingenden Note zusammenzuckte, bis seine Tante sich beschwerte, sie halte den Krach keine Minute länger aus, ihre Ohren dröhnten, die Nachbarn machten sie darauf aufmerksam, dass der Lärm ihre Lieblingsrundfunksendungen übertöne.

»Schau dir meine dämliche Cousine an«, sagte er zu Bea. »Sie und Mister Soll-und-Haben, dieser Blödmann, besitzen drei komplette Zimmer nur für sich allein, und was habe ich?«

»Lauras Bett«, erwiderte Bea prompt. »Wenigstens musst du jetzt nicht mehr auf der Couch schlafen. Abgesehen davon können sie es sich leisten, Harold hat seinen Job, und Laura macht ihr Lehrerinnenexamen.«

»Ich brauche einen Platz für mich. Ich brauche ein anständiges Instrument. Einen Flügel und den Platz dafür auch.«

»Du könntest dir etwas anderes suchen, oder nicht? Etwas Kleineres und … Tragbares.«

»Etwas Tragbares? Was man in einen Sack tun und herumschleppen kann? Wie wär's mit einer Tröte? Eine Tröte wär genau das Richtige für mich, ich könnte sie einfach in die Tasche stecken. Oder vielleicht eine Pfeife? Bach auf einem Grashalm, das würde keinen Cent kosten. Ich könnte damit einfach in einem Wandschrank sitzen und würde niemand stören. Oder eine Oboe, das ist die Idee des Radschas, sag bloß nicht, dass das nicht stimmt …«

Das mit der Oboe hatte Leo getroffen – Marvins persönlicher Hohn, nicht dass er eine Oboe von einem Leierkasten, betrieben von einem Affen, hätte unterscheiden können. Schon allein das lächerliche Wort: *Oboe*, *Oboe*, das Geblök eines Affen, ein Urwaldlaut. Marvin hatte Leo schon vor langer Zeit den Krieg erklärt. Leo, hatte er gesagt, habe keine Zukunft, was erwartete man schon von einer Oboe, was war mit so einem Typ schon zu gewinnen? Zwei Jahre zuvor war Marvin bei Kappa Beta Kappa aufgenommen worden; er platzte schier vor Stolz. Noch nie hatte die Studentenverbindung einem Stipendiaten die Mitgliedschaft gewährt, schon gar nicht einem Juden namens Nachtigall. Vielleicht einem Lehmann, einem Schiff, einem von diesen alten hebräischen Blaublütern. Er sah nicht gut genug aus, er hatte nicht das Geld, er konnte sich nicht recht erklären, warum er auserwählt worden war (tatsächlich nannten sie ihn den Auserwählten), und es stimmte, dass sie guten Gebrauch von ihm machten, wenn sie es auch nicht immer bis zum Missbrauch trieben – er half mit Mathematik und Chemie und schrieb hin und wieder ihre Referate in dieser künstlichen, prätentiösen, geschwollenen Prosa, die ihren Professoren gefiel, wie er meinte. Sie gefiel ihm selbst, und er versuchte sich darin in Briefen an Breckinridges Schwester. Er war eine Art nützliches Faktotum, ein Tutor, der zum Haus gehörte. Er argwöhnte, dass seine Verbindung sich nicht als einzige einen Juden zu diesem Zweck hielt, aber er schob den Gedanken beiseite: Es war zu schäbig, das musste er übergehen. Wenn dieses Aushelfen (er dachte nicht an *Dienen*) der Preis war, dann war es das wert, eine Investition, die sich in der Zukunft auszahlen würde. Und er bekam eine ganze Menge von *ihnen*: Er sah, wie sie sich kleideten, wie sie redeten, sah ihre Schuhe, ihre Bügelfalten, hörte zu, wie sie gelangweilt die Silben dehnten. Er lernte, so zu trinken, wie sie tranken, fröhlich und ausgelassen. Sie waren alle prima Kumpel. Wenn sie tranken, zogen sie ihn auf: Er war der Auserwählte, er war der Junge aus dem Eisenwarenladen; manchmal – und das war freundlich gemeint, im Umgangston der Verbindung – der Judenjunge. Und manchmal nicht ganz so freundlich: *Gibt's heute zum Frühstück Bagels oder Knishes? Oder das Blut eines Christenkindes?* Aber sie hatten ihn aufgenommen! Den Enkel eines Emigranten, der Töpfe und Pfannen verkauft hatte. »Und du«, warnte er Bea, »willst bei einer Oboe hängen bleiben.« Kappa Beta Kappa – das stand für Courage, Bravour, Kühnheit – schärfte seine Fähigkeit, ausfallend zu werden. Von Anfang an hatte Marvin Leo nicht verstanden.

Und Leo war ein Quecksilber: Bea konnte nicht mit ihm

Schritt halten. »Und wenn schon«, sagte er trotzig zu ihr, »dann mach ich's eben mit einem Grashalm« und lächelte sein schiefes Grinsen. Es war die Art Selbstzufriedenheit, die sie mittlerweile erkannte: Er war zielstrebig, er hatte hin und wieder einen Anflug von etwas, was sie als Fanatismus wahrnahm. Aber auch Marvin war fanatisch. Er hatte sich einen direkten Kurs nach oben vorgenommen. Er war schlau, er legte sich ins Zeug, er verfolgte ein Ziel. Er hatte ein Auge auf Breckinridges Schwester geworfen. Da waren Geld und eine attraktive Scheu und eine ruhige, beinahe verstohlene Art, ihn zu beobachten oder so zu tun, als täte sie es nicht. Marvin war nicht scharf auf das Geld – er hatte vor, selber zu Geld zu kommen –, aber es waren die Schüchternheit und die Ruhe, die ihn reizten, Margaret in einem weißen Kleid und mit gesenktem Kopf, die mit dieser nervösen, fragenden, besorgten Miene zu ihm aufsah. Ihre Serviette, zum Dreispitz gefaltet, in ihrem Schoß. Eine winzige Blüte, nichts als drei Blütenblätter, auf ihre Handschuhe gestickt.

Leos Weg führte auf merkwürdige, beinahe mystische Weise nach innen – es war eigentlich gar kein Weg, es war das Gegenteil, er war undefinierbar, ihn zu kennen hieß ihn nicht zu kennen, er war der Wellenschlag eines Flusses, er war ein Stab aus Licht, Leo würde dahin gehen, wohin dieser Weg ihn führte, Leo war sprunghaft, er war vielgestaltig, er war im Grunde genommen nicht für das Eindeutige, er war erleuchtet! Er erklärte, auf das Instrument selbst komme es nicht an, alle Instrumente der Welt vereinigten sich in seinem Gehirn zu einem opernhaften Tumult, ganze Orchester. Er war nicht geboren, um wiederzukäuen oder zu kopieren – er war nicht dazu bestimmt, ein gewöhnlicher Musiker zu sein, wie geschickt (hier schnaubte er ein ganzes Nasenloch voll Verachtung) in der »Interpretation« der auch sein mochte. Sollten doch diese Praktiker, diese inspirierten Mechaniker die Musik interpretieren, wie es ihnen gefiel. Er war das Füllhorn, das ihren Hörnern Nahrung gab, ihren Klarinetten, ihren Tuben, ihren Flöten und Celli und Violinen! Er war es, der den Donner erzeugte, der über den Kontrabass, das Schlagzeug, die Becken gebot! Sie waren bloß die Finger, die Zungen, die Lungen, die Hände; die Geschöpfe der Noten, der Partitur, die Haut des Ganzen. Er war ein Seher – ihr Wagner, ihr Schöpfer, ihr Gott. Was er erahnte, mussten sie ausführen. Er war die Sache an sich – die Schwingung, die aus einem von Dämonen erhitzten Kessel in die Höhe dampfte oder aus einem Tornado, aufgewirbelt vom Ansturm einer Armada von Gottheiten. Er würde Sinfonien komponieren, konnte sie das nicht begreifen?

Die arme Bea protestierte, sie zweifle nicht an seinen Worten, aber widersprach er sich nicht selbst, und wenn er eigentlich gar keinen Flügel brauchte, warum dann …

»Sind wir jetzt wieder bei der Tröte in der Hosentasche? Bei deinem berühmten Prinzip der Tragbarkeit? Hör zu, Beatrice«, schimpfte er, »der Mensch lebt nicht vom Tao allein. Es gibt auch das Realitätsprinzip. Ich muss einen Flügel haben, einen Baldwin, wenn schon nicht einen Steinway, ich brauche einen Ort für mich allein – wie oft muss ich das noch sagen? Besonders wenn du in der Lage wärst zu helfen, und du tust nichts.«

Bea, in der Lage zu helfen?

»Deine Eltern«, sagte er.

»Sie sind den ganzen Tag im Laden.«

»In diesem Loch in der Wand. Deine Mutter spricht davon, als wäre sie in der Stahlbranche, als würde sie ein Imperium lenken.«

»Meine Tante denkt, das täte sie auch, wenn man sie ließe.«

»Man«, das war Beas Vater. Beas Mutter hatte ein Gespür fürs Geschäft. Sie war ehrgeizig, ihr Mann nicht. Er begnügte sich mit seinem bescheidenen Erbteil, Ergebnis des Aufstiegs seines Vaters vom Hausierer – von Tür zu Tür mit drei monströsen Koffern, vollgestopft mit Messern, Schöpfkellen, Spateln, Büchsenöffnern, Sieben, Bratpfannen, Schraubenziehern, Zangen, ja sogar Teeservicen – zum Ladenbesitzer. Beas Mutter hatte ein prächtiges Neonschild angeschafft, das leuchtendrot an einem quietschenden Metallarm schaukelte: AMERIKAS HAUSHALTSZENTRUM. Aber es war noch immer Leib Nachtigalls kleines, dämmeriges Haushaltswarengeschäft, trotz der neu installierten fluoreszierenden Beleuchtung. Beas Eltern kannten jeden Nagel, jeden Dichtungsring, jeden Bilderhaken in den winzigen Schubladen der hohen Holzschränke, die nebeneinander entlang den dunklen Wänden standen. Beas Mutter hoffte, das Geschäft zu erweitern; sie plante, den leer stehenden Laden direkt neben dem ihrigen zu kaufen. Aber der Vater hatte Einwände: *Ein* Laden sei genug, sagte er. Nach allgemeiner Ansicht (der von Beas drei Tanten, den unverheirateten Schwestern ihrer Mutter) hatte Marvin seinen Elan von seiner frustrierten Mutter geerbt, die den *Messerwaren-Kurier* und den *Hammer-und-Säge-Digest* abonniert hatte und davon träumte, eine Kette von Haushaltswarenläden zu gründen, während Beas Vater, wenn vorne im Geschäft Flaute herrschte, sich hinten in einem privaten Eckchen ausruhte und George Meredith und Henry James las. Flauten gab es häufig.

Leo sagte: »Es muss überhaupt nicht wie bei Lauras Hochzeit zugehen. Der Haufen von Leuten, dieses extravagante Kleid, der alberne Kuchen, diese verdammten Vögel, die Saaldiener, die Brautjungfern, du lieber Gott, das *Blumenmädchen*, der hanebüchene Junge mit dem *Ring*, das Ganze ein Pomp, eine Parade, eine Kavalkade, eine Saturnalie, eine Phantasmagorie ...«

Leos affektierte Ausdrucksweise. Hanebüchen?

»Leo, wovon redest du eigentlich?«

»Sparsamkeit, meine Liebe, schlichte Sparsamkeit. Wir lassen die Hochzeit aus und behalten nur die Flitterwochen bei.«

Es war also ein Heiratsantrag. Es war auch eine Direktive. Bea sollte ihre Eltern überreden, auf den üblichen Hochzeitspalast und die entsprechenden Paraphernalien *(Phantasmagorie, Saturnalie!)* zu verzichten. Für das, was der ganze Blödsinn kostete, konnte man beinahe einen Steinway kaufen, auch wenn es ein gebrauchter war – aber Leo hatte jedenfalls am Juilliard einen Draht zu jemandem, der einen Draht zu jemandem bei Steinway hatte und ihnen unter Umständen einen neuen Flügel zu einem guten Preis verschaffen konnte. Sie würden nur ein Zimmer brauchen, groß genug für den Flügel, einen Eisschrank und eine Kochplatte, und das würde genügen. Und was die Miete anging, so sollte Bea das Gleiche tun wie Laura, nämlich unterrichten. Es war alles vernünftig und praktisch; es funktionierte nach dem Realitätsprinzip.

»Außerdem«, bemerkte Leo, »hat dein College deine Familie keinen einzigen Cent gekostet, also sind sie dir etwas schuldig, oder nicht?«

»Leo, ich möchte nicht unterrichten.«

»Was könntest du sonst tun? Im Übrigen würde es ja nur eine kleine Weile dauern, bis ich auf eigenen Füßen stehe.«

»Stehen Komponisten je auf eigenen Füßen?«, fragte sie nachdenklich.

»Der hier schon«, sagte er. Es war das Gewissheitsprinzip.

In ihr winziges neues Apartment (aber Leo nannte es »mein Studio«) brachte Beas Vater ganze Schachteln voll nützlicher Dinge: ein Sortiment von Tranchiermessern, ein halbes Dutzend Kochtöpfe aus Aluminium in verschiedenen Größen, ein Set von Gewürzgläsern mit versilberten Deckeln, eine Eieruhr, eine Pfeffermühle, eine Schere, ein Schneidbrett, einen Teekessel, ein Sieb, einen Dampfkochtopf, einen Krug und drei große Flaschen Möbelpolitur. Er betrachtete respektvoll den Flügel – es war dann doch kein Steinway, aber immerhin ein Flügel, und teuer genug war er auch gewesen. Wohin man auch wollte, er stand immer im Weg. Um ins Bett zu gelangen, musste man um den Flügel herumgehen. Das Bett selbst war ein Geschenk der Tanten, die sich um die Feier betrogen fühlten: Es war nicht verantwortungsbewusst, es war nicht schicklich – sich ins Rathaus zu schleichen ohne irgendeine Zeremonie, ohne Familie, ohne eine normale *Hochzeit*! Die Tanten glaubten, so wie Marvin nach seiner Mutter geraten sei, so sei Bea nach ihrem Vater geraten: Er betrachtete doch tatsächlich den Flügel als Mitgift seiner Tochter. Es verursachte ihm einen leisen Schauder, wie etwas aus einem alten Märchen.

»Nun, Beatrice«, sagte er, »es sieht so aus, als hättest du einen künftigen Konzertkünstler geheiratet, vergiss also nicht, das Holz einzuölen. Es wäre schade, wenn das schöne Holz austrocknen würde.«

Beas Mutter stieß einen wütenden Seufzer aus. »Von wegen Konzertkünstler, sie sind bloß zwei unvernünftige Kinder und wissen nicht, was sie tun.« Und dann, *sotto voce* (aber Bea schnappte es trotzdem auf): »Marvin wird es mal besser machen.«

Ihre Eltern waren bald weg. Sie verließen den Laden selten gemeinsam, einer von beiden musste dableiben, um sich um den vereinzelten Kunden auf der Suche nach einem Schraubenschlüssel zu kümmern.

Leo warf sich auf das Bett und zog Bea zu sich herunter. Ihre Zehen waren nur Zentimeter von der schwarzen Flanke des Flügels entfernt. »Widerwärtige altjüngferliche Voyeurinnen«, sagte er.

»Wer?« Fast alles, was Leo von sich gab, war neu und überraschend für sie.

»Die Schwestern deiner Mutter, diese alten Jungfern. Warum, glaubst du, haben sie uns ausgerechnet ein Bett geschenkt?«

»Aus Großzügigkeit«, sagte Bea tapfer. »Sie haben nicht viel Geld, aber sie hörten, dass wir Möbel brauchten …«

»Und warum fängst du immer wieder mit dem Geld an?«

Unfair: Leo war es, der aufs Geld fixiert war, oder warum sonst hatte er sie gedrängt, wie Laura auf diese schreckliche Schule zu gehen? Diese jungen Wilden mit den rauen Stimmen, diese Rabauken, die an ölverschmierten Motoren arbeiteten, warum sollten die sich für *Sir Gawain und der grüne Ritter* interessieren, und wie sollte sie es schaffen, ihr Interesse zu wecken? Lauras Rektor war bereit gewesen, Bea einzustellen, obwohl sie keine Erfahrung hatte; er brauchte dringend eine Englischlehrerin. Und wie Leo versprochen hatte, war es Beas Job, der für ihrer beider Studio aufkam.

»Nur der liebe Gott weiß«, fuhr er fort, »was diese alten Sexmaniacs sich vorstellen, was wir in ihrem Bett treiben …«

Bea hatte sich nie vorgestellt, was ihre Tanten sich möglicherweise vorstellten.

»Dann zeig ich's dir«, sagte Leo.

Das Bett und der Flügel, der Flügel und das Bett: Es kam Bea so vor, als ob der Flügel, so dicht am Bett, es in fiebrige, unvorhersehbare Erschütterungen versetzte. Sie wusste nicht im Voraus, wann es losspurten würde, es war jedes Mal das Gleiche und doch verschieden. Der Flügel war ein Delirium, ein Mahlstrom. Er schaukelte sie hin und her und warf sie hoch; er verschlang sie und spie sie aus. Er war heimtückisch, schwamm in ihrem Blut und hustete sie als fremde Materie aus. Leo, unbeirrbar an den Tasten, erfand diese Laute: Sie seien, sagte er, das Knirschen seiner Schritte durch eine Wildnis, er kämpfte sich seinen Weg durch ein mächtiges Dickicht, wo noch keiner vor ihm je gegangen war, er kroch einem unentdeckten Gipfel entgegen, so steil wie der Everest, oder aber er ging auf Zehenspitzen, einschläfernd wie ein Wiegenlied, oder es war so explosiv wie zwanzig Tonnen Dynamit. Er sagte Bea, sie solle auf Geschützfeuer horchen und auf ächzende Kriegsmaschinen und das schrille Geheul abstürzender Flugzeuge oder wehklagender Frauen. Er lag im Krieg mit dem Flügel; der Flügel lag im Krieg mit sich selbst. Und dann fiel er immer aufs Bett, ein erschöpfter Läufer, der aus einem fremden, vor Kanonen starrenden Reich zurückkehrte.

Bea begab sich allmorgendlich in ihr Klassenzimmer. Es roch nach Männerschweiß, nach Stühlen, die verdächtige Gerüche ausdünsteten, nach Salamisandwiches, nach dem schwachen Gummi- und Uringeruch von Turnschuhen. Es roch nach Bier. Die robusten Muskeln junger Männer zeichneten sich unter ihren ärmellosen Hemden ab. Ihre dunklen Stimmen machten einen schwarzblauen Lärm. Sie lachten über *Julius Cäsar*, also versuchte sie es mit *The Midnight Ride of Paul Revere*. Darüber lachten sie auch.

Leo fing an, über sein Studium am Juilliard zu murren.

»Aber du hast mir doch gesagt, dass die Ausbildung wichtig ist, dass sie dir die Richtung vorgibt«, hielt Bea dagegen.

»Sie hemmt mich. Ich fühle mich beengt. Ich verdumme dort, ich kann nicht atmen. Die Schule ist eine Gruft, es ist stickig, es ist ja niemand so recht schuld daran, aber sie wissen einfach nicht, was sie mit einem anfangen sollen, wenn man ein Original ist.«

»Gibt es nicht massenhaft Komponisten, die von einer Musikschule kommen?«

»Massenhaft? *Massenhaft?* Herrgott noch mal, Bea, das Echte kommt nicht haufenweise vor, davon geht nicht ein Dutzend pro Jahr von der Schule ab, vielleicht einmal in fünf Generationen taucht so jemand auf, warum kannst du das nicht kapieren? Und ›Musikschule‹, wirklich nett, es gefällt mir, wie du das nennst. Musikschule, Highschool, alles ein und dasselbe; was den ganzen Tag lang in meinem Kopf steckt, ist nichts anderes, als was in deinem Kopf steckt, willst du mir das sagen?«

»Was willst du also tun?«, fragte sie.

»Tun? Darum geht es ja genau, ich will es tun, tatsächlich *tun*, nicht mehr vortäuschen, dass ich bloß ein weiterer aufstrebender Kompositionssklave bin, wenn ich bereits angekommen bin. Ich spüre es, ich weiß es, ich weiß, was in mir steckt, ich habe meine Ideen. Gershwin, Schönberg, Cage, glaub nicht, ich wäre nicht auf ihrem Niveau, wäre nicht fähig, wozu sie fähig sind, und du kannst alles darauf wetten, dass ich beabsichtige, sie alle hinter mir zu lassen …«

Leo plapperte, gluckste, palaverte in einem fort, halb satirisch, von sich selbst verführt; er verbarg, was er wirklich meinte, indem er sagte, was er wirklich meinte; er legte es darauf an, sich einen Namen zu machen in der Welt, das sah sie, sie glaubte ihm, es hatte nichts zu tun mit ihren eigenen bedeutungslosen Fantasien, die hatte sie aufgegeben, oh, leicht, ganz leicht, sie hatten sich in nichts aufgelöst, hatten nicht einmal einen Hauch hinterlassen; ihre Fantasien waren nur noch ein Lexikon von Wolken. Leos Reden waren aufgebauscht, bombastisch, widersprüchlich; aber sie maskierten (und das wusste sie) die Detonationen seines Willens. Sie waren genauso sprunghaft, genauso ausgedacht wie die donnernde Musik in seinem Kopf.

Das war der Grund, weshalb Bea am Ende die Theaterkarten zerriss. Die hatte Nerven, dieses Mädchen, diese sogenannte Nichte: eine Fremde, ein Eindringling, eine Invasorin. Eine Grenzverletzung! Diese verstohlen umherschweifenden Blicke, dieser wie zufällig übergriffige Finger, der es wagte, einen Ton, irgendeinen Ton anzuschlagen, irgendeine austauschbare Taste, ein Gift, so bitter wie irgendein anderes, ein Verstoß, eine Grenzverletzung! Laura wäre vielleicht mitgekommen, sie war immer bereit, jemandem einen Gefallen zu tun, aber was bedeutete ihr schon *Othello*? Laura und Harold waren Filme lieber; sie gingen oft ins Kino.

Auch Bea, aber allein, heimlich: Sie hatte ihre Gründe.

8

14. August 1952

Liebe Tante Bea – Du willst nicht, dass ich Dich so nenne, aber ich kann mir das nur schwer abgewöhnen. Ich habe an Dich immer als an die Unbekannte Tante *gedacht, und vielleicht hast Du an mich als an die* Nichtvorhandene Nichte *gedacht. Als ich bei Dir in New York hereingeplatzt bin (so musst Du es empfunden haben), fremdelten wir doch ziemlich, nicht wahr? Es war ja bloß eine Nacht, und auch wenn sich das unsinnig und egoistisch anhört, ich wollte, dass Du mich ein bisschen kennenlernst, zumindest so, dass Du mich verteidigen könntest. Was musst Du gedacht haben, als ich nicht wie versprochen letzten Freitag wieder aufgetaucht bin? Eine ganze Woche ist vergangen, und ich frage mich, ob Du von Dad gehört hast oder ob er immer noch glaubt, was immer Du ihm weisgemacht hast, eine nette, beruhigende Geschichte, wie Du einfach mehr Zeit gebraucht hast, um herauszufinden, was mit Julian los ist.*

Jetzt hoffe ich, dass Du mir bei einer anderen großen Schwindelei hilfst, Dad abzuwehren, auch wenn ich mir nicht vorstellen kann, wie das gehen soll. Ich weiß, dass er zusammenbrechen wird, und die Wahrheit ist, dass ich das nicht verkrafte. Also überlasse ich es Dir, es für mich zu tun, vielleicht aufgrund dieses Familiensinns, von dem Dad plötzlich entdeckte, dass er ihn von seiner verloren geglaubten Schwester erwartet. Du hast die Briefmarke gesehen, Du hast bereits gemerkt, dass ich Paris nicht verlassen habe. Ich komme nicht zurück, jedenfalls nicht so bald, das hatte ich auch gar nicht vor, und Du hast recht, wenn Du mich als die schlimmste Lügnerin der Welt verurteilst, aber ich musste *es irgendwie hinkriegen, dass ich wegkonnte, ohne dass Dad mir jeden Augenblick im Nacken saß. Ich bin hier mit Julian und Lili (Julian nennt uns beide, Lili und mich, die Botanischen), und ich kann nicht sagen, für wie lange – es gibt so viel zu begreifen. Ich kann es nicht alles in diesem Brief erklären, weil ich ihn endlich zur Post bringen will, und ich weiß, ich hätte schon vor Tagen schreiben sollen. Bitte mach mir nicht zu viele Vorwürfe, es ist bloß so kompliziert hier, komplizierter, als ich je gedacht hätte. Was immer Du mit Dad anstellen kannst, ich werde Dir jedenfalls ewig dankbar sein.*

Iris

P.S. Du könntest ihn wissen lassen, dass Julian nicht in irgendeinem Rattenloch haust, falls er das befürchtet. Es ist eher ein Palast. Und es ist auch besser, Lili nicht jetzt gleich zu erwähnen, meinst Du nicht auch?

Die Botanischen! Es war für Bea der erste Hinweis, dass Julian, mürrisch und stur, eine Andeutung von Witz zeigte. Der Rest war nichts als Andeutung über Andeutung: die Freundin, kaum konkreter als das Gerücht oder die Schreckgestalt, die sie zuvor gewesen war. Und dieses aufreizende *Ich werde Dir ewig dankbar sein*, in diesem fordernden Ton, diesem Befehlston, mit der Erwartung, man komme ihren Wünschen nach. Iris mochte wohl so harmlos aussehen wie Margaret, aber weiß Gott, sie war Marvins Tochter. Und sie spielte immer noch ihre Spielchen, eine Unaufrichtigkeit zog die nächste nach sich: Nachdem sie Bea dazu verleitet hatte, Marvin auszumanövrieren, ordnete sie ein zweites Manöver an. Das erste war einfach genug gewesen, er hatte das Ganze beinahe wohlwollend geschluckt, und hatte sie da nicht mehr als bloß einen Hauch von Triumph verspürt, weil sie Marvin überlistet hatte? Aber es noch ein weiteres Mal zu tun, noch einmal einen Taschenspielertrick anzuwenden, wenn sie kein Interesse hatte am Leben dieser jungen Leute, an ihren Intrigen und Intimitäten, ihren fremdartigen Körpern, und welche Ausdünstung auch immer als ihre Seele gelten mochte. Iris und Julian, Nichte und Neffe, Fleisch von ihrem Fleisch, die nie daran interessiert waren, sie ausfindig zu machen, so wenig wie sie umgekehrt. Sie waren einander gegenüber weder neugierig, noch brauchten sie einander. Es war Angst (Marvins Angst), die sie alle in einen einzigen schmutzigen Sack geworfen hatte – und Marvin, zu Hause in Kalifornien, zog die Schnur an dem Sack fester zu. Er hatte Angst vor Europa. Er hatte Angst vor Paris. Bea sah in ihm eine Art eingeschüchterten Naturmenschen – sein Paris war nicht mehr als die Platitüden der Postkarten, Eiffelturm, Arc de Triomphe; und darunter düstere, verseuchte, grausame Verliese, in denen sein Junge schmachtete. Unterhalb dieser berühmten öffentlichen Monolithen gab es Innenräume, die ein Besucher nie ergründen konnte, und in Marvins schlichter Vorstellung war sein Sohn, nicht mehr lediglich ein Besucher, in dieses widernatürliche Dunkel eingedrungen. Julian war ein Gefangener Europas. Er wurde allmählich zu einem Fremden.

Seine Schwester bestärkte ihn noch darin. Schlimmer, sie zwang Bea zu einer weiteren Intrige, an der sie letztlich keinen Gefallen fand – was sollte sie Marvin sagen?

Wenn Marvin ein Löwe war, in dessen Höhle man sich wagen sollte, dann sollte es Iris selber wagen. Sie hatte gelogen und war weggelaufen – sollte sie doch das Gebrüll ihres Vaters hören. Es war nur gerecht, es war, was sie verdiente; Bea für ihr Teil (aber sie hatte kein Teil an alledem) hatte vor, Außenseiterin zu bleiben in dieser Kalifornien-Krise – Kalifornien, wo die launischen Verführungen von allzu warmer Luft und allzu viel Sonne Familienbande auflösten, Eltern von Kindern trennten, Ehemänner von Ehefrauen; wo inzwischen seit vielen Jahren Leo der Kapitän seines Schicksals geworden war und wo Leo und Marvin, obwohl sie in ihren schicken Häusern mit den roten Ziegeldächern im spanischen Stil und den hängenden Balkonen womöglich kaum mehr als eine Meile voneinander entfernt wohnten, sich nie begegnen würden.

Das Drängen des Mädchens: arrogant, diktatorisch – aber auch eine inständige Bitte. Die Bitte, sie möge sich betrügerisch und arglistig verhalten. Es dämmerte Bea, dass die beiden, Iris und Marvin, ihr die Mittel zur Bestrafung überlassen hatten: den Vater für seine Tyrannei, die Tochter für ihre Fluchten.

Was sollte sie Marvin also sagen?

Die kalte, gefährliche Wahrheit.

9

18. August 1952

Lieber Marvin,

es überrascht mich ein wenig, dass ich kein einziges Wort von Dir dazu gehört habe, dass Iris nun schon seit vielen Tagen überfällig ist, obwohl Du mittlerweile ziemlich ungeduldig sein dürftest. Und obwohl Du weißt, dass sie ihre Laborstunden verpasst hat (und mir ist klar, wie sehr Dich das verärgern muss), hast Du ihr – und mir – reichlich Spielraum gegeben. Eigentlich habe ich fast erwartet, dass das Telefon gar nicht mehr zu klingeln aufhört. Ich kann Deine Langmut nur der Tatsache zuschreiben, dass Du mir vertraust und glaubst, dass Dein Plan klappen wird. Ich schreibe Dir nun etwas, was Du nicht leicht verkraften wirst, und füge diese Warnung hinzu: Wenn Du, nachdem Du diesen Brief erhalten hast, mich anzurufen versuchst, dann werde ich mir auf keinen Fall irgendeine Schimpftirade anhören, das verspreche ich Dir. Wenn Du damit anfängst, hänge ich sofort auf. Ich will nicht angeschrien, beschuldigt oder schlechtgemacht werden. Ich bin für nichts verantwortlich. Hier sind die Fakten. Dein Vertrauen, Dein Plan, mein unbegründetes Vertrauen in Deine Tochter, sie waren allesamt hinfällig. Anscheinend hatte Iris nie die Absicht, mich in den Charakter ihres Bruders und in seine Verhältnisse einzuweihen – soweit sie aus der Entfernung überhaupt etwas darüber vermuten konnte. Sie hat diese Entfernung inzwischen aufgehoben. Sie ist bei Julian in Paris. Das kam für mich genauso wie ein Blitz aus heiterem Himmel, wie es jetzt Dich treffen wird. Positiv daran ist, dass du Dir selbst, falls Du Dich erinnerst, wenn auch nur flüchtig überlegt hast, Iris allein hinzuschicken. Offenbar hatte auch sie diese Idee. Sie fühlt mit ihrem Bruder, und sie wird, mehr als irgendwer sonst und ganz bestimmt mehr als ich, über die Mittel verfügen, ihn zur Heimkehr zu überreden. Was das Negative angeht, so lässt sie sich nicht darüber aus, wann sie selbst zurückkommen wird – fang damit an, was Du willst.

Viele Grüße
Beatrice

23. *August* 1952

Bea:

Ganz recht, Du hast mir einen Schock versetzt. Ich nehme an, das war auch die Absicht. Und ich werde nicht anrufen, nein. Ich habe in diesem Moment keine Lust, Deine Stimme zu hören, und egal, welche Lügengeschichte auch immer Du mir auftischen würdest mit Deinem unangenehmen oberlehrerinnenhaften Ton. Damit magst Du vielleicht diese Jungs aus den Slums, denen Du Dein Leben opfern willst, dazu bringen, dass sie die Klappe halten, aber bei mir zieht das nicht. Und erzähl mir bitte nicht, Du hättest keine Ahnung gehabt, dass meine Tochter nach Paris unterwegs war! Das ist doch erstunken und erlogen, mir ist klar, was Du vorgehabt hast, ich wusste es in derselben Minute, als ich zurückkam und diesen Haufen Mist vorfand, den Du mir geschickt hast. Ich war nämlich in Mexiko geschäftlich unterwegs – wir verkaufen denen Hubschrauber, auch wenn manche von diesen Bossen einen Motor nicht von einem Pferdearsch unterscheiden können. Es ist ganz einfach so, dass ich annahm, Iris sei wieder auf dem College. Sie hat ihre eigene kleine Wohnung ganz in der Nähe des Campus – sie sagte, sie wolle unabhängig sein, also habe ich sie dort untergebracht, ohne Rücksicht auf die Kosten. Ich habe immer getan, was ich konnte, um es meinen Kindern recht zu machen, und was war der Dank? Aber es war nicht leicht für Iris, hier mit Margaret in ihrem Zustand zu leben. Zurzeit, seit ungefähr einem Monat, ist Margaret in einem sehr guten Heim in Behandlung, dem Suite Eyre hier in Beverly Hills. Ich kam in ein leeres Haus zurück, bloß die Haushälterin war da, und ich leugne nicht, dass ich diese Frau absichtlich in Unkenntnis halte – ich kann es nicht brauchen, dass ein Dienstbote seine Nase in die Angelegenheiten meiner Familie steckt. Die letzte habe ich gefeuert, als sie anfing zu fragen, warum Margaret nachmittags immer so viel schläft. Natürlich kann ich Margaret das mit Iris nicht erzählen, jedenfalls nicht jetzt gleich. Ich fürchte, das würde sie vollends um den Verstand bringen. Sie hatte schon immer Probleme mit den Nerven, aber was sie kränker als sonst gemacht hat, war Julians Verschwinden. So drückt sie es aus: Julians Verschwinden. Als hätte er sich in einer Rauchwolke aufgelöst, als wäre ihm was Furchtbares passiert. Und jetzt Iris! Also frage ich, warum hast Du das geschehen lassen? Warum hast Du zugelassen, dass meine Tochter das tut? Was ist das für ein Affentheater, dass sie nicht zurückkommen will? Warum hast Du sie in drei Teufels Namen nicht AUFGEHALTEN? Du Miststück, Du hast sie einfach nicht aufgehalten! Meine Kinder laufen mir davon, und warum? Was habe ich getan? Was habe ich nicht getan? Habe ich sie vernachlässigt, habe ich ihnen wehgetan? Manchmal habe ich das Gefühl, es ist ein Fluch, aber weshalb? Ich weiß nicht, ich weiß es nicht. Ich weiß nur, dass ich will, dass mein Sohn heimkommt. Er gehört nicht dorthin, es ist der falsche Ort für ihn, man hat ihn dort mit Haut und Haaren verschlungen. Du sagst mir, dass Iris ihn zurückbringen wird. Was aber, wenn das, was auch immer dort drüben ist, sie genauso wie Julian verschlingt? Ich bin ein toter Mann, ich bin tot, Herrgott noch mal, Bea, begreifst Du nicht, was ich durchmache?

Marvin

Du Miststück. Dieser Haufen Mist. Marvin wieder in bester Gossenmanier. Marvin, am Boden zerstört.

10

DAS NEUE HOTEL war erstaunlich voll für September, und obwohl es nicht so teuer war wie das vorige, war es, gemessen am Preis, erstaunlich schäbig. Aber sie hatte Glück gehabt, so kurzfristig überhaupt noch ein Zimmer zu finden, und etwas Besseres konnte sie sich nicht leisten – was für ein Wahnsinn, eine zweite Reise, zwei Monate nach der ersten! Der Sommer war offiziell vorbei, doch noch wimmelte es von Touristen, die bessergestellten Pariser, die gewöhnlich im August aus der Stadt flohen, trudelten langsam wieder ein. Das Taxi vom Flughafen hatte sie an einer schmalen Treppe vor einer gewöhnlichen Holztür abgesetzt, dabei hatte sie eine Markise und einen Mann in Uniform erwartet. Sie musste die Tür mit einem Fuß aufhalten, während sie sich zugleich mühte, ihren Koffer über die Schwelle und in die winzige Lobby zu bugsieren. Der junge Angestellte am Empfang machte keine Anstalten, ihr zu helfen.

Im Zimmer war es dann drückend heiß. Das einzige Fenster, teilweise zugestellt mit einem ramponierten Kleiderschrank, ging auf eine schmutzige Gasse. Ein breites Bett mit einer Mulde in der Mitte nahm fast den ganzen Platz ein, und ein schmaler Pfad an der Seite führte zu dem, was als »Geräumiges eigenes Bad mit Dusche« annonciert gewesen war. Toilette und Waschbecken waren diagonal in eine Ecke gezwängt, kaum zugänglich wegen einer riesigen

Badewanne, in der ein schlangenartig aufgerollter Schlauch lag.

Aber am Morgen fand sie die Lobby durch im Kreis aufgestellte kleine Frühstückstische verwandelt, ausgeleuchtet von grellen Sonnenstrahlen und erfüllt von stakkatoartigem britischem Gezirpe und dem tiefen Katarrh deutscher Laute. Sie trank den sehr guten Kaffee, knabberte an einem Stück Brie und einem Croissant und machte sich dann auf den Weg. Sie hatte den Reiseführer zurückgelassen – er war angesichts ihrer gegenwärtigen Verwirrung unbrauchbar – und stattdessen aus der Seitentasche einen übersichtlichen Plan von Paris herausgenommen. Der Plan war so oder so rätselhaft: Man sah die Namen der Straßen und wo sie sich trafen oder kreuzten und in lang gezogener roter Schrift die römischen Ziffern, die die jeweiligen Arrondissements bezeichneten – all das ergab keinerlei Sinn. In New York erkannte man gleich den Unterschied zwischen der glitzernden Fifth Avenue der Museen und der ärmlichen Fifth Avenue der Mietshäuser, auch wenn kein Stadtplan vermitteln konnte, was eine Entfernung von auch nur zwei Meilen unter Umständen bedeutete. Was hieß es schon hier in Paris, für Proust zu schwärmen (sie hatte ihr vergilbendes Exemplar von *In Swanns Welt* als Lektüre für den Flug mitgenommen) oder sich aufgrund von Lektüre auszukennen in der Geschichte und mit Königen und Revolutionären und Philosophen? Es zählte überhaupt nicht, wenn man sich fragte, wie man an einem ganz gewöhnlichen Dienstag mitten in seinem ganz gewöhnlichen Leben vom IX. ins VII. gelangen sollte und sich abgewiesen fühlte von den pflichtbewussten Werktagsgesichtern, die an einem vorüberzogen, Gesichtern, die alltägliche Aufgaben hatten und sich genau darauf und auf die Art konzentrierten, wie sie zu erledigen waren. Sie konnte diese Stadt nicht verstehen, sie war ein Rätsel, oder es war Paris, das alles erfasste, was durch seine Arterien lief, und sie war es, der Eindringling, der das Rätsel war.

Sie war sich selbst ein Rätsel. Sie war recht gelassen abgefahren, es war eine merkwürdige Gelassenheit, eine schlafwandlerische Gelassenheit: der Bus zur Bank, das mechanische Packen wie unter Hypnose, die Unterredung mit ihrem ungehobelten Rektor.

»*Jetzt* fragen Sie danach? In letzter Minute, genau zu Beginn des neuen Semesters?«

»Mrs Bienenfeld sagt, sie wird mich vertreten. Ist das damit nicht geregelt?«

»Es ist zu viel für sie, sie hat ihre eigenen Klassen. Und sie ist nicht berechtigt, Englisch zu unterrichten, Sie können nicht Äpfel mit Birnen mischen!«

»Sie wird es schaffen. Sie tut es gern, sie ist eine Freundin.«

»Sie meinen, Sie können ihr das aufhalsen. Also, wenn sie das so gern tut, kann sie zwei von Ihren Klassen übernehmen, aber für die anderen zwei brauche ich einen Extralehrer von außerhalb, der extra bezahlt werden muss, und wir haben schließlich Richtlinien und ein Budget. Nun gut, Sie sind uns einiges wert hier, Sie heben das Niveau, also meinetwegen, aber Mrs Bienenfeld sollte Ihre Jungs bei der Stange halten, darin waren Sie gut. Zum Teufel, Bea, worum geht's hier eigentlich, schon wieder nach Paris, haben Sie dort einen französischen Lover versteckt? Miss Nightingale, eine Dame der Nacht, oh, là, là!«

Und dann Laura: »Bea, ich kann mich nicht an deinen Lehrplan halten, dieser ganze Whitman und Hawthorne und dann noch die *Geschichte zweier Städte*, Herr im Himmel. Sie werden es zum Kotzen finden! Kann ich nicht einen Stoff durchnehmen, mit dem ich was anfangen kann?«

»Du musst improvisieren, Laura, einfach improvisieren.«

Ihr ungehobelter Rektor, die ungehobelte Laura. Ihr eigenes Leben, deprimierend und armselig, verachtet von Marvin, verachtet von Leo – von Leo, der es ihr eingebrockt hatte! Aber warum hatte sie sich dann nicht befreit?

In der Rue Mouffetard (der Name stand seitlich an einem Gebäude) blieb sie stehen und sah sich um. Sie war in die falsche Richtung gegangen – sie befand sich weit entfernt von der Nummer, die auf Iris' Briefumschlag gestanden hatte. Die Morgenkühle war langsam gewichen. Trotz der größer werdenden Menschenmenge, des hektischen Gewusels von Touristen mit ihren Kameras und ihren Taschen war sie entsetzlich allein. Sie hatte sich in diese unnatürliche Szenerie eingeschmuggelt, fühlte sich deplatziert, unglücklich – und wozu? Marvin, der hohle Marvin – sie hatte nicht auf seinen Brief geantwortet, sie hatte ihm nichts gesagt. Sie war der personifizierte Widerspruch – Ressentiment und Gleichgültigkeit –, und dann das … diese närrische und überstürzte Reise nach Paris. Um was zu tun? Wen zu retten? Marvin vor seinen Qualen, den Bruder, der sie beschimpfte? Sich selbst, Bea, vor einem deprimierenden, armseligen Leben? Dieser Ton, dieser zerbrochene Klang, wie splitterndes Glas, ein Schlag aufs Gehirn – sie hatte gemeint, sie sei zufrieden, ausgesöhnt, tatkräftig, geordnete Tage, ein geordnetes Leben: bis Iris' Finger sie in Aufruhr versetzt hatte. Das Anschlagen dieser einzigen unheimlichen Taste, ein kurzes Klirren, wie wenn ein Spiegel zerbrach – sie hatte eine Tonlage, einen Akzent, Bea konnte sich nicht erinnern, ob Bass oder Sopran, ein Dröhnen oder ein Kreischen, ein Glassplitter, der sich in ihre Adern bohrte und mit dem Strom ihres Blutes dahinfloss ... Leos unberührbares Instrument. Die Berührung des Mädchens, eines goldenen Mädchens, und was war Bea, wenn nicht ältlich, armselig und deprimiert?

Sie ging eine Straße entlang mit höhlenartigen Buden, behängt mit Souvenirs: Schlüsselanhängern, Ringen, Aschenbechern, Armreifen, allesamt verziert mit einem winzigen Eiffelturm, bemalten Krawatten, Schals und Bannern, eine Reihe Porzellannippes nach der anderen. Und eingezwängt zwischen diesen lästigen Läden in dieser undefinierbaren Gegend ein weiteres Straßencafé. Sie bestellte Rührei und Saft, mehr aus Höflichkeit als aus Hunger, und zeigte dem ältlichen Kellner ihren Stadtplan und die Straße, die sie suchte. Madame – Gelächter in einem alten, zerknitterten levantinischen Gesicht –, es ist weit von hier, wo Sie jetzt sind, sehr weit! Madame sollte auf keinen Fall zu Fuß gehen, bei dieser sengenden Sonne wird sie auf der Straße umfallen, die Polizei wird kommen und sie ins Krankenhaus bringen, ein Krankenhaus für törichte Amerikaner, die auf der Straße einfach umfallen! Macht nichts, er, er mochte Amerikaner, mochte besonders das amerikanische Kino, kannte sie, drüben in Amerika, den Film *Weesperin Weens*? Ein sehr guter Film, und so eine schöne Frau, nur im amerikanischen Kino haben Frauen so rote Lippen und so gute Zähne, ja, er spielt sogar jetzt in einem Kino gleich hier, keine zehn Meter entfernt …

Ja, sagte sie, *Whispering Winds*, ich kenne den Film. Und sie bezahlte für das Essen, das sie nicht angerührt hatte (aber den Saft trank sie durstig aus), und ging in die Richtung, in die der Kellner deutete. Und da waren sie: das große grellrote Plakat, die zwei wohlbekannten Stars, in einem Kuss vereint, die Bluse der Heldin gerade so weit aufgeknöpft, dass man die Ansätze ihrer üppigen Brüste sah, die nackten Arme des Mannes fast grotesk muskulös. Zu ihrer Überraschung war die Kasse geöffnet, obwohl es noch früh am Nachmittag war. In der plötzlichen Dunkelheit im Saal spürte sie etwas Schmuddeliges, Klebriges: frischer Kaugummi unter ihren Füßen, eine Flüssigkeit, auf dem fleckigen Teppich verschüttet. Der Film hatte schon angefangen; sie schloss die Augen. Sie kannte fast jede Bewegung auswendig und einen Großteil des Dialogs. Sie verspürte nicht den Wunsch, auf die Leinwand zu schauen. Zu Hause war sie uptown und downtown, im Village, auf Höhe der Achtziger und am Times Square dieser Fährte von einem Kino zum anderen gefolgt, heimlich, allein, und hatte auf Leos Geist gehorcht. Leos Geist! »Ich beabsichtige«, hatte er ihr einmal erklärt, »die normalen Komponenten des konventionellen Orchesters zu eliminieren, verstehst du, was ich meine?« Sie verstand es nicht. Er wusste, dass sie es nicht verstand, aber es freute ihn, dass sie zuhörte. An den Abenden, nach fünf, sechs Stunden mit diesen ohrenbetäubend lauten Jungen in diesem ohrenbetäubend lauten Klassenzimmer, hörte sie zu. Leo war im Bett seit dem Morgen, träumte von Sinfonien, von Opern. »Was ich mir gerade ausgedacht habe, ist etwas, was bisher noch niemand gemacht hat, zwei elektrische Klaviere, zwei Bassgitarren, zwei Altsaxofone, eine Rhythmusgruppe, ein Knabensopran, ein Frauenchor …« Und ein anderes Mal: »Ich möchte einen fünfzigköpfigen Chor haben, einen Mezzosopran für Anna Karenina – oder vielleicht doch für die Bovary, ich habe mich noch nicht entschieden.« Leo exaltiert, hingerissen (und ausgeruht, dachte Bea unwillkürlich), der auf die Tasten einhämmerte, um ihr eine Reihe geräuschvoller Passagen vorzuführen, aber dann war es genug, es war nur, um ihr zu demonstrieren, worum es ging, das dramatische Thema, er fasste sie am Nacken, sein flammender Blick, die flammende Maschinerie der Harmonie der Töne und ihres Kontrapunkts, wie er es nannte … Das Liebespaar umarmte sich, der Film war zu Ende, der Nachspann flutschte vorbei, so schnell, dass sie ihn kaum lesen konnte, aber sie strengte ihre Augen an, sie war auf den Namen gefasst, in einer Sekunde glitt er vorbei, *Musik von Leo Coopersmith*, und dann ging das Licht wieder an, und sie nahm den Schmutz um sich herum wahr und die vier anderen auf den Sitzen verteilten Kinogänger, einer von ihnen ein Clochard, der grauenhaft stank.

Leos Geist!

Auf der Straße war es strahlend hell wie zuvor: Es war die Pariser Sonne, berühmt dafür, dass sie erst um zehn Uhr unterging. Die Suche nach Julian konnte noch einen Tag warten. Sie rief ein Taxi und fuhr in ihr Hotel zurück, um auszuschlafen, zu Tode erschöpft nach dem Wechsel in eine fremde Zeitzone.

11

EIN PALAST, HATTE Iris geschrieben. In Beas amerikanischen Augen war er an diesem Sonntagmorgen ehrwürdig europäisch – romanische Fenster, im Erdgeschoss geschützt durch gewölbte schmiedeeiserne Gitter, dunkle, dicke ovale Steine, die sich wie eine hohe Mauer erhoben, schwere hölzerne Doppeltüren, beschnitzt mit Büscheln praller Trauben und einem dickbäuchigen, finster blickenden Bacchus: Das alles verströmte eine nahezu sinnlich wahrnehmbare Opulenz. Vielleicht war es aber auch eine Mimikry aus späterer Zeit, das vom Krieg beschädigte Paris neu aufpoliert, die absichtsvolle Täuschung oder beflissene Huldigung eines Architekten, das schale moderne Europa, das sich für das alte Europa ausgab. Eine der Türen stand offen: von Lampen erleuchtetes Halbdunkel, eine Marmortheke und dahinter eine Concierge – dieses hochherrschaftliche Gebäude war also letztlich auch nichts anderes als ein mittelständisches Mietshaus, wenngleich nicht von der Sorte, die man je in New York antreffen würde.

Hier wohnte Julian.

Sie nannte der Concierge seinen Namen, die, wie sich herausstellte, Englisch mit einer Cockneyfärbung sprach und das auch unbedingt erklären wollte: Es war einsam, wenn man den ganzen Tag im Halbdunkel dasaß und mit keiner Menschenseele reden konnte, nur zusah, wie die Leute kamen und gingen, und nichts außer dem komischen Pfeifton des Fahrstuhls hörte. Und natürlich war sie Engländerin, das merkte man doch sofort, man hätte sie niemals für etwas anderes halten können; sie war in zweiter Ehe mit einem Franzosen aus La Rochelle an der Küste verheiratet, sie hatten sich kennengelernt, als sie über den Ärmelkanal gereist war, um das Grab ihres ersten Mannes in der Normandie zu besuchen, ein britischer Soldat, wissen Sie, und hier war sie nun, in Paris hängen geblieben, weil ihr zweiter Mann an der Krankheit gestorben war, von der man nur im Flüsterton sprechen konnte … Wie war doch gleich der Name?

»Nachtigall«, sagte Beatrice. »Julian Nachtigall.«

»So heißt niemand auf meiner Liste, und glauben Sie mir« – sie tippte sich an die Stirn –, »ich hab sie alle da drin.«

»Ein junger Mann. Anfang zwanzig. Amerikaner.«

»Ganz oben wohnt ein amerikanischer Arzt, er spricht ziemlich gut Französisch. Ist aber fast nie hier. Sie meinen doch nicht Dr. Montalbano?«

»Nein, nein, Nachtigall.«

»Alle diese ausländischen Namen, man könnte meinen, wir seien bei den Juden.« Die Concierge verzog die Mundwinkel zu einem Grinsen. »Ich weiß, wen Sie suchen. Er ist Jude, der, den Sie suchen, aber ich möchte das nicht gern herumerzählen. Er wohnt illegal hier, mit einer anderen Illegalen, und jetzt ist noch eine dritte Person dazugekommen, fragen Sie mich nicht, warum. Erstaunlich, dass er sie da oben wohnen lässt, er ist ein komischer Kauz, dieser Dr. Montalbano, wer weiß, was die im Schild führen …«

Unglaubwürdiges Geschwätz. Aber was war denn schon

glaubwürdig? War es glaubwürdig, dass Julian aus dieser anderen Wohnung hierhergezogen war, der Bettler in den Palast? Die Frau hätte gern weitergeplappert, die bräunlichen Lippen verzogen sich zu einem wissenden Lächeln, während Bea über den mit Teppichboden belegten Eingang dorthin floh, wo das Licht eines winzigen Fahrstuhls blinkte. Quietschend fuhr er ruckweise nach oben, ein, zwei, drei, vier, fünf, und auf dem sechsten Treppenabsatz hielt er vor einer einzelnen Tür.

Eine ganz normale Klingel.

Es war kühl hier und still. Sie stand da und lauschte. Kein Geräusch hinter der Tür, eine wilde Erwartung – wie auf einem Standfoto aus einer Krisenszene, der eingefrorene Moment, als sie den Finger hob, ihn dem Klingelknopf näherte, dem Knopf, der gleich die Stille hinter der Tür entweihen würde (Iris' erhobener Finger, Sekunden bevor er blindlings auf eine entweihte Taste fiel) … Ein gedämpfter Klingelton; dann nichts; dann immer noch nichts; und schließlich der Klang eines abgehackten Gebells – aber eines Gebells mit menschlichem Timbre. Das schwere Scharren von Schuhen, eine Art humpelndes Schlurfen, als wären die Schnürsenkel nicht zugebunden, und immer näher kommend eine amerikanische Stimme, die knurrte: »Ist ja gut, nicht schon wieder, grade wenn ich am Einschlafen bin, habt ihr natürlich vergessen, den verfluchten Schlüssel mitzunehmen.«

Ein junger Mann mit schwabbeligem Hals, einem dünnen, horizontalen blonden Schnurrbart, triefenden Augen, ein Taschentuch vor dem Mund. Vulkanisches Gehuste, gefolgt von einem Schwall Französisch.

»Bitte englisch«, sagte Bea.

»Oh, tut mir leid, dieser blöde Schnupfen, ich hab gedacht, es wäre ... und als ich gesehen hab, dass es nicht ...« Ein paar mühsam unterdrückte heftige Atemzüge. »Er ist jetzt weg, er ist den ganzen Monat in Mailand ...«

Bea sagte: »Nein, nein«, und dann brach es aus ihr hervor: »Ich war im Juli schon mal hier, ich hab versucht, dich zu finden. Julian? Julian Nachtigall? Ich hab den Brief deiner Schwester ...« Sie unterbrach sich und sah ihn genauer an; er war wirklich noch ein Junge. Selbst der Schnurrbart war noch unterentwickelt.

Er sah sie seinerseits an – mit den Augen ihres eigenen Vaters, das fiel ihr sofort auf: Tatarenlider, die über die Augenwinkel hingen.

»Meine Schwester.« Er knurrte zweimal trotzig. Wandte ihr den Rücken zu – im Hemdkragen war ein Riss – und schlurfte davon in einen großen, zentralen Raum, von dem aus sich weitere Räume öffneten: unmöglich zu sagen, wie viele. Ein Palast mit zu vielen Möbeln, verstreuten Sofas und Sesseln. Diverse weibliche Kleidungsstücke da und dort drapiert, ein Strumpf, der von einem Lampenschirm baumelte, ein anderer, über einen Bilderrahmen gehängt. Auf dem Boden eine Decke. Bea machte die Tür hinter sich zu – ihm war es einerlei, ob sie offen oder zu war, ob Bea blieb oder ging, es war ihm gleichgültig. Sie sah die losen, über den Boden schleifenden Schnürsenkel. Eine Wildnis, alles war provisorisch, nirgends ein Zusammenhang. Er hob die Decke hoch, legte sie sich um die Schultern und versank in den Kissen eines Sofas.

»Du musst die Tante von Iris sein«, sagte er.

»Deine auch.«

Seine Erkenntnis – wer sie war und womit sie zu drohen schien – kam so plötzlich, dass er sie wohl nicht wirklich verdauen konnte; ohne zu zögern hatte er verstanden, was ihr Hiersein für ihn zu bedeuten hatte. Eine instinktive Reaktion, die sich auf arrogante Art ihrer sicher war. Sie deutete auf intuitive Regungen hin. Sie deutete auf ein Innenleben hin. Aber was war mit dem Außenleben?

Er sagte: »Sie hat mir erzählt, dass sie eine Nacht bei dir gewohnt hat. Sie ist gekommen, damit du nicht kommst. Sie hat dir gesagt, du sollst fortbleiben.« Eine rasselnde Hustensalve schüttelte ihn; mit einer wütenden Bewegung wischte er sich über die Augen. »Mein Vater hat dich geschickt, stimmt's? Er hat dich veranlasst zu kommen.«

»Ich bin gekommen, weil ich es wollte.«

»Aber *er* wollte es, das kannst du nicht abstreiten. Selbst wenn du glaubst, etwas ist deine eigene Idee, steckt er dahinter. Das läuft so bei ihm, sag nicht, dass das nicht stimmt. Er setzt immer seinen Willen durch.«

»Nicht bei dir. Er hat dich gebeten, zurückzukommen, und du kommst nicht.«

»Meine Mutter glaubt, ich sei entführt worden, das hast du wohl auch gehört. Vielleicht von grünen Marsmännchen.« Er stöhnte gereizt auf und zog sich die Decke über den Kopf. »Du lieber Gott, du kommst hier einfach hereinmarschiert, was bist du eigentlich, die Vertreterin der Firma, die Sprecherin der Familie? Haben wir uns je im Leben gesehen? Was immer ich deiner Ansicht nach vorhabe, es geht dich nichts an. Meinen Vater auch nicht.« Er streckte zitternd den Kopf unter der Decke hervor. »Verdammt, warum sind sie noch nicht zurück?«

Sie sah die spröden, geschwollenen Lippen, die geröteten Nasenflügel, das fiebrige Elend eines kranken, wehleidigen Kindes. Mürrisch und stur. Aber sie hatte ihn überrumpelt, sie war ein Ausbruch, eine Geistererscheinung – unfair und brutal. Sie stand, unschlüssig und gekränkt, ihrem Neffen gegenüber – Julian, dem Sorgenkind – und sah sich erst jetzt unter all diesen niedrigen Tischchen, abgetretenen Teppichen, den ein, zwei Schreibtischen und den vielen Stühlen nach einem Platz zum Sitzen um. Das große Zimmer ähnelte einem Versammlungssaal, abgenutzt, nicht instand gehalten, öffentlich, armselig. Sie war erst vor drei Minuten hereingeschneit, und schon braute sich eine feindselige Atmosphäre zusammen. Hatte sie einen Ozean überquert, um dann so schnell verachtet zu werden?

Gezielt nahm sie Platz am anderen Ende des Sofas, zu Julians Füßen.

»Dein Vater weiß nicht, dass ich hier bin. Ich habe ihm nicht gesagt, dass ich fahre.«

»Was willst du denn dann?«

Auch wenn die Frage von einer verschleimten Stimme ausgesprochen wurde, traf sie doch den Nagel auf den Kopf. Was wollte sie denn? Nein, sie hatte kein Mitleid mit Marvin, das war auch ganz unvorstellbar – wann hätte Marvin je ihr Mitleid gebraucht? Der Junge hatte recht: Letztlich tat sie, aus dem einen oder anderen Grund, unweigerlich das, was Marvin ihr aufgetragen hatte. Zugegeben, sein Auftrag war vernünftig. Der Junge musste irgendwie hier herausgeholt werden. Er roch nach Chaos – es hüllte ihn förmlich ein. Chaos in seinem Zorn, Chaos in dieser schlampigen, provisorischen, verwaisten Wohnung. Wie konnte er sich da über Wasser halten? Er hatte kein Zuhause, keinen Job, keine Zukunft. Er war leichtsinnig – er hatte sich nicht die Mühe gemacht, seine Schnürsenkel zuzubinden. Schlimmer noch: Er hatte sich nicht einmal die Mühe gemacht, seine Socken anzuziehen: Sie stellte fest, dass sie auf einem Paar schmutziger Socken mit Löchern an den Fersen saß.

Der Fahrstuhl quietschte, im Gang wurde es laut, eine hohe weibliche Stimme. Kratzgeräusche im Schlüsselloch – der Schlüssel war also nicht vergessen worden. Ein Mädchen kam hereingestürmt – es war Iris –, etwas gemächlicher folgte ihr die andere. Iris rief: »He, du kranker Mann, wir haben dir ein Allheilmittel besorgt und eine nette altmodische Wärmflasche für das alte kranke Großmütterchen … Fang!«

Ein rotes Gummiding landete auf Beas Schoß. Ein gesichtsloser Homunkulus mit dickem Hals. Und hier war Iris' Hand mitten in der Luft, ihr Mund öffnete sich vor Schreck und wollte etwas rufen, doch sofort hatte sie sich in der Gewalt, und langsam und kühl wanderten die Blicke aus Iris' blassen Augen von ihrer Tante, die das Gummiding im Arm hielt, zu ihrem finster blickenden Bruder, dessen fleischiges Kinn feuerrot war, und dann zu ihrem eigenen dünnen Strumpf, der vom gerahmten Kunstdruck eines Wasserfalls hing.

»Tante Bea …« Und sie ließ die Silben langsam verklingen.

Die andere zog ein zylindrisches Fläschchen aus dem Einwickelpapier und stellte es ab. Blieb dann stumm stehen.

»Das hat doch gar keinen Sinn«, sagte Iris. »Das geht zu weit. Deine Anwesenheit hier ist überflüssig. Es gibt nichts, was du tun könntest, und jetzt spielt es keine Rolle mehr.«

Aber Julian befreite sich aus seinen Hüllen, stand auf und schlang die Arme um das andere Mädchen. Sie war klein und dunkel und dünn und völlig gelassen. Eher hager, wie Bea sah, als schlank, mit spitzen Schultern. Sie war nicht jung – jedenfalls nicht in dem Sinne jung, wie Iris es war. Sie war eine erwachsene Frau. Ihr Schlüsselbein sprang vor. Während sie Bea vorsichtig musterte – Bea, den Eindringling –, lehnte sie sich – in einer vertraulichen, doch auch bewussten Geste – zurück an Julians Brust, nahm seine Hände und führte sie über ihr Hemd. Es war ein Männerhemd mit langen Ärmeln; ihre warmen Brüste waren dort verborgen. Es war ihr gleichgültig, was sie anzog oder wie sie aussah. Lange Ärmel bei warmem Wetter.

»Lili«, sagte Julian in einer Stimme, die so brummig und besitzergreifend klang, dass Bea wusste – es war so flüchtig und gleichzeitig so intensiv wie ein Geruch –, dass Sex im Spiel war. Lüsterne Impulse. Bestimmt drückten seine Fingerspitzen die Brustwarzen unter dem Hemd. Bea stellte es sich vor, sie stellte sich vor, wie ihre eigenen Brüste von den gierigen Händen eines Mannes gedrückt und geknetet würden, wie die harten Knöchel das empfindliche zarte Fleisch quetschten, sie stellte sich ihren Körper als frei schwebende Vitrine vor, man konnte hineinsehen, sie stellte es sich wie einen Film vor, die Filmmusik schwoll an, die Kamera fuhr darauf zu für die Nahaufnahme, man konnte zusehen, wie die Eierstöcke sich bewegten und die Gebärmutter sich zusammenzog, sah den glänzenden Schleim von Leber und

Galle … Galle, einer der Säfte der mittelalterlichen Medizin, was waren noch mal die anderen drei? Das war der Sohn ihres Bruders – ihr Neffe. Innenleben? Der Junge war nicht besser als ein Wilder. Er war erstaunlich mollig, selbst die Augenlider, rosa geschwollen und dick wie Blütenblätter. Ein einzelner Tropfen hing von der Spitze seiner breiten Nase. Aus den geblähten Nasenflügeln tropfte Schleim. Und während er zwischen den einzelnen Wörtern krächzte und hustete, wollte er sich über sie lustig machen. »Lili«, sagte er, »da sich das ja nun als ein Familientreffen herausstellt, kannst du auch gleich die Schwester meines Vaters kennenlernen, die gekommen ist, um uns alle zu retten.«

Galle, er war voller Galle!

12

ALS IRIS IHN fand, stellte sich heraus, dass er und Lili in einer Klinik wohnten. Einer Art Klinik mit einem geräumigen Wartezimmer, das an bestimmte therapeutische Einrichtungen erinnerte – obwohl nirgends irgendwelche medizinischen Gerätschaften und nicht einmal ein Untersuchungstisch zu sehen waren. In den Monaten, während denen Dr. Montalbano nicht da war – es gab weitere Kliniken in anderen Städten, um die er sich zu kümmern hatte –, musste Julian als Gegenleistung für die Nutzung der Wohnung jedem, der sich nach dem Arzt erkundigte, ausrichten, dass die Klinik bis zu dessen Rückkehr geschlossen sei. Die Leute, die sich erkundigten, waren im Zweifelsfall neue Patienten, da die alten mit dem Rhythmus seiner Abwesenheiten vertraut waren; es war auch nicht notwendig, dass Julian ans Telefon ging. Dr. Montalbanos Telefon war während seiner Abwesenheit abgestellt, und ohnehin wurden alle seine Patienten, die alten wie die neuen, auf höchst vertrauliche und persönliche Weise behandelt und mussten direkt bei ihm vorsprechen. Eine ganze Menge Besucher reagierte auf Anzeigen – es gab viele und verschiedenartige, manche erschienen auf konventionellem Wege in Zeitungen, andere waren bloß handgedruckte Zettel und hingen in Apotheken in der Nachbarschaft aus. Viele andere jedoch (ganze Massen, sagte Julian) hatten durch Mundpropaganda davon erfahren.

Iris' Koffer lehnte an einem Stuhlbein. Der Lärm der viermotorigen Maschine klang noch in ihren Ohren nach. Julians erste Überraschung hatte sich bereits gelegt – seit einer halben Stunde war seine Schwester hier, die nicht hierhergehörte, seine Schwester, die dort hätte sein müssen, wo in seiner Vorstellung ihr Platz war, zu Hause in Kalifornien, weit weg; sie schlang die Arme um seinen Hals, küsste ihn überallhin auf den Kopf, den sie an sich gezogen hatte, strahlte ihn an. Julian war schockiert, verwirrt, froh, unglücklich. Misstrauisch.

»Du bist doch nicht allein gekommen, oder?«

»Doch, ich *bin* allein«, sagte Iris.

»Du meinst, bis jetzt. Dad kommt doch gleich nach dir, hält sich im Ritz versteckt oder sonstwo – er hätte dich nie allein fahren lassen.«

»Hätte er nicht. Er glaubt, ich bin in New York bei Tante Bea. Tante Bea hätte eigentlich kommen sollen. Eine zickige alte Schachtel, was hättest du wohl mit ihr angefangen? Also bin ich stattdessen gekommen.«

Julian sagte: »Und was soll ich mit dir anfangen?«

»Du kannst mich einfach dich anschauen lassen. Zu Hause haben wir uns Sorgen gemacht, du könntest in irgendeiner Dachkammer am Verhungern sein, und dabei bist du richtig dick!«

»Wenn man kellnert, sieht man dauernd diese Ausländer, die sich den ganzen Tag in einem Café nach dem anderen den Bauch vollschlagen …«

Ausländer. War er etwa selber keiner?

»… und dann«, fügte Julian hinzu, »lassen sie das halbe Abendessen stehen. Wahrscheinlich hab ich zu viele Teller leer geleckt.«

»Ach, mein armer Julian, du hast nicht regelmäßig zu essen bekommen …«

»Ach, meine arme Iris, gerade hast du erklärt, ich sei zu dick.«

Eine spontane Frotzelei, ein Echo aus ihrer Kindheit: Es ermutigte sie. Da waren all diese Briefe – er hatte ihre alte Verbindung nicht aufgegeben, doch hatte sie gespürt, dass in ihnen irgendetwas versteckt war: Die Stimme ihres Bruders war gedämpft. Glaubte er, nachdem er sich drei Jahre darauf eingelassen hatte, dass er nun zum Europäer geworden war?

»Ich hab dir jedenfalls etwas Geld mitgebracht«, sagte sie, und gleich darauf bereute sie es. Sie merkte, wie sich ein Anflug von Zorn in ihm rührte – am Hals. Er schwoll leicht an.

»Bestechungsgeld von Dad …«

»Es hat nichts mit Dad zu tun. Ich mag mir bloß nicht vorstellen, dass du in Not sein könntest.«

Die leichte Schwellung verwandelte sich in ein Achselzucken. »Ich habe alles, was ich brauche. Schau dir doch an, in was für einem Palast ich lebe …«

»Und was passiert, wenn dieser Dr. Montalbano zurückkommt?«

»Vermutlich wirft er uns dann raus, Lili und mich. Aber bis dahin können wir über die Wohnung verfügen, und sie kostet uns keinen Penny.«

»Und danach?«

»Danach wird man weitersehen.«

Iris sagte: »Du redest, als wärst du plötzlich religiös geworden, alles ist in Gottes Hand. Würde *das* Dad nicht wundern?«

»Ist mir doch egal, was er denkt, ich bin fertig mit ihm. Und ich brauche keine Religion, ich habe Lili.«

Er hatte sie inzwischen zu einer Flügeltür geführt und sie geöffnet. Ein schmaler Balkon mit schmiedeeisernem Geländer und mit Blick auf ein Stück Paris. Iris schaute auf einzelne Passanten hinunter, die einen flanierten, die anderen schritten zielstrebig aus. Eine Frau mit bloßen Schultern zerrte ein quengelndes Kind hinter sich her. Das Quengeln war eine universale Sprache. Alles andere war merkwürdig falsch: die breiten Bürgersteige, die Autos mit den runden Schnauzen (zu Hause hatten sie Flossen, die an Flügel erinnerten, wie große metallene Haie), selbst die Ziegel des Hauses gegenüber und die hohen Fenster. Sogar mit dem Licht schien etwas nicht zu stimmen, als wäre an diesem Morgen die Sonne in einem falschen Winkel aufgegangen, ein Schiff in der Gewalt eines unzuverlässigen Steuermanns. Dieses Licht war anders als das kalifornische Licht: Es fiel aus einem so viel kleineren, so viel älteren Himmel, einem uralten Himmel, an dem zerknitterte Wolken hingen.

Draußen auf dem Balkon mit den zwei ramponierten Holzstühlen begann er von Lili zu sprechen. Trotz allem (aber was war »alles«?, fragte sich Iris) war sie der stärkste Mensch, den er je kennengelernt hatte, aber nicht auf diese herrische Art, mit der Leute sich selbst etwas vormachten und unter der sie beide ihr Leben lang gelitten hatten – sie war ein kleiner, kräftiger Stängel: Man konnte ihn biegen, und er würde sich krümmen, aber nie zerbrechen. Das war der Julian, den sie kannte, der sich im Nebulösen verlor. Iris hatte das Gefühl, sie könnte den Finger beliebig in dieses Gerede stecken und bekäme nie eine einzige Tatsache zu fassen. Seine Gedanken waren nie klipp und klar, sie bewegten sich immer um mehrere Ecken herum, bestanden aus nichts als zerrinnenden Worten, man konnte sie nie näher bestimmen – es war wie mit diesen schmutzigen Straßentauben, die er zu schimmernden Ringeltauben gemacht hatte. Wer war diese Lili, woher kam sie, was wollte er mit ihr anfangen? Oder sie mit ihm? Er hatte sich immer für alles Mögliche begeistert. Er war wetterwendisch, von wechselnden Phasen abhängig. Mal war er aggressiv, mal hochtrabend. Er hatte seine Hände nicht am Steuer des Lebens – so drückte es ihr Vater aus, aber ihr Vater … nun, er war, was er war, ein Mensch, der nichts fühlte. Und auch nichts sah. Er sah Julian, seine andere Seite, nicht. Was nach Wankelmut aussah, war Aufgehen im Augenblick. Ihr Bruder, das wusste sie, war zum Fühlen geboren. Man musste ihm bloß zuhören! Er glaubte, ein Unkraut habe einen Willen. Und war nun diese Lili, trotz ihres Namens, ein Unkraut, ein wanderndes europäisches Unkraut? Diese komischen Einschübe in Julians Briefen, in dieser merkwürdigen krausen Handschrift – was war das für eine Sprache?

»Rumänisch«, erklärte Julian.

Weit weg, misstönend, unwirklich. Ödnis und Krieg, der erschöpfte, kehlige Laut einer dieser unvorstellbaren Höllen. Ein Ort, der in keinem Geschichtsbuch vorkam – jedenfalls nicht in Kalifornien.

»Aber warum denn? Es hätte genauso gut Chinesisch sein können …«

»Das war mein Vorschlag«, sagte Julian. »Damit wurde etwas gesagt, ohne dass es verraten wurde. Weil niemand zu Hause es lesen konnte.«

»Du hättest alles schreiben können, was du wolltest, sie hatten keine Ahnung, wenn ein Brief kam. Ich hatte ein System, das hab ich dir doch gesagt.«

»Aber wenn Dad ihn zufällig gesehen hätte …«

»Hat er aber nicht. Und du weißt, dass er Mom nichts sehen lassen würde, was sie beunruhigen könnte.«

»Es ist nicht beunruhigend, es ist wunderbar. Aber zu der Zeit konnte man es noch nicht sagen, es war noch nicht beschlossen – Lili hatte noch nichts entschieden. Also hab ich sie dazu gebracht, dass sie es so aufschrieb, als eine Art privaten Code für sich selbst, um sie zu überzeugen.«

»Wovon zu überzeugen?«

Julian lachte, kicherte fast kindisch.

»Sie sollte eigentlich schreiben: ›Wir werden heiraten‹ …«

»Julian, du hast doch nicht wirklich … du bist doch nicht …«

»Aber was sie tatsächlich schrieb, war: ›Er ist ein dummer amerikanischer Junge.‹ Nachdem der Brief abgeschickt war, hat sie es zugegeben. So ist sie. Sie sagt, was sie denkt.«

»In einer Sprache, die keiner versteht, wie kann man da wissen, was sie denkt? Julian, du hast doch nicht so was getan, du bist doch nicht hingegangen und hast geheiratet! Jemand, von dem kein Mensch je gehört hat …«

»Vor zwei Monaten, Anfang Juni.«

»Du bist wirklich ein dummer amerikanischer Junge.«

Sein kleiner blonder Schnurrbart zitterte: Jedes einzelne dünne Härchen glitzerte feucht. Waren das Tränen, diese Tropfen, die auf einmal die Härchen über seinen Lippen sprenkelten? Dumm, ja, dumm! Was hatte er angerichtet, worauf hatte er sich eingelassen? Ein unzuverlässiger Junge mit einer Ehefrau. Dieser spärliche Schnurrbart ein dürftiges Fähnchen.

»Du hast recht. Dumm und glücklich.«

Doch er zog ein Taschentuch aus seiner Hemdtasche, und es war nur, weil seine Nase lief, eine beginnende Erkältung, sagte er, Lili hatte sie immer zuerst, und er kriegte sie zwangsläufig auch, die Leute, an ihrer Arbeitsstelle, Flüchtlinge, DPs und Ähnliches, die Hälfte von ihnen kränklich, sie brachte immer den Schnupfen mit nach Hause, wenn nicht Schlimmeres. Sie hatten meist Probleme, diese Leute, baten um Hilfe und brabbelten in ihren kummervollen alten Sprachen, die ihnen jetzt nichts mehr nützten, waren abhängig von einer Schar von Übersetzern (Lili war eine davon), und es gab ganze Berge, eine Armada von Briefen, und aus allen hörte man den gleichen verzweifelten Ruf heraus: Zeigt mir einen Weg hinaus, findet meine Nichte, meinen verschollenen Cousin zweiten Grades, hinaus, hinaus! Lili nahm diese Gesuche, diese hungrigen Bitten entgegen, tippte sie nüchtern auf weißes Papier mit einem amtlichen Briefkopf. Ihr Lebenshunger war intensiv, sagte Julian, sie hatte ihm alles beigebracht. Er war nach Paris gekommen wie all die anderen, er hatte eine bestimmte Clique kennengelernt, er war ein Zaungast, war ein Niemand, aber es war nicht schwer, herauszufinden, wo sie ihre Partys feierten, um neun oder zehn fingen sie im Tabou an und machten durch bis zum Morgengrauen, er trottete mit ins Monaco und ins Napoléon, und immer war Alfred mit von der Partie, dieser Typ aus Brooklyn: verwaschene, fast gelbe Augen, keine Wimpern, kahl wie ein Apfel, die stämmige Mitte so rund wie Humpty Dumpty, kurze, flatterige, bonbonweiche Finger, eine gelbe Perücke (keine Übertreibung!), die auf seinem glänzenden Schädel verrutschte. Alfred kannte sie alle, George Plimpton und Jimmy Baldwin und die anderen, und einmal hatte er sich tatsächlich an Julian herangemacht und ihm angeboten, etwas von seinen Sachen in einer dieser Zeitschriften unterzubringen, die plötzlich in ganz Paris auftauchten, Gedichte und anderes – so kam es, dass er im *Merlin* und in den *Botteghe Oscure* publiziert worden war, du erinnerst dich doch, wie Dad sich furchtbar aufgeregt hat. Aber wenn man es ganz genau betrachtete, war er dann doch nicht das Richtige und die meisten anderen ebenso wenig, sie erfanden es wegen der Partys, des Whiskeys, der Pariser Mädchen, der Möchtegern-Beauvoirs, der Mädchen aus New York, wegen des Glamours, der Fantasien vom Ruhm, es war alles ziemlich aufregend damals, die Art von Leben, die er sich zu Hause nie hätte vorstellen können, das sinnlose Loch, in das man ihn gezwängt oder durch das man ihn gestoßen hatte, Dads unbeholfene Ambitionen für ihn, eine Leiter, die nirgendwohin führte, deren oberste Sprossen fehlten …

Mit triefender Nase und rotem Gesicht erzählte ihr Bruder atemlos weiter, erzählte alles, obwohl Iris sich kaum einen Reim darauf machen konnte – es war der alte Julian und doch auch wieder nicht. Die alte Nähe, die alten Vertraulichkeiten, der alte unbekümmerte Redeschwall, aber der Ton war anders, er stellte sich selbst infrage, sprach davon, was er aufgegeben hatte, sprach von dem schalen Trugbild seiner selbst, das er inzwischen verachtete. Das alles war vorbei … beinahe vorbei. Es gab in gewisser Hinsicht nur noch ein Überbleibsel: Dr. Montalbano.

»Der Mann, der dich rauswerfen will«, sagte Iris.

»*Uns*. Lili und mich, aber erst, wenn er wieder da ist. Es macht nichts, wir werden zusammen sein …«

»Schön, und wohin geht ihr dann?«

Eine Grimasse. »Das hast du schon vorhin gefragt. Hör auf, wie Dad zu klingen.«

Sie hörte es selbst: die plötzliche Ungeduld. Der Ärger. Das Geld, das sie ihm mitgebracht hatte, wäre in weniger als einem Monat aufgebraucht, und was dann? Und er hatte eine Frau. Eine ausländische Frau! Wenn er das abgelegt hatte, was er gewesen war, ein rastloser Vagabund, was war er dann, seiner Meinung nach, geworden?

»Er ist jedenfalls Amerikaner«, sagte Julian.

»Wer?« Sie konnte ihm nicht folgen. Er war vorausgesprungen oder hinkte hinterher.

»Und er ist kein Arzt, und es ist auch nicht sein richtiger Name. Er ist aus Pittsburgh.«

»Julian …«

»Die Sache ist die«, fuhr er fort, spuckte es geradezu aus, »es sind praktisch alles Amerikaner, und sie tun alle nur so, als ob.«

»Auch der mit der Perücke?«

»Die Perücke war tatsächlich echt. Er konnte sie nicht ausstehen, deshalb brachte er sich am Schluss um. Und im Übrigen sind alle diese Cafés komplett gewerkschaftlich organisiert. Ich habe mich so durchlaviert – Dr. Montalbano hat mir Starthilfe gegeben. Der arme alte Alfred hat uns bekannt gemacht, ich schulde ihm viel, er hat mich mit jemand zusammengebracht, der mir Jobs verschafft hat.«

»Aber was ist er, wenn er kein Arzt ist?«

»Ein ausgemachter Schwindler, soviel ich weiß, aber er kommt viel herum, hat überall Kunden, es gibt eine Klinik in Mailand und noch eine in Lyon, und er ist damit reich geworden. Lili mag ihn nicht, sie will immer weg von hier. Er braut Tränke aus Rüben und Zwiebeln.«

Es war komisch und schrecklich zugleich. Selbstmord, Scharlatanerie, Gemüse. Und eine Frau, eine Ehefrau! Sie hatte ihm alles beigebracht, sagte er – du lieber Gott, war das nun »alles«? Ein zielloses Geschöpf wie er selbst, aber schlimmer, menschlicher Abfall, ausgeschieden aus den kranken Eingeweiden Osteuropas – *Rumänien*, wo war das eigentlich, was bedeutete es –, und hätte ihr Vater, dessen wurde sich Iris nun bewusst, nicht genauso gedacht? Es gab keine Möglichkeit, ihrem Vater zu entkommen: Er lebte in ihrem Gehirn. Sie sah, dass Julian Europa gewählt hatte. Er hatte vor zu bleiben. Er würde nie mehr nach Hause kommen.

Keine Möglichkeit, dem Gehirn ihres Vaters zu entkommen? Aber Julian hatte es doch geschafft, oder etwa nicht?

13

Paris, 5. September

Lieber Marvin,

vor mehr als einer Woche bin ich hier angekommen, und ich habe Dich völlig im Ungewissen gelassen, also schulde ich Dir wohl ein paar Neuigkeiten. Du wolltest, dass ich hierherkomme, und hier bin ich, wer weiß, warum. Es kann nicht an dem, was Du Familiensinn nennst, liegen – falls ich etwas davon habe, so bezieht er sich auf Mama und Papa, besonders Papa, aber es gibt ihn nicht, wenn es die nächste Generation betrifft. Im Unterschied zu Dir habe *ich keine nächste Generation und daher niemanden, der mir Kummer bereitet. Ich sehe, dass Du bekümmert bist und Margaret ebenso. Darf ich sagen, dass mir diese Deine Klagen unaufrichtig und unangemessen vorkommen? Du machst ein Theater, als wären Deine Kinder tot, während sie in Wirklichkeit quicklebendig sind, ich habe sie sogar hierher in mein Hotel zum Abendessen eingeladen. Das Hotel ist, obwohl es teuer ist, eine ziemliche Enttäuschung, aber sie haben einen tollen Koch, vielleicht ist es der Besitzer persönlich. Ich habe hier fast jeden Abend gegessen, immer allein, nicht weil ich mich nicht bemüht hätte – Iris hält mich andauernd hin. Ich habe mich seit meiner Ankunft alles andere als willkommen gefühlt, und es ist unwahrscheinlich, dass irgendetwas Gutes dabei herauskommt, wenn ich noch länger bleibe. Sie sind vor jeglichem Annäherungsversuch von meiner Seite zurückgeschreckt, vor allem Julian. Inzwischen weiß ich kaum mehr, warum ich mir überhaupt die Mühe gemacht habe.* (Es war eine Mühe, ich *musste einer Kollegin meine Unterrichtsstunden aufbürden.) Ich vermute, es hat etwas mit Iris zu tun – mit der einen Nacht, die sie bei mir in New York war. Wie sie aussah, ihr Haar, ihre kalifornische Stimme, die kalifornische Art, sich zu kleiden. Ich war neidisch – ich glaube, ich war neidisch, alte Lady, die ich bin, und bitte sag nicht, ich soll es erklären.*

Was Julian betrifft – Dein Sohn hat seine Vorlieben und seine Abneigungen, stimmt's? Zum Beispiel hat er eine Abneigung gegen seinen Vater, und auf keinen Fall wird er eine Vorliebe für die Schwester seines Vaters entwickeln. Es ist nicht bloß Eigensinn. Aus dem Wenigen (dem äußerst Wenigen!), das ich beobachtet habe, schließe ich, dass er sich widersetzt, weil er Angst hat. Angst vor Dir, wie es scheint. Und deswegen vermutlich auch Angst vor mir. Ja, es stimmt, das sind höchstens intuitive Vermutungen, Du musst sie also nicht für bare Münze nehmen. Du hast immer den Augenschein verachtet zugunsten von Beweisen, zumindest behauptest Du das. Es wird Dich überraschen, zu hören, dass auch ich ihn verachte, er ist nicht konkreter als die Form von Wolken – Leo hat mich einmal bezichtigt, ein Lexikon der Wolken anlegen zu wollen! Ob Du es glaubst oder nicht, ich bin so praktisch wie Du, auch wenn ich nie so denken *könnte wie Du. Selbst schon vor langer Zeit hast Du immer behauptet, Menschen seien nichts anderes als berechenbare Formeln – chemische Verbindungen. Wenn Du also irgendetwas von dieser Theorie auf Deinen Sohn anwenden willst, dann gibt es vielleicht ein Element, das gewichtiger ist, als Du bislang gewusst hast …*

Als hätte sie damit bloß gemeint, dass Julian zugenommen hatte! Und woher, oh, woher bloß kam *das* her, dieses unbegreifliche Gespenst Leos?

Sie zerriss den Brief in kleine Schnipsel (dünnes Hotelbriefpapier, die Tinte verlief darauf). Nicht die Art Brief, die sie Marvin schreiben sollte. Gefasel. An der Grenze zum Heiklen – sie sah, wohin ihre ziellosen Spekulationen sie führten: zu der Frau, die bei warmem Wetter lange Ärmel trug.

Sie fing von vorn an:

Es ist schon ziemlich lange her, seit ich hier angekommen bin – genau dort, wo Du mich haben wolltest –, also schulde ich Dir wohl ein paar Neuigkeiten. Die Neuigkeiten sind nicht gut. Ich habe nichts erreicht, und es hat sich herausgestellt, dass tatsächlich eine Freundin mit im Spiel ist, die zufällig keine Französin ist…

Keine Französin? Dann würde Marvin bestimmt an eine dieser leichtsinnigen, abenteuerlustigen New Yorkerinnen denken, die heutzutage in Paris einfielen – Fotos von ihnen tauchten dauernd in *Life* auf –, kesse Mädchen in den violetten knöchellangen Röcken der Nachkriegsmode. Also strich sie das »keine Französin« durch und schrieb weiter, wobei sie unter das Alltägliche eine Prise Betrug mischte.

… und ob es etwas Ernsthaftes oder nur eine vorübergehende Laune ist, lässt sich schwer sagen. Iris ist zu den beiden gezogen, sie hüten eine Wohnung, wer weiß, wie sich so ein Arrangement hierzulande nennt. Das Gute ist, sie müssen nicht für die Miete

aufkommen (aber die junge Frau scheint auch eine anständige Stelle zu haben – ich bin ihr nur einmal begegnet). Es ist ein geräumiges Apartment in einem Gebäude mit einer Concierge, recht respektabel, und Julian kellnert nicht mehr. Aber ich bin nicht erwünscht, es war vergebliche Liebesmüh, und es gibt nicht das kleinste Fünkchen Hoffnung, dass ich bei Deinem Sohn oder Deiner Tochter irgendetwas erreichen könnte – ich schaffe es nicht mal, dass Iris sich von mir zum Abendessen einladen lässt! Es hat keinen Sinn, dass ich noch länger bleibe, die eine Woche, in der ich es versucht habe, ist mehr als genug. Iris ist ein Rätsel, und Dein Sohn rührt sich nicht vom Fleck.

Was sie alles ausgelassen hatte! Eine riskante Zurückhaltung. Lili eine vorübergehende Laune? Und wenn diese Täuschung so unbefriedigend war, dass sie fast schon grausam war, wäre die Wahrheit vielleicht noch schlimmer gewesen. Sie hatte Marvin nicht berichtet, dass die Frau, mit der Julian lebte, Ausländerin war (eine Ausländerin selbst im französischen Ausland) und bestimmt ein holpriges Englisch sprach mit einem genauso starken Akzent wie ihr Großvater, der Niemand, der Töpfe und Pfannen verkaufte. Aber offen gestanden hatte sie bislang die Frau noch kein einziges Wort sagen hören.

Der Brief blieb unvollendet. Wie damit fortfahren?

14

IRIS HATTE JULIAN ins Bett gebracht. Seine Erkältung wurde schlimmer. Er hatte Fieber, döste, wachte auf, döste wieder ein. Bea hatte ihn noch nicht gesehen.

»Du solltest dich fernhalten«, sagte Iris. »Er ist so entsetzlich reizbar, er hasst es, krank zu sein. Das war früher zu Hause schon so. Keiner durfte in seine Nähe kommen.«

»Sollte nicht ein Arzt nach ihm sehen?« Ganz die besorgte Tante.

»Lili weiß, was zu tun ist, in so was ist sie sehr gut. Sie macht ihm jeden Abend eine Art Eierflip, gegen seinen Husten …«

Also wurde Bea weggeschickt, entlassen. Die andere – Lili – war unsichtbar. Sie hatte ihren Job, arbeitete den ganzen Tag bis zum Abend. Ihr »Job«, ihre »Arbeit« – als könnte diese glitzernde Metropole mit ihrer ganz eigenen Undurchschaubarkeit etwas anfangen mit jemandem wie sie! Sie gehörte nirgendwohin, war ein Irrläufer, eine Herumtreiberin. Julian hatte sich an sie gehängt – oder sie sich an ihn. Er war auf sie angewiesen, sie war sein Beistand. Der Fall war noch schlimmer, als Marvin vermuten mochte: Sein Sohn lebte vom Lohn einer Frau, einem Lohn, der gewiss kümmerlich war.

»Dann komme ich wieder, wenn es ihm ein wenig besser geht«, sagte Bea. »Nächsten Morgen?«

»Am Morgen ist es noch zu früh.«

»Aber du lässt es mich wissen. Ich bin nicht mehr lange hier. Und meistens bleibe ich in meinem Zimmer.«

»Wie schade«, sagte Iris. »Du bist hier, in Paris, warum gehst du nicht raus und siehst dir was an?«

War das Boshaftigkeit oder Gleichgültigkeit? Glaubte das Mädchen denn, sie sei noch einmal für einen Urlaub gekommen? Beas Urlaub war schon vorbei. Der Zweck ihres Aufenthalts war ihr immer weniger klar; er rückte immer mehr in die Ferne.

»Julian ist es, den ich sehen möchte«, sagte sie.

»Julian geht's gut.«

»Mir geht's gut«, krächzte eine heisere Stimme aus einem entlegenen Zimmer. »Sag ihr, sie soll gehen, bitte sag's ihr!«

Bruder und Schwester, *wie Pech und Schwefel*, aber das war lange her. Es gab selbst jetzt noch etwas zwischen ihnen, eine neue Intrige, eine Abmachung, die sie geheim halten mussten, vor allem vor Bea.

Das verwirrte sie. Sie war ganz durcheinander, konnte es in ihrem Zimmer nicht aushalten, und der Nachmittag hatte gerade erst begonnen. Sie war allein mit Paris, ganz Paris, und was halfen nun Paris und all diese alte Geschichten und diese hellen, herbstlichen Straßen?

Sie fragte den jungen Hotelangestellten nach dem nächsten Kino. Er langte unter die Theke und breitete eine zerknitterte Broschüre aus.

»Was für einen Film möchte Madame gern sehen?«

»Egal, irgendetwas.«

»Einen amerikanischen Film?«

»Das spielt keine Rolle.«

»*Whispering Winds*, sehr erfolgreich. Spielt in zwei Kinos, einem in der Rue Mouffetard und einem im Marais. Ins Marais zu gehen würde ich Ihnen aber nicht raten, Madame, das ist kein nettes Viertel.«

Kein nettes Viertel? Es passte zu ihrer Stimmung, passte zu ihrer Wut. Sie ließ sich darauf ein, als hätte ein Horoskop die Geißel der Wiederholung vorhergesagt: Es sollte so sein, Leo trieb sie von Neuem an, genauso wie er sie in New York von einer Neonreklame zur anderen gehetzt hatte, auf der Suche nach seiner Laune, seinem Bluff. Ihre Wut dort, ihre Wut hier! Man hatte ihr eine Abfuhr erteilt, sie hinters Licht geführt, Bruder und Schwester hielten zusammen wie Pech und Schwefel, hatten sie abgewimmelt, ihr eins ausgewischt ...! Sie hielt die Augen fest geschlossen, saß schon wieder in einer schmuddeligen Höhle, die Deckenbeleuchtung war nicht ausreichend gedämpft, grummelnde Geräusche aus der Vorführkabine, drangvolle Enge, konzentrierter Schweißgeruch, knisterndes Einwickelpapier, unverständliches Gemurmel von allen Seiten, Unruhe, was sagten sie jetzt gerade? Dieses alberne Schiff in Technicolor, das auf dem Meer in Flammen aufging, das verängstigte Liebespaar, das sich an einen gesplitterten Mast klammerte, lächerliche gallische Rufe, die ihren Mündern entwichen, Sekunden nachdem die Lippen die Worte gebildet hatten ... In der Rue Mouffetard war der Film nicht synchronisiert gewesen. Beas Lider öffneten sich plötzlich, sie wollten nicht gehorchen, sie konnte die flammenden Bilder nicht abwehren, diese grellen Szenen, die vor ihren Augen explodierten, die Musik, die sich auflöste, verflüchtigte in den vorgetäuschten Gefahren auf der Leinwand, diese schmetternden Becken und Hörner und dröhnenden Trommeln, Leos schwachsinnige Einfälle!

Sie wandte sich um nach dem Publikum, eine lachende Masse, die kaute, sich hin und her wiegte, ungesunde Gerüche verbreitete, zu welterfahren, zu gebeutelt, um sich von diesen künstlichen Schrecken beeindrucken zu lassen – und sah dann, ein paar Reihen weiter hinten – oder bildete es sich zumindest ein –, die Frau aus dem Luxor, wo vergangenen Juli das ätherische, parfümierte Mannequin vorbeigeschwebt war. War es derselbe zornige Kopf mit den wilden schwarzen Kräusellocken? Oder sahen all diese lachenden, aufgebrachten Köpfe gleich aus?

Auf der Straße wurde ihr klar, wo sie sich befand. Sie war zufällig in die Gegend der Heimatlosen gestolpert. Sie drängten sich auf den Gehsteigen, diskutierten, zuckten die Schultern, lachten. Immer dieses ironische Lachen! Sie lachten über schlechte Filme, sie lachten über das Wetter, sie lachten über Erhabenes, sie lachten über die Abwesenheit von Erhabenem. Hier gab es nichts Erhabenes, alles war verhärmt, verbraucht. Es war halb sechs, die Sonne blitzte immer noch in den Schaufensterscheiben, aus einem Café, nicht größer als ein Marktstand, drang ein Geruch nach süßem Gebäck, vermischt mit dem Atem der Schlaflosen. Die Straße war von Autos verstopft, diesen unförmigen kleinen Kuppeln, und kein einziges Taxi darunter. Sie war mit dem Taxi gekommen, wie hätte sie sonst die versteckten Winkel von Paris ausfindig machen können? Ein auf- und abschwellendes Sprachengewirr, niemand, den man fragen konnte – aber wenn sie weiterging, käme vielleicht ein Bus?

Es war pervers, Leo innerhalb einer Woche ein zweites Mal hinterherzurennen, noch dazu in einer so weit entfernten Stadt! Pervers von Leo, sie über einen Ozean hinweg verfolgt zu haben! Er hatte sie an diesen halluzinatorischen Ort geführt, wo sich die Frau aus dem Luxor mit den drahtigen Haaren und ihre müßigen Gefährten wie verrückt vervielfachten, aus den Läden strömten, die Gehsteige in geschwätzigen Grüppchen versperrten. Tauben flatterten zu ihren Füßen, pickten nach dem Abfall, den Obstschalen und Brotkrumen, hüpften furchtlos umher: Nicht einmal ein heftiges Aufstampfen mit dem Fuß konnte sie verscheuchen. Heimatlose, vagabundierende Vögel mit Fischaugen, die sich von Resten ernährten. Die *Tauben im Marais*, Lichtjahre entfernt von den zahmen, überfütterten Tauben auf Lauras Hochzeit … Julian kannte diese Straßen, er hatte diese menschlichen Müllschlucker gesehen, wie sie mit ihrer kärglichen Ausbeute, einem Kohlkopf, einem halben Laib Brot, aus den Geschäften hasteten, um sich am Leben zu halten. Er kannte sie, und was konnte das für so einen Jungen bedeuten?

Eines der Geschäfte war gar kein Geschäft, wie Bea beim Näherkommen merkte. Rollläden verdeckten die Fenster, auf dem Querbalken über der Tür hing ein Schild mit schwarzen Lettern, und aus der Tür kam mit raschen Schritten … war das denn möglich? Wenn die Frau aus dem Luxor überall war, warum nicht auch das parfümierte Mannequin mit den langen Armen? Und warum nicht Lili? Konnte es womöglich Lili sein, dieses eine bestimmte Teilchen im Strom der großstädtischen Menschheit? Sicher war es Lili, und fast genauso sicher war sie es nicht, und doch, vielleicht … aber das Menschengewühl weiter vorn hatte sie wie Treibsand verschluckt.

Bea kramte in ihrer Tasche nach einem Bleistift, und auf der Rückseite ihrer Kinokarte schrieb sie ab, was über dem Balken stand: CENTRE DES ÉMIGRÉS, 24, RUE DES ROSIERS.

15

ES WAR EIN lang gestreckter, schmaler Raum, der aussah wie ein gewöhnliches Büro. Eine doppelte Reihe Kabinen und dazwischen ein Gang: hohe, behelfsmäßige Trennwände. Bea konnte nicht darüber hinwegsehen, aber die verborgenen Stimmen drangen nach oben, eine Fuge unentzifferbarer Kadenzen, Bitte und Verzweiflung, Verzweiflung und Bitte. Und dann wurde es plötzlich still, als hätte die gesamte Mannschaft eines Schiffs auf einmal aufgehört zu atmen, und dann, mitten im Schweigen, ein Schluchzer wie eine schäumende Sturzwelle. In dem Raum roch es immer noch ein wenig so, wie es dort einst gerochen haben musste: eine *boucherie* vielleicht, wo geschlachtete blutige Tierkadaver nebeneinanderhingen: Eine Reihe von Haken weiter hinten im Raum sprach dafür. Oder waren es nur ganz gewöhnliche Kleiderhaken? Und vielleicht rührte der Geruch von lebenden Körpern her, die eine mühselige Arbeit verrichteten? Die Schlange, die sich zuvor vom Empfangsraum bis auf die Straße hingezogen hatte, bestand inzwischen nur noch aus drei oder vier Leuten. Die Kabinen leerten sich.

Bea war heimlich gekommen, aber nicht als Spionin. Eine Spionin würde sich im Hintergrund halten, beobachten und dann verschwinden. Sie hingegen wollte Lili am Ende des Tages auflauern, sie in einem freien Moment abfangen … Wenn dieses Ladenbüro Lilis Versteck war (es sah ganz so aus wie eine Art Einrichtung der öffentlichen Wohlfahrt), dann würde Bea hervorspringen und sie sich schnappen! Und wenn nicht? Dann wäre es ein weiterer Fehltritt gegen Europas Klagemauer – sie hatte sie in dem Kino zu Gesicht bekommen, unter diesen verwundeten Lachern, den Opfern, den Flüchtlingen. Marvins Auftrag, sein Ukas, dem Ding ins blutunterlaufene Auge zu schauen, diesen Zigeunerschwärmen, die seinen Sohn als Geisel festhielten … seinen Sohn!

Iris hatte sie an diesem Morgen erneut weggeschickt – Julian ging es ein wenig besser, das Fieber war gesunken, aber er hatte keinerlei Geduld für ein Gespräch … Bea hatte nichts über das gesagt, was sie in der Rue des Rosiers gesehen hatte, und warum auch? Iris würde es nur missverstehen.

Das Quietschen eines Metallstuhls, der zurückgeschoben wurde. Der Mann in der hintersten Kabine überragte die Trennwand; einen Augenblick sah man nur seinen Kopf, wie losgelöst vom Körper. Als er hervorkam, bemerkte Bea, dass er einen abgewetzten Straßenanzug trug und eine Weste, die ihm zu groß war. Er hatte einen Stock und hinkte. Aber nein, er hinkte nicht – er vollführte, wie es aussah, eine altmodische kleine Verbeugung, bei der nur Schultern und Knie im Spiel waren; er wirkte außerordentlich würdevoll. Er sah aus wie ein Richter oder ein Senator. Bei genauerem Hinsehen hinkte er aber doch: Ein Bein war etwas kürzer als das andere. Feierlich reichte er der Frau in der Kabine die Hand und murmelte etwas, wohl auf Deutsch – oder war es Niederländisch? Oder etwas anderes? Zwei Finger fehlten: abgetrennt – wie, wo, warum?

Er ging als Letzter. Bea konnte seinem unvermittelt devot wirkenden Rücken nicht ansehen, ob etwas Gutes bei seinem Aufenthalt in der Kabine herausgekommen war. Aber Richter oder Senator war er jedenfalls nicht mehr, seine Kleidung war zu schäbig.

Papier raschelte, eine Lampe wurde ausgemacht; die Frau trat heraus, und Bea sprang los.

»Lili«, rief sie.

Sie fragte sich, ob sie wohl erkannt würde. War das wahrscheinlich? So abgefertigt zu werden, gleich in den ersten Minuten, in denen sie ihren Fuß in diese höhlenartige Wohnung gesetzt hatte! Iris kühl, Julian spöttisch. Es war nicht gerade hilfreich gewesen – es machte die Sache noch schlimmer –, dass Iris ein Versprechen gegeben hatte: »Ein andermal, wenn Julian in besserer Verfassung ist«, während Lili in ihrem Männerhemd überhaupt nichts gesagt hatte; Lili hatte ihr unergründliches Schweigen bewahrt. In dieser Stille hatte sie mit diesen beiden aufmerksamen Falten, die sich zwischen ihren Augen eingegraben hatten, den Blick auf Bea gerichtet. Eine unruhige Furche, die sie von ganz allein anzustarren schien. Aber nur flüchtig.

Und Julians Hand auf ihren Brüsten.

Lili antwortete gelassen: »Iris schickt Sie? Aber es geht Julian doch gut, oder? Schon gestern Abend war er fast wieder gesund.«

Wie sachlich sie war; wie souverän, wie erwachsen, ruhig, überhaupt nicht überrascht. Sie war an alles gewöhnt und auf alles gefasst. Die Welt war, wie sie war.

»Woher soll ich wissen, wie es ihm geht? Und niemand weiß, dass ich nach Ihnen gesucht habe, Iris hat nichts damit zu tun. Sie will nicht, dass ich ihn sehe. Schon seit Tagen.« Sie war außer Atem, bereit zu streiten. »Wenn ich ihn nicht zu sehen bekomme, dann habe ich meine Zeit verschwendet, dann hat das alles keinen Sinn …«

»Kommen Sie«, sagte Lili. »Setzen Sie sich.« Hinter der Trennwand machte sie die Lampe wieder an. Eine Schreibmaschine, Papierstapel, etwas, was wie ein Aktenordner aussah. Eine kleine tickende Uhr. »Sie sind wie leicht erregbare Kinder, sie verstecken ihre Geheimnisse.« Sie zupfte ein bisschen an den Manschetten ihrer Ärmel – als würde die Bluse an den Handgelenken nicht recht passen – und sah Bea unverwandt an. »Ich verstecke nichts.«

»Was ist das hier für ein Ort? Ich habe das Schild gesehen, was tun Sie hier?«

»Es ist, um von hier wegzukommen, nur um wegzukommen. Der Mann da, Sie sehen, wie gebrochen er ist. In seiner Heimat war er früher ein Gelehrter, hat Goethe studiert. *Das Land, wo die Zitronen blühn*, kennen Sie das? Hier werden sie gesprächig.«

»Sie sprechen also Deutsch?«, fragte Bea.

»Wir sprechen, was immer gebraucht wird. So viele Gesetze in so vielen Ländern, es ist nicht immer möglich, dass sie es erlauben. So viele erlauben es nicht, und wenn ein Land es erlaubt …« Ein rasches, flüchtiges Stirnrunzeln. »Ihr Neffe, er findet das romantisch, er findet das nobel …«

Das war nicht gerade die Konversation, die Bea sich vorgestellt hatte; sie verstand nicht ganz. Der pelzige Akzent, das allzu geschraubte Englisch – steif, ein wenig daneben. Und wieder dachte sie: wie geschmacklos, bei warmem Wetter diese langen Ärmel.

»Aber wenn Sie ihm Geschichten von solchen Leuten erzählen wie von dem Mann mit den schrecklichen Fingern«, protestierte Bea, und dann brach es aus ihr hervor: »Julian ist zu jung, man darf ihn nicht so traurig machen.«

»Julian und traurig? Nein! Theatralisch, das haben Sie ja gesehen. Auch seine Schwester. Er ist wie ein Junge in einem Bühnenstück.«

»In einem Bühnenstück? Seine Familie findet, es ist Zeit, dass er seriös wird.«

Marvin als Bauchredner, sie die Puppe. Oder auch nicht: Es lag auf der Hand, der Junge war pure Anarchie.

»Seine Schwester ist auch nicht so seriös. Ein Wildfang, ein wilder Vogel.«

»Mögen Sie sie nicht?« Kaum hatte sie es ausgesprochen, hatte Bea das Gefühl, nur eine taktlose Amerikanerin könnte so etwas fragen.

»Sie hätte nicht kommen sollen. Sie macht es kompliziert. Auch Sie hätten nicht kommen sollen.«

»Vor allem nicht, wenn ich mit meinem Neffen gar nicht reden kann. Ich bin schon seit Tagen hier, und ich habe Julian höchstens eine Viertelstunde gesehen. Und ich kann es ihm nicht einmal vorwerfen.« Eine überraschend aufblitzende Einsicht: Wie konnte sie sich selbst wegen der gleichen Missachtung etwas vorwerfen? »Wir kennen uns nicht«, gab sie zu.

»Ein Neffe, der ein Fremder für Sie ist. Und trotzdem sprechen Sie von Familie.«

»New York und Kalifornien sind einen Kontinent voneinander entfernt«, sagte Bea halbherzig.

»Haben Sie keinen Mann, keinen Sohn, keine eigene Familie? Wenn Sie Ihren Neffen nicht kennen, warum rennen Sie dann zu ihm, warum interessieren Sie sich für ihn?«

»Ich frage Sie das Gleiche.« Und dann riskierte sie es: »Was wollen Sie von Julian?«

Lili senkte den Kopf. Am Scheitel ein paar graue Fäden. »Ich hatte einmal einen Mann. Ich hatte einmal einen Sohn.« Sie reckte das Kinn, eine Warnung, eine Wand. Mehr würde sie dazu nicht sagen. »Heute habe ich Julian.«

Einen Mann, einen Sohn. Diese Leute, sie war eine von denen. Es war nichts Unschuldiges an dieser Frau.

»Neben Julian«, sagte Bea, »wirken Sie … alt.«

»Ich bin schon hundert Jahre alt, ja! Aber ich bin *für* ihn. Ich tue ihm gut, sagt man so? Ich tue ihm gut.«

»Und kann er Ihnen etwa guttun? Ein Junge in einem Theaterstück! Die beiden, Sie nennen sie Kinder …«

»Er ist immer weniger ein Junge. Zugleich ist er ein Mann.«

»Ach so, in *dieser* Hinsicht …« Das war ihr bisher schlimmster Schnitzer.

»In jeder Hinsicht. Verkennen Sie ihn nicht. Er ist ein Mann.«

»Ein Mann«, wiederholte Bea töricht.

»Jetzt sehen Sie, warum Sie nicht hätten kommen sollen. Das sagt Ihnen Ihre Nichte. Das sage auch ich. Und Sie sehen ja selbst. Es ist passiert. Es war nicht mein Wunsch, Julian wünschte es, er wünschte es sich so sehr. Und so kam es.«

Undenkbar. Unverantwortlich. Es ist passiert? Dann war der Junge geliefert. Er konnte nicht mehr gerettet, nicht einmal mehr bestraft werden. Er war verloren, einer bodenlosen Inkohärenz ausgeliefert.

Lili stand auf, ihre Hand griff nach der Lampe. Aber dann hielt sie inne, zeigte die Handfläche, als erwartete sie ein Urteil – Bea erschien es beinahe wie ein Appell.

»Sie müssen mir glauben. Ich tue ihm gut«, sagte Lili. »Jetzt ist nichts mehr versteckt, sehen Sie?«

Da dämmerte Bea, dass das Geheimnis der leicht erregbaren Kinder gelüftet war. Lili hatte einmal einen Ehemann gehabt. Jetzt hatte sie wieder einen.

16

IRIS STAND IN der Tür: eine Wache auf Posten.

»*Morgen* Abend? Geht es wieder um das Essen? Wir überlegen noch. Kannst du das nicht noch ein bisschen aufschieben? Julian braucht noch mindestens zwei Nächte, um sich zu erholen – dieser schreckliche Husten, er ist allerdings schon fast vorbei, vielleicht dank Lilis Eierflip. Es geht ihm wirklich besser, er ist nur so mieser Laune. Du wirst gar nicht reinkommen wollen«, beharrte sie, »er hat nicht viel zu essen gehabt, und er ist schlecht aufgelegt …«

Wie flegelhaft, wie *stur*, jedes Mal, Tag für Tag, wie ein Hausierer, wie ein Bettler fortgeschickt zu werden!

»Wir haben uns kein einziges Mal richtig gesehen oder auch nur ein bisschen miteinander gesprochen. Er zeigt mir die kalte Schulter …«

»Weil du Dad einen Bericht über ihn abliefern musst, deshalb. Verhör im Hauptquartier, geht es nicht darum? Hör zu, Julian geht es gut, er braucht von niemand beaufsichtigt zu werden, das kannst du Dad sagen.«

»Und was sage ich über dich?«

Iris verdrehte die Augen. Flegelhaft, stur! Und ein verräterischer Geruch in ihrem Atem.

»Kapierst du nicht, dass du auch bloß eine weitere Kette bist? Wir brauchen das nicht, wir sind unser ganzes Leben lang angekettet gewesen …«

»Eine Kette? Wenn ich doch jahrelang nichts mit euch beiden zu tun hatte …«

»Eben. Und dann tauchst du hier auf und zerrst am Seil.«

»Du bist es, die zu mir gekommen ist«, sagte Bea.

»Man hat mich geschickt.«

Störrisch, alle beide. Diese verwöhnten Kalifornier, nicht die Spur von Durchhaltevermögen. Sie hatten immer ohne Winter gelebt. Und wenn irgendwer Julian angekettet hielt, seine Zukunft behinderte und seine Jugend blockierte, war das nicht Lili? Rätselhaft, zu fremd, um begreifen zu können. Aber nicht bereit zu lügen.

Ein leerer Tag also, den Bea vor sich hatte. Eine Stunde, um ihr Flugticket umzubuchen, und was dann? Noch einmal in den Louvre, warum nicht? Er war unerschöpflich. Eine trügerische Wiederholung des Sommers, als sie nicht mehr in diese ausländischen Machenschaften verwickelt war als jeder normale Tourist, eine unverheiratete Lehrerin *(Haben Sie keinen Mann, keinen Sohn?)* auf Urlaub, eine banale Person und nicht … was auch immer sie nun war. Eine Kette. Eine Klette. Sie wollten sie nicht haben, sie misstrauten ihr – möglicherweise würden sie sich ihr zuliebe zu einem Essen einladen lassen, und danach wären sie sie los. Sie hatten Angst vor ihr: Sie war eine Botin, eine Gesandte. Sie hielten sie für Marvins Stellvertreterin. Sie wussten, wozu Marvin fähig war.

Die ganze überwältigend lange Galerie d'Apollon entlang, ein reich mit Goldstuck dekorierter Saal, dann durch die Weiten dieser prächtigen Gänge, die sich auf noch prächtigere Säle öffneten, Etrusker, Griechen, Römer, ganz lebendig mit ihren Marmoradern und dicken Marmorhälsen, in denen einst der Herzschlag pulsiert hatte, und an den alten Wänden Könige und Krieger und hochwohlgeborene Damen in gefältelten Seidengewändern und Reiter in ländlicher Umgebung, im Schatten mächtiger Baumkronen. Tausend Auferstehungen, Magna Graecia, aus dem Neapel wurde, Göttinnen, die vom Podest geholt wurden, Küchenkrüge, die Verehrung genossen. Von Staub zu Staub – von wegen. Sie sah ein Ebenholzschränkchen, geschmückt mit Weinlaub, Blättern, Früchten, Tieren, eine Nische im Inneren einer weiteren geschnitzten Nische, jeder Zentimeter bearbeitet, verschnörkelt, verziert. In einer kleinen Vitrine sah sie einen winzigen polierten Löwen, in Lauerstellung mit ausgestreckter Tatze: Die vergoldeten Klauen glitzerten. Sie schaute und schaute mit durstigen Augen. In all diesem Überfluss, in der Farbe, die vor Jahrhunderten getrocknet war, den steinernen Knien toter Monarchen, in jedem in harter Arbeit geschaffenen Objekt zeigte sich Menschentum, zeigte sich Zivilisation …

Eine leere Bank, auf die sie sich dankbar und müde setzte, vor einem flämischen Wandteppich, der sich vom einen Ende der Galerie zum anderen erstreckte. Eine Million farbiger Fäden, Gesichter, Hände, kunstvoll beschnittene Hecken und Bäume, sorgfältig mit Kies bestreute Pfade, ein Strom. Kleine Fische im durchsichtigen Wasser. Sie stellte sich Marvin an ihrer Seite vor, wie er in die Runde gaffte und nichts sah. Wie er schlecht machte, was er nicht ergründen konnte. Amerika ohne Gedächtnis, Amerika, der neue Kontinent. Was neu ist, ist gut, brauchbar, effizient. Konstruiert.

Aber wozu er doch fähig war!

17

»DAS LETZTE ABENDMAHL«, sagte Iris. »So hat es Julian genannt, als ich ihn überredet habe mitzukommen. Dad zuliebe, nicht, dass es ihn irgendwie interessiert.«

Die letzte Minute, kurz vor zwölf. Bea hatte einen Flug um Mitternacht gebucht. In ihrem grässlichen Zimmer zwei Stock weiter oben standen ihre Koffer, bereits fertig gepackt.

»Er denkt, du wirst ihn kreuzigen«, sagte Iris. »Ihn mästen, bis er schlachtreif ist, seinen Kopf auf einer Platte servieren.«

Ihre Ohren waren gerötet, sie leerte ein Glas nach dem anderen – es war schon bald klar gewesen, dass die drei Flaschen, die Bea bestellt hatte, nicht reichen würden. Julian, ganz auf das Fleisch konzentriert, schlug sich den Bauch voll, als hätte er monatelang gehungert. Der Junge war ein Fleischfresser, hatte der vielleicht einen Appetit! Und neben ihm Lili, halb verdeckt von dem schweren Vorhang, der diesen Winkel des Speisesaals abtrennte und über den vollen Schüsseln hing und über den köchelnden Saucen und den Platten mit Knödeln und den Kuchentabletts, die aufgefahren wurden. Düfte der Speisen, die da noch kommen sollten, schwebten von der Küche herein. Bea hatte keinen Aufwand gescheut.

Aber es war ein Fiasko, das Ganze. Von A bis Z sinnlos. Sie war herzlich froh, dass sie im Aufbruch war. Sich von ihren Geheimnissen, ihren Verwicklungen, ihrer Heimlichtuerei verabschieden konnte – man hatte sie in etwas hineingezogen und zugleich ferngehalten. In dem gedämpften Licht schrumpfte Lili zu einer gebrechlichen, kleinen alten Frau mit einem Schal. Bea sah erneut diese doppelte Falte, die sich in ihrer Stirn eingegraben hatte: zwei unterbrochene Bahngleise. Sie stocherte an einem Salatblatt herum. Julian sah zu ihr hinüber, fischte eine große Kartoffel aus der Schüssel und legte sie ihr auf den Teller. Dampf und der Honigduft eines fremdartigen Gewürzes stiegen nach oben.

»Madame Haut und Knochen«, sagte er. »Iss.«

Und zu Bea, ganz unvermittelt: »Weißt du, wie es meiner Mutter geht?«

Es waren die allerersten Worte, die er an sie richtete.

»Dein Vater hat mir gesagt, sie sei in einem Heim.«

»Einem Heim? Du meinst, in einem Depot. Einem Irrenhaus.«

Iris sagte: »Sie war damit einverstanden, Julian, das habe ich dir schon gesagt. Es ist ein richtig schickes Heim, mit sämtlichem Komfort. Sie ging gern dorthin.«

»Er hat sie dorthin verfrachtet. Einfach abgeschoben.«

»Sie hat den ganzen Tag geschlafen, sie wusste nicht mal mehr, wie viel Uhr es war. Sie wurde irgendwie immer mehr … verwirrt. Das musst du nicht jetzt zur Sprache bringen …«

»Warum nicht? Er ist doch derjenige, der sie verrückt macht.« Und noch einmal an Bea gewandt: »Dich wird er auch verrückt machen. Was wirst du ihm erzählen?«

»Dass sein Sohn ein sturer Faulenzer ist«, sagte Iris.

»Nein, wirklich«, fuhr Julian fort, »wenn er anfängt, dich auszuquetschen. Irgendetwas musst du doch sagen!«

»Was hättest du gern, dass ich ihm sage?«

Doch Lili – unruhig bei all ihrer Ruhe – mischte sich ein. »Sie sollten das sagen, was Sie wissen.«

»Was Bea weiß«, sagte Iris, »ist, dass wir getürmt sind, dass wir auf der Flucht sind. Wie Hänsel und Gretel. Nur hatten wir nie vor, irgendwelche blöden Brotkrümel zu streuen.«

Streitsüchtig. Unberechenbar. Unberechenbar? Das Mädchen war sturzbetrunken!

»Iris, du trinkst zu viel Wein«, sagte Julian.

»Julian, du isst zu viel Kuchen«, entgegnete sie.

Das Geplänkel, das Gezänk, die tief sitzende, ungeduldige Intimität (Bea konnte kaum das eine vom anderen unterscheiden) ging zwischen den beiden hin und her, während Lili dasaß und die mit Soße getränkte Kartoffel auf ihrem Teller betrachtete wie ein das Schicksal deutender Augur. Sie schien von diesen amerikanischen Sprösslingen so weit entfernt wie das Ebenholzschränkchen im Louvre mit all seinen kleinen Geheimfächern. Lili selbst blieb merkwürdig im Hintergrund, wie in einer Nische versteckt – war es denn ein unterschwelliges Einverständnis oder irgendein mystisches Band zwischen ihnen, das den Bruder dazu zwang, einen ebenso bissigen Angriff wie seine Schwester zu starten? *Verhör im Hauptquartier*. Und was würde Bea Marvin wirklich sagen, und was könnte dabei herauskommen? War das die ständige Sorge des Trios fast von dem Augenblick an, als Bea in ihr Leben eingedrungen war? Ganz bestimmt steckten sie die Köpfe zusammen, überlegten hin und her, prüften die Möglichkeiten: Was würde sie letztlich Marvin erzählen? Sie fragten es sich, und es war ihnen nicht wohl dabei, sie fragten es sich eindringlich, denn Julian hatte keine Bleibe, keinen Job, war leichtsinnig und unbesonnen. Hofften sie, Marvin würde sich erweichen lassen und seinen unzuverlässigen Sohn mit Geld überschütten, wenn Bea nur eine passende Geschichte lieferte? Gab es eine heimliche Chance dafür, die sich in der dunklen Kerbe zwischen Lilis Augen verbarg?

In scharfem Ton sagte Lili: »Sie weiß es.«

»Was denn, wie?« Iris' vom Wein gefärbter Mund ein rotes Loch. Julian mit starrem Blick, Schweiß in den Falten seines Nackens.

»Sie weiß es«, wiederholte Lili.

Als Bea sie dort inmitten der Teetassen allein ließ und hinauf in ihr Zimmer ging (auch die Mulde im Bett und den Schlauch im Bad war sie jetzt zum Glück los), um ihr Gepäck zu holen, war klar – obwohl keiner es aussprach –, dass Julians Schicksal in Beas Händen lag. Was Bruder und Schwester sich nicht getraut hatten zu verraten, hatte Lili preisgegeben: Der Junge hatte eine Ehefrau. Sein Vater nahm die Sorge für eine Ehefrau ernst; die eigene hatte er, auch als sie krank war, in ein luxuriöses Heim gegeben. Dann war es zumindest denkbar, weil der Junge ja nun eine Frau hatte, dass Geld folgen würde: Es hing alles von Bea ab. Nein, sie hätte nicht kommen sollen, aber da sie nun einmal gekommen war und wusste, was sie wusste, könnte sich alles zum Guten wenden. So also belehrte Lili Bruder und Schwester.

Im Flugzeug legte Bea ihr Buch beiseite – die Kabinenbeleuchtung war gedämpft worden – und legte sich das Ganze zurecht. Es war wahrscheinlich, es war sogar sehr wahrscheinlich. Die Naivität des Jungen, die vergeudeten Jahre im Ausland, wie er trödelte, wie er sein Vergnügen suchte, wie leicht er sich verführen ließ ... Zweifellos hatte Lili ihn richtig eingeschätzt: Er konnte seinen Lebensunterhalt nicht bestreiten und war offensichtlich auch nicht ehrgeizig. Aber sein Vater war reich. Ein Junge mit einer Ehefrau war ein Mann, und einen Mann mit einer Frau konnte man nicht im Stich lassen. In ihrer Bürozelle daran gewöhnt, Türen zu öffnen, die sonst eher verschlossen waren, hatte Lili nun einen Schlüssel im Schloss umgedreht. Der Schlüssel war Bea. Es war wahrscheinlich, sogar mehr als wahrscheinlich. Es stimmte überein mit Marvins vorhersehbaren Verdächtigungen. Der unerbittliche Marvin, der die Logik auf seiner Seite hatte. Es lag in seiner Natur, er hatte eine Firma gegründet, er verstand sehr wohl, was Gier bedeutet, er wusste ganz genau, was Arglist ist.

Wahrscheinlich? Mehr als wahrscheinlich? Aber Bea glaubte nicht daran.

18

ALS SIE FORT war, blieben sie noch eine Weile sitzen. Die geleerten Flaschen lagen auf dem Tisch. Die Kartoffel, die Lili nicht gegessen hatte, lag, von kaltem Fett überzogen, wie ein guillotinierter Kopf auf ihrem Teller. Wo Julian das Tischtuch mit Sauce bekleckert hatte, breitete sich ein Fettfleck aus. Iris hob das Kinn und blickte über die verstreuten Essensreste hinweg. »Du glaubst, Dad wird sie verrückt machen?«, sagte sie. »Sie ist bereits verrückt. Als ich in New York war – in ihrer winzigen Wohnung –, da hat sie mir ihr eigenes Bett angeboten …«

»Weil sie eine Erbse unter ihre Matratze gesteckt hatte«, sagte Julian.

»Und kurz davor glaubte ich, sie wollte mich umbringen. Da war dieses Riesending mit den Messingfüßen, *Klauen*, man würde so einen Flügel im Konzertsaal erwarten, und ich habe ihn bloß berührt, wirklich bloß eine Taste, es war ein komischer Anblick, er nahm fast das ganze Zimmer ein …«

»War sie nicht mal verheiratet? Mit irgendeinem Musiker?«

»… mit einem Finger, mit einem einzigen Finger hab ich die Taste berührt, und da erstarrte sie und sah mich mit einem *wilden* Blick an, ich meine, fast gewalttätig, mit ganz verrückten Augen. Als könnte ich das Ding ramponieren oder als könnte es auseinanderbrechen, oder als würde plötzlich ein Blitz herausfahren, wenn man die falsche Taste berührte. Als wäre das Ding heilig. Und gleich danach sagte sie, ausgesprochen freundlich, ich könnte in ihrem Bett schlafen.«

»Um dich mitten in der Nacht umso besser erwürgen zu können«, sagte Julian. »Hast du's also getan?«

»Was denn?«

»In ihrem Bett geschlafen.«

»Ja, warum auch nicht? Statt auf der schäbigen Couch. Mit diesen dämlichen Klauen praktisch vor meiner Nase.«

Lili sagte: »Du hast vielleicht eine Sünde begangen in diesem Haus.«

»Weil ich sie auf ihrer eigenen schäbigen Couch hab schlafen lassen? Was ich wirklich wollte, war ein anständiges Hotel, aber sie ist schließlich Dads Schwester, der Familie zuliebe hab ich's getan, es war nur für eine Nacht, und ich wollte, dass sie mir hilft ...«

»Die heilige Iris«, sagte Julian.

Aber Lili erwiderte: »Es ist doch eine Sünde, etwas Heiliges zu berühren, oder?«

19

BEVOR IHR FLUG aufgerufen wurde, versuchte Bea, den Brief an Marvin zu Ende zu schreiben, und eliminierte dabei einen vorsichtigen Schnitzer nach dem anderen. Entweder sagte sie zu viel, oder – so viel war sicher – sie sagte zu wenig. Vom Schreiben tat ihr das Handgelenk weh. Das dünne Hotelbriefpapier glitt dauernd über die Kante ihres Koffers – eine provisorische und wackelige Unterlage –, und sie fürchtete, die Tinte in ihrem Füller könnte ausgehen. Schließlich gab sie sich mit der abrupten alten Fassung zufrieden und beließ es dabei: *Es hat keinen Sinn, dass ich noch länger bleibe. Iris ist ein Rätsel, und Dein Sohn rührt sich nicht vom Fleck.* Sie steckte den Umschlag in einen Briefkasten; ihr Flug war bereits aufgerufen worden. Die ausländische Briefmarke war groß und auffällig. Sie würde einen Pariser Stempel tragen, und so musste es auch sein. Den Brief mitzunehmen und aus einer anderen Stadt zu schicken war riskant.

Sie hatte ihr Ticket umgetauscht und flog früher als geplant – aber auch an einen anderen Zielort. Marvin durfte das nicht wissen; es war leichtsinnig. Eine Laune. Oder auch keine Laune, sondern etwas, was sie unbedingt tun musste. Es blieben ihr noch ein paar Tage, bevor sie wieder die übel riechende, stickige Luft in ihrem Klassenzimmer einatmen musste – Laura wäre bereits ungeduldig, würde sich ärgern, darauf warten, dass sie befreit würde von diesen grobschlächtigen Schülern mit ihren langen Koteletten und gerade erst sprießenden Schnurrbärtchen, sie würden sich bestimmt ausschütten über Madame Defarge und ihr Strickzeug, würden im Falsett und im Stakkato johlen: *Was ich tue, ist bei Weitem besser als alles, was ich je getan habe*, sie würden sich mit dem Finger über den Hals fahren, und wie kam Laura damit zurecht? – Mrs Bienenfeld, zeigen Sie uns, wie sie funktioniert, die Guillotine, kommen Sie schon, zeigen Sie es uns am Beispiel von Charlie! Die arme Laura, schaffte sie es, diese Meute von vierschrötigen Jungen, die auf ihren Bänken lümmelten, mit Blicken zum Schweigen zu bringen?

Der Aufenthalt in Paris war schmerzlich gewesen; man hatte ihr schlimm mitgespielt, hatte sie abgewimmelt und in die Irre geführt. Aber Bea wusste nun, was Iris wusste; sie wussten es beide. Es war kein Geheimnis mehr – Bea trug es bei sich. Es lag in ihrer Macht, es preiszugeben oder auch nicht: In jedem Fall bedeutete es Macht.

Die Fenster waren dunkel, die Jalousien heruntergezogen. Viele Passagiere schliefen, ihre Gesichter sahen kindlich aus unter der gedämpften Kabinenbeleuchtung. Der Rumpf des Flugzeugs vibrierte wie eine Stimmgabel, gehorchte dem Pulsieren des großen Motorenquartetts. In wenigen Stunden wären sie der Nacht entronnen, hätten sie überholt und wären im rötlichen Saum des späten Nachmittags angekommen. Die Jalousien würden nach oben rutschen, ein träger Sonnenstrahl würde die Schläfer wecken, und tief unter ihnen würde sich, während sich der Bauch des Flugzeugs senkte, ein berühmter

Ozean erstrecken – nicht der heimatliche Atlantik, an dessen Ufern New York lag. Sie landeten soeben in Kalifornien.

20

ES WAR EIN anderes Land. Tiefer Sommer beherrschte den Herbst. Halb bekleidete Frauen spazierten in Tops und Shorts auf den Straßen, perlfarben lackierte Zehennägel lugten aus hochhackigen Sandalen hervor. Der fettige Geruch von Gebratenem waberte aus Esslokalen. Ströme von Autos auf den Highways: Los Angeles, planlos und zerstückelt, als hätte man eine komplette Stadt vom Himmel fallen lassen, die dann in Splitter und Scherben zerbrach, wobei sich die einzelnen Stücke meilenweit verteilten. Sie hatte Berge erwartet, blaue Kegel, die mit einem grauen Horizont verschmolzen. Stattdessen gab es nur diese Splitter einzelner Städte mit ihren Namen aus der Alten Welt und dem Radau der Neuen Welt.

Das Suite Eyre Spa: ein englisches Landhaus in einem englischen Garten. Kalifornien! Wo alles eine Kopie von irgendetwas anderem war. Der Parkplatz war hinter einer Gruppe von Palmen versteckt, daran angrenzend ein lang gestrecktes Stück Rasen, gesäumt von rosenüberwucherten Spalieren, das Gras so schockierend grün, als sei es frisch gestrichen. Bänder von Blumenrabatten zogen sich so beliebig durch das Gras, als hätten Pfingstrosen und Zinnien ganz von selbst ausgetrieben. Dazwischen standen verstreut eichene Bänke, und auch die täuschten vor, sie seien ganz natürlich auf diesem Boden gealtert. Und jenseits davon das

Landhaus mit seinen sechs weißen Säulen im georgianischen Stil, der breiten, schattigen Veranda mit Korbsesseln samt Sitzkissen und Töpfen mit üppig blühenden Bougainvilleen. Aber niemand ging im Garten spazieren, niemand machte es sich auf den Bänken bequem oder wartete auf der Veranda. Ein stilles Sanatorium, in dessen Räumen alles vor sich hin dämmerte; oder eine Schar reicher Ehefrauen, die unter irgendeinem Bann standen.

Bea ging an der Empfangstheke vorbei – niemand war da, doch eine halb volle Kaffeetasse stand auf einem Untersatz – und weiter durch einen Korridor, entlang an Türen, manche geschlossen, viele offen. Schlafende Frauen. Durch Medikamente in Apathie versetzt, eingelullt und reglos. Das Gift der Verzweiflung. Zwar mochte sie ein Impuls hierhergeführt haben, doch der Impuls war die fragile Hülle von etwas, was vielleicht längst geplant war. Oder wenn schon nicht geplant, dann gespeichert und vorbereitet. Ihr Motiv war nicht einmal ihr selbst klar.

Margarets Tür war zu. Am Türrahmen ein Keramikschild, auf das mit Zeichenstift geschrieben stand: MRS M. NACHTIGALL. Bea drehte den Türknauf und schaute ins Zimmer – weiter und weiter, wie in einen dieser Spiegel, die andere Spiegel widerspiegeln, bis in die Unendlichkeit. Eine Flucht von Räumen öffnete sich, Fensterreihen, weiße Vorhänge, Helligkeit überall, Schalen mit Blumen, die sie nicht kannte. Ein undefinierbarer Geruch, medizinisch, faulig, oder waren es die Blumen? Er war jedenfalls eklig. Die Blumen waren aus Seide – riecht Seide denn so widerlich? Eine Frau in einem Plisseekleid – nein, einem Nachthemd oder einem langen Kittel – saß auf einem Stuhl mit gerader Lehne vor einer Staffelei. Aber ihre Augen waren auf die weiße Wand hinter ihr gerichtet.

»Margaret«, sagte Bea.

Die Augen bewegten sich, die Frau nicht.

»Ich bin's, Beatrice. Aus New York.«

»New York?« Diese Stimme: das körperlose Timbre, die hellen, raschen Silben. Erschöpft, verschleiert, gedämpft, so gedämpft, dass Bea sie fast nicht hörte. »Marvins Schwester?«

Dann stand sie auf. Bea hatte vergessen, wie groß Marvins Frau war, aber das Gesicht konnte sie doch fast wiedererkennen, hauptsächlich aufgrund von ein, zwei vermutlich jahrzehntealten Schnappschüssen. Es war eines dieser perfekten, geometrisch proportionierten und ebenmäßigen Gesichter, die bei einer Achtzehnjährigen schön sind, aber nicht gut altern: Zu viel Symmetrie wird fade, genauso wie frühzeitig beigebrachte gute Manieren. Margarets Gesicht, Margarets Manieren waren beide perfekt.

»Wie schön, dich wiederzusehen«, sagte Margaret: eine versierte Schlossherrin. Als hätten sie sich erst letzte Woche beim Kartenspielen getroffen. Und doch hatten sie sich nie gesprochen, abgesehen von einem einzigen dahingemurmelten Satz und einem flüchtigen Kopfnicken auf irgendeinem Flur voller Leute. Marvin hatte seine junge Ehefrau nach der Heirat – vor so vielen Jahren! – ans äußerste Ende des Kontinents verfrachtet und sie dort unter Verschluss gehalten – denn das war der Ort, sagte er, wo die Zukunft der Flugzeugindustrie lag und wo er sein Glück machen würde. Bei der Hochzeitsfeier in einer bescheidenen Kapelle in Neuengland waren ausschließlich unglückliche Breckinridges und keinerlei unglückliche Nachtigalls zugegen gewesen. Beas Mutter und danach auch ihr Vater waren beide ins Grab gesunken, ohne je die maßvollen Vokale ihrer Schwiegertochter vernommen und über ihre gewölbte aristokratische Stirn und die genau horizontal verlaufenden Augenbrauen gestaunt zu haben. Und sie hatten sie auch nicht als Braut erlebt außer auf der Bachrach-Fotografie, auf der das Paar gelassen posierte und mit der sie sich für das peinliche Hochzeitsgeschenk bedankte – es war zunächst nicht am richtigen Bestimmungsort gelandet und kam beschädigt in einem dünnen Umschlag an. Marvin fuhr allein zur Beerdigung seiner Eltern. Bea wiederum wurde Margaret nachträglich vorgestellt, eines Nachmittags im Princeton Club in New York, ungefähr eine Stunde bevor Marvin seine Frau und seine kleine Tochter eilends in einen Mietwagen setzte und mit ihnen zu jenem wichtigen Treffen ehemaliger Studenten fuhr, wo Marvin als großzügiger philanthropischer Stifter geehrt werden würde und nicht mehr erwarten konnte, seinen ehemaligen Kommilitonen und Schwager zu begrüßen. Margarets Bruder war im Jahr zuvor nach einem Trinkgelage beim Absturz eines Privatflugzeugs ums Leben gekommen; die Frau auf dem Passagiersitz neben ihm kam ebenfalls um. Zu dieser Zeit existierte AMERIKAS HAUSHALTSZENTRUM nicht mehr, und alle alten Breckinridges und Nachtigalls, einschließlich der drei ledigen Tanten Beas, waren tot. Und zu dieser Zeit war Bea schon längst Miss Nightingale. Von Marvins Standpunkt aus, so vermutete Bea, war sie von allen bekannten Nachtigalls diejenige, die ihn wahrscheinlich am wenigsten blamieren würde. Er hatte sie zu diesem einen Anlass mitgenommen – die Szene hatte sich ihr unauslöschlich, zeitlos eingeprägt, wie ein Standfoto aus einem Film – und dann beiläufig Margaret und seinem Kind vorgestellt. Die Margaret auf dem Foto lächelte unentwegt, und das Kind war nicht mehr als das flüchtige Aufleuchten eines weißblonden Köpfchens.

Doch die Margaret, die nun vor Bea stand, war ein einziges Nervenbündel, ein Motor, der mechanisch Höflichkeiten produzierte. »Wohnst du bei uns? Hat sich Marvin darum gekümmert? Vielleicht ist er nicht da, er ist ja dauernd unterwegs, aber die Haushälterin ist ja da bis um sechs…«

Sie brach ab, der Motor stockte.

»Nein, nein«, beruhigte Bea sie, »dich wollte ich besuchen. Und ich bin in einem Motel, ich habe am Flughafen einen Wagen gemietet…«

»Das würde Marvin gar nicht gefallen. Er würde befürchten, dass ich mich aufrege, aber ich rege mich überhaupt nicht auf. Mein Mann hat die Vorstellung, es gehe mir nicht gut. Aber es geht mir hervorragend, das kannst du ja selbst sehen.«

Bea folgte dem Malerkittel: Er reichte Margaret bis zu den Knöcheln und streifte ihre nackten Fersen. Sie führte Bea von einem sonnendurchfluteten Raum zum nächsten, an einem ungemachten, mit Kissen überhäuften Bett vorbei. Sie kamen in ein Zimmer, wo zwei Sessel rechts und links von einem dekorativen offenen Kamin standen. Der Kamin war eine Attrappe, die nutzlose Feuerstelle war hinter einem großen, ungerahmten Landschaftsbild versteckt. Bea ließ sich in einem der Sessel nieder und nahm im

Geiste Maß: Sie schätzte, dass ihre eigene Wohnung drei- bis viermal in diese weitläufigen Krankenzimmerfluchten passen würde.

Sie deutete auf den Kamin. »Das Gemälde, ist das von dir?«

»O nein, Bäume und Gegenstände male ich nicht. Die Person, die vor mir hier war, hat es gemalt, ich könnte so was nicht. Sie sagen mir, ich könnte es, wenn ich es versuchte. Sie sagen, ich habe Talent. Man erwartet von ihnen, dass sie so etwas sagen. Es gehört zur Therapie, weißt du.«

Da Margaret ihr gegenübersaß, das Gesicht zur Seite gewandt, konnte Bea sie nur im Profil sehen, die dünne Nase blass wie eine Hostie, die bleichen kurzen Wimpern, den zusammengepressten Mund. In diesem Raum, weit weg vom Eingang, war der üble Geruch nicht so stark. Doch sie fühlte sich hilflos, blockiert – was hatte sie sich bloß von diesem fragwürdigen Besuch erwartet, diesen nichtssagenden Höflichkeiten der Zustimmung und Ablehnung? Diese Frau war durch und durch oberflächlich.

»Dann bist du hier also zufrieden«, sagte Bea.

Es war als Frage gemeint, aber nicht so ausgesprochen. Darauf kam keine Antwort. Stattdessen sagte Margaret: »Du wirst es mir wahrscheinlich nicht glauben, oder? Dass ich mich immer für die Familie meines Mannes interessiert habe – du wirst sagen, dass es dafür keinerlei Anzeichen gegeben hat.«

»Also, hier bin ich nun, die komplette Familie. Die letzte Mohikanerin, es ist sonst niemand mehr da. Aber du hast doch eine ziemlich große eigene Sippe, oder nicht? In den Magazinen werden immer ein oder zwei erwähnt.«

»Es sind nur noch ein paar Cousins. Wir telefonieren miteinander an Weihnachten, aber auch nicht in letzter Zeit ...«

»Der Cousin, der im Kabinett sitzt. Der Gouverneur. Und der andere Gouverneur und der Abgeordnete, der sein eigenes Flugzeug flog.«

»Mein armer Bruder. Es war furchtbar. So lange her, Iris war noch ein Säugling, und mein Sohn war noch gar nicht geboren, aber er träumt davon, Julian hat mir immer erzählt, dass er träumt, er stürzt ins Feuer ...«

Sie hatte sich umgewandt, um Bea anzusehen. Ihre Stimme klang jetzt anders (wegen dieses brennenden Flugzeugs, wegen ihres Sohnes?). Sie war rauer, derber, schriller – wie von einer Säge. »Ja ich bin zufrieden! So, wie Marvin es sieht, ist seine Frau weggelaufen, ist sein Sohn weggelaufen, die Einzige, die nicht weggelaufen ist, ist seine Tochter. Was glaubst du, warum sonst bin ich hier? Was glaubst du, wie ich überhaupt hierhergekommen, wie ich hier gelandet bin? Und wo sonst in der Welt könnte ich hingehen?« Ihre Augen waren weit geöffnet, die unteren Lider gerändert von schmalen blutroten Halbmonden. »Ich – kann – nicht – mit meinem Mann leben!«

Die harmlose, harmlos eingesperrte Verrückte nahm plötzlich eine Art Vernunft an. Mit einem Mal wurde Bea klar, dass es die Erkenntnis war, die Margaret zur Vernunft gebracht hatte. Die guten Manieren als Mittel zum Ruhigstellen – sie waren Margaret durch die Einsicht abhandengekommen. Ihr wilder Mund und die Wildheit, die sich entlud, bewirkten, dass sich Stirn und Kinn leicht neigten: Sie wurde dreidimensional lebendig.

Bea fragte zögernd: »Willst du damit sagen, dass du hierherkommen *wolltest*? Dass es deine freie Entscheidung war?«

»Ich habe Marvin dazu gebracht, dass er damit einverstanden war. Er meint, er hätte *mich* so weit gebracht, dass ich einverstanden war.« Sie stieß ein bitteres Lachen aus. »Begreifst du, was er aus mir gemacht hat? Oh, aber inzwischen bin ich schneller im Denken als er, ich kann ihn durchschauen. Ich mache dir keine Vorwürfe, wenn du das nicht sehen kannst. Warum solltest du es auch können? Nur würde ich mir vorstellen, als seine Schwester ... Du hast mit ihm früher zusammengelebt, du bist mit ihm aufgewachsen, du hattest dieselben Eltern. Ich habe immer versucht, mir euch alle vorzustellen, ganz besonders seine Mutter, und wenn du meinem Mann auch nur im Geringsten ähnlich bist, müsste ich dich eigentlich hassen. Darin ist *er* gut, im Hassen. Weißt du, was er seit seiner Kindheit gehasst hat, was er mehr als alles andere auf der Welt gehasst hat?«

»Nein«, sagte Bea, obwohl sie glaubte, es zu wissen.

»Diesen Haushaltswarenladen. Diesen grässlichen Haushaltswarenladen. Ich habe ihn nie gesehen, habe ihn nie gerochen. Marvin hat mir erzählt, wie es roch, nach Farbe, Kerosin, Insektenspray, was weiß ich, aber ich verdanke diesem Laden mein ganzes Leben. Mein ganzes Leben, denn er hat sich dafür geschämt. Er sagte, er sei davon vergiftet worden. Und jedes Gift braucht ein Gegengift, oder etwa nicht?«

Sie sprang auf und beugte ihren langen Körper über Bea; ihre Finger bohrten kleine Kuhlen in die samtbezogenen

Armlehnen des Sessels. Die großen grauen Augen mit den kurzen Wimpern kamen allzu dicht heran.

»Du hast doch deinen Namen geändert, nicht wahr?«

»Als ich verheiratet war, eine Zeit lang. Aber danach habe ich wieder den alten angenommen.«

»Du hast den Namen geändert, mit dem du geboren bist«, beharrte Margaret.

»Ich bin Lehrerin, niemand konnte ihn aussprechen ...«

»Ist es ein deutscher Name? Oder vermutlich ist es dieses Jiddisch. Du glaubst doch nicht, dass *ich* ihn aussprechen könnte? Oder irgendjemand von meinen Leuten? Man müsste Schleim gurgeln, um es richtig hinzubekommen. Marvin hat alles andere geändert, bloß nicht seinen Namen. Um sich zu quälen oder vielleicht, um meiner Familie mit seinem sogenannten Stolz zu imponieren. Er hat sie verehrt, weißt du. Nicht dass sie das irgendwie zur Kenntnis genommen hätten ...«

»Es wäre schwer, nicht zur Kenntnis zu nehmen, wie viel Erfolg er gehabt hat«, sagte Bea. Verteidigte sie nun etwa Marvin? Oder wollte sie den Affront zurückweisen, der ihrem gutmütigen, bescheidenen Vater zugefügt worden war, an den sie sich erinnerte, wie er im Hinterzimmer beim Licht einer altmodischen Lampe in einen Roman vertieft war, während ihre Mutter sich vorn um den Laden kümmerte?

»Flugzeugteile aus Plastik«, stieß Margaret hervor. »Verbessertes Essgeschirr, nannte es mein Bruder – bei Marvin, sagte er, falle der Apfel nicht weit vom Laden. Mein Mann kann gut mit Geld umgehen, das ist noch das letzte Quäntchen Jude in ihm. Alles Übrige stammt von mir.« Sie richtete sich auf und starrte auf Bea hinunter. »Er ist zu dem geworden, wofür er mich hält. Dieses Wappen! Diese ganzen Recherchen über das hochheilige Familienwappen! Wenn Marvin Mittel und Wege fände, sich in meinen Blutkreislauf einzuschleusen, er würde es tun.«

»Warum nimmst du es nicht einfach für das, was es ist?«, fragte Bea. »Schmeichelei oder auch Ambition …«

»Du willst mich beschwichtigen, ich kenne den Ton. Die Therapeuten hier reden genauso. Kannst du nicht verstehen, dass mein Mann keine Existenz hat! Er existiert nicht! Er besitzt kein Selbst.«

Marvin der Egoist: kein Selbst? Margaret war intelligent, das war Bea klar. Sie war zu Erkenntnissen jenseits der Allgemeinplätze gelangt. Sie reckte den Kopf: Die ebenmäßige Geometrie verschwand.

»Das Grün in dem Wappen«, sagte sie, »steht für Wasser. Das Wasser, das James Watt aus dem Clyde schöpfte – Watt ist der Junge, der die Dampfmaschine erfand, einfach weil er beobachtete, wie ein Wasserkessel kochte. Steht in allen Schulbüchern. Die Breckinridges stammen mütterlicherseits von Watt ab, wusstest du das?«

»Nein«, sagte Bea.

»Aber mein Mann weiß es! Und er erwartet, dass seine Kinder dem Anspruch gerecht werden, es ist ihr *Erbe*, *noblesse oblige*, sie müssen sich dessen würdig erweisen, sie müssen sich auszeichnen. Und das sieht er in Iris – jedenfalls die Möglichkeit. Sie hat das Köpfchen dafür, sagt er, wenn sie bei der Stange bleibt. Meine arme Tochter, er sorgt dafür, dass sie Tag und Nacht in diesem Labor sitzt. Aber Julian … es sind nicht nur diese Albträume, Marvin sagt,

Julian sei von grauenhaften Dingen angezogen, er meint, Julian sei verliebt in alles, was verseucht ist. Kannst du so schreckliche Worte glauben? Alles, was deformiert, ruiniert ist, und er stürzt sich darauf – sein eigener Sohn!«

Das war also der richtige Augenblick – als Margaret mit hängenden Schultern und an den Körper gepressten Armen vor dem falschen Kamin auf und ab ging. Bea erhob sich und ergriff Margarets Hand – die Finger zitterten leicht.

»Er hat Angst, Marvin hat Angst, das ist der Grund! Das Zeug, das uns Julian schickte, aus irgendeiner Zeitschrift, die sie dort herausbringen – über schmutzige Vögel auf den Straßen. Zeug aus dem Getto, sagt Marvin. Er macht sich Sorgen, Julian könnte irgendetwas geerbt haben …«

»Margaret«, sagte Bea, »ich habe ihn gesehen. In Paris.«

»Julian? Wann? Und wie?« Margaret zog abrupt ihre Hand zurück, als durchzuckte sie ein Stromstoß. »Was tut mein Sohn dort? Warum kommt er nicht nach Hause?«

»Weißt du, das hat er mir nicht anvertraut. Ich habe ihn nur ganz kurz gesehen – aber es scheint ihm gut zu gehen, er ist sogar ein bisschen mollig. Ich hatte den Eindruck, dass er fließend Französisch spricht. Manche würden sagen, er hat Schliff bekommen.«

Schliff! War es statthaft, eine Kranke anzulügen? Die Rücksichtslosigkeit der Offenheit: Es war unmöglich, Margaret gegenüber ehrlich zu sein. Ihr Hals steckte zwischen den hochgezogenen Schultern, die Arme hatte sie vor der Brust verschränkt und die Fäuste unter die Achseln gesteckt. Sie versuchte, sich zu einer Kugel zusammenzurollen. Es war nicht Passivität – sie war eine Kugel, eine

Kanone, eine Salve. Nach und nach entluden sich die Schüsse. »Es war Marvins Idee«, sagte Bea, »ein Mittel, um ihn zurückzuholen. Es war eine Kapitulation, Marvin gab nach, er gab tatsächlich nach! Julian wird nicht Naturwissenschaften studieren, er *kann* es nicht, er ist nicht dafür geschaffen, also gut, etwas anderes, solange es dazu führt, dass er nach Hause kommt ...«

Margarets wasserfarbene Augen schwammen wie zwei Haifische auf Margaret zu. »Er hat ihn ausfindig gemacht – den Kerl. *Den* Kerl«, sagte sie.

»Wen?«

»Den, mit dem du mal verheiratet warst.«

»Leo?«, rief Bea. »Was hat Marvin mit Leo zu schaffen?«

»Mein Mann kennt jeden in L.A., frag mich nicht, wie, er hat überall Beziehungen, er nimmt Kontakt auf mit Leuten, die wieder mit anderen Leuten Kontakt aufnehmen ... Er hat herausgefunden, wo dieser Kerl lebt, übrigens gar nicht weit weg von *uns*, Bel Air Circle, also ging er hin zu ihm, es ist gleich um die Ecke ...«

»Er hat Leo getroffen? Warum? Warum bloß, was konnte Marvin überhaupt mit Leo zu besprechen haben?«

»Es geht darum, wie Julian *ist*, wie er denkt – es ist alles unwirklich, sagt Marvin, es sind Tagträume ...«

»Aber was hat das, Herrgott noch mal, mit Leo Coopersmith zu tun?«

Die Kranke war Herrin der Lage. Bea war gekommen, um ihr Mitgefühl, ihre Anteilnahme zu bekunden; oder auch um ihren Wagemut, ihre Zurückhaltung zu testen – war sie deshalb gekommen? Auf jeden Fall war es freundlich gemeint gewesen, aber der Besuch war ganz anders verlaufen. Margarets Salven kamen blitzartig. Bea war nicht mehr freundlich gestimmt.

»Das Kino. Hollywood. Marvin dachte, er könnte Julian irgendeinen Job besorgen, wo er hinpassen würde, etwas, was ihm wirklich gefiele, und ihn so dazu zu bringen …«

»Und, hat er mich erwähnt? Willst du das damit sagen? Hat er sich auf mich *berufen*?«

»Du warst mit dem Kerl verheiratet.«

»Das war einmal. Marvin hat Leo um *Hilfe* ersucht, ist es das? Er hat die Oboe gebeten?«

»Oboe, was soll das? Er ist im Filmgeschäft, er ist berühmt, er komponiert Filmmusik, oder etwa nicht? Und mein Mann bittet nicht. Er bittet niemals.«

Bea sagte streng: »Hör zu, Margaret. Julian denkt nicht daran zurückzukommen, dafür gibt's keinerlei Anzeichen. Er hat sich eine Ehefrau zugelegt. Eine DP – du weißt, was das bedeutet, eine *displaced person*. Und deine Tochter lebt nicht in ihrem Labor, sondern bei deinem Sohn und seiner Frau in Paris. Jetzt in diesem Augenblick. Ich habe sie zuletzt gestern gesehen.«

Das Wasser bewegte sich leicht, die Haifische verschwanden. Die kurzen bleichen Wimpern blinzelten.

»Ich glaube dir nicht«, sagte Margaret. »Marvin hat mir nie so etwas erzählt.«

»Er weiß nichts davon. Ich bin die Spionin, die hinter die feindlichen Linien geschickt wurde, um Nachrichten zu überbringen. Neue Informationen, Margaret.«

»Ich glaube dir nicht. Iris ist an der Uni. Julian ist zu jung zum Heiraten. Du solltest jetzt gehen.«

»Ja«, sagte Bea.

Sie gingen nebeneinander von einer Zelle zur nächsten – die Sonne stand jetzt tiefer, die Fenster glänzten nicht mehr –, bis sie wieder in das Zimmer kamen, wo die Staffelei stand. Hier wurde der üble Geruch intensiver.

»Du solltest sehen, was ich male«, sagte Margaret. »Meine Therapie.«

Sie drehte die Staffelei so, dass Bea das Bild sehen konnte. Ein dunkler Himmel, dunkle Hügel, dunkle, karge Erde. In der Mitte ein Schmierfleck, der einer Frauenfigur zu ähneln schien – oder war es ein Mann? Das ganze Bild war dunkel, die Farbe üppig aufgetragen.

Marvins Frau hatte die Kunst gemeistert, menschliche Exkremente zu malen.

21

ZU SEINEM DREIUNDZWANZIGSTEN Geburtstag bekam Julian einen Scheck von seinem Vater; beigelegt war eine geschäftsmäßige Notiz, in der er erklärte, wie man die Bankgebühren für den Eintausch fremder Währung umging, so dass man Dollars ohne Verlust in Francs wechseln konnte. Sein Vater war versiert in solchen abgekürzten Verfahren, aber Julian war es gleichgültig: Er hatte nicht vor, mit irgendeinem Faktotum einer Bank eine Diskussion anzufangen, die mit Sicherheit in einen Streit ausarten würde, und ohnehin waren Marvins mit Zahlen und Prozenten angereicherte Instruktionen zu hoch für ihn. Es reichte, dass die Ziffer auf dem rechteckigen blauen Papier ihm erlaubte, an Madame Duval eine weitere Rate für die Miete zu bezahlen und eine ganze Woche nicht kellnern zu müssen.

Nicht dass Julian solche abgekürzten Wege grundsätzlich verschmäht hätte – es war Alfred gewesen, der ihn mit einem gewissen François bekannt gemacht hatte, der ihm seinerseits unter der Hand Jobs verschaffte – oder wie immer man das auf Französisch ausdrückte –, und wiederum dank Alfred war sein kleiner Text über das Marais zu der Prinzessin gelangt und von der Prinzessin dann für würdig befunden worden, gedruckt zu werden. Gedruckt! Das war zweimal passiert, aber nun war Alfred tot, und er war auf sich allein gestellt und ohne Mittelsmann, doch immer noch behielt er die *Paris Review* begehrlich im Auge. Ohne Alfred, der furchtlos gewesen war und jeden gekannt hatte, gab es für ihn keine Chance, er war nicht gut genug, er war nicht fleißig oder selbstbewusst genug. Er war das, was sie ihn zu Hause nannten: ein »Luftmensch«, zumindest sein Vater nannte ihn so, seine Mutter kannte so ein Wort bestimmt gar nicht. Es bedeutete eine belanglose Person, einen unpraktischen, aus Luft gemachten Menschen – sie hätte ihn jedenfalls verteidigt …

Er hatte über diese legendären Schriftsteller gelesen, die jeden Morgen in ihrem Lieblingscafé saßen, ihre Füllfedern über die Seiten fliegen ließen und alles um sich her vergaßen, das Geklapper und das Geplauder, die Passanten, die Straßengeräusche, das Hupen der Autos. Er hatte so etwas noch nie erlebt, was nicht hieß, dass es das nicht gab, und tatsächlich tat er es gerade selbst, allerdings nicht morgens (er stand nicht früh auf, wenn er nicht musste), sondern nachmittags um zwei im Le Tisserand, wo er nie bedient hatte und man ihn nicht kannte und nicht auslachen würde. Über den Scheck freute und ärgerte er sich zugleich. Er freute sich, weil er hier herumlungern konnte mit einer Flasche Bier und seinem stilvollen neuen Notizbuch mit dem roten Schnitt, und er ärgerte sich, weil ihm klar war, dass er mit dem Geld sowohl bestochen als auch bedroht werden sollte. *Noch einen Monat*, hatte sein Vater unter die Zahlen und die Prozente geschrieben, *und dann nach Hause*. Diese paar Silben klangen wie Gongschläge. Ein kurzes Gezwitscher von Seiten seiner Mutter: *Geht es Dir gut, Julian? Wir vermissen Dich*. Nichts von seiner Schwester – sie hatte andere Mittel und Wege, versteckte seine Briefe und beantwortete sie heimlich.

Er hatte bereits vier Seiten vollgeschrieben: Ihm schwebte eine Reihe raffinierter kleiner Fabeln vor, stilistisch irgendwas zwischen Äsop und La Rochefoucauld (Alfred hatte ihm den Tipp mit La Rochefoucauld gegeben), mit einer Moral am Schluss, nur dass die Moral keine wäre – er würde sie *Unmoral* nennen, und sie wäre das Gegenteil von dem, was seine täuschend geradlinigen Geschichten scheinbar vorschrieben oder wovor sie warnten. Und die Sprache wäre schlicht und »transparent«, ein Begriff, den er von Alfred übernommen hatte. Aber Alfred war tot und konnte ihm nicht mehr helfen, und die *Paris Review* hatte bereits ein halbes Dutzend seiner Fabeln zurückgeschickt. Er sollte, dachte er, sich einen anderen Namen für sie ausdenken.

Es hatte zu regnen begonnen, zunächst leicht, und die auf einmal still stehende Luft und der Geruch nach nassem Pflaster, der von draußen hereindriftete, erregte ihn ein wenig: Es war der Geruch der Erwartung. Dann wurde es dunkel, und Zwielicht senkte sich über den Platz vor der Rückwand, an dem er saß, die Füße auf einem Stuhl, der zum Nachbartisch gehörte, und dann prasselte der Regen mit tropischer Gewalt als dichter grauer Vorhang herab, der von der Straße hereinwehte. Eine lärmende Gruppe von drei, vier jungen Mädchen stürmte herein; sie waren im Nu bis auf die Haut durchnässt worden, lachten und zerrten an ihren Rucksäcken: Es gab ein Lycée in der Nachbarschaft. Er sah sie gern an – die wohlgeformten Waden über den kurzen Söckchen, die kleinen Hügel, die sich knapp unter dem Schlüsselbein erhoben, das tropfnasse Haar, das ihnen auf den Rücken fiel. Sie waren zwölf oder dreizehn, vielleicht auch schon vierzehn, und direkt hinter ihnen war eine Frau mittleren Alters. Er hielt sie für eine Lehrerin (sie trug eine Aktenmappe) oder die Mutter von einem der Mädchen, doch sie löste sich rasch von der Gruppe und ließ sie in der Tür stehen, wo sie einander kichernd das Wasser aus den Haaren wrangen und es zu Zöpfen flochten. Die Frau entdeckte einen freien Tisch und öffnete ihre Aktenmappe: Wasser tropfte daran herunter. Julian behielt jedoch die Mädchen im Auge – nur eine von ihnen war wirklich hübsch. Er wünschte, sie wäre älter, zum Beispiel achtzehn. Wäre sie achtzehn oder zwanzig, würde er aufstehen und sich an sie heranmachen und sie ein wenig aufziehen in seinem Französisch, das immer besser wurde. Oder wenn sie eine von diesen amerikanischen Mädchen wäre (aber nein, war sie nicht, die ganze geräuschvolle Truppe war diesem Lycée weiter unten an der Straße entsprungen), eine von diesen jungen Amerikanerinnen, die heutzutage überall waren, in jedem Winkel der Stadt, dann könnte er das Gespräch so beginnen, wie er es bei amerikanischen Mädchen immer tat: »Welche von beiden bist nun du, Gertrude oder Alice?« Das war natürlich ein Test, und die Reaktion wäre entweder eine ignorante freche Antwort oder die Aufforderung, seinen Namen zu nennen und zu erklären, woher er komme und was er in Paris treibe, und wer konnte sagen, was daraus alles folgen mochte? Vor allem wenn sich herausstellen sollte, dass die Betreffenden in Vassar, Smith oder Bryn Mawr Französisch im Hauptfach studierten, die wussten immer, wer Gertrude und Alice waren. Und das war der Witz dabei: Auf den Fotografien hatte er gesehen, dass Gertrude und Alice hässlich und alt waren, ja sogar wie hässliche alte Männer aussahen, plump und (vermutete er) plattfüßig. Die Frau, die mit dieser Schar ausgelassen schnatternder Mädchen hereingeschneit war – die Hübsche unter ihnen konnte nicht älter als dreizehn sein –, war nicht direkt hässlich und auch nicht so alt, wie er zunächst geglaubt hatte, aber er hatte nur kurz hingesehen, sie war keine, die ihm gewöhnlich aufgefallen wäre. Jetzt fiel sie ihm nur auf, weil sie ihn ablenkte, mehr von den Mädchen als von seiner lächerlichen Katzenfabel, mit der er sowieso nicht so recht weiterkam. Sie zog ein Blatt Papier und einen Drehbleistift (die Sorte, die sein Vater immer in der Brusttasche stecken hatte) aus der Aktenmappe aus billigem Karton, der an den Nähten abblätterte – es war kein Material, das nass werden durfte. Sie hatte ihre Sachen – einen langärmeligen Pullover und eine Tasche, aus der das Ende einer Baguette ragte – zwei Stühle weiter weg von seinem Platz abgelegt (auf den Stuhl dazwischen hatte er seine Füße gestellt), sodass er beinahe lesen konnte, was sie schrieb. Es sah aus wie ein ganz gewöhnlicher Brief, und auf einmal verlor er das Interesse: Sie erfand nicht Fabeln so wie er, sie war weder hübsch noch jung, sie gehörte nicht zu der Sorte, auf die er zugehen und die er nach Gertrude oder Alice fragen würde. Sie war einfach eine Frau, die aus der Nässe hereingekommen war.

Ein greller Sonnenstrahl, gespiegelt von der Windschutzscheibe eines vorbeifahrenden Autos, blendete ihn: Der Sturm hatte sich auf einmal gelegt. Salziger Meeresduft stieg nach dem Regen vom Gehsteig auf, und die Mädchen mit ihren Zöpfen und ihren Rucksäcken stürzten kreischend hinaus in den neu belebten Nachmittag. Er versuchte, sich auf seine Geschichte zu konzentrieren: Ein unabhängiger, doch pflichtbewusster Kater kehrt stets gehorsam nach Hause zurück, nachdem er sich tagsüber auf den Gassen herumgetrieben hat. Und was war daran unmoralisch? Es fiel ihm nichts ein, er verlor die Geduld, die Geschichte war albern, und ihm war langweilig. Er wollte nicht der Kater sein, der brav heimkam, aber heimwehkrank war er dennoch oder auf jeden Fall krank. Er fühlte sich krank, richtig krank, teils tat ihm der Bauch weh, teils wusste er kaum, was mit ihm los war. Er musste sich eingestehen, dass er alles satt hatte, dass ihm nichts etwas bedeutete, es war vorbei mit der Clique, mit der er sich herumgetrieben hatte, dieser genialen Clique, deren Mittelpunkt Alfred gewesen war, Alfred, der eine komische Abhandlung über ein zwischen Daumen und Zeigefinger gehaltenes Schamhaar abspulen konnte (frei nach Pope nannte er es den »Raub der Locke«) – er hatte sich mit ihnen herumgetrieben, hatte gemeinsam mit ihnen getrunken, aber er war keiner von ihnen, er gehörte nicht dazu; er war immer nur Zaungast. Er bemühte sich unentwegt, er schmeichelte ihnen, strengte sich an, mit ihnen mitzuhalten, versuchte, sich ihrer *würdig* zu erweisen, aber am Ende waren sie seiner überdrüssig, oder er war ihrer überdrüssig, er konnte den Unterschied nicht erkennen. So oder so blieb er ausgeschlossen. Er war ihrer Genialität überdrüssig; es blieb nichts hängen, alles war im Fluss, strebte ziellos mal hierhin, mal dorthin, ein spaßiger Einfall folgte dem anderen. Seine unmoralischen Geschichten waren auch nichts anderes als seichte spaßige

Einfälle. Aber das eigentliche Problem war der Kater – er brauchte ein größeres Tier, eines, das die Familie in Schrecken versetzen konnte, wenn es zurückkam. Ein Bär, ein furchterregender Grizzlybär. Nein – welche Familie würde sich schon einen Bären als Haustier halten? Und abgesehen davon wäre ein Bär, der, einmal ins Freie entlassen, ins häusliche Leben zurückkehren würde, wo ihm zweifellos wieder die Kette angelegt würde, ein ausgemachter Trottel.

»Verdammt noch mal, ich schaff's nicht«, sagte er.

Die Frau blickte auf, und er merkte, dass er laut gesprochen hatte. Er war verlegen, aber nur ein wenig – in letzter Zeit sprach er manchmal mit sich selbst. Das kam von der Wut, Lava floss aus einer verdorrten Kehle, es war ihm egal, er konnte tun, was ihm gefiel, er konnte auf der Straße schreien, wenn es ihm passte. Um drei Uhr morgens waren sie einmal aus dem Napoléon gekommen, schwindlig und unmäßig bezecht, Alfred mit schwerer Schlagseite, und beide hatten zum Himmel hinaufgeschrien, in die Nacht hineingeschrien, satte, glorreiche amerikanische Schreie, hör zu, hatte Alfred plötzlich gesagt, was ist eigentlich die wahre Wildnis, die Neue Welt (sie war inzwischen ganz schön alt geworden) oder die Alte? Es war ein wunderbares Gefühl, mit Alfreds Arm über seiner Schulter (aber Alfred hatte sich umgebracht, Alfred war tot) nicht zu wissen, ob er einen Körper hatte oder nicht.

Die Frau sagte: »Dann müssen Sie weitermachen.«

Diese alte Schachtel antwortete ihm, als hätte er darauf gewartet oder es nötig gehabt oder gewollt! Der Blick, den sie ihm zuwarf, war mehr als verärgert und auch weniger. Es war die Art Blick, den man auf ein Kind richtet, das einen

Stein wirft, der einen beinahe, aber dann doch nicht trifft. Das bestärkte ihn in seiner Annahme, sie müsse eine Lehrerin aus dem Lycée sein, eine alte Megäre mit einer scharfen Zunge, eine Frau, die der Trupp ungebärdiger Mädchen zu ignorieren entschlossen war. Er nahm die Füße von dem Stuhl. Diese kleine, widerwillig ausgeführte Geste, um den Anstand zu wahren – sie hatte ihn erwischt, sie hatte ihn beschämt –, brachte sie zum Lachen, sie lachte doch tatsächlich über ihn! Von diesem ersten Laut an war klar, dass sie keine Französin war, sie war auch ganz bestimmt keine Amerikanerin, was war sie dann? Sogar ein Lachen kann einen fremden Klang haben, und diese aufdringliche Frau mit dieser ältlichen Furche zwischen den Augenbrauen lachte über ihn!

22

DER JUNGE WAR absurd. Der Junge war verachtenswert. Dieses Selbstbewusstsein, Herr der Welt, der über eine Schar von Stühlen gebot, als gehörte ihm der Planet Erde, einer dieser ahnungslosen Amerikaner, die ganz vernarrt waren in alte, überlebte Vorstellungen Sartres, dieses Tölpels, dieses widerwärtigen Kommunisten, der zum Schlimmsten anstiftete. Paris wimmelte von diesen Sartres und Gides im Taschenformat, die über ihren tintenbefleckten Manuskripten in den Cafés saßen, einen Aperitif neben sich, damit die Parodie, das lächerliche, längst überholte Theaterspiel beglaubigt wurde. Und der hier, der wegen einer tragischen Beeinträchtigung seines Genies romantische Qualen litt! Ein Spielzeug war ihr Paris, eine Laune: Sie würden es verschleißen, die Stadt würde sie verschleißen, der eine oder andere würde ausgesondert werden. Und wenn sie damit fertig wären, würden sie weggehen, wie bequem für sie, mit ihren bequemen amerikanischen Pässen, würden in diese reichen Städte mit ihren Wochenschau-Wolkenkratzern fliegen, die nur auf sie warteten, in ihr glückliches Cleveland, Chicago und Boston! Sie konnten kommen und gehen, hatten keine Ahnung, dass der Boden versengt war, weil es unter ihren Füßen so weich war, dass man es vergessen konnte, und da saß dieser halb gare Junge mit seinen Privilegien und seinen großen, schmutzigen Sandalen, die er auf einen Stuhl platziert hatte, und stellte seine schmutzigen Zehennägel zur Schau …

Daher musste Lili lachen und ließ in ihrem merkwürdigen Englisch ihre kleine spöttische Bemerkung fallen. Dann schrieb sie weiter an dem Brief an ihren Onkel.

Aber der dumme Junge nahm es nicht als die harmlose Frotzelei, als die es gemeint war, als schlichten leisen Sarkasmus, und wenn doch, hatte er ein verzweifeltes Bedürfnis nach Konversation und würde nach jedem Krümel menschlicher Wärme lechzen. Sie konnte ihm keine Wärme geben; sie war kalt, das bisschen Wärme, das sie hatte, galt dem Bruder ihrer armen verschwundenen Mutter, den sie in weiter Ferne ausfindig gemacht hatte. Sie wollte in zwei, drei Monaten zu ihm fahren. Dann war er also einsam; der Junge müsste eigentlich auf dem Heimweg sein, er hatte irgendwo eine Familie, wozu also weitermachen? Mit was? In einem Café Theater zu spielen? Sie hatte sie überall gesehen, wie sie, ein Glas in der Hand, mit heiseren Stimmen grölten, Theater spielten. Ein Scheinexil, ein flüchtiges Spiel. Der Boden war versengt, auf den Straßen wimmelte es von Flüchtlingen, und diese Amerikaner taten so, als seien sie auf der Flucht! Als gäbe es irgendetwas, was sie übel nehmen, verachten, verschmähen, wovor sie weglaufen müssten! Als wären sie nicht die Herren der Welt.

Aber dieser Herr der Welt sah sie bekümmert, verärgert, verbittert an. Seine Sorgen, welcher Art sie auch immer sein mochten, waren trivial, er war ungebildet, seine Ignoranz unterschied sich nicht von Unschuld, aber sie roch das Aroma der Verbitterung.

»Bin ich so komisch?«, fragte er, weil sie gelacht hatte,

und wer würde nicht über so eine lächerliche Verkleidung lachen?

»O ja«, sagte sie. »Wirklich komisch. Weil es so viele von euch gibt.«

»So viele, was?« Unverkennbar, dass er auf Streit aus war!

»So viele, die weder Ziel noch Zweck kennen. Ein Karneval, um sich die Zeit zu vertreiben. Ihr kommt hierher und wisst nicht einmal, warum.«

Er wurde gescholten, schlimmer, er wurde bloßgestellt. Und zwar von einer herrischen, aufdringlichen Frau, die sich für eine Hellseherin hielt. Als hätte er nicht das Recht, der zu sein, der er war. Sie hielt ihn für das Mitglied einer Clique, und er hatte die Clique aufgegeben; es war nicht fair. Er vermisste schmerzlich Mitgefühl: Nur seine Schwester fühlte mit ihm. Nun ja, auch seine Mutter, aber sie stand dermaßen unter der Fuchtel seines Vaters …

»Sie kennen mich nicht«, sagte er. »Dann urteilen Sie auch nicht über mich.«

Selbst in seinen eigenen Ohren klang er kindisch.

»Sie sollten nach Hause gehen«, sagte sie.

»Kann ich nicht.«

»Und warum nicht?«

»Ich habe kein Zuhause.«

Oh, wie fatal! Diese Karikatur, dieser Sprössling des Glücks behauptete, kein Zuhause zu haben!

»Nein? Wo kommen Sie dann her?«

Er spuckte es aus wie einen Wurm. »Aus Kalifornien.«

»Das ist also Ihr Zuhause, nicht wahr?« Er hätte auch die Antarktis nennen können, das war genauso wenig real.

»Dass man an einem Ort geboren wird«, erwiderte er, »macht ihn noch nicht zu einem Zuhause, nicht, wenn man nicht behandelt wird wie eine wirkliche Person ...«

Sie verwickelte ihn in ein Gespräch, um ihn auszufragen, vermutete er: Warum sollte er das zulassen, warum sollte er ihr überhaupt etwas erzählen? Er hatte bereits zu viel gesagt, schon wieder dieses kindische Schwadronieren. Nun erst musterte er sie genauer – wie klein sie war, das hervorstehende Schlüsselbein, die kleine Vertiefung über der Oberlippe, die angekaute Oberlippe selbst. Weiße Finger, die noch immer den Drehbleistift umklammert hielten.

Und wieder dieses Lachen! Hohn und Spott. Etwas Hohles schwang darin mit. War er wirklich so komisch?

»Sie sprechen besser, als Sie selbst es wissen«, sagte sie.

Er hatte sich getäuscht, sie war nicht alt, ungefähr fünfunddreißig, es war nur ihre Stimme, die älter klang. Solche Stimmen gehörten zu neu angekommenen Emigranten in irgendwelchen abgelegenen Vierteln von New York. Er hatte die alten Filme gesehen, die Handkarren, die daherschlurfenden Babuschkas, die alten Männer. Er wusste, dass der Großvater seines Vaters Emigrant gewesen war (aber nicht der seiner Mutter, der nicht!); es war eine Art Familiengeheimnis. Sein Vater verachtete fremdländische Akzente, er machte sich lustig darüber, sie beleidigten ihn.

Sie sah, wie ratlos er war. Verbittert, warum verbittert? Ein konfuser Junge, er begriff nichts. Kalifornien, ein Märchenland, Deanna Durbin, Fred Astaire, ein Land, wo im Film gesungen und getanzt wurde, während die Welt in Flammen stand.

Und er – wegen dieser Stimme mit ihren merkwürdigen

fremden Anklängen, in denen ein unbekannter Tonfall mitschwang (zu schnell und auch zu langsam, es stimmte einfach nicht), und dem vibrierenden Rollen ihres kehligen R –, er spürte es, es schmerzte ihn, er lieferte sich ihm aus: dem, was sie war. Eine von *denen*, den Geistern des Marais, jenen vagabundierenden Tauben, die am Boden nach Abfall pickten. Man musste sie bemitleiden, wenn sie einen nicht abstießen, schmuddelige Dinger, selbst eine Art Abfall. Wenn man sie aber auch nur ein wenig bemitleidete, dann mochten sie sich vielleicht in schimmernde Ringeltauben verwandeln, in kosmopolitische, kenntnisreiche Geschöpfe mit verborgenen Geschichten, Geschöpfe, die ein böser Wirbelwind zugrunde gerichtet hatte. Ringeltauben hatte er sie genannt, und als sie erstaunlicherweise in den Seiten von *Merlin* gelandet waren (dank Alfred!), blieben sie immer noch Tauben.

Und sie wiederum beobachtete gerade in diesem Moment in seinen sich verdunkelnden blassen Augen eine unausweichliche Erkenntnis, nahm auf einmal das Notizbuch mit dem roten Schnitt wahr: Vielleicht war sie ja zu vorschnell herablassend gewesen, vielleicht stand ja etwas Beachtenswertes in diesem Notizbuch, ein Junge um die zwanzig konnte durchaus beachtenswerte Dinge denken, Eugen war im selben Alter beachtenswert und sogar schön gewesen, nicht unähnlich diesem hoch aufgeschossenen Jungen mit den breiten Schultern und dem traurigen spitzen Kinn über einem dicklichen Hals und dem dünnen Schnauzbärtchen, dem langen Haar und der breiten Nase mit den ausgeprägten Flügeln. Aber sie wollte nicht an Eugen denken, und sie wollte auch nicht an Mihail denken. Sie schob sie beiseite, Eugen und Mihail, sie reinigte sich die Augen, sobald sie ihrer ansichtig wurde. Eine schwarze Reinigung, wie ein Erbrechen.

So lernten sie sich an diesem Nachmittag kennen, Lili und Julian, zwischen Lächerlichkeit und Herablassung, zwischen Leere und Aufbegehren. Er spuckte sein Kalifornien aus, das Land des Nichtwissens, um nichts besser als erfundene Katzen und Bären. Sie blutete ihr Transnistrien aus, wo man zu viel wusste und nichts, was er sich vorstellen konnte. Sie versteckte es vor ihm, Typhus, Ruhr, Hunger, Erschießungen. Die Erschießungen, die Erschießungen. Mutter, Vater, Eugen, Mihail. Und dann nur noch Lili, ganz allein Lili, mit diesem hässlichen Loch im Arm (sie versteckte es) von einer verirrten Kugel, und dem Onkel, den sie vor Kurzem an einem fernen Ort ausfindig gemacht hatte. Das Transnistrien des schwarzen Teufels und danach das Bukarest des roten Teufels. Chaos und Verlust. Aber sie versteckte es.

Es geschah aus Mitleid: Sie bemitleidete ihn wegen seiner Leere, er bemitleidete sie, weil sie vieles besessen hatte, was ihr entrissen worden war, und wegen des grässlichen Lochs in ihrem Arm. Sie erzählte ihm, sie wolle zu ihrem Onkel fahren; ihr Onkel lebte in Bat Yam, einer Stadt am Meer, nicht weit von Jaffa; ihr Onkel erwartete sie – kannte Julian Jaffa? Nein, kannte er nicht. Von wo aus Jonas in See gestochen war, sagte sie; er wusste kaum, wer Jonas war, er war nicht religiös. Doch am Ende – es dauerte länger als einen Monat – begleitete sie ihn, als er seine Sachen bei Madame Duval abholte. Die beiden vereinbarten (wie schwer war es gewesen, sie zu überzeugen), eine Weile in der leer stehenden Wohnung von Dr. Montalbano zu leben. Sie hatte ihm vieles beizubringen. Er hatte ihr nichts zu geben außer dem Wunder seiner Dankbarkeit.

Was sie ihm beibrachte, war Europa. Sie bereicherte seinen Geist. Und dankbar drang er in ihren Körper ein. Er dachte nicht mehr an Mitleid. Und sie, die weniger Mitleid empfand (denn er verdiente ja auch weniger), dachte auch nicht mehr daran.

23

LEO WAR WÜTEND, fühlte sich gedemütigt. An diesem Morgen hatte er den Regisseur getroffen, um mit ihm neu hinzugekommene Szenen zu besprechen – wo die Musik einsetzen und wo sie aufhören würde. Der Regisseur beharrte auf »hits« und »story points« – es war nicht der Fachjargon, der Leo störte, sondern dass seine Partitur herabgewürdigt wurde. Er wollte ausnahmsweise, dass die Musik von Anfang bis Ende nahtlos dahinströmte, dass sie, selbst wenn sie unterhalb des Dialogs und während des Dialogs weiterlief, wenn sie anschwoll in Szenen des Schreckens oder der freudigen Erregung, wenn sie mit den Pferden galoppierte, selbst wenn sie auf dem dramatischen Höhepunkt, als das Liebespaar sich fand, suggestiv wogte: dass sie dann *lebte*, ganz unabhängig von diesem läppischen Drama, als der autonome Organismus, als die sie gedacht war: Es wäre seine Musik.

»Leo! Was zum Teufel machst du da eigentlich?«, blaffte der Regisseur – es war Brackman, der garstige, arrogante Brackman. »Glaubst du, du schreibst eine Musik für den Konzertsaal, sind wir hier in der Carnegie Hall? Lieferst du mir eine Oper? Hör zu, ich brauch genau an dieser Stelle irgendein großes Tamtam, es ist mir egal, was, vielleicht eine Trommel, was Knalliges, denk dir was aus. Halt dich an die Action, schreib mir keine ausgefallene Kunstmusik, kannst du mir folgen?«

Doch das Werk hatte seine eigene Flugbahn, es wusste um seinen Zweck, es war ein lebender Pfeil, hatte seinen eigenen Blutkreislauf. Schönberg, ja, sogar Schönberg! Der Meister, der sublime Erfinder – und im Filmbusiness ein Fiasko; man hatte ihn gefeuert. Schönberg! Sie konnten nichts anfangen mit komplexer Polyphonie, mit Originalität, mit höherer Vorstellungskraft. Wenn Brackman beispielsweise Prokofjew statt Leo Coopersmith hätte engagieren können, hätte er sich genauso über ihn mokiert wie über Leo Coopersmith – dabei hatten Eisenstein und Prokofjew wie zwei Engel zusammengearbeitet! So eine Zeit würde nie wiederkommen. Ja, warum eigentlich nicht eine Oper? Warum nicht das Himmlische, das Sublime? Was Brackman wollte, war das, was er schon in hundert anderen Filmen gehört hatte, verlässliche alte Klänge, passend zu verlässlichen alten Bildern. Mäandrierende Tempi und zuckersüße Streicher.

Leo hatte es schon längst als selbstverständlich hingenommen, dass er nichts Besseres war als ein Fabrikarbeiter. Er stand ganz unten auf der Leiter – weit über ihm waren die Regisseure und die Produzenten und was sonst noch an glamourösen Figuren wiederum über *ihnen* schwebte –, aber was war das doch für eine goldene Leiter! Er besaß dieses große Haus, und an der kreisförmigen Auffahrt parkte sein großer Wagen; in der Küche war eine Köchin mit breiten Schultern und ausladender Taille. Seine Ehefrauen waren fort, die erste und auch die zweite. Sie hatten seine Töchter mitgenommen, Lucinda ging mit der ersten, Lenore mit der zweiten. Manchmal fiel es ihm ein, die Zählweise zu korrigieren: Die erste war eigentlich die zweite, die zweite war die dritte. Üblich genug in seinen Kreisen, wo manche so viele Sprösslinge von verschiedenen Frauen hatten wie die Bewohner der Trobriandinseln. Die eigentliche erste Frau war inzwischen fast nur noch ein Phantom – eine begrabene Episode (*Episode*, ein Begriff aus der Branche), eine so weit zurückliegende Laune, dass es eigentlich gar nicht passiert sein konnte. Seine halb vergessene Ehe, und nur ein leichtsinniger Narr hatte einen absolut anständigen Flügel einer musikalischen Ignorantin überlassen können. Der Bruder hatte es zu etwas gebracht; zumindest hatte er Geld gemacht oder Geld geheiratet. In jedem Fall war er der Chef irgendeines Unternehmens. Der Bruder, der ihn vor hundert Jahren schlechtgemacht hatte und dann angekrochen kam und ihn um einen Gefallen gebeten hatte.

Er ging auf und ab vor einem der hohen Fenster an der Vorderfront, so hoch, dass sie in eine Kathedrale gepasst hätten. In diesem Haus war alles überdimensional, wie aufgrund einer Krankheit geschwollen. Es hatte einem verstorbenen Stummfilmschauspieler gehört. In einem verschlossenen Schrank (man hatte ihn aufbrechen müssen) hatte Leo eine Sammlung von Gummischwertern und mittelalterlich anmutenden Gewändern gefunden. In der Diele lagen Hundehaufen. Als Leo das Haus gekauft hatte, war der Preis im Keller gewesen: Es war mit seinen rötlichen Ziegeln im spanischen Stil und seinen kitschigen zinnenbewehrten Türmchen viereinhalb Jahre lang auf dem Markt gewesen – der Pool war aufgeschüttet worden, nachdem der Deutsche Schäferhund des Schauspielers darin ertrunken war. Carrie, Leos erste Frau (aber er meinte die zweite), hielt es zweiundzwanzig Monate aus, bevor sie sich aus dem Staub machte. Marie, die zweite (nein, dritte) Frau, ertrug es länger, aber es war ein Haus, das ehelicher Harmonie nicht förderlich war. Oder das Problem war Leo, vielleicht lag es aber auch an den Sitten in dem Teil des Landes, der an den launischen Pazifik grenzte.

Durch das Fenster beobachtete er, wie der gemietete kleine Ford in die Auffahrt einbog und hinter seinem langen Buick parkte: Sieh an, sie hatte fahren gelernt! – er aber auch, weit entfernt war er von dieser vorsintflutlichen Epoche der Straßenbahnen und Busse und der penetranten Ellbogen in erstickend engen U-Bahn-Waggons, weit entfernt auch von diesem Jungen, der bei seinen Verwandten in der Bronx wohnte und sich darauf beschränken musste, auf dem grässlichen, verstimmten alten Klavier seiner Cousine zu üben, und gleichzeitig daran gehindert wurde. Er war weit entfernt von diesem Jungen und etwas angeschlagen, weil seither so viel Unerwartetes passiert war, aber die Klänge in seinem Gehirn waren unbestechlich, nur dass es irgendwie, irgendwie …

Sie näherte sich der Tür, seiner massiven Eingangstür mit der Klingel, die wie das Glockenspiel von Big Ben tönte (der Stummfilmstar hatte, zum Ausgleich, das Haus mit einer Reihe gargantuesker Klanganlagen ausgestattet), und er überlegte, ob er selbst hingehen oder Cora aus der Küche zur Tür schicken sollte, damit ihm zunächst der erste peinliche Blickkontakt erspart blieb: Wäre sie verlegen, wäre er es? Ihre Stimme hatte am Telefon nicht vertraut geklungen. Er erinnerte sich anders daran: zaghaft, zuvorkommend. Werden menschliche Wesen mit der Zeit unbeständig? Oh, sie schien durchaus nervös, aber entschlossen. Sie wollte etwas. Erst der Bruder, nun die Schwester: Was die

Beständigkeit anging, so war er derselbe wie jener Junge von einst in dem Punkt, auf den es am meisten ankam: die Unbestechlichkeit, der sublime Chor der Klänge in seinem Gehirn. Allerdings, wenn er ehrlich war (und manchmal war er es), was war er denn schon in den Augen des Kenners? Ein Lohnschreiber, einer unter den vielen in der Filmindustrie, nicht mehr, nicht weniger.

Aber nicht in *ihren* Augen! Vor ihren Augen, das wusste er, würde der Schleier schimmern, den er auch bei anderen sah, diese leuchtend bunte seidene Membran, gesponnen von der nationalen, internationalen, der galaktischen Zauberei des Kinos. Die Magie des Kinos: sein Name, der in geisterhaften Lettern über die Leinwände der sieben Kontinente flimmerte. Er hatte sie gesehen, diese andächtige Demut, die das breite, kraftvolle Gesicht des Bruders mit dem schmalen, harten Mund und den großen, beim Reden vom Speichel glänzenden Zähnen erhellt hatte. Doch der mächtige Mann war kleinlaut und ängstlich geworden, als er dabei war, ihn zu belästigen. Die Magie des Kinos hielt ihn in ihrem Bann; sie hielt jedes Lebewesen auf allen sieben Kontinenten in Bann. Der Bruder, der mächtige Mann, war beeindruckt, eingeschüchtert – doch gewiss nicht von der Größe dieses Hauses. Bestimmt war seines zehn Mal stattlicher und imposanter. Vermutlich hatte auch Bea die Mietskaserne hinter sich gelassen, vielleicht sogar sehr weit hinter sich – du lieber Gott, sie saß doch nicht etwa *immer noch* in dieser verkommenen Schule für Rabauken fest? –, und als Cora sie durch die weitläufige Diele und die große Eingangshalle zu dem blauen Teppichrasen führte, wo er zwischen tiefen Sofas (die stammten von Carrie) und Tischen mit Marmorplatten und viel zu vielen dickbauchigen chinesischen Vasen (von Marie) und gerahmten Standfotos aus seinen Filmen wartend neben dem Instrument der Instrumente stand, da glaubte er, er sehe zu seiner Genugtuung eine eingeschüchterte Frau vor sich. Eine Frau! Seltsam, dass er sich vorgestellt hatte, sie würde noch genauso oder fast genauso wie früher aussehen. Das Mädchen war verschwunden, hier war ein völlig anderes Geschöpf.

Er streckte die Hand aus, um die Begrüßung hinter sich zu bringen – was sonst hätte er tun sollen? Sie ergriff sie gleichsam schlaftrunken: Ihre Handfläche war heiß, die Finger waren schlaff.

»Ich habe dich kaum wiedererkannt«, sagte er, und da dies die Hauptsache war, warum es verhehlen? Er glaubte nicht, dass es ihr etwas ausmachte; es war eine schlichte Tatsache.

Doch sie blickte forschend an ihm vorbei, vorbei an der opulenten Vertäfelung und den gerafften Vorhängen und, nicht zu übersehen, dem dem Anlass angemessenen gastlichen Angebot – Coras Kümmelkeksen. Hier gab es keine Spur von den lautstarken Objekten des Stummfilmschauspielers: Es war Carrie, darüber eine Schicht Marie.

Sie machte große Augen. »Du hast einen neuen Flügel.«

»Einen neuen? Den hab ich schon seit Jahren, er ist mein bestes Stück«, sagte er.

»Er ist viel größer als der andere.«

»Meinst du die blecherne alte Kiste meiner Cousine? Das kann doch nicht wahr sein! Die arme, unbedarfte Laura, die ist doch inzwischen sicher längst aus deinem Leben verschwunden …?«

»Sie vertritt mich in der Schule, sonst hätte ich gar nicht weggekonnt.«

»Du machst das also immer noch«, sagte er.

»Nein, ich meine nicht das Klavier von Laura, sondern den Flügel, ich habe ihn immer noch, und ja, ich mache das immer noch.«

»Du unterrichtest«, sagte er überflüssigerweise. Er merkte, dass ein gefährliches Verhör drohte – und wollte ihm ausweichen. Er war im Begriff, ihr einen Platz auf einem der Sofas anzubieten, aber da hatte sie sich schon auf einem Stuhl mit einer Lehne aus Rattan und einem Polstersitz niedergelassen. Der Bezugsstoff zeigte eine gewölbte Brücke. Sie passte zu der gewölbten Brücke auf der bauchigsten der bauchigen chinesischen Vasen, die auf dem goldfarbenen Bronzetisch neben ihrem Ellbogen stand. Er sah, wie sie sich danach umwandte, und er befürchtete, sie könnte die Vase mit einer unbedachten Armbewegung umstoßen – er wusste, was sie wert war.

Aber ihr Blick war auf die anderen Objekte gerichtet, die auf dieser vergoldeten Oberfläche standen: auf einen Aschenbecher (Marie hatte geraucht: in den Sofakissen hielt sich immer noch der Geruch ihrer Camels), einen Schnappschuss von zwei Kindern, mehr schlecht als recht auf eine provisorische Halterung aus Pappe geklebt, und das Buch, das er vor mindestens sechs Jahren dort abgelegt hatte.

»Ich sehe, du liest Mann«, sagte sie.

»*Doktor Faustus*, ich habe ihn schon eine Weile nicht mehr aufgeschlagen. Ich habe ihn gern in Sichtweite, als eine Art Talisman.«

Sie nahm das Foto in die Hand und stellte es dann wieder hin. »Wer sind sie?«

»Meine Mädchen. Ein Geburtstagsgeschenk, sie haben den Rahmen selbst gebastelt …«

Ihr Blick wanderte durch das ganze Zimmer, überflog, vermutete er, alle Winkel nach Hinweisen auf die Existenz kleiner Mädchen.

»Sie leben nicht hier«, sagte er.

Es schien sie nicht zu interessieren. Ihre Aufmerksamkeit galt erneut dem großen Instrument. Was bedeuteten ihr seine Mädchen? Sie hatte keine Töchter. Es erstaunte ihn, dass Beatrice Nachtigall – oder wie immer sie sich inzwischen nannte – ihm in diesem Augenblick in seinem eigenen Haus gegenübersaß! Es hatte etwas Unwirkliches, war eine Chimäre. Es war wie Besuch von einem Fossil.

»Ist das hier ein Steinway?«, fragte sie. »Du wolltest ja immer einen Steinway.«

»Ein Blüthner«, antwortete er. Es widerstrebte ihm, doch er fuhr damit fort. »Ein Konzertflügel aus dem 19. Jahrhundert, aus Wien importiert. Man hat mir erzählt, Mahler habe darauf seine *Sechste Symphonie* komponiert, es ist eine Kostbarkeit …«

»Und jetzt komponierst du auf dem hier? So wie früher auf dem anderen?«

Es fing also an: eine von diesen naiven Befragungen. War es möglich, dass sie als Vertreterin seines ehrfürchtigen kleinen Publikums gekommen war, wie ihr Bruder, unverfroren, aufdringlich – aber wenn das alles war, dann konnte er damit leben, er würde mitmachen, solange es nicht persönlich war. Aber wie konnte es nicht persönlich sein? Unvorstellbar, dass diese ernste Frau mittleren Alters je eine Ehefrau, irgendjemandes Ehefrau gewesen war. Schon gar nicht die seine! Ihre Knöchel, diese Schuhe. Sogar ihre Handgelenke. Sie war durch und durch vertrocknet. Waren da Brüste unter diesem Wolljackett? Sie war für New Yorker Wetter angezogen.

Sie hatte den Flügel erwähnt; das konnte nicht harmlos sein, dass sie den Flügel erwähnt hatte: *Das* war persönlich. Sie war zu einem bestimmten Zweck aufgekreuzt. Er schuldete ihr nichts, es war damals vereinbart worden, dass er ihr nichts schuldete – sie war angestellt gewesen, er nicht. Ihre Stimme ganz plötzlich an seinem Ohr, am Vorabend: Erst brachte er kein Wort heraus, nur ein leiser Aufschrei entrang sich seiner Kehle, aber sie war ganz sachlich, sagte ihm nur, sie sei gerade zufällig in seiner Gegend, würde es ihm passen, wenn sie kurz vorbeikomme? Richtiger wäre gewesen, zu sagen, aus heiterem Himmel hereinschneite! Eine Frau, die seinem Leben fremd geworden war, aus seiner Geschichte gelöscht, gestrichen; als hätte es sie nie gegeben. Jahrzehntelang hatte er nicht an sie gedacht. Er hatte keinen Grund, ihren Namen auszusprechen.

»Ich weiß noch, wie du damals komponiert hast«, insistierte sie. »Du bist dabei ziemlich ins Schwitzen geraten.«

»Du hast doch keine Ahnung, hast nie eine Ahnung gehabt …«

»Leo, ich habe dir jahrelang zugehört. Viele Jahre lang.«

Ahnungslosigkeit, gepaart mit Lobhudelei – war das der Grund, weshalb sie jetzt in sein Haus, in sein Leben eindrang?

»Hör zu«, sagte er, »hat das was mit deinem Bruder zu

tun? Ein weiterer Versuch? Du hast ihm erzählt, ich könnte was für seinen Jungen tun, und jetzt bist du an der Reihe? Ich kann nichts tun für seinen Jungen, egal, wer mich darum bittet.«

Es war verblüffend, zu sehen, wie sie rot wurde: Es war, als hätte er ihr direkt ins Gesicht geschlagen.

»Ich habe davon gehört«, sagte sie. »Dass Marvin gekommen ist.«

»Um alter Zeiten willen? War es deshalb?«

»Ich weiß es nicht. Ich habe nicht mit ihm gesprochen. Ich habe ihn nicht gesehen. Es war seine eigene Idee ...«

»Wenn du nicht mit ihm gesprochen hast, woher weißt du dann, dass er hier war?«

»Seine Frau hat es mir erzählt.«

»Dein Bruder, seine Frau, ihr Kind. Die ganze verflixte Familie. Für den Jungen eine Stelle im Filmgeschäft finden! Du kannst nicht einfach auftauchen und mich um irgendeinen Gefallen bitten, Bea. Du hast keinen Anspruch auf mich.«

Er sah, dass er sie dazu gebracht hatte, sich zu schämen; es überraschte ihn, dass er sich für ihre Scham schämte. Sie hatte ihn immer gegen ihren Bruder verteidigt, sie hatte nie Partei für Marvin ergriffen. Er hatte vergessen, wie viel er vergessen hatte. Es war das erste Mal, dass er ihren Namen ausgesprochen hatte, seit ... er wusste kaum, seit wann.

»Und mal angenommen«, sagte er, »ich hätte Jobs zu vergeben, was garantiert nicht der Fall ist – was, glaubt er, könnte sein Sohn im Filmgeschäft tun? Kaugummi im Foyer verkaufen? Dein Bruder glaubt, ich sei berühmt, ich hätte Einfluss, ich könnte Wunder wirken ...«

»Ich bin nicht wegen Marvin gekommen, ich weiß nicht, was er denkt. Ich bin auch nicht wegen seines Sohns gekommen. Es ist nur, weil … weil …«

»Weil du glaubst, ich bin berühmt«, unterbrach er sie.

»Ich habe dich in London gehört, in Paris …«

Auf den sieben Kontinenten!

»Das waren Filme«, sagte er. »Das war nicht ich.«

»Waren sie nicht.« Es hätte eine Frage sein sollen, war wie eine Frage formuliert, doch es war eine Feststellung. Oder aber sie glaubte es nicht, dann war es lächerlich, hatte etwas Herabsetzendes. Oder schlimmer, sie glaubte es wirklich, diese musikalische Ignorantin dachte, Filmmusik sei der Opernmusik, der sinfonischen Musik ebenbürtig! Sie hatte keine Ahnung von der Filmindustrie, keine Ahnung von Musik, keine Ahnung von Mahler, wusste nichts vom Wesen des Blüthner, wusste nicht, was es bedeutete, von der Wildheit der *Sechsten* geblendet zu sein, wusste nichts von der Wunde, dem Schmerz, dem Dröhnen des Hammers im Gehirn … Und doch wusste sie es im Grunde, und indem er Scham über ihre Scham empfand (er sah, wie sie sich für ihren Bruder schämte und vielleicht auch für dessen Sohn), spürte er, was sie wusste: Sie war bei seiner Entstehung dabei gewesen, sie war Zeugin – es war sein *Wille*, den sie kannte. Leos Untiefen, seine Leidenschaften, seine Abgründe. Sie war der einzige Mensch auf Erden, der erwartet hatte, dass er Sinfonien schrieb. Nicht Carrie und auch nicht Marie und letztlich nicht einmal er selbst.

Vorsichtig fragte er: »London und Paris. Du bist also viel unterwegs?«

»Normalerweise nicht, bloß in letzter Zeit. In Paris habe

ich mir zweimal *Whispering Winds* angesehen und in New York ein halbes Dutzend Mal. Ich habe dir ja gesagt, ich habe zugehört.«

»Du hast artifizielle Dinge gehört, mechanische Dinge, Tricks. Es darf nicht die wahre Sache sein, es geht nicht, sie lassen einen nicht.« Er wollte zu ihr sagen: *Sie haben Schönberg nicht gelassen, nicht einmal Schönberg, sie haben Schönberg gefeuert* – aber wenn sie Mahler schon nicht kannte, wie sollte sie dann Schönberg kennen?

»Nein«, sagte sie. »Du bist es, Leo, ich kenne den Unterschied.«

»Du kennst den Unterschied! Du könntest nicht mal eine Pikkoloflöte von einer Oboe unterscheiden. Dein Bruder, der …«

»Marvin geht es nicht gut, er hätte dich nicht belästigen sollen.«

»Ehrgeizig und dazu ein Narr. Sein Sohn ist vermutlich eine Niete.«

»Er will nicht nach Hause kommen, das ist alles.«

Eine Stille entstand zwischen ihnen. Er hatte sie von ihrer Spur abgelenkt, aber welches war ihre Spur?

Er fragte: »Wirst du ihn jetzt sehen?«

»Ich habe ihn gesehen. In Paris.«

»Dein Bruder ist in Paris?«

»Nein, sein Sohn. Ich weiß nicht, wo Marvin ist, vor einer Weile war er in Mexiko. Ich weiß nicht, ob ich ihn sehen werde, ich rechne nicht damit. Seine Frau ist krank, sie ist in einem Heim nicht weit von hier, deshalb bist du mir eingefallen …« Sie hielt inne. Die Röte war verschwunden. Sie wandte ihm ihr blasses Gesicht zu, wie ein leeres

Blatt Papier. »Ich denke ziemlich viel an dich. Mehr, als ich sollte.«

»Eine Romantikerin. Nach all diesen Jahren.«

Gehässig! Warum war er bloß so gehässig? Es war nicht Bea, zu der er gehässig war.

»Das ist es nicht. Das nicht, Leo. Es lag an dir, dass ich an dich denken musste. Es lag an dir. Weil du ihn zurückgelassen hast, weil du ihn nie abgeholt hast.«

»Den Flügel«, sagte er.

»Den Flügel.«

»Du musstest ihn ja nicht behalten, was fängst du damit schon an?«

»Er ist in einem guten Zustand. Niemand rührt ihn an. Er ist nicht verstimmt, ab und zu kommt ein Klavierstimmer, so viel weiß ich auch.«

»Du könntest ihn verkaufen. Du hättest ihn schon längst verkaufen können.«

Wieder zeigte sich ein rötlicher Fleck, doch nur zwischen ihren Augenbrauen. Ein *bindhi* – unlängst hatte er die Musik zu einem Abenteuerfilm geschrieben, der in Kalkutta spielte.

Sie sagte: »Es hätte bedeutet, deine Seele zu verkaufen, etwa nicht?«

Nun konnte er die Gehässigkeit nicht mehr im Zaum halten. »Oh, das habe ich selber getan, schon viele Male.«

»Deshalb sehe ich mir die Filme an. Um mir anzuhören, wie du das tust.«

Er stand auf. Er hatte einen Krampf im Bein. Das Sofa war zu niedrig, er hatte es nie gemocht, die Blutzirkulation wurde dadurch behindert.

»Ich hätte nicht bleiben können, Bea. Diese Wohnung war eine Zelle, ich hatte Angst, ich würde nie rauskommen, wenn ich nicht den Absprung machte. Du hast zu viel gewollt, du hast mir zu viel zugetraut. Du hast nichts für dich selbst haben wollen, nur für mich.«

»Warum hast du ihn dann nicht abgeholt, warum hast du ihn zurückgelassen?«

»Ich habe mir einen besseren gekauft.«

»Einen besseren? Weil vor langer Zeit mal jemand anders eine Sinfonie darauf komponiert hat?«

»Jemand anders? Als ob … lieber Gott, du nennst Gustav Mahler jemand anders!«

»Aber nicht du. Du hast es nicht getan.«

»Was hab ich nicht? Wovon redest du überhaupt?«

»Es ist nie dazu gekommen.« Sie sah ihn streng und unverwandt an; es war nicht der Blick, an den er sich erinnerte. »Es gibt keine Sinfonie.«

»Du bist enttäuscht, ist es das?«

»Nicht meinetwegen. Deinetwegen, genau wie du gesagt hast.«

»Du siehst zu viele Filme, Bea. Besonders meine, und glaub mir, da gibt es nichts außer falschem Tremolo …«

»Du hast gesagt, du wirst ihn abholen, und hast es nie getan.«

Der Krampf war schlimmer geworden; sein Bein schmerzte heftig, von der Wade bis zum Knöchel. Er sah ihr zu, wie sie im Zimmer umherging. Seine Sofas, seine chinesischen Vasen, seine gerafften Vorhänge, der große blaue Teppichrasen – er war sich sicher, dass sie nichts dergleichen besaß. Sie bezog das Gehalt einer Lehrerin an einer städtischen Schule, sie lebte in einer Stadtwohnung. Sie war keines Mannes Frau: Was war aus ihren Brüsten geworden?

Der Deckel des Blüthner war zu. Sie klappte ihn auf und betrachtete die Tasten. Begriff sie, dass sie Geschichte sah, die Wahrheit sah, das mächtige Erhabene sah? Aber sie war zu taub dafür. Sie spreizte die Finger der linken Hand, die rechte hatte sie zur Faust geballt. Die Linke stieß wie eine Löwenpranke auf den Bass, die Faust krachte auf den Diskant. Der Klang war gewaltig, der Klang war erhaben, war ein Donner, ein Chor tragischer Götter, er kam aus den Tiefen, er kam vom Himmel, er war Hagel, Steinschlag, er war majestätisch! Es waren die Eröffnungstakte der Sinfonie, die er noch schreiben musste. Er stampfte mit dem Fuß auf, um den Krampf loszuwerden. Die Scham war seine eigene.

24

DIE LUFT WAR erfüllt vom Duft früher Blumen und den Anzeichen aufkommender Hitze. Es war sieben Uhr morgens. Beas Flug ging um acht. Sie hatte den Ford direkt gegenüber von Marvins Haus geparkt. Sein Haus! Er hatte sich einen Platz an der Sonne erobert und sich ein Haus hingestellt – wie groß es war! Mehr oder weniger im spanischen Stil, ein bisschen von diesem, ein bisschen von jenem. Verkehrte Geografien, vermengte Geschichten: Manche mochten es für schön halten. Sie wusste, dass Frau und Kinder nicht da waren – sie waren geflüchtet, alle drei. Vermutlich war auch Marvin nicht da, vermutlich wohnte die Haushälterin gar nicht hier, sondern kam und ging; vermutlich war überhaupt niemand da. Leos herrschaftliche Villa (von der Couch seines Onkels zu so einer Villa!) war kaum besser als eine Hütte neben Marvins Anwesen – freilich konnte man kaum sagen, sie sei *daneben*. Hier bedeutete der Ausdruck »gleich um die Ecke« eine größere Entfernung, Straßen, die im Kreis verliefen und dann noch einmal im Kreis, Gras, das bis zum Straßenrand wuchs, das gedämpfte Klickklick von Gartenscheren, das halb versteckte feine Gitter eines Tennisnetzes, lange leere Auffahrten, weit dahinter stehende Garagen – selbst schon Miniaturschlösser. Und wie ein Schmuckstück, das man neben jedes prächtige Haus platziert hatte, funkelnde Sonnenstrahlen auf Wasser: Pool um Pool um Pool. Kein Grundstück glich dem Nachbargrundstück, aber jedes besaß einen Pool. Wasser hat keine Vergangenheit, oder aber es enthält in sich alles Vergangene, die Allheit, sagen die Philosophen des Ostens, ist dasselbe wie das Nichts. Oh, Kalifornien!

Bea verharrte in vollkommenem Stillstand, ihr Geist war fest verankert. Alles Alltägliche war daraus gewichen – sie war erfüllt von der lastenden Stille und dem Schock nach einem folgenschweren Ereignis. Die Ruhe des ersten Atemzugs des Tages und der Aufruhr dieser letzten schlimmen Minuten mit Leo. Der Aufruhr, der Sturm! Die Gewalt, die Iris mit einem Finger ausgelöst hatte, in aller Unschuld, ganz sacht – dieser eine hohe, dünne Ton –, die hatte *sie* mit dem ganzen rachsüchtigen Gewicht ihrer Schultern entladen. Sie hatte ihren ganzen Körper eingesetzt, Sehnen und Rückgrat und Bauch, die Gewalt entsprang ihrem Unterleib, der Untergang eines Dinosauriers, die stürmische Bedeutungslosigkeit des Ganzen! Der Klang war grauenhaft. Was hatte sie bloß getan? Was gab ihr das Recht, das zu tun? Aber Leo hatte nur gesagt: »Das ist es also, das ist es.« Er hatte es gesagt wie ein Automat mit eingebautem Sprechmechanismus. Er hatte Töchter, er war der Vater von Töchtern. Sie ertränkte sie in diesem Babel von Lärm, verschlang sie, als sie ihre Hände auf diese halb toten Tasten schmetterte, zerschmetterte sie lebendig, die schwarzen und die weißen.

Vom anderen Ende des Rasens hörte sie ein Zwitschern. Kein Vogel, sondern ein Scharnier. Jemand öffnete die Tür von Marvins Haus. Eine junge Frau mit einem Umhang, der ihren Oberkörper bedeckte, kam heraus. Ihre Beine waren bloß. Ein älterer Mann folgte, nackt bis auf einen Slip. Es war deutlich, dass sie den Weg kannte – sie führte ihn zu einem Plattenweg, der sich entlang einem Spalier von Sträuchern wand, durch das Bea ein Rechteck grünen Wassers erkennen konnte. Sie waren unterwegs zum Pool. Im Gehen entledigte sich die junge Frau ihres Umhangs. Ihre Taille war schlank, ihre Hüften waren schmal. Das Haar hatte sie hinter den Ohren hochgesteckt. Winzige Ohrringe glitzerten im Sonnenlicht. Die Lockenmatte auf der Brust des Mannes war weiß, das Haupthaar noch schwarz, aber spärlich. Schwarz und weiß. Bea hatte sich nie vorgestellt, dass Marvin kahl werden könnte. Er wirkte fit, robust und nicht unglücklich.

Ein Ruf – die Stimme der Frau. Ein Platschen. Dann noch eins.

Die Spionin im Ford fuhr davon.

25

20. Oktober 1952

Bea,

warum Du nicht verraten hast, dass Du dann doch rübergeflogen bist, wird mir ewig ein Rätsel bleiben – zumal Du mir vorher so zugesetzt hattest, von wegen dass Du Deine Mechaniker nicht im Stich lassen könntest, etc. Also, wenn Du mich mit dieser Nachricht umhauen wolltest, dann ist Dir das gelungen, und wenn Du willst, dass ich auf die Knie falle, gut, in Ordnung, ich bin Dir dankbar. Aber das ist auch alles. Dein Luftpostbrief kam heute früh – ich nehme an, das heißt, dass Du inzwischen zurück bist. Du schreibst, Du seist eine Woche oder so dort gewesen, aber wo zum Teufel ist DORT? Du hast nichts geschrieben, was irgendwie erwähnenswert wäre, was soll das also, was bringt das, ein Gebäude mit einer Concierge, schön und gut, aber Du verrätst nicht, WO er wohnt, nicht einmal das – KEINE ADRESSE, kein Wort darüber, wann Iris wieder an die Uni zurückkehrt, und wenn es dann um Julian geht – hat dieses Mädchen denn keinen Namen, wer ist sie, worum geht es überhaupt? Du wolltest sie zum Abendessen einladen, die sogenannte Freundin vermutlich auch, ist das alles, was Du dazu zu sagen hast? Du bist nicht in der Lage, zu sagen, ob irgendeine Abenteurerin sich ihn schnappen will, hast Du denn keine Augen im Kopf? Was sollte das Ganze überhaupt, wenn Du mit leeren Händen zurückkommst?

Und da ist noch etwas. Margaret scheint es schlechter zu gehen. Ich war gestern bei ihr, es hat irgendein Problem mit ihrer Therapie gegeben, sie wollten sich nicht genauer dazu äußern. Ich war immer der Ansicht, dass dieses ganze Heilen mittels Kunst so oder so völliger Schwachsinn ist, ich bezahle sie nicht dafür, dass sie versuchen, meine Frau zu einem weiblichen Picasso zu machen, und nun lassen sie sie irgendwas Unsinniges weben – sie sagen, das Malen habe sie zu sehr aufgeregt. Das Problem ist, dass sie halluziniert. Sie behauptet, sie hat Dich gesehen – ausgerechnet Dich, es ist Jahre her! – und Du hättest ihr gesagt, dass Julian dick geworden ist und, ob Du's glaubst oder nicht, geheiratet hat! Es ist furchtbar, aber sie beharrt darauf, ich glaube, das mit der Heirat spukt ihr im Kopf rum, weil sie so wütend auf mich war, warum, weiß ich nicht. Die Sache ist die: Auf den ganzen Quatsch mit dem Weben und den Hokuspokus mit dem Mann im weißen Kittel kommt es nicht an, ich glaube, sie wäre garantiert sofort wieder die Alte, wenn Julian leibhaftig vor ihr stehen würde. ICH MUSS MEINEN SOHN WIEDERHABEN, darum geht es schlussendlich. Um Margarets willen. Es ist mir inzwischen egal, was er mit seinem Leben anfangen will, meinetwegen kann er auf einer Pfeife trillern, wenn es das ist, was er will. Und Iris – du lieber Gott, man sollte meinen, wenigstens Iris würde schreiben! Wie sieht sie aus, ist sie gesund? Und wovon leben die beiden da drüben – von Luft und Liebe? Bea, ich leide Höllenqualen, ich verliere den Verstand, in dieser Sache bin ich ganz allein, was ist passiert, was geht vor sich, sag's mir!

Marvin

26

PHILLIP PARSONS (SEIN Vater hatte auf dem Doppel-L bestanden, bevor er verschwand) war in Pittsburgh als fünftes von fünf Kindern geboren worden (der Grund für das Verschwinden seines Vaters, wie er später erfuhr). Er hatte dort die Highschool abgeschlossen, war in die Armee eingezogen worden, hatte eine Ausbildung als Sanitäter gemacht und war bei den Kämpfen um Anzio dabei gewesen. Verdreckt, blutverschmiert, dezimiert kam sein Regiment durch ein Dorf, das Montalbano hieß. Er fand den Namen schön. Ein paar alte Frauen kamen aus ihren niedrigen Steinhäusern und gaben den Amerikanern Wasser in Blechnäpfen. Es war Brunnenwasser, kühl und sauber; es war fast, als würde man klares Licht schlucken. Danach zogen sie weiter bis zu den Ardennen, und in dem Gemetzel verschleierte roter Dunst seine Augen, während er im Dreck kniete. Danach eine wahnwitzige, triumphale Woche in einem vom Krieg mitgenommenen, aber doch irgendwie ausgelassenen Paris – heiseres, einschüchterndes amerikanisches Gelächter inmitten der Trümmer. Nach Kriegsende hielt er es ein Jahr lang im College mit einem GI-Stipendium aus, doch die Normalität war ringsumher so schnell eingekehrt und so unverblümt, dass er sich fremd fühlte – seine Familie kam ihm nun hoffnungslos dumm vor. Was hatte er mit ihr zu schaffen? Seine Mutter hatte wieder geheiratet, und seine vier älteren Schwestern waren mit ihrem langweiligen Leben beschäftigt. Er erinnerte sich an Montalbano und an das Wasser, das nach kaltem Licht geschmeckt hatte.

Und er erinnerte sich an die schwindelerregende Woche in Paris – was immer auch Paris war, es war nicht Pittsburgh. Er fand einen Job als Krankenpfleger und arbeitete so lange, bis er das Geld für die Überfahrt und noch etwas darüber hinaus hatte. Das Krankenhaus deprimierte ihn – nicht die Krankheiten, die Verletzungen und das Sterben, dagegen war er abgehärtet, sondern es war das Weiß, die weißen Wände und Decken, die weißen Laken, die weiß gestrichenen Bettgestelle, die weißen Häubchen und Schuhe der Krankenschwestern, seine eigenen weißen Hosen. Nur die Ärzte mit ihren Anzügen und Krawatten blieben von all dem Weißen verschont, nur die Ärzte besaßen Autorität. Die Pfleger wurden verachtet, die Krankenschwestern ignoriert. Die Ärzte wurden außerordentlich respektiert. Man vertraute ihnen und verehrte sie.

Auf der Überfahrt teilte er sich eine der billigsten Kabinen unter Deck, nicht größer als eine Schuhschachtel, mit einem frankokanadischen Studenten, der an der Sorbonne studieren wollte. Die Reise dauerte drei Tage, geredet wurde nicht viel: Parsons war es fast die ganze Zeit entsetzlich übel, und er klammerte sich an seine Koje, eine Bettpfanne aus Gummi neben sich. Als der Student ihm einen Schluck aus seiner Flasche anbot und ihn nach seinem Namen fragte, lehnte er stöhnend den Wein ab und konnte gerade vier Silben stammeln: Montalbano. Am Abend des zweiten Tages ging es ihm besser, vom Schluckauf abgesehen, und er plauderte munter drauflos. Und bei der Ankunft in Le

Havre war er bereits Dr. Montalbano. In Paris freundete er sich sehr schnell mit Alfred an, oder Alfred freundete sich mit ihm an – das war nicht leicht zu unterscheiden, da Alfred sich mit allen und jedem anfreundete, inklusive Katzen und Hunde und deren Besitzer. Das war auch der Grund, warum er Dr. Montalbano zunächst für einen Tierarzt gehalten hatte. Für ein sehr geringes Honorar verband er verletzte Pfoten und bewahrte junge Katzen davor, an Knöpfen zu ersticken, die sie dummerweise verschluckt hatten, behandelte Räude mit Tinkturen, die er auf einer der beiden Kochplatten gebraut hatte, und gab Unterricht in Hundeerziehung. Der Unterricht wie auch die Tinkturen waren reine Erfindung, und natürlich wurden nicht die Hunde erzogen, sondern ihre Besitzer. Montalbano entdeckte bei sich ein Talent dafür, Menschen zu überzeugen und unmittelbar Vertrautheit herzustellen – er spürte es als Präsenz in irgendeinem namenlosen inneren Organ, wie eine noch nie erprobte Drüse, bereit für den Einsatz, aber er hatte bisher noch nie eine Verwendung dafür gehabt, zu Hause bei Mutter und Schwestern nicht und schon gar nicht im Krieg. Als Alfred ihm eines Abends einen Jungen brachte, der nach einer Messerstecherei blutete, stillte er die Blutung, reinigte die Wunde und verband sie; es war ganz einfach, nichts im Vergleich zu dem, was er in den Ardennen gesehen hatte. Der Junge hatte Angst davor, ins Krankenhaus zu gehen, Angst davor, dort bei der Polizei als Strichjunge gemeldet zu werden. »Es waren zwei«, sagte Alfred, »und wegen mir sind sie in Streit geraten, ich konnte mich nicht entscheiden, wen ich mehr liebte, sie sind beide so süß.« Eine Überraschung: Der Junge hatte Hunderte von Francs in einem

Geldgürtel versteckt, und bevor er ging, mit einem Kuss für Alfred, legte er den Gegenwert von fünfzig amerikanischen Dollars auf das Bord über den beiden Kochplatten.

Doch Alfred brach plötzlich in Tränen aus. Keiner liebte ihn wirklich, sagte er, er war zu hässlich, die Leute schwirrten um ihn herum wegen dem, was er für sie tun konnte, oder weil er eine komische Figur war, ein Spaßmacher, ein dummer Clown, das lag an der Perücke, an der Erkrankung in der Kindheit, bei der er alle Haare verloren hatte, auch Augenbrauen und Wimpern – dieser Scherz mit dem Schamhaar, es war gar nicht *seins*, und wenn er die Perücke ablegte, sah er schrecklich aus, er spürte, wie ihn alle widerlich fanden, diese nackte dumme Kuppel, sein Kopf wie ein Türknauf, wie eine Schachfigur, er fand es furchtbar, das Ding zu tragen, aber wenn er es verbrannte, wäre es dann nicht noch schlimmer? Nur den Hunden machte es nichts aus, wie er aussah, den Hunden war es egal. »Hast du den Kuss gesehen?«, fragte er. «Hat nichts zu bedeuten.«

Das mochte der Augenblick gewesen sein, als Phillip Parsons wirklich zu Dr. Montalbano wurde. Bis dahin war der Name eine Fälschung gewesen, die Tinkturen waren eine Fälschung, die Hundeschule war eine Fälschung: Der ganze Mann war eine Fälschung. Aber nun riss er ein Stück von dem Mull ab, mit dem er den Jungen verbunden hatte, und trocknete damit Alfreds Gesicht. Er betupfte mit dem Mull Alfreds Wange, drückte ihn unter seine Nase. Es bewirkte nichts: Die Tränen flossen immer noch. »Du hast ein Gesicht wie ein Baby«, sagte Phillip, »wie eins von diesen Babys mit Flügeln.« Und Alfred weinte sich an seiner Brust aus, sodass sein Hemd ganz nass wurde. Alfred war stockbetrunken, bis obenhin mit Fusel abgefüllt, er war ein mit Alkohol getränkter Lappen, ein Streichholz konnte ihn in Brand setzen; aber es war nicht geschwindelt, wenn man ihm sagte, er ähnele einem Cherub. Er hatte die rosigen kleinen Lippen eines Cherubs und kleine runde Ohren und runde braune Augen und eine gerunzelte, runde weiße Stirn unter der gelben Perücke. Er war schön.

Und Dr. Montalbano hatte seine Methode gefunden. Seine Methode war seine Berufung. Wer benötigt schließlich keinen Spiegel? Der Heiler wird zum Spiegel und erlaubt, zu sehen, was man zu sehen wünscht: die Praxis von Schamanen, die an sich selbst glauben. Aber tun sie es auch? Vielleicht. Auch erkannte Dr. Montalbano in den Francs, die der Junge über den beiden Kochplatten hinterlassen hatte, dass seine Berufung unter Umständen zur Verbeserung seines Speisezettels beitragen könnte. Alfred war schön, die Welt selbst war schön und unschuldig und reif dafür, sich überreden zu lassen – man brauchte bloß ein Spiegel zu sein, brauchte bloß ein oder zwei therapeutische Heilmittel hinzuzufügen. Es wäre ganz einfach, die Zutaten für so ein Elixier zusammenzubrauen; er benötigte dafür freilich einen größeren Topf und, wenn schon, denn schon, einen größeren Raum, um Kunden zu empfangen. Alfred brachte ihm die ersten Kunden, und diese brachten bald neue, bis es notwendig erschien, mit einer Reihe passender Referenzen Werbung zu machen. Das tat er mittels des Alphabets. Nun erschien es ihm, als hätte sein flüchtiger Vater in weiser Voraussicht das L in seinem Namen im Hinblick auf ein künftiges doppeltes P verdoppelt, so dass er (zusammen mit dem Schnörkel eines frankophilen E am Ende) zu einem königlichen Phillippe wurde. Und dem majestätischen Phillippe Montalbano fügte er einen langen Rattenschwanz von wissenschaftlich klingenden Akronymen hinzu, sodass seine Visitenkarte, später dann auch seine Reklamezettel, von wissenschaftlichen Weihen und geheimnisvollen Laboren kündeten:

Docteur Phillippe Montalbano, IAR1, ABN2, GZA3, PFO4, GKSE5, AMK6, LOG7, AVA8 etc.

1 *Diplom, Institut für die Analyse von Rohkost*
2 *Kanzler, Akademie für botanische Nahrungsmittel*
3 *Gründer, Gesellschaft zur Altersvorbeugung*
4 *Professor für funktionale Organismen, Universität für natürliche Heilkunde (gegr. 1950, Pittsburgh, USA)*
5 *Berater, Geist-Körper-Stiftung zur seelischen Erhebung*
6 *Aufsichtsratsvorsitzender, Anti-Milchwirtschaft-Kommission*
7 *Vizepräsident, Liga für Oxidative Gesundheit*
8 *Geschäftsführer, Allianz für vedische Atmung, etc.*

Die Liste wurde länger in dem Maße, in dem sein Kundenkreis größer wurde, und seine Kliniken in drei Städten wurden zu weitläufigen Zimmerfluchten an seriösen Adressen. Und während sich seine Kunden mit Bulgur und Karottenpüree begnügen mussten, tat sich Dr. Montalbano an Roastbeef und fetter Sahne gütlich. Nicht jeder Hedonist ist ein Heuchler, und Dr. Montalbano betrachtete sich nicht als Scharlatan. Sein Unternehmen breitete sich bis nach Lyon und noch weiter südlich bis nach Mailand aus und war bemerkenswert karitativ. Seine Gebühren waren moderat, und mittellose Kunden behandelte er umsonst. Die Leute schworen auf ihn, und manche behaupteten, er sei besser als Lourdes, auch wenn keine Krüppel ihre Krücken wegwarfen und die Schwerkranken nach wie vor starben – aber mit einem dankbaren Lächeln auf den Lippen. Und inzwischen musste die Liste der Referenzen ab und zu in Form und Inhalt abgewandelt werden, damit den Untersuchungen von Behörden Genüge getan wurde, die nicht zugelassene ärztliche Aktivitäten argwöhnten. Aber Dr. Montalbano behauptete nie, er sei Arzt. Er sei, sagte er, ein gutherziger Mensch, ein Mann, der vernünftige Ratschläge gebe, in erster Linie ein erfinderischer Koch. Tatsächlich war er – was klang pariserischer als diese Bezeichnung? – ein Küchenchef! Seine Kliniken waren eher Küchen als Operationssäle. Gelegentlich war er sogar bereit – und dabei zwinkerte er sowohl verschwörerisch als auch kokett –, sich einen Wahrsager zu nennen. Nicht dass er in die Zukunft blicken konnte – aber gewiss gab es eine den Dingen innewohnende Logik, man konnte vorhersagen, wie eine zerstrittene Ehe enden würde, konnte eine Scheidung prophezeien, konnte erraten, wer gesund werden würde und wer nicht, und was die Liebespaare anging: Ihr Schicksal stand in den Sternen, und Dr. Montalbano kannte sich bestens aus mit den Neigungen von Astralkörpern. Die Venus war eine seiner Spezialitäten. Er konnte einen potenzsteigernden Trank mixen (der im Wasserbad angerührt werden musste), auch wenn er selbst so etwas nie brauchte: Mädchen wurden magnetisch von ihm angezogen. Zu diesem Zweck bemühte er sich sehr um sein Italienisch, die norditalienische Variante. Sein Französisch war mittlerweile nahezu makellos, bloß den Pittsburgher Tonfall wurde er nicht los.

Als Alfred Julian zu Dr. Montalbano brachte, war der gerade im Begriff, nach Mailand zu fahren, wo eine gewisse Adriana, eine frühere Klientin, auf ihn wartete. Er hatte sie von einer Warze auf der Brust kuriert, indem er täglich eine säurehaltige, wie üblich von ihm selbst fabrizierte Salbe applizierte. Es blieb nur eine ganz kleine Narbe zurück, und die Brust war nach dieser Behandlung rund und rosa und verführerisch. Alfred hörte verdrossen zu; er interessierte sich nicht für die Titte irgendeiner Itakerbraut, er wollte Dr. Montalbano von seinem Freund Julian erzählen, der hält sich für einen Dichter oder so ähnlich, hat sich in eine komische alte Schachtel verknallt und braucht was zum Wohnen, bis sie ihn weiß Gott wohin verschleppt, nach Jerusalem oder Konstantinopel oder an sonst irgendeinen biblischen Trümmerhaufen …

»Ich möchte nicht, dass meine Möbel ruiniert werden«, sagte Dr. Montalbano. »Trinkt er?«

»Er ist ein Kind aus L.A., da trinken sie Milch und Sonnenschein.«

»Und die Frau?«

»Kein Kind mehr. Hat irgendwas Komisches am Arm. Eine von denen.«

Dr. Montalbano überlegte.

»Ich hätte nichts gegen ein Paar, das sich um die Wohnung kümmert, solange ich weg bin – diese Concierge, diese Hexe mit dem Cockneyakzent, schleicht heimlich rein, kaum dass ich ihr den Rücken zuwende, schnüffelt nach Lust und Laune herum, denkt, ich führe hier ein Bordell. Aber ich müsste den Jungen vorher sehen, ich will nicht, dass einer von deinen Kumpeln, diesen Rowdys, sich auf meinen Teppichen übergibt ...«

Julian, der wusste, dass seine Seele von der seines Vaters völlig verschieden war (aber hatte sein Vater überhaupt eine Seele?), war der kritische Blick seines Vaters aber nicht völlig fremd. Er erkannte sofort, dass Dr. Montalbano etwas von einem Schwindler an sich hatte (alle diese Buchstaben hinter seinem Namen!), und Dr. Montalbano sah genauso schnell, dass Julian empfindsam war – er war nicht einer von Alfreds Rüpeln, er war wie aus Zuckerwatte, ein Junge, der glaubte, eine Seele zu besitzen. Dr. Montalbano glaubte, dass seinen Tischen und Stühlen nichts passieren würde.

»Aber du hast deine Freundin nicht mitgebracht«, schalt er Julian.

»Sie konnte nicht kommen. Sie hat einen Job.«

Das war noch beruhigender.

»Nur noch eins«, sagte Dr. Montalbano. »Wenn ich zurückkomme, müsst ihr beide verschwinden – und zwar auf der Stelle. Was sagst du dazu? Habt ihr einen Platz, wo ihr dann hingehen könnt?«

»Ist in Ordnung«, sagte Julian. »Wir werden was finden.«

Und so war die Sache abgemacht.

27

VON SCHREIEN GEWECKT, dachte Iris zunächst an tierische Laute. Dann fiel ihr wieder ein, wo sie war, wie es Menschen oft passiert, die schlecht schlafen und schlagartig zu vollem Bewusstsein erwachen, und sie machte sich klar, wie unwahrscheinlich es war, dass wilde Vögel und streunende Katzen mitten in der Nacht im Haus waren. Die halbe Flasche Wein, die sie am Abend zuvor geleert hatte und die ihr eigentlich zu einem guten Schlaf hatte verhelfen sollen, erzeugte stattdessen eine eindringliche Gewissheit. Der Wein war eine Entdeckung: Er bewirkte, dass sie *sah*. In dieser fremden Stadt hatte sie angefangen, alles zu begreifen, was vorher gewesen war – die lange Mühsal, die beharrlich im Klassenzimmer verbrachten Jahre und die ungesunde Diziplin im Labor, der einsame Drang nach Perfektion, nach Qualität, nach dem Lob ihres Vaters. Sie war perfekt, und sie war qualifiziert. Sie hatte Preise und Stipendien bekommen. Was auch immer sie tat, sie tat es sorgfältig und gut. Aber hier – hier warf sie ihre Strümpfe in die Luft und ließ sie tagelang von Bilderrahmen baumeln! Hier war es normal, Wein zu trinken – die Leute tranken täglich zu den Mahlzeiten, Wein war so normal wie zu Hause das Wasser auf dem Tisch. Und für den Wein erfand man eigene Gründe: Man trank ihn zum Vergnügen, zwecks besserer Verdauung, um schlafen zu können … und aus anderen Motiven. Damit man nicht mehr qualifiziert sein musste. Damit es einem egal war, was man sagte oder zu wem. Wie eine Höhle, wie ein Labyrinth hatte der Wein seine Geheimnisse. Man konnte in ihn eintreten und sich dann vorsichtig vorantasten; je tiefer man ins Innere geriet, desto mehr vom Wein durchtränkt waren die Wände, wurden heller und heller – wie wenn Augen, die man vor der Sonne schließt, auf ihr eigenes rotes Blut blicken.

Die Geräusche kamen aus zwei Zimmern weiter weg. Es waren nicht die Laute ihres Liebesspiels. Die kannte Iris, das Gemurmel und die Echos, die stärker wurden, dann langsamer, dann wieder stärker und schließlich mit dem kristallenen Knacken einer Eierschale zerbrachen, wenn das orangefarbene Dotter hell ausläuft. Der Liebesakt der beiden schien endlos und tragisch, wie ein entsetzlicher Durst, eher der von Lili als der ihres Bruders – das lehrte sie der Wein. Der Wein war ein Lehrmeister. Sie lauschte auf das Geräusch, wenn die beiden Körper aufeinandertrafen. Diese hohen, gepressten Ausrufe waren nicht das Geblöke beim Liebesakt, nein: Sie gehörten zu den Träumen. Schlimmen Träumen: Schon in der Kindheit hatte Julian im Schlaf geschrien: Er stürzte, stürzte aus einem großen, zerbrechlichen Gefäß in ein Feuer. Der Sturz und das Feuer und der Geruch und der Brand erschreckten ihn und weckten ihn auf. Aber es war nicht der Sturz ins Feuer, es war nicht der Liebesakt. Es war Lili. Lilis schlimme Träume riefen ein merkwürdiges Pfeifen und manchmal ein harsches, grimmiges Grunzen hervor oder sogar ein metallisches Klicken, wie wenn der Hahn eines Abzugs gespannt wird. Lilis Träume waren tödlich. Nur Julian wusste, warum. Und während Lili am nächsten Morgen über Julians schlimmen Traum lachte – »Der arme Julian, Papa Freud hat ihn wieder durch den Mutterschoß gezogen« –, durften Lilis Pfeiftöne, ihr Grunzen und das Klicken nicht erwähnt werden. Der Wein ermunterte Iris, nachzuforschen, doch Julian verbot es. Lilis Träume waren Wunden. Manchmal kehrten ihre Mutter, ihr Vater auf schreckliche Weise wieder. Ihr Vater war Sprachwissenschaftler gewesen, Professor; er hatte angefangen, ihr Deutsch, Russisch und Französisch beizubringen, als sie noch ganz klein war, als pädagogisches Experiment. In Lilis Träumen sprach ihr Vater keine bekannte Sprache – nur primitive Silben und verrücktes Geplapper. Ihre Mutter war im Traum immer im Begriff zu verschwinden, wie eine schwach getuschte Zeichnung. Oder die tierischen Laute waren ein Wimmern, und das Wimmern waren Mihails letzte Zuckungen nach dem letzten Schuss, oder es verwandelte sich in Worte – Eugens deutlich vernehmbare Worte, von fern über ein graues Feld hinweg gerufen; aber sie konnten nicht wiederholt oder in Erinnerung gerufen werden. Und Iris durfte nicht fragen.

Immer mehr spürte Iris die Veränderung in Julian. Die brüderlichen Sticheleien und Frotzeleien wurden weniger, die spöttischen Zornesausbrüche seltener. Wie er Tante Bea zurechtgewiesen hatte! Auch Iris hatte sie vor den Kopf gestoßen, gnadenlos und gemein; aber es war wegen Lili – weil Tante Bea gesehen hatte, wie sich Lili an Julian geschmiegt hatte, und Tante Bea würde ihren Vater informieren, und ihr Vater … was würde ihr Vater bloß tun? Iris war nun schon seit Wochen hier. Sie war hergekommen, um ihren Bruder zu unterstützen und zu schützen, und hatte festgestellt, dass Lili beides tat. Lili war Krankenschwester und Mutter – aber was war sie in Wirklichkeit? War sie die Beschützerin oder der Schützling? Julian errichtete einen Zaun um Lili – es gab Momente des Schweigens, in das Iris nie eindringen durfte. Sie durfte nicht nach dem toten Ehemann und dem toten Kind fragen. Julian hatte ihr alles gesagt, was sie wissen durfte – dass der Mann Eugen hieß, dass das dreijährige Kind Mihail hieß, und das war genug, das war alles. Was Lilis im Ärmel versteckten Arm betraf, so war er immer gegenwärtig, Iris hatte ihn oft flüchtig gesehen, die Schwellung, die Delle und die Runzeln, wie ein zahnloser Mund, der einen Knochen verschluckt hat. Es bedeutete, was es bedeutete. Es erzählte zu viel; es gab nichts zu sagen.

Und Lili war stets auf behutsame Weise freundlich. Sie sprach vorsichtig und langsam, es klang gestelzt und bemüht. Sie war oft nervös. Das lag an ihrer Arbeit mit diesen bedauernswerten Menschen, sagte Julian, oder weil sie in der Wohnung eines Fremden lebte: Sie traute Dr. Montalbano nicht. Aber Iris dachte: *Und wenn es an mir liegt?* Wünschte Lili, sie würde gehen? War sie aus diesem Grund nervös? Jeden Tag fuhr sie mit dem Bus in diese alte *boucherie*, wo noch immer die Fleischerhaken an einer Wand hingen und diese unglückseligen Bittsteller mit den flehenden Augen warteten. *Die Tauben im Marais haben flehende Augen* – das hatte Iris in jener Pariser Zeitschrift gelesen, die Julian nach Hause geschickt hatte, den Text, der ihren Vater so erzürnt und seine Verachtung hervorgerufen hatte. Und was dachte ihr Vater jetzt? Sie hatte ihm noch nicht einmal eine kurze Notiz geschickt. Es war wirklich grausam, aber sie konnte, sie würde ihm nicht schreiben! Sie verließ sich darauf, dass ihre Tante (und wie grausam war sie zu Bea gewesen!) ihm erzählte, dass es seiner Tochter gut ging, dass sie gut aufgehoben war, dass sie bei Julian war. Bei Julian und Lili! Was würde ihr Vater *dazu* sagen?

Inzwischen ging ihr Geld zur Neige. Es war keine Notlage, sie hatte ihr Rückflugticket, und Lilis bescheidene Einkünfte füllten die Speisekammer, sie konnten sich nicht beklagen. Doch das Geld, das sie Julian mitgebracht hatte, war weg. Es schockierte sie: Er hatte praktisch alles auf einmal ausgegeben, er war verschwenderisch, einmal waren es ein Dutzend Blusen für Lili (alle langärmelig, gerüscht und schauderhaft, wie sie feststellte; hatte er sie auf einem Flohmarkt gefunden?), dann Abend für Abend Blumen, Obst, Nachtisch, Käse, Kuchen und Wein. Zuerst hatten sie die Hochzeitsfeier nachgeholt, dann war es ein Geburtstag, dessen Datum bekannt war, der aber nicht gefeiert worden war – wenn der Junge hätte leben dürfen, wäre er jetzt … Lili legte ihm die Hand auf den Mund. Die Zahl war eine Festung, in die man nicht eindringen durfte. Alle drei hoben ihr Glas, und Lili weinte. Ihre Tränen tropften in den Wein; sie rührte ihn nicht an, stattdessen trank ihn Iris, den Wein und das Salz. Es war das erste wirkliche Verlangen, das sie im Leben verspürte: Eine Gefahr lag darin, Dinge, die sie sich bis jetzt noch nie vorgestellt hatte. Sie hatte noch nie jemanden gekannt, dessen Kind gestorben war. Etwas von Lili infizierte Julian. Wenn Lili weg war, brütete er über einem Notizbuch. Er mochte nicht sagen, was darin stand, war aber willens, zu erklären, was nicht darin stand. Er hatte die unmoralischen Geschichten aufgegeben. Iris war völlig klar, dass ihr Bruder sich verändert hatte; ganz allmählich wurde er zu einem anderen Julian. Die alte kindische Theatralik war immer noch da – man brauchte ja nur zu sehen, wie er die ganzen Dollars verschwendet hatte! Aber er hatte eine Frau geheiratet, die ihn das Wissen um den Tod lehrte.

28

The Suite Eyre Spa
Oktober (das genaue Datum weiß ich nicht)

Liebe Beatrice,

obwohl ich dieser Tage häufig frustriert bin, war ich nach Deinem Besuch wütender denn je. Es ist gewiss nicht meine Schuld, wenn Du unangemeldet gekommen und wieder gegangen bist dank der Nachlässigkeit des Personals hier! Diese Leute sind allzu oft nachlässig. Zum Beispiel ist meine Staffelei seit über einer Woche verschwunden, und sie behaupten, sie könnten sie nicht finden. (Verdächtige ich sie des Diebstahls? Ja, das tue ich. Der Cheftherapeut hier ist eine hinterhältige Kreatur.) Dein Besuch war alles andere als erfreulich, und ich habe nicht die Absicht, weiterhin mit Dir in Verbindung zu bleiben, doch die Umstände machen es erforderlich. Es war schwierig genug, meinen Mann zu überreden, mir Deine Adresse zu geben. Er behauptet, es sei zwecklos, und vielleicht antwortest Du ja auch nicht. Und er glaubt auch, es sei ein spontaner Einfall, den ich bald wieder vergessen würde. Er hat oft recht, auch dann, wenn er nicht klar sieht. Mein Mann ist kein klarsichtiger Mensch. Es wäre keine Übertreibung, zu sagen, er halte mich für unaufrichtig. Besser ausgedrückt, er ist überzeugt, ich sei das Opfer meiner Einbildung.

Deshalb muss ich mich, obwohl es mir widerstrebt, an Dich wenden. Ich habe eine Bitte an Dich. Sei so gut und teile mei-

nem Mann mit, dass Du tatsächlich in meine Wohnung hier gekommen bist und mir tatsächlich Neuigkeiten, unwahrscheinliche Neuigkeiten von meinen Kindern mitgeteilt hast. Mag sein, Du hast gelogen. Wie kann das, was Du mir erzählt hast, keine Lüge sein, wenn mein Mann nichts dergleichen über meinen Sohn weiß? Ich habe seinerzeit geglaubt, Du habest aus Bosheit gelogen, weil Du die Ehe Deines Bruders mit mir nicht gutheißt oder aus irgendeinem anderen Grund. Aber inzwischen kam mir der Gedanke, dass mein Mann wahrscheinlich die ganze Zeit wusste, was Julian getan hat, und mich zu schützen sucht, weil er mich für krank hält. Schon seit einer Weile ist mir bewusst, dass mein Mann etwas Falsches an sich hat. Diese Falschheit hat nichts mit Freundlichkeit zu tun. Wenn mein Sohn zurückkommt, werde ich ihn mit Freuden empfangen, ganz gleich, was er getan hat. Was meine Tochter angeht, so vertraue ich auf ihre Selbstständigkeit. Darin ist sie wie ihr Vater. Ich halte es für eine der besseren jüdischen Eigenschaften.

Ich bitte Dich nun, zu bezeugen, dass ich bei klarem Verstand bin.

Mit freundlichen Grüßen
Margaret B. Nachtigall

29

SCHLIESSLICH SAGTE IRIS: »Ich denke ans Abreisen.«

Julian sah von seinem Notizbuch hoch. »In Ordnung. Wohin?«

»Vermutlich nach Hause. Wohin sonst? Zurück ins Labor.«

»Und das wird dir gefallen?«

»Ich weiß nicht. Es ist gar nicht so schlimm. Ich habe einen Haufen Kristalle zurückgelassen, die sich nun entwickeln, und manchmal ist es aufregend. Wenn ich mich wirklich dafür interessieren könnte, wäre es aufregend.«

»Die Pflicht ruft, du tust es für Dad.«

»Ich bin gut in dem, was ich tue.«

»Der Apfel fällt nicht weit vom Stamm. Genau wie Dad.«

»Er treibt sich ganz schön rum.«

»Er war immer auf Trab, geht dahin, wo das Geld ist …«

»Nein, ich meine, mit … du weißt schon. Amüsiert sich.«

»Was, mit Frauen? Während Mom ausquartiert ist?«

»Sagen wir, mit Mädchen.«

»Es ist mir egal, was er tut. Bloß Mom …« Der leicht anschwellende Hals. »Wieso hast du das noch nie erzählt?«

»Ich hab nicht dran gedacht. Es ist bloß so, wenn ich heimfahre, falls ich heimfahre … Ich hab jedenfalls meine eigene Wohnung, Dad hat sie mir besorgt.«

»Damit er Mädchen mit nach Hause bringen konnte, nachdem er Mom vor die Tür gesetzt hatte?«

»Es ist nur ab und zu, nicht oft. Und vielleicht deshalb, weil sie so wütend auf ihn war.«

»Marvin der Schürzenjäger – warum auch nicht?«

»Sag das nicht, Julian, es stimmt nicht. Der arme Dad, so ist es nicht. Du weißt nicht … bevor sie krank wurde, oder vielleicht war es ja schon Teil der Krankheit, ein Anzeichen dafür, so hat man es gemerkt … sagte Mom manchmal so Sachen.«

»Was für Sachen?«

»Sachen.« Iris rang mit sich. »Dass sie … einen Juden geheiratet hat. Und dass seinetwegen du und ich …«

»Das ist doch ein alter Hut!«

»Aber die Art, wie sie es sagte. Es war die Art, wie sie es sagte …«

»Sie hat doch Dads Namen angenommen, vor langer Zeit. Und ihre eigene Familie aufgegeben.«

»Sie haben *sie* aufgegeben. Vielleicht geht ihr das heute noch nach.«

»Mir jedenfalls nicht. Vor allem, weil die meisten tot oder verunglückt sind und wir sowieso keinen von ihnen gekannt haben.«

»Von Dads Familie kannten wir auch keinen. Außer Tante Bea, und das auch nur, weil … Ich frage mich, wie er damit fertig wird. Falls sie es ihm erzählt hat …«

»Von Lili und mir? Warum sollte mich das kümmern?«

Vorsichtig sagte Iris: »Weil du überhaupt kein Geld hast. Weil du keinen Ort zum Wohnen hast. Und auch keinerlei Möglichkeit, dir deinen Lebensunterhalt zu verdienen.

Davon kannst du nicht leben…« Ihr Blick fiel auf das Notizbuch.

»Nur zu, sprich es aus. Sag vollends den Rest: dass ich nicht weiterhin von Lili leben kann. Aber Lili kann auch nicht mehr lange so weitermachen, sie ist praktisch am Ende. Alle diese bedauernswerten Leute, Tag für Tag, das reibt sie auf. Sie fragt sich, ob sie sich nach Übersetzungen umtun soll…« Sein Blick schweifte einen Moment ab. »Oder nach irgendwas anderem. Sie redet davon, dass sie wegwill aus Ninive.«

»Aus wo?«

»Überhaupt aus Europa. Mom würde zumindest wissen, wo das ist, man hat sie auf die Sonntagsschule geschickt. Irgendeine sündige Stadt aus der Bibel.«

»Paris ist schön«, sagte Iris. »Europa ist schön. Und alt. Mir gefällt es, dass hier alles alt ist. Ich wünschte, ich könnte ganz Europa sehen, Länder wie Italien und Griechenland.«

»Für Lili ist das alles Ninive. Und außerdem haben wir keine Wahl, wir müssen hier raus – ich habe einen Brief bekommen. Phillip kommt in zwei Wochen zurück.«

»Julian! Was wirst du dann tun?«

»Ich werde wohl irgendwo ein Zimmer finden und mich irgendwie durchschlagen müssen. Ich kann jederzeit wieder kellnern.«

»Mr Treibgut und Mrs Strandgut! Was für ein Plan! Was sagt Lili dazu?«

»Meine Frau möchte ein Schiff besteigen und nach Jaffa fahren und dort unter einem Rizinusbaum sitzen. Ich habe es nachgeschlagen. Ein interessantes Buch, diese Bibel.«

Zum ersten Mal hörte Iris ihren Bruder sagen: »meine Frau«. Es irritierte sie, es verblüffte sie: Es passte überhaupt nicht zusammen, Lili die Fremde, so gar nicht verschieden von den Leuten, die sie an den Rand der Erschöpfung brachten.

»Aber was wirst du *tun*?«, insistierte sie.

»Keine Ahnung. In der Gluthitze des Nahen Ostens unter Rizinusbäumen sitzen ist nichts für mich, und das weiß Lili. Auch wenn ich zur Hälfte Jude bin.«

Damit ließen sie es bewenden. Sie hätten sonst nur aneinander vorbeigeredet, es wäre in die Art Streit ausgeartet, die man besser vermied – das wusste Iris aus alter Gewohnheit, derlei Auseinandersetzungen mit ihrem Vater wehrte sie in der Regel ab. Und schließlich, warum jetzt weggehen? Warum die Sache nicht noch ein wenig aufschieben? Dr. Montalbano kehrte zurück, er kam aus Mailand, aus Italien! Von Mailand aus konnte man die Alpen sehen! Und mittlerweile schrieb Julian in das Notizbuch mit dem roten Schnitt fieberhaft Psalmen ab. Dadurch fühlte er sich seiner Mutter nahe – er hatte vor Kurzem entdeckt, dass er sie schrecklich vermisste. Inzwischen war er schon bis Nummer siebzehn gekommen, und hätte Iris in das Notizbuch ihres Bruders geschaut, dann hätte sie ihn bestimmt für übergeschnappt gehalten.

30

»GOTT SEI DANK bist du wieder da«, sagte Laura. »Wie war die Reise?«

»Kompliziert«, antwortete Bea. »Wie bist du mit meinen Burschen zurechtgekommen?«

»Also, sie haben mich dauernd Beanie genannt, das war aber auch schon das Schlimmste. Und dann der Krach. Deine Horde ist noch übler als meine, aber ob du's glaubst oder nicht, die *Geschichte von zwei Städten* ist bei ihnen tatsächlich gut angekommen, sie *mochten* das Buch! Und eines Tages fand ich zwei Stricknadeln auf meinem Pult, schau her …«

Sie zog ein längliches wollenes Gebilde aus einem Stoffbeutel und breitete es aus. »Ein Schal für den nächsten Winter. Ich habe angefangen zu stricken, für jedes Kapitel fünfzehn Zentimeter, es war ein Wettlauf, und sie haben mich geschlagen, sie haben doch tatsächlich gewonnen!«

Laura triumphierte, komisch, treuherzig.

Und wieder war es die Rückkehr in den Alltag, zu dem Leben von vorher. Vor was? Bea überlegte. Sie war als eine Art Gesandte aufgebrochen, sie war entgegen jeder tief sitzenden Erwartung zur Spionin geworden, und es stimmte: Manchmal diente ein Gesandter als Spion, manchmal wurde ein Spion zum Gesandten ernannt. Sie war zunächst einmal unterwegs gewesen für Marvin – für Marvin, das schon, aber wirklich nur für Marvin? Etwas hatte sich geändert. Sie war an der Sache beteiligt, sie war darin verwickelt. Es waren nicht mehr Marvins Nöte. Die Welt war voller Nöte – wohin sie auch blickte, Nöte!

Sie dachte: *Ich will mein Leben ändern.* Auch das Leben anderer Menschen änderte sich (»Ich tue ihm gut«, hatte Lili gesagt), warum dann nicht das ihre? Paris war der Angelpunkt. Wie unerfreulich der Besuch auch gewesen war, wie gehässig Bruder und Schwester sie auch behandelt hatten – sie hatte Veränderungen erlebt, Meuterei, junge Rebellen auf der Flucht. Die Krise des Unerprobten, die Vergangenheit, die infrage gestellt wurde. Wendepunkte!

Es war Zeit, den Flügel loszuwerden.

31

DR. MONTALBANOS ZUG sollte an diesem Nachmittag um zwei Uhr ankommen. Lili weigerte sich, ihn zu sehen: Er war nicht ehrlich.

»Aber du hast ihn ja noch nicht mal getroffen«, protestierte Iris. »Bloß Julian …«

»Er ist nicht ehrlich«, sagte Lili.

Es waren ihre letzten Stunden in Dr. Montalbanos Wohnung.

Die weißen Kärtchen, die sie überall wie eine Ameisenschar kreuz und quer hatten herumliegen sehen, mit all den Diplomen oder was auch immer – das war es nicht, was sie meinte. Dummes Zeug und Unsinn konnten keinen Schaden anrichten, auch Wasser und Ale nicht, wenn man nur durstig genug war. Aber einmal hatte Lili einen Zettel gefunden, als sie in einer Küchenschublade nach einem Schneebesen für Julians Eierflip gesucht hatte (er leckte gern den Schaum ab, und ihm gefiel auch der lustige Name, den sie ihm gab, *guggle-muggle*). Es schien eine Art Rezept mit drei Zutaten: Wasser, Ale und etwas Drittes, Unentzifferbares – in einem Fall sah es aus wie »cascara«, aber sie war sich nicht sicher. Oben auf dem Zettel stand in deutlichen Großbuchstaben: GEGEN BLUTKRANKHEITEN, darunter ZUM REINIGEN DER LUNGEN, darunter GEGEN KOPFSCHMERZEN und wiederum darunter: GEGEN FUSSPILZ. Die dritte Zutat war jeweils etwas anderes.

Sie zeigte Julian, der schniefend auf dem Sofa lag, sofort den Zettel.

»Dein Freund Dr. Montalbano ist ein Zauberer«, sagte sie. »Und die Wohnung, in der wir sind, gehört einem Zauberer.«

»Er ist kein richtiger Freund von mir. Er war Alfreds Freund, und Alfred hat geschworen, dass Phillip niemals einer Fliege was zuleide tun würde. Er unterstützt Leute, wenn sie in Not sind.«

»Dieser Alfred ist tot.«

»Aber nicht wegen einem von Phillips Rezepten! Phillip ist in Ordnung, Lili, sieh doch, wie er uns in dieser ganzen Zeit geholfen hat. Im Übrigen bleiben wir ja nicht mehr lange hier, wir müssen bald den Schlüssel abgeben.«

Aber nun war die Zeit für die Schlüsselabgabe gekommen, und Lili wollte Dr. Montalbano immer noch nicht sehen.

»Warum geht ihr beide dann nicht jetzt schon?«, schlug Iris vor. »Ich warte hier auf ihn und gebe ihn ihm. Ich kümmere mich darum, mir macht es nichts aus.«

Aber Julian sagte: »Du musst das nicht tun, Iris. Er hat bestimmt einen zweiten Schlüssel, er braucht den hier nicht. Leg ihn unter die kleine Lampe. Oder die Concierge lässt ihn rein ...«

»Und dann findet er nichts und niemanden vor? Nachdem er uns seine Wohnung überlassen hat ohne jede Auflage? Mein Flug geht erst um sechs, ich bin noch nicht fertig mit Packen und habe sonst nichts zu tun. Jemand sollte hier sein, jemand sollte sich bei ihm bedanken, findest du nicht?«

»Gut«, sagte Julian. »Du sagst mir auf nette Weise, was für ein Flegel ich bin.« Überraschend tätschelte er ihr den Rücken. »Also, trödel bloß nicht.«

Würde sie ihn jetzt zum letzten Mal umarmen? Iris küsste ihn wieder und wieder, auf die Stirn, auf beide Wangen, unter dem Kinn, gab ihm schließlich einen Schmatz auf die Ohren, bis er lachen musste: Sie übertrieb in allem. Sie gab ihm das Gefühl, dass er ein Gewissen hatte. Ihr Gesicht war nass.

Sie sah sie beide weggehen, ihren großen Bruder mit dem unerklärlich dick gewordenen Hals und die komische kleine, dünne Lili. Ein Kinderlied ging ihr im Kopf herum:

Spannenlanger Hansel, nudeldicke Dirn.
Gehn wir in den Garten, schütteln wir die Birn.
Schüttel ich die großen,
schüttelst du die klein,
wenn das Sackerl voll ist,
gehn wir wieder heim.

Oder auch umgekehrt. Sie würde Julian nie mehr sehen, das war nicht möglich, Lili wollte ihn mitnehmen, weit weg, sie nahm ihn für sich in Anspruch, er gehörte zu ihr, er würde alles tun, was sie wünschte. Sture Lili! Warum lehnte sie Dr. Montalbano ab? Diese albtraumhaften Vorstellungen, ein Giftrezept auf einem Zettel in einer gewöhnlichen Küchenschublade! Aber auch wenn sie ihn nicht mitnahm, würden die beiden vielleicht da bleiben, wo sie waren, und wann würde seine Schwester denn je wieder in diese strahlende Ecke der Welt kommen, in ihre verlockenden, unbekannten, versiegelten, schimmernden Städte, in die sie sich nie wagen würde? Großartige Statuen auf öffentlichen Plätzen, narbig vom Alter, Kirchtürme, alte Brücken über alten Flüssen, während vor ihr das neu geborene Los Angeles lag und in seinem tropischen Glanz brodelte, eine raue Stadt, gierig aus einer Wildnis von Tälern herausgeschnitten, die immer wieder von elementaren Bränden verwüstet wurden. Ihre rechtmäßige Bestimmung, ihre erwählte Zukunft – die Kurse beenden, den Abschluss machen und dann … Es war unerlässlich, dass sie die Kurse beendete und allen ihr Diplom vorführte! Das war ihr Leben, so war es immer gewesen. Es war das, was sie immer gewollt hatte. Es war das, was ihr Vater gewollt hatte. Ihr Vater … Sie musste sich irgendwie vor dem wappnen, was da kommen würde.

Ihre verschwitzte Hand umklammerte pflichtschuldig den Schlüssel. Sie legte ihn auf eines der niedrigen Tischchen – genau in die Mitte, wo Lili vor Wochen das Fläschchen mit dem Hustensaft abgestellt hatte (jede Geste hatte nun ihren entsprechenden Geist) –, ging durch die vertrauten Räume, versuchte hier und da Ordnung zu schaffen, die Bilderrahmen gerade zu rücken, Kissen aufzuschütteln. Auf dem Läufer vor dem Sofa war ein dunkler Fleck in Form eines Teichs: Hatte Julian hier nicht achtlos Lilis Eierflip verschüttet? Lili stellte einen Stuhl darauf, um den sträflichen Fleck zu verbergen. Die einzige Anwesenheit war eine Abwesenheit. Eine leere Klinik, die auf Kunden wartete.

Am anderen Ende von Paris war Julian nicht überrascht, zu erfahren, dass sein altes Zimmer vermietet war. Aber

Mme Duval empfahl die beiden weiter an ihre Freundin Mme Bernard, bei der zum Glück etwas frei geworden war – ihr treuester Mieter, ein ordentlicher fünfundneunzigjähriger Mann, war vor Kurzem friedlich in seinem Bett gestorben. Keine Sorge: Die Matratze war gewendet worden, das Zimmer sauber und gut gelüftet. Mme Bernards Unterkunft war zwar nicht geräumiger als die von Mme Duval, aber es gab den Komfort einer Toilette auf demselben Stock. (Bei Mme Duval hatte man eine Treppe tiefer und dann bis ans Ende eines langen Flurs gehen müssen.) Bei Mme Bernard gab es nur eine einzige Einschränkung: keine Katzen. Sie war allergisch gegen Katzenhaare.

»Okay«, erwiderte Julian – so viel Amerikanisch verstand Mme Bernard, doch mehr auch nicht – und schleppte seinen vollgestopften Seesack ins Haus – eine lästige Bürde, es waren mehr Bücher drin als Hemden und Socken. Er ließ nicht zu, dass Lili das sperrige Ende hochhob. Das letzte Mal, als sie noch ein wenig neu füreinander waren und er Mme Duvals Pension verließ, hatte sie gebeten, das Ding tragen helfen zu dürfen, und er hatte nachgegeben: Es war tonnenschwer. Aber nun war sie seine Frau.

32

DR. MONTALBANO TAUCHTE erst früh am nächsten Morgen auf. Er hatte seinen Zug verpasst: ein Gerangel im letzten Augenblick, ein echter Kampf mit Fäusten und Zähnen, ihre Nägel in seinem Fleisch, die die Haut aufkratzten. Wenn Adriana provoziert wurde (aber wie hatte er sie provoziert?), schlug sie auf ihn ein, bis Blut floss. Er hatte ihr eine heftige Ohrfeige gegeben, und seine italienische Operette gelangte an ihr geräuschvolles Ende. Er konnte nicht sagen, dass es ihm leidtat. Sie war eine Frau ohne Fantasie, sie hatte es gern, wenn die Dinge zu ihrem vorbestimmten Abschluss kamen. Er bevorzugte die Improvisation. Er verbrachte die Nacht auf einer Bank im Mailänder Bahnhof, hatte die Schuhe ausgezogen, sodass die Füße über die Bank hinausragten.

Die Concierge döste an ihrem Tisch; er ging an ihr vorbei. Das Geräusch des Fahrstuhls klang vertraut. Die Schlüssel, die er aus der Tasche zog, waren in einem heillosen Durcheinander – Lyon, Mailand, Paris, selbst die alten aus Pittsburgh an einem rostigen Schlüsselring, als würde er je zurückkehren! Es war nicht leicht, sich zu erinnern, welcher für welche Tür war, sie sahen alle gleich aus, aber nachdem ein oder zwei nicht ins Schloss gepasst hatten, ging die Tür schließlich auf und stieß gegen eine dahinter liegende Flasche. Sie rollte mit einem hohlen Klirren davon und stieß zwei andere um, die wie Kegel dagestanden hatten. Alle drei waren leer. Er bemerkte den Koffer, der auf dem Boden lag, bevor er auch das Übrige wahrnahm: einen Kopf, der dagegenlehnte. Den Kopf eines Mädchens. Darüber baumelte das Etikett einer Fluglinie, festgebunden mit einem Riemchen. In den Zimmern hing ein schaler, säuerlicher Geruch nach Alkoholresten, aber es roch auch noch anders, dunkler, diffuser. War sie tot? Wie dumm, wie idiotisch von ihm, dass er sich auf Alfred verlassen hatte! Alfred hatte sich für diesen Zuckerwattejungen verbürgt, und Alfred hatte sich noch nicht einmal für sein eigenes Leben verbürgen können. Er hatte versprochen, er werde leben. Er hatte sein Versprechen gebrochen. Und der Junge war fort und hatte diese Leiche hinterlassen. Solche Dinge passierten. Allerorten herrschte Gewalttätigkeit – Adriana hätte ihn umgebracht, wenn sie gekonnt hätte.

Er sah sich in dem leeren Wartezimmer um: Es war nicht sehr aufgeräumt, aber es schien auch nichts beschädigt. Auf einem der Tische entdeckte er unter einer Lampe den Schlüssel, den er dem Jungen überlassen hatte – zumindest hatte er sich nicht damit aus dem Staub gemacht. Aber dieses Mädchen, im Stich gelassen, drangsaliert, verprügelt! Er beugte sich hinunter, um den Körper zu untersuchen. Nirgends Spuren von Gewalt. Er hob den einen Arm hoch, dann den anderen. Es fehlte ihr nichts … aber hatte Alfred nicht von einer Verletzung gesprochen, von einer Entstellung? Sie war noch sehr jung, sah nicht älter aus als höchstens zwanzig. Und sie atmete! An der Kehle pochte der Puls. Jetzt wurde ihm klar: Sie war natürlich nur betrunken. Diese Flaschen, warum hatte er bloß gleich den schlimmsten Schluss gezogen? Gewalttätigkeit allerorten. Sie wurde langsam wach.

»Lassen Sie mich in Ruhe«, murmelte sie. »Gehn Sie weg.«

Jetzt schüttelte er sie. »He, Sie, wo ist Ihr Freund?«

»Gehn Sie weg.«

»Wo ist er? Hat er Sie sitzen lassen?«

»Gehn Sie weg.«

Er betastete das Etikett der Fluglinie: IRIS MARY NACHTIGALL, 560 BEL AIR CIRCLE, LOS ANGELES, KALIFORNIEN. Und darunter: *Flug Nr. 196, Abflug 18 Uhr.* Zehn Stunden von jetzt an? Morgen? Gestern?

»He, Sie«, sagte er noch einmal. »Stehen Sie auf!«

»Will nicht. Lassen Sie mich in Frieden.«

»Verdammt noch mal«, schrie er sie an, »stehen Sie jetzt auf!«

Es überraschte ihn, dass sie gehorchte. Sie erhob sich und ging schwankend zur Tür, ging dann schwankend zurück und hob ihren Koffer auf. Und klappte zusammen.

»Da drüben«, krächzte sie und deutete vage in eine Richtung. »Der Schlüssel.«

»Ist jetzt egal. Bleiben Sie sitzen, so ist es recht. Wo ist der Knabe, der sich um die Wohnung kümmern sollte?« Er holte seine Brieftasche hervor und suchte nach dem Zettel, den er, wie er sich erinnerte, dort eingesteckt hatte. »Hier, ich hab ihn. Julian Nachtigall … Dann sind Sie also seine … was? Sagen Sie mir nicht, dass Sie in Ihrem Alter, so wie Sie aussehen … seine Frau sind?«

»Lili ist seine Frau. Er hat geheiratet, deshalb.« Das Krächzen war jetzt zu einem heiseren Quaken geworden.

Er brachte ihr Wasser in einer Tasse. Sie stürzte es durstig hinunter.

»Gut, man hat Ihnen nichts getan, was zum Teufel machen Sie also hier?«

Ihr Blick verschwamm, verwirrt sah sie ihn an. Dann fixierte sie ihn etwas genauer und sagte: »Nach Hause. Ich gehe nach Hause.«

»Na dann«, sagte er, »aber vorher sollten Sie vielleicht erst mal Ihren Rausch ausschlafen.«

Es war nichts zu machen. Er ließ sie, wo sie war. Er war erschöpft – diese harte Bank die ganze Nacht lang! – und warf sich auf sein Bett. Angewidert sah er, dass die Laken nicht gewechselt worden waren. Ein übel riechender Fleck auf dem Kissen. Eine halb volle Flasche auf der Kommode daneben. Es war eindeutig, dass das Mädchen hier geschlafen hatte. Goldlöckchen, bezecht in seinem eigenen Bett. Allein oder mit irgendeinem zwielichtigen Typ aus Alfreds Clique. Wie dumm, wie idiotisch von ihm, dass er sich auf Alfred verlassen hatte! Doch der Junge hatte einen sympathischen, zuverlässigen und zivilisierten Eindruck gemacht …

Er wachte auf, erleichterte seine Blase, und als er zurückkam, stand das Mädchen teilnahmslos neben dem Bett und starrte auf das befleckte Kissen.

»Dr. Montalbano?«, fragte sie.

Sie wusste also, wer er war. Er hatte viele Stunden geschlafen, so kam es ihm vor. Sie auch, vermutete er. Aber nicht lange genug, um seine Müdigkeit zu vertreiben, und was schwatzte sie jetzt?

»Ich hab mich schlecht benommen, ich hab mich *so* schlecht benommen …«

Gähnend fragte er: »Hat dieser Julian Sie reingelassen?«

»Er ist mein Bruder.«

»Und hat er dutzendweise seine Cousins und auch den Rest seiner Verwandtschaft hierher eingeladen?«

»Bloß mich. Ich bin dageblieben, um mich bei Ihnen zu bedanken, weil Lili es nicht tun wollte, und ich hab gewartet, aber Sie sind nicht gekommen …«

»Sie sind dageblieben, um eine schöne Bescherung anzurichten. Wann geht Ihr Flug?«

»Gestern Abend. Ohne mich.«

»Verstehe. Sie haben sich verspätet wegen Emily Post. Wegen Ihrer guten Kinderstube. Um mir für meine Einladung zu danken, die irgendwie im Äther verloren gegangen ist.«

»O bitte, ich wollte nicht nach Hause. Ich wollte nicht, ich konnte nicht, ich hatte Angst.«

»Wovor?«

»Vor der Rückkehr nach Hause.«

Sie drehte sich im Kreis. Was sollte er mit ihr machen? Sie rauswerfen?

»Dann gehen Sie doch zu Ihrem Bruder.«

»Ich kann nicht. Er fährt wahrscheinlich ziemlich bald weg. Nicht nach Hause, seine Frau nimmt ihn mit …«

»Das interessiert mich nicht. Morgen kommen Kunden zu mir, Sie sollten sich eine andere Bleibe suchen.«

»Ich hab praktisch kein Geld mehr. Ich weiß, dass ich mich schlecht benommen habe, aber ich dachte … Ich dachte, vielleicht könnte ich noch ein bisschen dableiben und vollends sauber machen …«

»Nicht nötig, die Concierge wird mir ein paar Leute hochschicken.«

»Sie verstehen nicht!«, rief sie. »Ich bin nicht wie Julian, er lässt sich treiben, mal hierhin, mal dorthin, so bin ich nicht! Ich *weiß*, was ich will!«

»Drei leere Literflaschen«, sagte er. »Und eine angebrochene.«

»Bloß weil ich auf Sie gewartet habe, und Sie sind nicht gekommen.«

»Gewartet, um sich bei mir zu bedanken. Indem Sie sich in meinem Bett betrunken haben.«

»Ich will nicht nach Hause!«

Was sollte er mit ihr machen? Er musterte ihr Gesicht, ihr Haar. Jede einzelne Strähne war in heftiger Bewegung. Alles an ihr war in heftiger Bewegung. War es immer noch der Wein? Oder irgendeine angeborene Triebkraft, eine stürmische Absicht? Ein tückischer Wille, der heimliche Wurm, der sich ins Gehirn bohrte.

»Kann ich verstehen. Ich auch nicht.« Er zögerte. »Ich werde uns was kochen. Sie müssen etwas essen, oder nicht?«

»Ich bin zu müde, um zu essen. O bitte, ich weiß, ich habe mich schlecht benommen, ich weiß es.«

»Kommen Sie, legen Sie sich hin«, sagte er.

»Macht es Ihnen nichts aus? Das war mein Bett, ich hab mich daran gewöhnt. Julian und Lili schliefen ganz hinten. Sie legten schrecklich viel Wert darauf, für sich zu sein.«

Er spürte ihr Gewicht neben sich. Feste, lange, makellose Arme. Leicht flatterndes Haar von der Farbe Pittsburgher Herbstlaubs. Als würde ein Windhauch hindurchgehen. Aber da war kein Wind. Sie waren gut aufgehoben in seiner Klinik, und bald würden die Kunden kommen.

Sie schliefen wieder ein, tief und fest. Ohne zu träumen, zumindest glaubten sie das.

33

EIN ARMER MANN kam zu einem Rabbi, der berühmt war für seine weisen Ratschläge. »Ich lebe mit meiner Frau und sieben Kindern in einer winzigen Hütte«, klagte er, »und meine Frau erwartet noch ein Kind. Wir wohnen so beengt, dass wir uns kaum rühren können, und ich bin zu arm, um mir eine bessere Behausung leisten zu können.«

»Hast du Hühner?«, fragte der Rabbi.

»Meine Frau hält ein paar dürre Vögel wegen der Eier, die sie für ein paar Groschen verkauft.«

»Dann bring die Hühner ins Haus.«

Der Mann tat, wie ihm geheißen, aber nach einer Woche war er wieder da, noch bedrückter als zuvor. »Rabbi«, rief er, »unser Leben ist unerträglich! Die Hühner rennen überall herum und gackern, die Kinder schreien und jagen ihnen hinterher, und man hat kaum noch Luft zum Atmen.«

»Hast du eine Kuh?«, fragte der Rabbi.

»Meine Frau hält eine magere Kuh wegen der Milch, die sie für ein, zwei Groschen verkauft.«

»Dann bring die Kuh ins Haus.«

Und so ging es weiter, Woche für Woche. Es kamen die Hühner ins Haus, ein von einem Nachbarn geliehenes Pferd, ein von einem Bauern geliehener Ochse, ein streunender Hund und schließlich ein verirrtes Schaf.

»Rabbi!«, flehte der arme Mann. »Das Leben ist schlimmer denn je. Das neue Baby ist da, die Kinder streiten um Platz, und meine unglückliche Frau weint Tag und Nacht.«

»Ich verstehe«, sagte der Rabbi. »Wirst du dann tun, was ich dir sage?«

»Ich werde alles tun, was du sagst«, antwortete der verzweifelte Ehemann.

»Gut. Schick die Hühner weg, die Kuh, das Pferd, den Ochsen, den Hund und das Schaf. Und wenn du das alles getan hast, komm zurück und erzähl mir, wie es dir ergeht.«

Der Mann ging fort und tat, wie ihn der weise Rabbi geheißen.

»Nun?«, fragte der Rabbi, als der Mann wiederkam.

»Rabbi, Gottes Segen sei mit dir! Dank deiner ist unser Haus so geräumig und luftig geworden wie das Reich eines Königs. Du hast unsere kleine Hütte in ein irdisches Eden verwandelt!«

Laura las aus einem dicken Kinderbuch vor, das Leo Coopersmiths Mutter einst zur Geburt von Jeremy, dem Sohn der Bienenfelds, geschenkt hatte. Es hieß *Ein Schatz jüdischer Volkserzählungen* und war (laut Widmung) aus Dankbarkeit für Cousine Lauras »Gastfreundschaft gegenüber Leo« geschickt worden, »als er bei Deiner Familie wohnte und Komposition am Juilliard studierte. Wer hätte damals geahnt«, hatte Leos Mutter geschrieben, »wie viel Erfolg ihm beschieden sein würde!« Laura erinnerte sich eher an ehrfürchtigen Respekt als an cousinenhafte Gastfreundschaft und ganz gewiss nicht an entsprechendes Wohlwollen von seiten Leos – aber was spielte das alles inzwischen für eine Rolle? Seitdem war eine Generation zu Grabe getragen worden: Leos Eltern, die von Laura, die von Bea. Und Jeremy war beinahe siebzehn. Schon als kleiner Junge hatte er diese moralisierenden alten Fabeln nicht gemocht.

Sie hatte das Buch mitgebracht, erklärte Laura, als eine Art Witz zur Feier des Tages; die Geschichte, die sie vorlas, wobei sie dauernd von ihrem Mann unterbrochen wurde, hieß »Wie man ein großes Haus aus einem winzigen Haus macht«.

Aber Harold Bienenfeld machte abfällige Bemerkungen. »Jeder kennt die Geschichte, Laura, du brauchtest sie nicht so in die Länge zu ziehen. Und so oder so, was der Rabbi dem Kerl hätte sagen müssen, war, dass er mal verhüten müsste.«

»In Volkserzählungen kommt so etwas nicht vor«, sagte Laura.

»Es gibt noch eine andere Fassung«, warf Bea ein, »mit einem Beduinen, der ein Kamel in sein Zelt mitnimmt.«

»Klar doch, und vielleicht auch eine mit einem Eskimo und seinem Iglu«, sagte Harold. »Und das soll eine jüdische Geschichte sein!«

Das Thema des Abends war der Verkauf des Flügels – wie Beas beengtes Habitat, nachdem das monströse Ding fort war, plötzlich auf wundersame Weise in einen weiten Raum verwandelt worden war, so offen und hell wie eine Wiese. Auf einmal gab es Platz für einen breiten Esstisch und vier schöne Stühle, und das hatte Bea zu einem festlichen kleinen Abendessen inspiriert; also waren Laura und der laute, neugierige, naseweise Harold da. Auch Jeremy war eingeladen gewesen, hatte sich aber nicht losreißen wollen von dem, was Laura »das Bullauge« nannte, einem nagelneuen Fernsehapparat mit einem kleinen runden Bildschirm und obendrauf einer gegabelten Stahlantenne. Es war beeindruckend: Die Bienenfelds waren die Ersten in ihrem Gebäude an der 84. Straße West, die sich einen angeschafft hatten. »Er zieht die Kinder aus der Nachbarschaft an wie die Flöhe«, prahlte Harold.

Der Rauch seiner Zigarre hatte sich auf Beas raffiniertem Dessert niedergelassen, einem Apfelkuchen, den sie nach einem komplizierten Rezept auf der Mehltüte gebacken hatte. Es war ein zeremonielles Signal: Die Erweiterung eines Zimmers kann auch die Erweiterung eines Lebens bedeuten.

Laura sagte: »Und seit wir den Apparat gekauft haben, rührt Jeremy das Klavier nicht mehr an. Wir mussten die Klavierlehrerin ziehen lassen. Nicht dass sie je mit Jeremy oder meinem alten Klavier zufrieden gewesen wäre.«

»Ich würde keine zwei Cent geben für dieses Gerümpel«, sagte Harold. »Wie war es denn nun, Bea«, drängte er, »wie viel hast du bekommen für diesen schicken weißen Elefanten, den du hier hattest?«

»Hat mehr gebracht, als ich erwartet hatte«, sagte sie. »Er war noch in einem recht guten Zustand, wenn man bedenkt, dass wir ihn nicht neu gekauft hatten. Der Käufer schien begeistert.«

Das sporadisch auftauchende »wir« war peinlich. Bea sprach selten über Leo, selbst gegenüber seiner Cousine Laura. Und Laura ihrerseits vermied es sonst, Leo zu erwähnen, obwohl ihr, freilich zu spät, einfiel, dass sie heute Abend taktlos gewesen war: Bea wusste bestimmt noch, wer dieses Buch geschickt hatte und wie die Widmung lautete.

»Klingt, als hättest du einen schönen Reibach gemacht«, sagte Harold.

Wenn es nicht ein schöner Reibach war, dann jedenfalls doch ein Glücksfall. Leo wusste, wie man sich einen Flügel aussucht! Sie hatte nicht geahnt, was der Flügel wirklich wert war, auch nicht, dass der Wert mit der Zeit steigen würde. Und wenn das von Leo zurückgelassene Instrument schon so viel gebracht hatte, was musste dann sein heiliger Blüthner wert sein? Mein bestes Stück. Eine Kostbarkeit. Ihr war klar, dass er nicht das Geld meinte. Und auch sie meinte nicht das Geld, als sie den Flügel losgeworden war: Er hatte ihre Hochzeit in Beschlag genommen. Eine Ehe ohne Hochzeit und dann gar keine Ehe. Schlimmer noch: Der massige Flügel hatte ihr Leben beschwert und ihren Gesichtskreis eingeengt. Licht! Helligkeit und Spielraum! Helligkeit und Weite, die Helligkeit des Unendlichen! Sie war eine leichtfüßige Tänzerin auf einer Bühne, so groß wie ein ganzer Landstrich, ein Fisch in einem grenzenlosen Meer.

Aber Harold ging es um Geld: Er war hinter dem Preis der Dinge her. Der neue Fernsehapparat kostete derzeit noch ein Vermögen, sagte er, er war froh, dass er und Laura ihn sich mit ihrem doppelten Einkommen leisten konnten, aber wenn mehr Leute sich ein Gerät kaufen würden, wenn jede Familie erst einmal einen besäße, so wie heutzutage jeder Haushalt ein Radiogerät und ein Telefon hatte, dann war es nur eine Frage der Zeit … allerdings musste es mit so etwas wie einem Klavier anders sein, dazu gehörte kein technischer Kram, es hatte nichts mit Vakuumröhren zu tun, es war eher eine Art Möbelstück, also komm schon,

Bea, raus mit der Sprache, wie viel hast du tatsächlich dafür bekommen?

Harold zu bewirten war eine Qual – doch nach den Regeln häuslicher Gastlichkeit konnte man nicht Laura einladen ohne den Langweiler Harold. Bea praktizierte diese Regeln nur selten: Wo hätte sie denn einen Gast unterbringen können? Selbst Iris war es in jener einen Nacht sichtlich nicht wohl gewesen, und für Bea, die sich stoisch in der Kuhle des abgenutzten alten Sofas neben dem Flügel hingelegt hatte, war es eine Tortur gewesen: die schwachen Gerüche schalen Kummers, vermischt mit Wachs, das nach Zitrone roch. Sie hatte Laura an diesem Abend hergebeten, damit sie Zeugin war, wie diese allzu vertrauten Ausdünstungen ausgetrieben wurden – wie Leo ausgetrieben wurde. Einzig und allein Laura wusste, dass der Flügel Leo verkörperte, und auch Laura hatte die abfälligen Kommentare ihres Cousins ertragen müssen. Doch in jener weit zurückliegenden Zeit hatten ihr in gewisser Hinsicht Leos bissige Bemerkungen auch gefallen: Künstler genießen doch immer Narrenfreiheit, oder nicht? Leo gehörte zu ihrer Familie väterlicherseits, zum künstlerischen Zweig – auch wenn Harold die Bedeutung künstlerischer Zweige bestritt.

»Dein Ex, Bea«, fing er wieder an, »der ist doch wahrscheinlich einer von diesen Roten in Hollywood. Typen wie Dalton Trumbo. McCarthy hat alle Hände voll zu tun, um sie rauszuwerfen …«

»Hör doch auf, Harold«, sagte Laura. »Bea ist seit ewigen Zeiten nicht mehr in Kontakt mit Leo, davon kann sie doch überhaupt nichts wissen. Außerdem ist Leo nicht politisch. Er hat sich nie für etwas anderes als Musik interessiert.«

»Er könnte sich ja verändert haben. Diese Kriegsfilme, die wir uns immer angesehen haben, mit dem ganzen patriotischen Zeug, das waren meistens Rote, die die gedreht haben. Sowjetische Propaganda.«

»Aber die Russen waren doch damals unsere Verbündeten, und was war denn so sowjetisch an Van Johnson? Ich bin immer noch verliebt in Van Johnson, du nicht, Bea?« Laura warf ihr einen rettenden Blick zu. »Und im Übrigen«, sagte sie, »hast du diese Mitteilung in der Schule bekommen, wo es um den nächsten Monat geht?«

»Nein«, sagte Bea.

»Sie haben sie in die Fächer von allen Lehrern gelegt.«

»Seit ich wieder da bin, habe ich noch nicht in meins geschaut.«

»Oh, Bea, in letzter Zeit bist du so nachlässig geworden. Es geht um eine Treueerklärung, die die Lehrer unterschreiben müssen …«

»Treueerklärung«, spottete Harold. »Als wüssten alle diese rosaroten Typen nicht, wie man lügt! Du hättest unter die Haube schauen sollen, Bea, bevor du das Ding weggegeben hast.«

»Welche Haube?«

»Wie heißt es doch gleich? Den Deckel, die Klappe oder was auch immer. Von diesem überdimensionalen Spielzeugkasten, den du verkauft hast. Vielleicht hättest du irgendeine Landkarte eines Russki-Spions darunter versteckt gefunden, man weiß ja nie …«

So stellte sich Harold eine witzige Bemerkung vor. Er begann, sich noch ein Stück vom Apfelkuchen abzuschneiden, aber Laura griff nach ihrer Handtasche und dem

Schatz jüdischer Volkserzählungen und fing an, sich zu verabschieden. *Wenn Harold geht*, dachte Bea, *dann gehen auch die Hühner, die Kuh, das Pferd, der Ochse, der Hund und das Schaf.*

Doch Laura, die wartend in der Tür stand, flüsterte: »Das alte Trumm hat dir nicht gutgetan, Bea. Und jetzt könntest du in diesem Zimmer einen Ball geben.«

In dem nahezu leeren Raum war der Flor des Teppichs dort, wo sich die Messingklauen des Instruments lange Zeit festgekrallt hatten, gnadenlos abgeschabt. Flach wie ein Schatten dehnte sich da ein verschossener bräunlicher Fleck mit dem Umriss eines Flügels.

34

IN SEINEM ERSTEN Jahr in Princeton erfuhr Marvin, wie es war, wenn man auf einmal zum Gegenstand der Verachtung wurde, eine Erfahrung, die er unter einer Hülle von Vertrauen – nicht immer war es sein eigenes – verbarg. Insbesondere seine Mutter hatte Vertrauen in ihn – schließlich hatte er die Aufnahmeprüfung für die Townsend Harris High bestanden, und wie viele Jungen schafften das schon? Marvin war intelligent. In der Highschool spielte es keine Rolle, dass er Latein nicht ausstehen konnte und nicht einsah, wozu es gut sein sollte – und er gab gern die ausgeleierten, boshaften alten Sprüche von sich wie *»Cum Caesar vidisset portum plenum iuxta navigavit / Caesar equus consilium«* …, denn er war gut in Mathematik und Naturwissenschaften. Erstaunlicherweise – denn seine Schwester war der Bücherwurm – konnte er einen passablen Schulaufsatz schreiben, wenn ihm danach war oder wenn er merkte, dass ihm das irgendwie nützlich sein konnte. Beifall war nützlich. Ein paar seiner Lehrer waren Relikte aus dem 19. Jahrhundert; er äffte gern (aber nur auf dem Papier) den hochgestochenen Stil nach, den er sich von den feinen, junggesellenhaften Manieren dieser blassen, zarten ältlichen Ästheten abgeschaut hatte. Bei Marvin war alles nur ein Trick, mit dem er sich einschmeicheln wollte; ansonsten sprach er den rüden New Yorker Jargon seiner

Altersgenossen. Er war der Liebling seiner Mutter – sie spornte ihn an, ermunterte ihn, bestärkte ihn. Sein Vater war distanzierter und auch gelassener. Ihn störten die abgetretenen Holzböden in dem Laden nicht, der ihm zugefallen war wie durch einen Erlass der Natur, während Marvins Mutter, auf den Knien mit einem Eimer und einer großen Bürste, nicht anders konnte, als diese abgenutzten Bohlen Zentimeter um Zentimeter zu wienern, bis jeder Span geschmirgelt und von einem honiggelben Schimmer bedeckt war. Marvin war damals stolz auf sie (nach zwei Jahren an der Townsend Harris und bevor die Moderne und seine Mutter es zu Neonlicht gebracht hatten). Man hatte ihm noch nicht beigebracht, dass eine Mutter, die in einem schlecht beleuchteten Haushaltswarenladen auf den Knien herumrutschte, etwas Peinliches war, was man besser verstecken oder zumindest nicht erwähnen sollte, und dass ein antriebsschwacher Vater, der zu oft einen Roman zur Hand nahm, ein Hindernis war, das überwunden werden musste.

Wenn Introspektion Denken bedeutet, dann war Marvin nicht introspektiv. Er spürte die Verachtung, der er begegnete, als schiere Empfindung, als Hitze – Hitze in den Ohren, hinter den Augen, in den verworrenen, vom Schädel ummantelten Nervenknoten. Und Verachtung war anscheinend nicht anders als Furcht. In Princeton bekam er Angst. Ihm dämmerte, dass es nicht genügte, intelligent zu sein (alle Jungen von der Townsend Harris waren intelligent): Man musste dazugehören. Zum ersten Mal ging ihm die Tragweite des *Geburtsrechts* auf – man glitt aus dem Mutterschoß und ergriff es mit der winzigen Faust, eine Bescheinigung, die garantierte, dass man wissen würde, wie man sprechen und sich kleiden und jeden, der dazu verurteilt war, mit leeren Händen die Welt zu betreten, verachten und unverfroren einschüchtern musste. Nicht dass Marvin mit völlig leeren Händen dagestanden hätte – er hatte sein Stipendium, und vor allem hatte er den Motor seines Willens und die schlimme Last der Kränkung, die ihm zugefügt wurde. Er widerstand der Demütigung, indem er sie akzeptierte, schien manchmal fast dazu aufzufordern: Sie lehrte ihn, was passend war und was nicht. Nie beging er einen Fehler ein zweites Mal – er war akribisch und wachsam. Das bedeutete, dass er nie unbefangen war so wie die anderen, doch es verlieh ihm einen Vorteil – den Vorteil des Beobachters gegenüber dem Beobachteten, den Vorteil der Anstrengung gegenüber der Ungezwungenheit. Wenn jemand nach etwas Besserem strebt – wenn zum Beispiel der Sprössling eines Haushaltswarenladenbesitzers zum blaublütigen Erben kraft seines Geburtsrechts werden will –, so wird er Arroganz verschmähen und behutsam vorgehen. Marvins Programm (er merkte kaum, dass es eins war, so organisch entwickelte es sich, eine junge Ranke, die aus dem stummen kleinen Samen der Demütigung wuchs) hieß keineswegs, dass er sich selbst infrage stellte. Er war noch immer der gewissenhafte Sohn seiner Mutter, der nach Höherem strebte. Er stellte nichts infrage und verschmähte nichts: Er war nur offen für alles Neue. Es war Sympathie, es war Sehnsucht. Bei einem anderen Typ von jungem Mann – einem jungen Mann, der weniger an die Realitäten des Bunsenbrenners und die Doktrin der Formeln gebunden war – hätte man solche Regungen als

Fantasie auffassen können. Doch Marvins Wissenschaft war erdgebunden, eher begrenzt als grenzenlos. Er war dazu geschaffen, ein Hersteller nützlicher Dinge zu sein. Was er empfand, war weder Traum noch Verlangen, sondern ein animalischer Appetit. Was er empfand, war der *Wunsch*: Er wünschte zu haben, was er sah. Die elegante Bewegung von Breckinridges Handgelenk, wenn er seine Uhr aus der Westentasche holte und an der Schlaufe ihrer schlanken Kette baumeln ließ. Und Breckinridges fügsame Schwester mit ihren perfekten Augenbrauen und der leicht geschminkten Unterlippe (eine zarte Beere mit malvenfarbener Haut, runder und üppiger als die Oberlippe) und dem blassen kleinen Kinn. Und ihre Stimme!

Sie war unterwegs im Auto vom Mount Holyoke College nach New York, wo sie sich Gemälde ansehen wollte, und hatte spontan haltgemacht, um ihren Bruder zu besuchen. Sie studierte Kunstgeschichte, im Met gab es diesen Monat eine Ausstellung der Hudson River School … aber wo in aller Welt war Peter?

»Er hat eine Menge Vorlesungen heute morgen«, erklärte ihr Marvin.

»Ich habe ihm nicht gesagt, dass ich vorhatte, vorbeizukommen. Sollte ich warten? Um welche Zeit, glauben Sie, wird er zurück sein?«

Jede beinahe geflüsterte Silbe klang zögernd. Ihr ganzer Tonfall war ein einziges Zaudern. Und doch war sie ein Mädchen mit eigenem Auto!

»Danach ist er beim Footballtraining.« Marvin konnte über jeden Schritt, den Breckinridge tat, Rechenschaft ablegen: ein aufmerksamer Kammerdiener.

»Dann werde ich ihn wohl verpassen, oder? Können Sie ihm sagen …?«

Sie beendete den Satz nicht. Es war ein Trick ihrer Stimme, die so in der Schwebe verharrte, dass die Bedeutung der Worte unbestimmt blieb, auf der Suche nach einer Richtung.

»Ich werde ihm sagen, dass Sie da waren«, erwiderte Marvin. »Sind Sie Zwillinge?«

»O nein, Peter ist drei Jahre älter. Aber nur drei Zentimeter größer – sehe ich ihm wirklich ähnlich? Das hat noch nie jemand gesagt. Im Übrigen könnten wir nicht identisch sein, selbst wenn wir Zwillinge wären, oder? Finden Sie, dass ich maskulin aussehe? Das fände ich schrecklich …«

»Sie haben den gleichen Mund.« Diese Unterlippe – eine räuberische Ausbuchtung beim Mann, eine hübsche Wölbung bei der Frau.

»Ist das gut oder schlecht?«

Er war sich nicht sicher, ob sie flirtete oder spottete, also erwiderte er: »Hängt davon ab, was rauskommt.«

»Nun, ich werde es versuchen …«

Und wieder blieb der Rest ungesagt. Zaghaft, zögernd – fügsam. Er fürchtete sich vor dieser Fügsamkeit genauso wie vor Breckinridges Spott. Er kannte sich nicht aus mit Fügsamkeit bei Frauen: Seine Mutter war nicht fügsam, seine Tanten waren nicht fügsam, und Bea konnte unglaublich widerspenstig sein – das galt zum Beispiel auch für ihre Vernarrtheit in diesen Oboe spielenden Knaben.

Doch er hatte Übung darin, mit dem kleinen Knötchen seiner Furcht umzugehen.

»Vermutlich«, sagte er, »wollen Sie nicht noch etwas essen, bevor Sie fahren.«

»Haben Sie jetzt nicht auch Vorlesungen?«

»Manchmal nehme ich mir einen Tag frei, um aufzuholen.«

»Peter spricht ab und zu von Ihnen. Er sagt, Sie sind furchtbar fleißig.«

Er wusste, was das bedeutete: Manchmal nannten sie ihn den fleißigen Juden. Zwar nicht von Breckinridge erfunden, aber seinem Wortschatz auch nicht fremd.

»Wir können zu Fuß gehen«, sagte er, als sie auf ihr grünes Coupé zeigte. Er entdeckte einen freien Tisch in einer gut besuchten Cafeteria in der Nähe. Sie wollte nichts als Wasser haben.

»Sie werden uns rauswerfen«, protestierte Marvin, »wenn Sie nicht zumindest ein Sandwich bestellen.«

»Sie bestellen was. Ich schaue Ihnen beim Essen zu.«

»Wie dem Affen im Zoo.«

»Eher wie dem Löwen im Dschungel.«

Da begriff er, dass es keine Kluft gab zwischen dem, was Flirt war, und dem, was Spott sein mochte. Hatte sie wirklich ihren Bruder treffen wollen, oder war sie neugierig gewesen auf das ominöse Tier im Haus ihres Bruders, von dem sie gehört hatte?

»Warum sind Sie dann mitgekommen?«, fragte er.

»Um Ihnen Gesellschaft zu leisten. Das sollte ich vermutlich sagen, nicht wahr? Aber wenn Sie es unbedingt wissen wollen …«

Sie hielt inne, um an ihrem Wasser zu nippen, und er sah zu, wie der Rand des Glases zwischen ihre Lippen glitt.

Noch nie hatte er diesen Vorgang so gespannt verfolgt; es war qualvoll, ihn in Zeitlupe zu beobachten.

»Um Peter zu ärgern«, sagte sie. »Deshalb.«

»Wenn es so ist«, sagte er rasch, »werde ich ihm nicht sagen, dass Sie hier gewesen sind.«

»Sie haben es aber versprochen. Und ich *will*, dass er sich ärgert.« Sie beugte sich zu ihm. Ein Tröpfchen glitzerte in ihrem Mundwinkel. »Ich mag meistens, was andere nicht mögen.«

Er zog es nicht in Zweifel. Er bemerkte die Beleidigung kaum – aber war es überhaupt eine Beleidigung? Es war ganz normal, es war der Zustand seines derzeitigen Lebens. Bis jetzt war er passiv gewesen, hatte auf den richtigen Zeitpunkt gewartet. Und bei Breckinridges Schwester spürte er eine günstige Gelegenheit. Sie zog die Handschuhe aus – weiße Handschuhe, bestickt mit winzigen Blütenblättern.

Er legte seine Hand auf die ihre. Sie ließ es zu. »Ich glaube«, sagte er (ein neues Bewusstsein, anders als der Makel der Angst), »wenn jemand sagt, er möchte zu Mittag essen, dann *sollte* er auch zu Mittag essen.«

»In Ordnung«, sagte sie. »Speck mit Tomaten. Und Sie?«

Er spürte ihre kleinen harten Knöchel unter seinem Handteller. Eine Reihe Steine, jedoch gehorsam, nachgiebig. Ein Geheimnis in dem ergeben gesenkten Kopf. Er konnte ihren Ausdruck nicht deuten (da ihm die Introspektion abging, war es unmöglich, die Gedanken eines anderen zu erraten), doch ihre große geneigte Stirn sprach ihn irgendwie an: diese klare weiße Wand, auf der noch nichts geschrieben stand, was komplizierter war als zu gefallen und nicht zu gefallen war.

»Das Gleiche«, sagte er. Um sie zu werben und sie unterzukriegen war das Programm seines Herzens, benannt in diesem Augenblick und beim blitzenden Glanz ihrer weißen Stirn. Sie sollte sein Amerika sein, sein neu gefundenes Land, das Abstreifen einer Haut, die zu eng war zum Atmen.

35

16. November

Liebe Tante Bea,

ich weiß, es wird Dich überraschen, von mir zu hören, nachdem, wie Julian und ich uns aufgeführt haben. Ich war bei Weitem schlimmer, ich war die, die wirklich schlimm war! Wir beide, wir haben uns so schlecht benommen! Aber Du solltest es Julian nicht zu sehr übel nehmen, sein Leben ist ohnehin schon so durcheinander, und wer weiß, wo er jetzt steckt. Ich habe ihn zweimal gesehen, das erste Mal waren beide da, aber beim zweiten Mal waren sie fort. Wie grässlich wir Dich behandelt haben! Aber wir hatten Angst. Ich mehr als Julian – irgendwie war ihm alles egal, ihm geht es nur um Lili und die Sachen, die er hinkritzelt und für sich behält. Als Du hier warst – es ging alles so schnell, vier, fünf Tage lang, und wir versuchten, das mit Lili und Julian zu verheimlichen, aber dann hat es Lili trotzdem erzählt, Du wusstest es also an diesem letzten Abend, als Du uns alle zum Essen eingeladen hast, und vermutlich hast Du alles inzwischen Dad erzählt, das mit Julian und Lili und wo wir gewohnt haben, Phillips Wohnung, meine ich. Ich bin immer noch hier bei Phillip und helfe ihm in der Klinik, also müsste ich es wissen, wenn Dad geschrieben hätte, aber das Komische ist, er hat nicht geschrieben. Zuerst machte ich mir deshalb Sorgen, falls er auf irgendeine schreckliche Weise ausgerastet wäre – kriegen Männer in Dads Alter nicht manchmal einen Schlaganfall, wenn sie einen schlimmen Schock erlebt haben? Davor hatte ich die ganze Zeit Angst – dass Julian mit einer Ehefrau ihn praktisch umbringen würde, als hätten die Geschichten mit Julian ihn nicht schon vorher genügend aufgeregt.

Aber falls Du meinst, dass ich jetzt schreibe, um zu fragen, wie Dad es aufgenommen hat – nein, nicht deshalb! Dafür gibt es drei Gründe:

Ich habe keine Angst mehr.
Was Dad denkt, spielt keine Rolle.
Es macht mir nichts mehr aus.

Es klingt vielleicht, als sei das alles der gleiche Grund, aber sie sind alle ein bisschen unterschiedlich. Vermutlich hätte ich immer noch Angst, wenn ich ihm gegenübertreten müsste, aber er ist in L.A., und ich bin in Paris! Und ich werde bleiben, *solange es mir gefällt. Nicht unbedingt die ganze Zeit in Paris, vielmehr nur vorläufig, aber ich werde auch woanders hinfahren, und Dad wird nicht das Geringste dagegen machen können. In ungefähr sechs Wochen werde ich die Alpen sehen! Und zwar deshalb, weil ich erkannte, tatsächlich erkannte – oder weil Julian mir zu der Erkenntnis verhalf –, wie leicht es ist, die Zügel abzustreifen. Man streift sie einfach ab, das ist alles. Und jetzt, wo ich sie los bin, erkenne ich im Rückblick, wie viel Angst ich hatte in der kurzen Zeit, als Du hier warst und Julian und ich dachten, Du würdest Dad zuliebe herumschnüffeln – und das hast Du doch auch getan, oder? Erinnerst Du Dich, wie Alice im Wunderland an dem Pilz knabbert und dann so schnell schrumpft, dass ihr Kinn gegen ihren Schuh stößt? So schnell warst Du, rein und raus, Du kamst und gingst und hast Dir nicht einmal die Zeit genommen, die Pariser Luft einzuatmen. Ich gebe zu, es war unsere Schuld, weil wir Dich vertrieben haben – aber im letzten Augenblick, als ich ein bisschen beschwipst war, sah es aus, als wolltest* Du *uns loswerden. Als wir Kinder waren, konnte es Dad nicht ausstehen, wenn er mich – oder Julian – mit Alice und solchen Märchenbüchern antraf. Julian war besonders versessen auf das* Gelbe Feenbuch, *ich verstand nicht, warum, aber Dad nahm es ihm weg und gab ihm so was in der Art von* Der kleine Elektriker *und witzelte dann, nur Feiglinge liebten die Farbe Gelb, und dann weinte Julian, und Dad sagte: Siehst du? Ich hab's ja gesagt. Das ist der gemeine Zug an Dad, und ich habe selber so einen, sonst wäre ich nicht so ekelhaft gewesen, dazu auch noch hinter Deinem Rücken. Ich bin auf der ganzen Linie ekelhaft gewesen, vielleicht auch zu Lili. Ich konnte nie mit ihr warm werden oder ihr nahekommen, obwohl ich es meistens versucht habe – sie ähnelt niemand, den wir je gekannt haben. Julian ist einfach so seltsam mit ihr, er macht so viel Wirbel um sie, er passt auf sie auf. Und sie passt auch auf ihn auf, sie sind zusammen wie eine Geheimgesellschaft, und das tut keinem von beiden gut! Als ich zu ihnen rüberging – in die Pension, in die sie gezogen sind, als Phillip zurückkam –, war es ungefähr sechs Uhr nachmittags, und Lili lag zusammengekauert auf dem Bett – in dem Zimmer gab es bloß ein Bett und eine Kommode und einen Schrank mit Türen, die locker in den Angeln hingen, sonst nichts –, und man konnte die Trübsal förmlich riechen. Ich hatte gedacht, dass Julian ziemlich perplex wäre, weil ich Paris gar nicht verlassen hatte, aber er war so mit Lili beschäftigt, dass er mich rausscheuchte, sogar als ich ihm sagte, ich bliebe weiterhin bei Phillip. Seiner Erklärung konnte ich nicht entnehmen, ob Lili ihren Job gekündigt oder ob man sie aus irgend-*

einem Grund entlassen hatte. Sie lag da und sagte kein Wort, und ihr Gesicht sah ganz bräunlich und zerknittert und alt aus, also drehte ich mich einfach um und ging raus – was hätte ich sonst tun sollen? –, und Julian versuchte nicht mal, mich aufzuhalten. Später tauchte irgendein komisches Männchen in der Klinik auf und fragte nach ihr, vielleicht war er einer von Lilis Leuten von ihrem Arbeitsplatz, aber ich fand nicht heraus, was das Problem war. Ich ging gleich am nächsten Tag wieder hin – Phillip begleitete mich –, und da waren sie weg. Die Vermieterin fing an zu kreischen, wenn sie gewusst hätte, dass die beiden unzuverlässige Tagediebe waren (Phillips Französisch ist hervorragend, er hat also alles verstanden), hätte sie das Zimmer an jemand Vertrauenswürdigeres vermietet. Phillip fragte, ob sie wüsste, wohin sie gegangen sind, und sie sagte, der Teufel soll sie holen, wo immer sie sind, aber dann fragte er noch mal, und sie sagte, sie hoffe, sie seien dahingegangen, wo Schwindler wie sie hingehören, le pays des Juifs. *Wir konnten also dem nicht entnehmen, ob es ein Fluch oder so was war, oder ob es bedeutete, dass sie wirklich vorhatten, zu Lilis Onkel zu gehen – anscheinend lebt er, ich weiß nicht genau, irgendwo nicht weit weg von Tel Aviv. Natürlich haben sie der Frau überhaupt keinen Schaden zugefügt, sie muss bloß warten, bis sie einen neuen Mieter gefunden hat.*

Du merkst, ich spreche von ihm immer als Phillip. Nach dem ersten Tag oder so schien es albern, weiterhin Dr. Montalbano zu sagen! Ich war ein bisschen krank, als wir uns kennenlernten, aber er verordnete mir Ruhe und kurierte mich sofort mit einer Art in Milch aufgelöstem Pulver mit Zimt drin. Es möbelt einen schnell wieder auf, und er hat mir gezeigt, wie ich es selber mixen kann. Er sagt, ich habe gute Laborhände, was fast so klingt wie etwas, was Dad sagen könnte. Er hat mich als seine offizielle Assistentin angestellt (»offiziell« ist eine Art Witz), aber ich bekomme kein richtiges Gehalt, weil – eben darum. *Ich brauche nichts und will nichts, wenn ich mit Phillipp bin, ich bin zum ersten Mal in meinem ganzen Leben vollkommen glücklich! Im Ernst, ich glaube, ich habe noch nie so ein gutes Gefühl in Bezug auf die Zukunft gehabt, ein Gefühl, dass die* Welt offen steht, *im Unterschied zu dieser dumpfen alten Falle, die zu Hause nur darauf wartet, zuzuschnappen. Phillip ist ein wahres Wunder, man könnte sich ihn weder vorstellen noch erträumen, er ist eine unglaublich tolle Mischung aus Geschäftsmann (die Rolle würde Dad gefallen!) und Zigeuner – die Rolle, die mir am besten gefällt. Er wird mir ganz Europa zeigen, nicht bloß die Städte, wo er seine Kliniken hat, sondern andere Orte, voller Geschichte und Legenden und Mythen. Wenn das klingt, als wäre er eine Art Dichter: Genau das ist er. Aber ein Dichter, der sich seinen Lebensunterhalt verdient! (Dads Definition, erinnere ich mich, einer empirischen Unmöglichkeit.) Wir werden das Kolosseum sehen, wo die Löwen die Christen fraßen, und Phillip glaubt, er kennt die genaue Stelle, wo das Delphische Orakel war – ich weiß, dass er Dinge erfindet, aber es macht so viel Spaß! Lili hat Phillip immer misstraut, aber Lili misstraut allem und jedem, und ich fürchte, sie hat Julian so verkorkst, dass er auch so geworden ist, sie hat jede Menge vorgefasster Meinungen – Julian hat mir mal gesagt, sie hasst Europa, sogar Paris! –, wer weiß also, wohin sie gegangen sind?*

Und das führt mich zum springenden Punkt dieses langen Briefs – ich glaube wirklich, dass er zu lang ist in Anbetracht dessen, wie gemein ich war! Eigentlich sind es zwei Punkte. Der erste ist also, dass es mir leidtut und ich Dich um Entschuldigung bitte – wir haben Dich fortgejagt. Oder Du hattest das Gefühl, Du müsstest vor uns davonlaufen, und da gibt es kaum einen Unterschied, oder? Und der zweite ist, dass ich Dich um einen Gefallen bitten möchte, den letzten, das verspreche ich, mit dem ich Dich je behelligen möchte. Mir ist klar, dass Dads Schweigen etwas Entsetzliches bedeuten muss. Er hat schon diesen schlimmen Schlag abbekommen – Du warst der Postbote, der ihn verabreicht hat, und ich für meinen Teil bin dankbar dafür. Julian hätte Dad nie von sich aus die schreckliche Nachricht über Lili mitgeteilt. Und jetzt geht es um mich. Ich kann Dad nicht selber schreiben, ehrlich gesagt, Tante Bea, ich tue es nicht, *ich bin von ihm befreit! Es gibt keinerlei Möglichkeit, ihn zu trösten oder sich mit ihm zu versöhnen, kannst Du ihn also wissen lassen, dass ich hierbleibe und in unglaublich guten Händen bin, und wirst Du ihm sagen, dass ich unbändig glücklich bin?*

Es ist jetzt sehr früh am Morgen, und ich bin draußen auf dem Balkon mit einem Notizheft auf den Knien. In der einen Hälfte des Himmels sieht man eine rosa-bläuliche Morgendämmerung, und in der anderen Hälfte schaut eine winterliche Sonne hervor. Ich sehe gerade genug, um schreiben zu können, aber es wird jetzt rasch heller. Und es ist kalt! Ich habe meinen neuen Mantel an, das netteste Geschenk, das mir Phillip bisher gemacht hat – er ist in der Küche, kocht für uns Kaffee und verfertigt seine speziellen Packungen. Und ich werde gleich reingehen und mich ans Rühren machen. Es stört mich überhaupt nicht, dass manche Leute, die hierherkommen, Phillip für einen Arzt halten – in einer wichtigen Hinsicht ist er so viel mehr als das und tut so viel Gutes. Ich habe zugesehen, wie er ihnen die Hand hält, und er spricht mit ihnen so ernsthaft und teilnahmsvoll, aber auch immer mit einer gewissen Leichtigkeit, und er trifft den Kern der Dinge. Das habe auch ich gemerkt – wie er sofort gewusst hat, dass ich dableiben musste, dass ich den größten Fehler meines Lebens begehen würde, wenn ich jetzt zurückginge – er sagt, ich kann weder für die Probleme meines Bruders noch für die meiner Mutter und meines Vaters verantwortlich gemacht werden. Das zeigt Dir, dass er praktisch veranlagt ist (dieser Mantel!) und überhaupt nicht sentimental, er hat mir den Rücken gestärkt, er hat mir Mut gemacht. Ich bin nie mutig gewesen, ich hatte immer Angst, und aus Feigheit habe ich mich so gemein verhalten, das sehe ich jetzt.

Mein neuer Mantel hat übrigens einen grauen Pelzkragen, etwas, was man in L.A. nicht unbedingt braucht! Als ich hierherkam, war es warm, und ich hätte mir nie träumen lassen, dass ich Mitte November auf demselben schmalen Balkon sitzen würde mit den beiden alten Stühlen, die in jeder Jahreszeit draußen bleiben, wo ich mich zum ersten Mal mit Julian unterhielt. Das alles scheint so lange her. Ich glaube, ich wusste fast von Anfang an, dass er nie mehr nach Hause zurückkehren würde. Und jetzt komme auch ich nie mehr zurück, obwohl ich mir mit dem »nie« nicht ganz sicher bin. Phillip sagt, er hat nie zurückwollen, aber einmal habe ich gesehen, dass er immer noch seinen alten Pittsburgher Schlüssel in der Tasche hat. Allerdings lacht er darüber – er meint, er soll ihn daran erinnern, warum er weggegangen ist. Vorläufig gehöre ich also hierher, und in den nächsten anderthalb Stunden wird sich das Wartezimmer mit Phillips Kunden füllen, und der Tag beginnt. In Paris beginnt er immer so schön!

Iris

36

IN EINER AUFWALLUNG von Ärger packte Bea das halbe Dutzend Blatt Papier – da spielte sich ein Verbrechen ab, ganz klar, aber wer hatte sich dessen schuldig gemacht? Sie hatte den Brief des Mädchens immer wieder gelesen, sieben-, achtmal. Es widerte sie an. Es sah Iris gleich, der Konfrontation mit ihrem Vater aus dem Weg zu gehen und alles – wieder einmal! – Bea aufzuhalsen. Tante Bea, der Postbote: Aber der Postbote hatte seinen Packen noch nicht ausgeleert, das Bündel noch nicht abgeliefert. Bea war daran schuld: Während all dieser Wochen hatte sie Marvin nichts gesagt. Sie ließ ihn zappeln, in seinem Kummer ahnte er nichts, wusste von nichts. Den Schlag aufzuschieben hieß nur, seine Wucht zu verstärken, und trotzdem zögerte sie. Marvins verzweifelter Brief lag noch immer auf ihrem Nachttisch in der allmählich trocknenden Pfütze, die ein in der Nacht verschüttetes Glas Wasser hinterlassen hatte, der Umschlag war an den Rändern feucht und leicht gewellt. Der heftige Schlag, das bittere Gift. Marvins Enttäuschung, sein Schmerz. Sein stachliges Ego, seine unbändige Eitelkeit. Seine stolzen Erwartungen zunichte gemacht – als wäre er ein Gott, der seine Geschöpfe, nachdem er seinen Samen verstreut hatte, nach Belieben formen konnte. Der ungeratene, unreife Sohn und jetzt auch noch die Tochter, ein halbes Kind, das glaubte, verliebt zu sein in einen Scharlatan, einen Verführer, ja sogar eine Art Kidnapper – *er* war der eigentliche Kriminelle! Stellte das Mädchen ein als Dienstmagd ohne Lohn, als ehrfurchtsvollen kleinen dienstbaren Geist, ja, als Sexsklavin, schleppte sie durch ganz Europa, bis er ihrer überdrüssig wurde und sie sitzen ließ, allein und schutzlos in irgendeiner fernen Stadt. Und war es nicht Schutz, was sie suchte? In dem Brief ging es doch dauernd um *Dad, Dad, Dad*. Sie appellierte an Marvin, auch wenn sie ihn gleichzeitig schmähte und ablehnte. Man sah doch, was es für ein Segen war, keine Kinder zu haben! Oder was für ein Elend, welche zu haben. Leo und seine Töchter. *Sie leben nicht hier*. Auch Marvins Kinder lebten nicht hier. Sie konnten nicht bei ihrem Vater leben – er hatte sie vertrieben. Das Mädchen war entflammt. Sie hatte sich in das prekäre Leben ihres Bruders und seiner Frau eingemischt, eines Paares, das allnächtlich mit Sex beschäftigt war. *Er ist ein Mann*, hatte Lili, alt, was ihre geschlechtlichen Erfahrungen betraf, über den Jungen gesagt, dessen Lust sie erregt hatte; und da lag das Mädchen in einem Nachbarzimmer, lauschte, war entflammt, achtete auf Anzeichen verborgener erotischer Sehnsüchte, reifte heran und war bereit für den Scharlatan, den falschen Arzt, der ihr irgendwelche Tränke verabreichte, sie in Dienst nahm, um sie Kessel umrühren zu lassen, und sie dem Bruder entfremdete, den sie eigentlich hatte trösten wollen. Julian war im Nirgendwo entschwunden, genau wie Margaret es sich ausmalte. Margaret, die ihren Körper von seinen übel riechenden Früchten befreite, um kotbeschmutzte Felder auf die Leinwand zu klecksen …

Es hatte keinen Sinn, sich von diesem kindischen Brief schockieren zu lassen, davon angewidert zu sein, er war kindisch, zynisch, lästig. Und Marvin: Sie hatte ihn zu lange im Ungewissen gelassen. Sie konnte ihn doch wohl kaum beeinflussen, und selbst wenn – wie denn beeinflussen und wozu?

Dieses Brennen in der Kehle, dieser bohrende Schmerz unter dem Herzen. Es war nicht der Brief, Iris war nicht schuld! Bea war tagelang krank und gereizt gewesen – wenn sie im Klassenzimmer war, gegenüber den großen Jungen und ihrem albernen Gekasper, mit Laura im Lehrerzimmer, wohin sie eines Nachmittags gegangen waren, um gegen den erzwungenen Treueeid zu protestieren – aber am Ende hatten sie doch unterschrieben, eingeschüchtert durch die Drohungen des Direktors. Was den Treueeid betraf, da war er nicht so lässig wie sonst. Er dient dazu, unsere Soldaten vor Spionage im eigenen Land zu schützen, verkündete er, wir müssen wachsam sein, in Korea sieht es bereits so aus, als würden die Kommunisten gewinnen …

Den ganzen Vormittag hatte sie damals in einem Anfall von vergeblichem Ehrgeiz ihren ältesten Schülern mit Gewalt Shakespeare nahezubringen versucht. Es war *Macbeth* – da ihnen die Guillotine so gefiel, gefiel ihnen ja vielleicht auch das Blutbad.

Der kleine Anflug von Übelkeit, direkt unter dem Brustbein, der langsam hochstieg. Die nicht mehr frischen Häppchen im Lehrerzimmer, eine Art Fischpaste, übrig geblieben von einer Party für einen Werklehrer, der bald in Ruhestand gehen würde, einen Mr Elkins, dem Bier und Brezeln lieber gewesen wären. War die Fischpaste verdorben, oder war es der schuldbewusste Aufruhr, ausgelöst durch ihre eigene Pflichtvergessenheit? Die Pflichtvergessenheit war schon lange vor dem Fisch dagewesen. Sie war es Marvin schuldig, zu sagen, was sie wusste, und was sie wusste, war etwas Ruchloses – wie gemein, wie grausam war es, diejenige zu sein, die das Messer führte, dazu bestimmt, die Gedärme eines Bruders auszuweiden. Kain und Abel, in der Morgendämmerung am Broadway Iris hingeworfen. Aber Marvin war kein friedlicher Abel, Bea kein mörderischer Kain. Was sie zu übermitteln hatte, war ein Gemeinplatz: Kinder, die aus der Bahn geraten waren, das Leben, das aus der Bahn geraten war, Liebe, die verleumdet wurde, Hoffnung, die verdarb, wie gewöhnlich, wie banal, wie leicht, es auszusprechen. *Sie leben nicht hier. Sie beabsichtigen, in der Ferne zu leben*. Es konnte in einem Anruf vorgetragen werden, in ein, zwei neutralen Worten, ohne den Sturm und Drang der Ursünde. Und warum eigentlich nicht telefonieren? Schreiben war ungefährlicher – eine Pause wurde zum Glück dazwischengeschoben, bevor die Antwort explodierte. Aber Telefonieren ging schneller, und wegen der Kosten eines Ferngesprächs nach Kalifornien würde es auch nicht lange dauern. Marvin würde darauf bestehen, dass sie ein R-Gespräch führten, er würde irgendeine gemeine Anspielung machen über ihr armseliges Lehrerinnengehalt, er würde anbieten, sie auf eigene Kosten zurückzurufen – alles nur, um Druck zu machen, ihr die Würmer aus der Nase zu ziehen, die eiternde Wunde zu befingern. Sie würde Widerstand leisten, sie würde nicht nachgeben: Es sollte kurz und schmerzlos sein, damit man es hinter sich hatte. *Wär's abgetan, so wie's getan ist, dann wär's gut, man tät's eilig*. Die albernen Sprüche ihrer Jungen, die über *Macbeth* herzogen, über die blutige Hand kicherten und johlten über die heranschleichenden Bäume. *He, Birdie, ist das nicht so was Ähnliches wie eine Tarnuniform?* Bald wären viele von ihnen in Korea als Mechaniker und als Fahrer, und was sollte sie sagen, wenn sie erklärten, mit Lady Macbeth könnten Männer an der Front nichts anfangen?

Das Telefon stand auf einem Tischchen auf der anderen Seite des Zimmers, unter einem Fenster, wo bei anderer Witterung eine Karaffe mit Eistee auf eine unbekannte Nichte gewartet hatte. Es war ein Genuss, barfuß über den Teppich zu gehen, eine der Annehmlichkeiten, wenn man allein lebte und niemand einen sah. Etwas Weiches unter ihren Zehen zu haben – krumme, genierliche Dinge, einer ein Hammerzeh. Leo, der einmal versucht hatte, die widerspenstige Zehe zurechtzurücken, hatte sie schadenfroh einen *diabolus in musica* genannt. Im Mittelalter, erklärte er ihr, wäre der anstößige Fuß mit seinem dissonanten Tritonus als Werk des Teufels exkommuniziert worden. So viel also dazu. Wieder hob sich ihr Magen, erneut ein saures Kribbeln. Der Flügel war fort, und war nicht auch die letzte Spur von Leo und seinen verletzenden Täuschungen aus ihrem Leben verschwunden?

Der Teppich, ursprünglich von einem herbstlichen Beige, war nun um viele Schattierungen blasser geworden, nachdem ihn eine träge Sonne (von Westen her) jahrelang nachmittags ausgebleicht hatte. Es war ein Teppichboden, wie es nach dem Krieg Mode gewesen war, und Beas einziges Zugeständnis an das, was in ihren engen vier Wänden als Luxus gelten konnte; tröstlich erstreckte er sich von dem winzigen Vorraum bis hin zu den Fenstern. Sie betrat die warme, rasenähnliche Fläche, um das kleine Notizbuch aus ihrer Handtasche zu holen, die sie auf der Schlafzimmerkommode gelassen hatte. Natürlich hatte sie Marvins Nummer nie auswendig gelernt; wozu auch, während des langen Schweigens? Konnte sie Marvins Stimme am Telefon ertragen? Den Zorn, die höhnischen Bemerkungen.

Auf halbem Weg zum Schlafzimmer blieb sie stehen und schaute zu Boden. Hier, *hier* befand sich der Krankheitsherd! Tag für Tag war sie daraufgetreten, die Augen mit Blindheit geschlagen. Nicht Iris, nicht Marvin, nicht die Fischpaste, nicht ihre herumhampelnden johlenden Jungen – die Krankheit, das schlingernde Gefühl im Magen, die aufsteigende Säure, es kam von hier. Ihre nackten Zehen wurden davon überschwemmt. Der Makel, die Form, das trübe Dunkel. Ein braunes Mündungsdelta, das die beigefarbenen Fäden überflutete. Wo die Beine von Leos Flügel gestanden hatten, unter seinem breiten schwarzen Bauch, wo die Sonne nicht hingekommen und die Farbe nicht ausgebleicht hatte, hatte immer noch der blutende Umriss des Flügels überdauert. Er hatte überdauert, er blutete, seine Ränder waren so wenig definiert wie eine braune Staubwolke. Im Wörterbuch der Wolken war sie die kränkste.

Sie griff zum Telefon, und früh am nächsten Morgen – weg damit, verdammter Fleck – kamen drei stämmige Männer mit Jacken, auf deren Taschen das Firmenlogo aufgenäht war, rissen den Teppichboden heraus, schliffen den Holzboden darunter ab und lackierten ihn.

Aber sie hatte Marvin immer noch nicht angerufen, und wenn man es recht bedachte, wozu sollte das gut sein? Um ihn schimpfen zu hören? Oder weil sie es aus Mitleid nicht ertragen konnte, ihn schimpfen zu hören?

37

BARON GUILLAUME DE Saghan, ein entfernter Vetter von Marcel Proust (leider von mütterlicher, der Weil-Seite), hatte das Centre des Émigrés aus Gewissensgründen gegründet und unter der Voraussetzung, dass es nur eine Zeit lang betrieben würde: Wenn die Aufgabe beendet war, sollte es aufgelöst werden. Zwar hatte er das Zentrum aus Gewissensgründen ins Leben gerufen, aber es gab noch ein anderes Motiv. Vielleicht stimmte es, dass er eine anrüchige Verbindung zu Vichy gehabt hatte – aber vielleicht auch nicht. Ein solches Gerücht war schwer zu überprüfen, und was machte es unter den gegebenen Umständen für einen Unterschied, wo er doch eindeutig Gutes tat? Und außerdem, wenn auch nur ein winziges Körnchen Wahrheit an dieser Bezichtigung war, dann konnte man sagen, dass die Gründung dieser wohltätigen Institution ein segensreicher Akt der Wiedergutmachung war. Gleichzeitig stimmte es (oder auch nicht), dass er sich seiner wenn auch noch so entfernten Verwandtschaft mit Mme Proust, der Tochter eines jüdischen Börsenmaklers, übertrieben bewusst war und sich daher, wie es seine Kritiker ausdrückten, »seiner eigenen Leute annahm«. Sich der eigenen Leute annehmen war das, was all diese anderen Agenturen und Hilfsorganisationen, die nach dem Krieg aus New York herbeigeströmt waren, getan hatten; sie hatten die DPs nolens volens auf

Schiffe verladen, die Richtung Haifa fuhren oder zu irgendwelchen anderen obskuren Häfen an der erst unlängst hebraisierten levantinischen Küste. Der Baron kannte die Geografie der Terre sainte nicht und wollte sie auch nicht kennen: Er hatte sie als Kind lernen müssen und erinnerte sich jetzt nur noch an Golgatha, einen Hügel in Jerusalem, und an den Fluss Jordan, in seiner Vorstellung eine rauschende Stromschnelle, auch wenn er inzwischen als seichter, schmaler Wasserlauf beschrieben wurde. Aber hätte er nicht auch völlig austrocknen können in den langen Jahrhunderten zwischen des Erlösers Erscheinen auf Erden und der heutigen Zeit?

Solche genau genommen christlichen Überlegungen beruhigten ihn. Er tat Gutes. Die unziemlichen Überreste dieser verfolgten Stämme waren nicht völlig hinweggerafft worden – jeden Tag erlebte er, wie Paris noch immer von ihnen wimmelte, hörte ihr vielsprachiges Kauderwelsch, sah den melancholischen Hunger in ihren fremden Gesichtern und die merkwürdigen Anfälle forschender Forderungen, als wollten sie sich nichts nehmen lassen. Was nehmen? Die Normalität, vermutete er, alles, was man ihnen weggenommen hatte. Aber hier waren sie nicht normal; sie konnten nie so normal werden wie jene alteingesessenen Sepharden, französisch fast bis ins Mark, die sich seit dem 15. Jahrhundert in Frankreich aufhielten und mittlerweile genauso akzeptabel waren wie alle anderen. Er hatte sein Geld allein deshalb in das Zentrum gesteckt, damit es sich von selbst auflösen konnte: In fünf Jahren sollte kein ausländischer Jude mehr in Paris leben. Und er hatte es im Marais eingerichtet, weil sich dort die Ausländer herumtrieben.

Er ging selten dorthin. Er empfand einen ausgeprägten Widerwillen dagegen: Er bildete sich ein, es rieche dort immer noch nach rituell geschlachtetem Fleisch, obwohl er sich eingestehen musste, dass das töricht war, ja sogar ein Vorurteil, seiner Großzügigkeit und seines in der Öffentlichkeit gezeigten Mitgefühls nicht würdig. Die Leitung des Zentrums überließ er seinem Manager, einem Polen namens Kleinman, selbst einer von den DPs, der das aus fünf Männern und zwei Frauen bestehende Personal angeheuert und ausgebildet hatte. Kleinman war es gewesen, der sich den Plan mit den Kabinen ausgedacht hatte, damit jeder Interviewer ungestört mit jedem bedauernswerten Antragsteller sprechen konnte. Oft hörte man Schluchzen hinter den Trennwänden. Je mehr diese Leute wehklagten, desto rascher verschwanden sie meist. Die Schwierigkeit bestand natürlich nicht so sehr darin, sie aus Paris wegzuschaffen, als darin, sie anderswohin zu bringen. La Terre sainte, der Teil, der in der Hand der Juden war, hatte offene Türen und hieß sie willkommen; doch es gab keinen vernünftigen Grund, warum irgendein normaler Mensch (diese Leute waren *nicht* normal!) unterhalb eines ausgedörrten Golgatha und neben einem ausgetrockneten Jordan würde leben wollen. Dennoch waren viele hingeströmt wie zu einem Segen, den ihnen ihr müder, halb vergessener Gott gespendet hatte. Viele, aber nicht alle: Die Hartnäckigsten unter ihnen waren zugleich diejenigen, die am meisten zu Halluzinationen von sentimentalen Wiedervereinigungen mit einer geisterhaften, über die ganze widerspenstige Erde verteilten Sippschaft neigten. Geduldig standen sie in der langen Schlange, betraten dann die Kabine mit abgegriffenen

Zetteln in der Hand, jahrzehntelang aufbewahrt und beschrieben mit uralten Adressen von obskuren Verwandten in weiter Ferne, Menschen, an die sie schwache Kindheitserinnerungen hatten. Existierten diese traumähnlichen Familienmitglieder wirklich? Hin und wieder kam es vor, dass ein mutmaßlicher Cousin oder der Nachkomme des Cousins in Buenos Aires, Cincinnati, Stockholm, Melbourne, Santo Domingo oder sonstwo ausfindig gemacht werden konnte. Kleinman, genauso hartnäckig wie diese hoffnungsvoll Suchenden, hatte immerhin ein paarmal Erfolg gehabt. Wenn nicht, konnte man immer noch auf Palästina zurückgreifen, den Teil, den die Juden besaßen. Die Hauptsache war, dass man sich durch die plappernden Schlangen kämpfte. Zu diesem Zweck hatte Kleinman im Gewimmel des Marais seine vielsprachige Truppe zusammengestellt. Er konnte sie nicht lange halten – auch *ihr* Herz zog sie an andere Orte. Kleinman selbst hatte bereits gekündigt und würde bald nach San Antonio aufbrechen, ausgerechnet an diesen seltsamen Ort, der in Spanien hätte liegen müssen, aber absurderweise im amerikanischen Staat Texas lag.

Um halb sechs an diesem Montagnachmittag war der Baron gekommen, um sich die neuesten Zahlen anzusehen. Kleinman zählte auf: allein in der vergangenen Woche dreiundzwanzig nach Rio de Janeiro, achtzehn nach Rom (aber nur als Zwischenstation), einundfünfzig nach Israel. Und wie viele nach New York? Die übliche Zahl.

Es war das Ende des Arbeitstags; das Personal war schon gegangen. Kleinman setzte seinen Hut auf. Er war noch dageblieben, um die zerknüllten Papierfetzen aufzufegen, die in der Verzweiflung auf den Boden geworfen worden waren – zu viele dieser alten Straßen waren Sackgassen. Der Baron musterte den hageren Mann mit dem Hut: Damit sah er aus wie ein ganz gewöhnlicher Bürger. Es berührte den Baron peinlich, dass sein Angestellter so groß war wie er, wenn auch mehrere Zentimeter schlanker um die Taille, dass seine Augen so grau waren wie die irgendeines Franzosen und sein Hut unverschämterweise fast neu aussah – und zweifellos von den Francs des Barons gekauft worden war. Ja, Sir, berichtete Kleinman, die Schlangen wurden allmählich kürzer, und Lipkinoff, sein hochgeschätzter, Russisch und Georgisch sprechender Mitarbeiter – erstaunlicherweise sprach er auch Kivruli –, war einer der Glücklichen, die nach New York unterwegs waren. Also blieben noch sechs Mitarbeiter übrig, um die Kabinen zu besetzen, wenn, offen gestanden, auch fünf bestimmt reichen würden, jedenfalls vorläufig.

»Dann lassen Sie einen gehen«, ordnete der Baron an. »Ich will nicht, dass unnötig viele Leute teuer beschäftigt werden.«

»Es wäre ein Jammer«, sagte Kleinman in seinem Französisch mit dem polnischen Akzent. »Sie haben es alle so bitter nötig.« Er sprach das R in *bitter* so aus, dass die Zunge heftig gegen den Gaumen stieß. Der Baron war davon angewidert – der ekelhafte slawische Laut war einer der Gründe, warum das Centre des Émigrés ins Leben gerufen worden war: All solche Ärgernisse sollten aus der Welt geschafft werden. Es würde Generationen dauern, glaubte er, bis ein reines Französisch entstand, und Paris, von Frankreich ganz zu schweigen, wurde von diesen hässlichen Reibelauten und dem verräterischen Zungenschlag beschmutzt.

Aus einer der abgedunkelten Kabinen drang ein leises Geräusch, etwas zwischen einem Schnurren und einem Schluckauf.

Der Baron drehte sich irritiert im Kreis. »Ich dachte«, sagte er gereizt, »Ihre Leute hätten jetzt Feierabend.«

»Haben sie auch«, erwiderte Kleinman.

»Sind Sie sicher? Ich höre etwas.«

Beide lauschten. Der Blick des Barons schien durch die dünnen Trennwände zu dringen, die in geometrischer Ordnung aufgereiht bis ganz hinten an der Wand standen, wo die rostigen Fleischerhaken wie Sicheln herausragten.

»Vielleicht ein Nachzügler«, sagte Kleinman. «Manchmal …« Doch er unterbrach sich, als er sah, wie das Gesicht seines Arbeitgebers rot anlief.

»Was meinen Sie damit: ein Nachzügler? Das Büro muss nachts geräumt werden, dafür sind Sie zuständig.«

Kleinman kämpfte mit sich. Doch in fünf Wochen würde ihn eine Mrs Davis empfangen, die nicht mehr ganz junge Schwägerin einer neu entdeckten, längst verstorbenen Großtante. Mrs Davis hatte für ihn ein Papier unterschrieben, und nie wieder würde er gegenüber dem Baron Rechenschaft ablegen müssen. Er sagte: »Sir, manchmal, wenn sie neu angekommen sind in der Stadt und weder ein noch aus wissen und kein Bett zum Schlafen haben … Ich habe hier eine Decke, damit es nicht so hart ist auf dem Boden, und was schadet es schon, wenn …«

»Sie führen also ein Hotel in meinem Zentrum?«

»Nein, nein, nur manchmal biete ich jemand ein Dach über dem Kopf, und das steht ja wohl kaum im Widerspruch zum Zweck …«

»Das ist kein Heim für Vagabunden!«, blaffte der Baron, drehte sich wieder in dem kleinen Kreis, den seine Füße beschrieben hatten, und sah die Frau, die weinend im Eingang zu der hintersten Kabine stand.

»Lili!«, rief Kleinman. »Ist etwas passiert, geht es Ihnen nicht gut? Was ist los, sind Sie krank? Sagen Sie was!«

Doch der Baron begann: »Wenn sie zu Ihren Leuten gehört …«

Sie sagte nichts. Sie war schon im Mantel. Der Kragen war nass.

»Dann ist sie diejenige, die Sie entlassen werden«, erklärte der Baron.

»Sir, sie macht hervorragende Arbeit in jeder Hinsicht …«

»Diese Frau hat sich versteckt. Welche normale Frau versteckt sich? Und flennt? Wir wollen keine Heulsuse, sie wird die Warteschlangen anstecken, und dann kommt eine Flut« – und nun lächelte der Baron –, »aber kein Noah. Ich bin keines Menschen Noah, und dieser Ort ist keine Arche, *n'est-ce pas?*«

Nein, dachte Kleinman, keine Arche. Eine Rutschbahn, ein Überlaufrohr. Vor dem Krieg, vor dem Massaker war er Statistiker bei einer bekannten Versicherung gewesen, hatte eine Frau und zwei Töchter gehabt. Nun war er allein. Mrs Davis hatte ihm eine Stelle als Buchhalter in der Zahnarztpraxis ihres Enkels versprochen. In seiner Jugend, vor seiner Heirat, vor dem Krieg, vor dem Massaker, hatte er all diese Cowboyfilme gemocht – die Rinder, die Kakteen, die Pferde, den Himmel. Schon jetzt kannte er die Möglichkeiten, die Texas bot.

38

LILI MACHTE DIE Lampe aus und zog ihren Mantel an. Gegen Abend kam im November schon eine nördliche Kühle. Rings umher Abschiedsgrüße, eilig schlurfende Füße, ein, zwei Nieser (man steckte sich leicht an um diese Jahreszeit), hin und wieder ein Luftzug von der Straße her. Und nun das Wischen von Kleinmans Besen. Sie waren alle fort, bis auf Kleinman und seinen Besen. Trotzdem konnte sie noch nicht gehen; sie wollte nicht. Sie ließ sich auf ihren Stuhl fallen und presste die Wange flach auf den Schreibtisch, nicht bereit, sich von der Stelle zu rühren. Ihr Kopf fühlte sich so unbeweglich an, als wäre er aus Wachs oder aus Stein – oder irgendein vom Himmel gefallener Meteorit. Sie überlegte, ob sie rufen sollte, fürchtete, Kleinman würde den Raum abschließen, sodass sie eingesperrt wäre. Aber was wäre schon dabei? Sie wusste, wo er die Decke aufbewahrte – eigentlich eine zerschlissene alte *perene*, eine Daunendecke, aus der die Federn herausquollen. Es gab schlimmere Arten, eine Nacht zu überstehen; sie hatte weit Schlimmeres erlebt, wo eine *perene* paradiesisch gewesen wäre. Aber nach Hause zu gehen … wo war ihr Zuhause? Das schäbige Zimmer, das Julian für sie beide gefunden hatte? Julian – ein Junge, bloß ein Junge, heimatlos und hilflos!

Das Geräusch des Fegens hatte aufgehört. Stimmen,

eine einheimische, bei der die Silben durch die Kehle glitten, wie Öl einen Glaskrug herunterrinnt, Kleinmans respektvolles Gemurmel; und dann, obwohl sie dagegen ankämpfte, ein stechender Schmerz hinter den Augen, halb unterdrückt, als ob etwas Vulkanisches gleich ausbrechen würde. Eine wogende See staute sich in ihrem Kopf. Sie hob ihn, und ein Tränenkloß bildete sich in ihrem Mund, ein Riegel sprang auf, sie konnte ihn nicht wieder schließen, ein Laut entrang sich ihrer Kehle, und sie wusste, dass sie entdeckt worden war.

Sie hatte den Baron noch nie zuvor gesehen, aber sie wusste sofort, dass er es war – der Mann, den Kleinman ihren Wohltäter nannte, der Mann, der versprochen hatte, für die Passagen aus Ninive zu bezahlen, eine nach der anderen. Er war sehr groß, so groß wie Kleinman, aber viel ausladender, ein Kontinent im Vergleich zu Kleinmans schmaler Halbinsel. Er stieß mit einem verzierten Gehstock auf den Boden; er trug grüne Lederhandschuhe: Er lächelte, selbst als er ihr befahl, nie mehr wiederzukommen – ein gewinnendes Lächeln, eher freundlich als sardonisch. Und wie hätte er auch nicht freundlich sein können, der Gründer des Zentrums, der Nothelfer der Heimatlosen? Sie hatte nicht mitbekommen, was die beiden sagten, der Baron und sein Manager; ihre kleine Kabine unter den Fleischerhaken war zu weit weg, aber es musste so sein, es musste wohl so sein, warum sonst schickte der Baron sie fort? Sie war Stunden zu spät gekommen an diesem Tag, viele entsetzliche Stunden, sie war gekommen, obwohl es ihr schlecht ging, hatte aber geschafft, alles zu verheimlichen, in einer Art Betäubung hatte sie es verheimlicht, niemand konnte etwas merken, Kleinman konnte es nicht wissen, er wusste nur, dass sie, statt um neun mit den anderen anzufangen, um zwei Uhr nachmittags erschienen war, und bestimmt war ihr bewusst, hatte Kleinman gesagt, was für ein Vergehen das war, nicht er hatte die Regeln bestimmt, es war der Baron, und natürlich würde er sie nie bloßstellen, nur fürchtete er sich selbst vor Bloßstellung, man konnte nie wissen, wann der Baron, der seine Francs vor Verschwendung hütete, bei Tag oder Nacht zur Inspektion hereinplatzen würde … *Aber er ist einer von uns*, dachte Lili, *Kleinman ist einer von uns, warum sollte er mich verraten? Es ist noch nie zuvor passiert, nur dieses eine Mal*. Dieses eine schreckliche Mal. Und sie dachte: *Weil er leichtsinnig geworden ist, es kümmert ihn nicht länger, er ist schon auf dem Weg, in Gedanken ist er bereits fort, er ist frei, und wir, wie sollen wir leben, wohin sollen wir gehen?* Ein Fehler! Sie hatte geglaubt, es sei möglich, den lebendigen Augenblick um seiner selbst willen zu ergreifen, als seien Vergangenheit und Gegenwart nichts als Nebel. Als sei dieses Leben, dieser Junge alles, was sie fassen konnte im Verhängnis des Geborenseins. Als sei die Geburt etwas ohne Wert.

Sie stand auf der Straße und atmete den kühlen Hauch der Abenddämmerung ein. Sie musste ja nun Julian gegenübertreten. Sie wandte sich ab – sie hatte immer noch Schmerzen – und hörte nicht mehr den Rest des Gesprächs hinter der Tür des Zentrums.

»Diese Frau«, sagte Kleinman, »ist versehrt.« Im Sommer, als sie allein in ihrer Kabine Papiere gesichtet hatte, hatte er zu ihr hereingeschaut und gesehen, dass sie wegen der Hitze die Blusenärmel aufgerollt hatte.

»Ich habe sie nicht versehrt«, erwiderte der Baron.

»Unerträglich, Sir«, begann Kleinman wieder und runzelte unter dem Hut die Stirn. Er hatte ihn abgesetzt, doch nun setzte er ihn wieder auf. Auch hatte er das »Sir« weglassen wollen, eine Gewohnheit, die er aufzugeben hoffte. »Sie ganz ohne Grund zu feuern ...«

»Ohne Grund? Sie haben doch auch gesehen, was ich sah. Hysterie. Nervenzusammenbruch, keine Selbstbeherrschung. In Anbetracht dessen, was unsere Ziele hier sind, nämlich den Unglücklichen beizustehen, Menschen, die moralisch gelitten haben, anderswo zu günstigeren Verhältnissen zu verhelfen ...«

Der Baron hatte seinen offiziellen Ton angeschlagen, die auswendig gelernten Phrasen, die ihm so oft allgemeine Bewunderung eingetragen hatten – und bei einem glanzvollen Anlass eine eingerahmte Belobigung und einen Orden, überreicht von einem hohen städtischen Beamten. Aber er spürte, wie lächerlich er klang – er bemerkte es flüchtig in Kleinmans Blick. Kleinman, der es wagte, über ihn zu urteilen! Warum sich die Mühe machen, diese Perlen vor diesem Fremden zu verstreuen, der sie wertschätzte oder auch nicht? Also setzte er dem Manager sacht seinen Stock an die Brust und sagte, immer noch lächelnd, immer noch spöttisch: »Sie werden sehen, M'sieur Kleinman, wie man in Spanien mit Ihnen umspringen wird!«

39

ABER JULIAN WAR nicht da. Der Raum war nahezu dunkel, nur ein weißer Streifen von einer Straßenlaterne auf der Wand; vor dem Fenster gab es keinen Vorhang. Lili warf sich auf das Bett – ihr Unterleib tat immer noch weh, sie fühlte sich ausgehöhlt, ein eiserner Kamm hatte sie ausgehöhlt, sie war zu erschöpft, um aufrecht zu stehen oder zu gehen oder auch nur zu weinen. Und wieder brach sie in Tränen aus, warum sollte sie nicht weinen um den alten Mann, der in diesem Bett gestorben war? Sie weinte um den alten Mann und um sich und um das, was sie an diesem Tag hatte geschehen lassen, weinte mit einem tiefen, unerbittlichen Zorn, weil Julian nicht da war, weil sie ihm erlaubt hatte, wegzugehen – es war sinnlos, sie hatte nur halbherzig dagegengeredet. Er war auf die Suche nach François gegangen, der ihm immer einen Job in einem Café verschaffen konnte, es war ihm egal, wenn es ein bisschen anrüchig wirkte, François, der Freund von diesem Alfred, der tot war, so tot wie der alte Mann, und sie weinte um den alten Mann und um Alfred und um sich selbst und um das, was sie an diesem Tag hatte geschehen lassen. Sinnlos und nutzlos, dieses Leben von der Hand in den Mund in den Cafés, wie würde das ihnen jetzt weiterhelfen? Wie sollte es mit ihnen weitergehen? Sie hatten sich am Morgen getrennt, Julian war gegangen, um nach François zu suchen, aber entnervt, zerstreut, hatte sie nur halbherzig dagegengeredet; ihre Gedanken waren bei dem, was sie an diesem Tag geschehen lassen würde.

Sie lag auf dem Bett, ohne Schuhe, hatte sich mit angezogenen Knien zusammengekauert, damit der Schmerz im Unterleib nachließ, wartete auf Julian.

In weniger als einer Stunde kam er mit einer Papiertüte zurück.

»Abendessen«, sagte er. Zwei Brötchen und ein paar unförmige Klumpen Hartkäse – sein alter Trick, er hatte sie von Resten auf Tellern geklaut. Er hatte François nicht gefunden, hatte ein Café nach dem anderen abgeklappert, das Napoléon, das Monaco, all die üblichen Lokale. Keiner hatte etwas von François gehört, seit Wochen war er nicht mehr gesehen worden. Einer der Typen im Deux Magots (aber er war neu und unzuverlässig) vermutete, François habe Ärger mit der Polizei gehabt – wegen Drogen oder Alkohol oder einem Stricher, wer wusste das schon?

Sie konnte nichts essen. Sie konnte nicht schlucken. Es gab nichts zu trinken.

Julian sagte, er werde die Vermieterin um einen Krug Wasser bitten.

»Geh nicht«, bat sie. Aber er ließ sie allein.

»Sie hat nicht mal einen Krug«, berichtete er dann. »Sie sagt, sie will sich nach was anderem umtun. Ich habe ihr etwas Geld gegeben.«

»Heute«, sagte Lili, »bin ich weggeschickt worden.«

Sie sah, dass er halb erschrocken, halb verwirrt war: abgezehrt unter dem festen jungen Fleisch. Und doch musste sie ihm wehtun.

»Schluss«, sagte sie. »Aus und vorbei. Es gibt jetzt nichts mehr.«

»Schluss?«, wiederholte er. Wie dumm er sich anhörte!

»Gekündigt.«

»Macht nichts«, antwortete er. »Wirklich, Lili, ich versprech's dir. Ich werde sofort was finden, schon morgen, es muss irgendetwas geben …«

»Es gibt nichts«, sagte sie wieder und starrte auf seinen Mund. Den feuchten, zuckenden Mund eines jungen Mannes mit zappelnder Zunge. Da hasste sie ihn, den Mund, die Zunge. Sie hasste seinen Körper, den ganzen Körper, die langen Schenkel, den verräterischen männlichen Griff.

Müde hob sie die Last dessen, was sie ihm sagen musste, was er wissen musste. Die Klinik, sagte sie ihm, war sehr sauber, man hatte sie freundlich behandelt, wie mitfühlend waren sie gewesen, es war überhaupt keine Tortur gewesen, bloß dass ihr Unterleib noch wehtat, schon ließ der Schmerz nach, man hatte sie ausgehöhlt, ihr Körper war jetzt leer.

»Ich habe darum gebeten, es anschauen zu dürfen«, sagte sie. »Es war nichts. Eine kleine blutige Knospe. Ein blutiger kleiner Kopf, mehr nicht. Kein menschlicher Kopf. Nicht menschlich. Ein kleiner Fisch.«

Ja, sie hatte ihm wehgetan – noch nie hatte sie ihn so deutlich gesehen: was er für sie fühlte, wie wenig er wusste, wie das Gefühl so unwahrscheinlich weit weg vom Wissen sein konnte, und was spielte es für eine Rolle, dass er mit ihr fühlte, wenn er nichts begriff, überhaupt nichts? Wie auf perverse Weise unberührt, wie unversehrt! Das winzige fischähnliche Etwas, das sie aus dem Meer von Blut gezerrt hatten …

Sein Atem kam ihr zu nahe. Er nahm ihre Hand. Sie ließ es zu; eigentlich wäre sie am liebsten zurückgewichen. Er bettete ihren Kopf an seine Brust, und seine Hemdknöpfe gruben sich in ihre Wange. Sie drückte das Ohr gegen eine rauschende Muschel: sein panischer Herzschlag.

»Warum?«, fragte er. »Warum? Warum?«

»Warum fragst du warum, Dummkopf?«, rief sie und entzog sich ihm.

»Aber es hat gelebt«, sagte er. »Es hat gelebt. Es hätte vielleicht wiedergutgemacht …«

Er hielt inne. *Wiedergutgemacht*. Er hatte gelernt, dass sie nicht immer alles verstand.

Vorsichtig, weil er sich vor ihr fürchtete, fing er wieder an: »Es hätte statt … statt …«

Ihre Hand flog zu seinem Mund.

»Dummkopf! Es gibt kein ›statt‹!«

Sie schleuderte ihm den Tod entgegen, und er ließ sie im Stich. Und warum durfte es kein »statt« geben? Warum durfte es keine Erneuerung geben? Warum sonst war er überhaupt nach Paris geflohen, wenn nicht um der Erneuerung willen? Um nicht der Sohn seines Vaters zu sein; um sich zu verändern.

Er hatte in den Psalmen über Erlösung gelesen. Er fühlte sich gedemütigt, beschämt. Sie schluchzte neben ihm, ihre Brust hob und senkte sich. Die abgenutzte alte Matratze bebte, so heftig schluchzte sie, und er erinnerte sich an den sechsten Psalm, wie er langsam, sorgfältig darüber nachgedacht und ihn abgeschrieben hatte: *Ich bin so müde vom Seufzen; ich schwemme mein Bett die ganze Nacht und netze mit meinen Tränen mein Lager*, wie ein mittelalterlicher Schreiber hatte er ihn in das Notizbuch mit dem roten Schnitt geschrieben.

Ein Geräusch auf der Treppe. Mme Bernard, die das Wasser brachte – er hatte die Tür für sie offen stehen lassen. Sie hatte ihm Geld für das Wasser abverlangt, sie traute ihm nicht, er war einer von diesen amerikanischen Herumtreibern, und diese kleine braune Frau, wahrscheinlich eine Jüdin, zwei Vagabunden, würden sie die Miete zahlen können? Mit zusammengekniffenen Augen blickte sie auf seine ramponierten Sandalen. *Une cruche?* Ihr kostbarer Kristallkrug, vor dreißig Jahren zur Hochzeit geschenkt, den behielt sie für anständige Gäste. Für Geld würde sie nach einer leeren Flasche suchen.

Doch es war seine Schwester, die in der Tür stand.

»Julian? Es ist so dunkel hier drin, ist etwas passiert?«

»Du bist nicht abgereist«, sagte er.

»Julian, was ist los, geht es um Lili, was ist passiert?«

»Sie hat ihren Job verloren, und was ist mit *dir* los?«, blaffte er zurück. »Was machst du hier, warum bist du nicht weggefahren?«

»Das wollte ich dir gerade sagen. Ich wollte dir sagen …«

»Du wolltest zurückfahren!«

»Ich bleibe hier, das ist alles. Ich habe beschlossen zu bleiben. Phillip hat gesagt, ich könnte bleiben. Ich werde ihm helfen, er möchte es, und dann …«

»Bleib, geh!«, schrie er, »aber hau jetzt einfach ab! Kannst du uns nicht in Ruhe lassen, kannst du nicht *sehen*?«

Er scheuchte sie davon, jagte sie hinaus – dieses Gepolter die Treppe hinunter. Seine Schwester ein Eindringling, eine Zeugin, er war verzweifelt, und wieso konnte sie nicht sehen, dass sein und Lilis Leben in die Brüche ging? Lili, von heillosen Krämpfen geschüttelt. Er wünschte, Gott wäre real; nur in den Psalmen war Gott real, nirgends sonst. Er wünschte, das fischähnliche Etwas mit dem blutigen Kopf wäre am Leben geblieben.

»Lili«, sagte er, »Lili.«

»Schluss«, entgegnete sie. »Genug.«

Wie alt sie ihm auf einmal erschien: gerötete Lider, geschwollene Nase, geschwollene Lippen. Die Mundwinkel aufgesprungen, weil die Lippen so trocken waren. Abgezehrt. Das wirre Haar. Sie hatte aufgehört zu weinen; sie hatte sich wieder im Griff und erklärte, dass es vorbei war.

Sie sagte: »Es ist jetzt Zeit, dass du heimgehst.«

»Wegen deines Onkels? Du willst zu deinem Onkel, willst du mir das sagen?«

»Dieser Ort ist nicht dein Ort.«

»Verlass mich nicht, Lili, bitte nicht«, flehte er, aber er kannte seine Kraft, spürte sie in den Schultern und den angespannten Waden. »Bitte nicht, bitte nicht«, sagte er, und mit seinem männlichen Körper und seiner jungenhaften Angst presste er sich auf sie, flehend, und sie gab nach, sie öffnete sich ihm mit trockenen Augen und trockenem Mund, überrascht und auch wieder nicht, es tat ihr weh dort, wo sie an diesem Tag mit einem eisernen Kamm gekämmt worden war, er tat ihr weh, er tat ihr weh – bis sie Brust an Brust atmend dalagen.

40

EINE GROSSSTADTKOMÖDIE, FETZEN von Jazzmusik zwischen den Wolkenkratzern, der sonore Klang eines Cellos, wenn der Fahrstuhl zwischen zwei Stockwerken stecken blieb, die übliche Streichermusik für das Liebespaar: Die Partitur konnte in weniger als einem Monat geschrieben werden. Leo war es egal. Ein weiterer B-Film, Brackman fiel allmählich nichts Neues mehr ein, er wurde auf der Leiter nach unten geschubst und Leo Coopersmith zusammen mit ihm.

Aber etwas war passiert. Etwas erwachte in ihm, es war unentrinnbar, hatte sich eingenistet in dem, was er für die runzligen Windungen seines Gehirns hielt, auch wenn es allzu oft hinunterglitt und die zarten, geheimen Hoden entflammte, die sich wie verdunkelte Planeten zwischen seinen Beinen versteckten. Er *spürte* es mehr, als dass er es hörte, zumindest glaubte er das bisweilen. Er spürte es in seinen Geschlechtsteilen, selbst in den harten Spitzen seiner Brustwarzen, wie eine Frau es spüren mochte. Doch hauptsächlich, es ließ sich nicht leugnen, hörte er es, das unfassbare, schreckliche Geräusch, und gelegentlich roch er es auch, einen Geruch nach umgegrabener Erde. Wie hatte sie es gemacht, wie genau waren diese polyphonen Antiphonen – falls sie das waren – entstanden, es gab kein erkennbares System – wie konnte man diesen Klang nennen? Wenn er sich ihn vorzustellen versuchte (und er versuchte es dauernd), war er kaum stabil, war es ein flüchtiges Hochgefühl oder auch ein grässlicher Hohlraum, wie ein Anus, oder das dumpfe, kratzende Geräusch von Tierklauen. Oder – und das war unerträglich – ein ständiges tolles Crescendo. Angestrengt versuchte er, sich an die Position ihrer Hand zu erinnern: die linke Hand mit den gespreizten Fingern, dessen war er sich fast sicher, der lange Daumen, der über eine Oktave hinausgriff; aber die Rechte? Es ergab keinen Sinn, dass sie sie zur Faust geballt hatte. Eine Faust hatte nicht den Schauder der Schönheit zwischen seinen Beinen verursacht.

Es war das Hochgefühl, auf das er aus war. Stunde um Stunde saß er am Blüthner auf der Jagd danach. Hin und wieder, wenn er sachte aufs Pedal trat, war er beinahe imstande, die Spur eines einzelnen Legatos zu fassen zu bekommen, in b-Moll, in den Bässen, die wie bebende Blätter seufzten; aber natürlich hatte sie bloß unerschütterlich dagestanden in diesen bequemen Schuhen, wie sie Frauen mittleren Alters trugen, und was wusste sie schon vom Pedal? Ihm war klar, dass es ein Zufall gewesen war, eine Art mystisches Wunder – in schlichten Worten nichts anderes als ein glücklicher Zufall. Sie war eine musikalische Niete, es war ein Zufallstreffer gewesen; und doch war es *geschehen*, und wenn es einmal geschehen war, konnte es wiederholt werden, konnte es gefunden werden. Die Mär vom verlorenen Akkord, so etwas gab es nicht, dieser alberne alte Song eines Narren, der von der großen Oper träumte und berühmt geworden war durch schlichte Melodien für die Werbung. Der Glückstreffer, der Zufall, das Geheimnis – es war *da*, verschlossen im Blüthner, verhüllt; er musste nur nach der richtigen Kombination suchen. Es existierte, es lebte in den Tasten … es war da.

41

24. November

Liebe Mrs (das war ausgestrichen)
Liebe Miss Nachtigall (das war ausgestrichen)
Liebe Miss Beatrice Nightingale,

bitte verzeihen Sie, dass ich Ihnen plötzlich diesen Brief schreibe. Mein Mann wünscht nicht, dass ich ihn schreibe, aber wegen vieler Schwierigkeiten ist er einverstanden. Englisch kann ich besser lesen als schreiben oder sprechen, aber so ist das mit einer Sprache, die nicht die Muttersprache ist. Bitte verzeihen Sie meine Fehler und meine Schrift auf diesem armseligen Blatt Papier. Ich darf nicht mehr auf der Schreibmaschine schreiben, weil ich von meiner früheren Arbeit gekündigt wurde. Ich erhielt unerwartet noch ein wenig Geld bei meiner Kündigung, das ist schon weg.

Ich schreibe jetzt, weil mir gesagt wurde, dass Sie Lehrerin sind an einer amerikanischen Schule, und ich glaube, auch ich bin befähigt, an einer amerikanischen Schule zu unterrichten. Ich habe Diplome (ist das der richtige Ausdruck?) in modernen Sprachen von meiner Universität in Bukarest, aber leider sind alle Dokumente aus traurigen Gründen nicht mehr da.

Ich kann Französisch, Italienisch, Spanisch und (falls nötig) Deutsch unterrichten. (Ich glaube, an amerikanischen Schulen braucht man kein Rumänisch!) Ich bitte Sie höflich, mir zu sagen, ob Sie glauben, dass an Ihrer Schule oder woanders so eine Stelle frei ist. Ich kann auch übersetzen, aber das ist vielleicht in Amerika nicht so nützlich. Hier in Paris habe ich in den letzten Wochen literarische Werke vom Rumänischen ins Französische übersetzt. Mein Mann hat keine Arbeit.

Wegen vieler Schwierigkeiten (ich gestehe, ich sage das schon zum zweiten Mal, leider ist es wahr) leben wir hier nicht gut. Wir haben beschlossen, nach Amerika zu gehen. Von meiner Übersetzungsarbeit, die nicht viel ist, haben wir trotzdem Tickets für die Reise. Da mein Mann amerikanischer Bürger ist, darf ich ohne großes Hindernis einreisen. Ich bitte höflich und dankbar, können Sie uns kurze Zeit bei sich zu Hause aufnehmen? Wir kommen in New York in neun Tagen an. Bitte antworten Sie per Luftpost an Poste restante 51, Paris.

Hochachtungsvoll
Lili Nachtigall

Vielleicht fragen Sie, was wird mein Mann in Amerika tun? Er wird wieder studieren.

So lief also der Plan – Marvins abgefeimte, gemeine Überlegungen, seine Einmischung, sein Drängen. Sein Argwohn, sein schlauer, verdrehter Zynismus. Sein durchtriebenes Misstrauen. Lilis Manöver, was konnte es denn sonst sein? *Mein Mann, mein Mann*, und Julian nirgends in Sicht, weder als Name noch als jemand mit eigenen Wünschen. Ein Junge mit einer Ehefrau ist ein Mann, und einen Mann mit einer Ehefrau kann man nicht vor die Hunde gehen lassen. Sie hatte ihn beschwatzt, sich zurückzuholen, was ihm gehörte: sein Amerika und damit seinen Vater und damit die massenhaften Dollars seines Vaters. Vom Leben gebeutelt und verarmt, war sie eine clevere Frau, die einen reichen jungen Amerikaner wegen des Geldes seiner Familie zur Heirat überredet hatte, wenn er nur mitmachte: eine der ältesten Geschichten der Welt. Sie war vorsichtig, sie war intelligent, sie würde Schritt für Schritt vorgehen, einen Vorwand nach dem anderen finden. Der Vorwand, unabhängig sein zu wollen – das war ohnehin lächerlich, eine im Ausland geborene Möchtegernlehrerin aus einem osteuropäischen Land, das unlängst kommunistisch geworden war, zu einer Zeit (und wer wusste das besser als Bea?), da Schulrektoren im ganzen Land den Lehrern Treueide abverlangten, wie wahrscheinlich war *das* denn? Und die noch unwahrscheinlichere Behauptung, dass Julian sich so leicht den Absichten seines Vaters fügen würde: *Er wird wieder studieren.* Wie schlau, wie berechnend!

Und der ganze Plan hing von Bea ab, davon, dass sie den Wanderern ihre Tür öffnen würde, damit sie eine Atempause hatten vor dem großen transkontinentalen Angriff auf das goldene Kalifornien. Davon, dass sie den Weg zu Marvin geebnet, ihn für die Versöhnung vorbereitet hätte – aber sie hatte nichts dergleichen getan, und bestimmt hatte Lili damit gerechnet! Wie wohlüberlegt, wie eindeutig waren diese schlauen Vorbereitungen für die Attacke, dieses raffinierte Drängen: *Man sollte sagen, was man weiß … Jetzt ist nichts verborgen, sehen Sie?* Und das Raffinierteste von allem: *Ich tue ihm gut.*

Marvins Denkweise, Marvins Wahn. Wie er sich ins eigene Gehirn einnistete, wie er sich einschlich in was immer man auch glaubte!

Doch dieser letzte Gedanke ließ Bea zögern. War es

wirklich eine List, war es wirklich ein Plan? *Ich tue ihm gut* – Worte, die, trotz aller Zweifel, den Klang einer sich weitenden Welt trugen.

42

25. November
The Suite Eyre Spa
Suite 312

Liebe Margaret,

es wird Dich sicher freuen zu hören, dass es gute Nachrichten aus Paris gibt. Julian ist auf dem Weg nach Hause. Er wird begleitet von Lili, seiner Frau.

Ich hoffe, Du bist auf dem Weg der Besserung.

Mit allen guten Wünschen
Beatrice

25. November

Marvin:

Vor einiger Zeit hätte ich Dich beinahe angerufen, fürchtete mich aber vor dem Aufschrei und überlegte es mir anders. Es liegt etwas Friedliches (wenn auch bestimmt nicht Pazifistisches!) im Schweigen, besonders in einem langen Schweigen – ich gebe zu, die Schuld liegt bei mir. Wie Du zweifellos geahnt hast, habe ich Informationen (ich nenne sie nicht Erkenntnisse, wie Du gleich sehen wirst) zurückgehalten, und nicht ohne Schuldgefühle. Also in aller Kürze: Julian ist bereit, zurückzukommen. Mein kurzer Besuch – ich hatte dabei immer das Gefühl, Dich als eine Art Bevollmächtigte zu vertreten! – war in höchstem Maß ein diploma-

tischer Fehlschlag. Dein Sohn hat mich vom ersten Augenblick an abgelehnt. Er hat mich sogar verspottet und gekränkt, und ich kann Dir außerdem berichten, dass er zornig und verbittert genug war, um mich als nichts Konkreteres als Deinen Schatten zu betrachten. Was ihn zur Rückkehr bewegt, ist offenbar seine Bindung an die junge Frau, von der Du schon weißt – man kann sie nicht mehr als »Freundin« bezeichnen, und ich entdeckte zu spät, dass es von Anfang an nicht das richtige Wort war. Ich hatte zwei, drei eher flüchtige Begegnungen mit dieser Person. Mein Eindruck ist, dass sie ungewöhnlich ernst und standfest ist – sie hat nichts Unbeschwertes oder Frivoles. Ich erfuhr sehr wenig über ihren familiären Hintergrund, nur dass sie aus einer kultivierten Bukarester Familie stammt und offenbar mehrere europäische Sprachen beherrscht, wenngleich ihr Englisch gespreizt und in mancher Hinsicht unzureichend ist. Sie ist älter als Julian, vermutlich irgendetwas zwischen acht und zwölf Jahren. Sie ist verwitwet und hat ein Kind verloren – ich nehme an, dass sie während des Krieges mit ihrer Familie interniert war und irgendwie mit Hunderten anderer entwurzelter Menschen in Paris gelandet ist.

Ich hoffe, ich habe genügend gesagt, um Dir klarzumachen, in was für einer Verfassung Julian zurückkehrt. Er kommt als Ehemann zurück. Meine Wohnung ist klein, aber dank einiger praktischer Veränderungen in der letzten Zeit bin ich in der Lage, die beiden eine Weile bei mir aufzunehmen. Sie werden am 3. Dezember ankommen.

Viele Grüße
Bea

43

IRIS WAR NICHT die erste von Dr. Montalbanos Assistentinnen. Er hatte im Lauf der Zeit einen ganzen Stall munterer Mädchen angeheuert (»angestellt« passte hier nicht so ganz), besonders in Mailand, wo er gleich von mehreren dunkeläugigen, dunkelhaarigen Enthusiastinnen profitiert hatte. Er hatte sie alle eine nach der anderen verloren; die Nachtragendsten unter ihnen pflegten bestimmte Aspekte seiner Praxis den Behörden zu melden. Aber das machte nichts: Er behielt, was er seine Weihnachtskasse nannte, im Pittsburgher Jargon ein Sonderkonto für besondere Zwecke – es kam für alles auf, was schlimmer wäre als eine Geldstrafe, indem die einschlägigen Beamten bestochen würden. In Italien ging es in dieser Hinsicht kulant zu, anders als in Paris und erst recht in Lyon, wo strengere Sitten herrschten. Aber Iris war seine erste Amerikanerin und so blond wie Patsy und Mary Alice, die beiden älteren Schwestern, die direkt vor ihm kamen, mit dem entscheidenden Unterschied: Man merkte ihr das verwöhnte Kind an, die hohen Erwartungen, es schien sogar, als meinte sie, man wäre ihr etwas schuldig, als hätte sie etwas Bemerkenswertes vollbracht. Es überraschte ihn, dass sie Jungfrau war – sie war kein Baby mehr, sie war schon über zwanzig. Er hielt es für rein amerikanische Prüderie, anders als die europäische Sorte, die mehr auf Scheinheiligkeit als auf

Grundsätzen beruhte. Er hatte diese in Zaum gehaltene Zügellosigkeit bei Patsy und Mary Alice vor deren Heirat gesehen – bis dahin und nicht weiter –, die ihre Verehrer verrückt gemacht hatten: Mit schier platzendem Hosenschlitz zogen sie um drei Uhr morgens ab, während die Mädchen lachend zu Bett gingen, die Zähne verschmiert mit Lippenstift, der Mund geschwollen.

Iris lachte nicht – sie flirtete nicht, zumindest nicht mit ihm: Aus Dankbarkeit war sie fügsam. Ganz ernsthaft akzeptierte sie ihn, so wie einen schwierigen Kurs in der Schule, wollte es ihm recht machen. Sie war so steif wie ein Leichnam (und hatte er sie nicht beim ersten Anblick für einen Leichnam gehalten?); er kam zu früh, und das machte ihn wütend. Es war, als hätte sie keinerlei Instinkt und müsste alles beigebracht bekommen – oder als lauschte sie innerlich einem anderen Lehrplan. In solchen Momenten sprach sie von ihrem Bruder und der Frau ihres Bruders, sie fragte, ob alle Leute auf die gleiche Art miteinander schliefen – Herrgott, sagte er dann, wozu dient denn deiner Meinung nach die menschliche Anatomie? Nein, antwortete sie, ich meine, wenn jemand verletzt, wenn jemand dauerhaft verstümmelt worden ist, wenn ein Körperteil fehlt oder ein Loch an der falschen Stelle ist, würde das dann nicht deine Gefühle verändern? Hör zu, Kleines, erklärte er ihr, es gibt nur ein einziges Loch, auf das es ankommt, und das ist immer an der gleichen Stelle … aber selbst dann lachte sie nicht. Er konnte ihr gegenüber schmutzige Wörter gebrauchen, und sie lachte nicht. Er war mit ihr zu dieser entsetzlichen Pension gegangen mit dieser keifenden, fluchenden Vermieterin; aber da war ihr Bruder schon verschwunden.

Im Bett (sie betrachtete es noch immer als *ihr* Bett) irritierte sie ihn andauernd. Er hatte sie fälschlich für eine dieser betuchten Amerikanerinnen gehalten, die das Haar bis zur Taille wachsen ließen und jedem momentan populären Import hinterherliefen – manchmal einem afrikanischen Sänger, dann wieder einem griechischen Filmemacher: Paris hatte so seine Moden. Bislang hatte er sich von amerikanischen Mädchen ferngehalten: Ein Mann, der zu Hause in Pittsburgh vier Schwestern hatte, war gewarnt. Aber diese Frau war betrunken hinter seiner eigenen Tür aufgetaucht; er konnte ihr nicht aus dem Weg gehen, und er konnte sie nicht hinauswerfen. Der Geruch ekelte ihn. Sein ganzes Leben lang hatte seine Mutter nach dem Zeug gestunken: Als sein Vater sie verlassen hatte, hatte sie einen Job in einer dieser Bars mit Restaurantbetrieb gefunden, die mehr Bar als Restaurant sind. Selbst nach dem Waschen rochen ihre Baumwollkleider nach Bier. Ein dampfiger Bierdunst stieg vom Bügelbrett auf. Es wunderte ihn, dass das Mädchen, kaum hatte er sie unter der Bedingung aufgenommen, dass keine Flaschen mehr ins Haus kämen, mit dem Trinken aufgehört hatte – auf der Stelle, einfach so. Das ging über sein Verständnis und auch über seine Erfahrung hinaus. Er hatte Alfred nie dazu bringen können, aufzuhören – und genau genommen auch sonst niemanden: Ein Alkoholiker war eben ein Alkoholiker.

Es wurde ihm klar an dem Tag, als sie ihren Bruder suchen gingen.

»Es ist vorbei«, sagte sie.

»Was ist vorbei?«, fragte er.

»Was ich versucht habe.«

»Und was hast du versucht?«

»Ihn zu lieben. So wie früher zu Hause. Ich war gekommen, damit er sich besser fühlte – nicht nur, um ihm Geld zu bringen. Er wollte mich nicht, er brauchte mich nicht. Er hatte Lili.«

Sie war eine Frau mit Projekten. Sie stellte sich Aufgaben, sie hatte ein Programm. Sie dachte wie ein Wissenschaftler: Sie deutete an, ihr Vater habe etwas mit Chemie zu tun, mit Kunststoffen. Der Wein, schloss er, war Absicht gewesen, so wie zum Beispiel das Kokain für Freud. Der Bruder war ein gescheitertes Projekt, dann kam der Wein, ausprobiert um der Empfindung, um seiner Wirkung willen, aber als sie der Sache auf den Grund gegangen war, nach dem blumigen Ausbruch, nach dem Abstieg, war da nichts. Benommenheit, Ohnmacht, Schlaf. Hingestreckt wie eine Leiche hinter seiner Tür. Er hatte ihr erklärt, sie solle damit aufhören; sie hörte damit auf. Sie war eigensinnig. Ihr Bruder; der Wein; und nun musste sie ihm zuliebe die Beine breitmachen. Er sah, dass sie ihn zufriedenstellen wollte. Sie arbeitete hingebungsvoll daran, als müsste sie da durch, als wäre es ein Test, den sie bestehen müsste. Sie hatte die Vorstellung – aber woher sollte sie die haben? –, dass Geräusche dazugehörten, leises Stöhnen, ein kurzes Keuchen. Sogar Aufschreie.

In der Klinik machte sie sich nützlich, war rührig. Zwei Polizeibeamte waren erschienen und hatten seine Visitenkarten sehen wollen. Das war meist der erste Schritt, er wusste, was dann folgen konnte. Er hatte die Concierge im Verdacht, doch konnte es auch ein unzufriedener Kunde gewesen sein. Seine Mittelchen waren in der Regel harmlos, doch natürlich bekam irgendjemand hin und wieder einen Ausschlag oder auch Schlimmeres. Er war darauf vorbereitet, den unerwünschten Nebeneffekt zu behandeln, was immer es war, aber manchmal konnte er den Unmut des Kunden nicht beschwichtigen. Die Polizeibeamten kamen wieder, und dann war es bedrohlicher. Er verachtete Gesetze und hielt sich im Hintergrund, während Iris an der Tür gestikulierte und sie mit ihrem bruchstückhaften Schulfranzösisch (er hörte kaum zwei Wörter davon) charmant verscheuchte. Grinsend gingen sie davon und kamen nicht wieder.

Er fragte, wie sie das fertiggebracht habe.

»So wie du es auch getan hättest«, sagte sie. »Hokuspokus.«

Ihre bewundernde, vertrauensvolle Formel. Sie bewunderte die Art, wie er die Kunden behandelte, vertraute ihr. Es ging nicht darum, was er ihnen zum Kauen oder Schlucken gab oder was sie in ihre Haut oder zwischen die Zehen einreiben sollten. Es ging darum, wie er ihre Fantasie anregte. Meist war seine eigene Fantasie am Werk. Sein Hokuspokus (schon fast von Anfang an hatte sie es so genannt) war nicht unechter als die Natur selbst. Die Natur war der wahre Schamane. Das sah Iris, das begriff sie, solche Umwandlungen hatte sie in Bechern und Reagenzgläsern verfolgt: wie Flüssiges zu Festem wurde, Festes zu Gas, Gase wieder zu Flüssigem, wie lebloser Schimmel über Nacht in Petrischalen aufkeimte, wie Kristalle wuchsen. Keine der anderen war so clever gewesen – diese zwitschernden Mädchen, die er in der einen oder anderen Stadt aufgelesen hatte, ein ganzer Trupp davon, alle sexuell willig, keine Einzige, die dazu neigte, auf geisterhaftes Stöhnen zu horchen. Hokuspokus, sagte sie, und er begriff, was sie meinte, und fühlte sich geschmeichelt: Natur, Intuition, Erfindungsgabe. Und manchmal auch Schwindel – was war schon dabei, wenn es Francs und Lire einbrachte und ein bisschen flüchtige Freude bereitete? Er hatte nicht erwartet, dass sie ein so versiertes Interesse an diesen Francs und Lire an den Tag legen würde – in seiner Vorstellung war sie immer noch ein Mädchen aus dem reichen Kalifornien –, bis ihm wieder einfiel, dass sie, wäre er nicht gewesen, mittellos war. Sie bewahrte ihr Rückflugticket in einer Küchenschublade inmitten seiner Spateln und klebrigen Kellen auf; er glaubte, es sei längst abgelaufen. Das hatte sie mit ihm gemein – diese halb verrosteten Schlüssel zu nicht mehr existierenden Schlössern in Pittsburgh, die Tag für Tag an einem Ring in seiner Hosentasche klimperten. Nie schrieb sie ihrem Vater, obwohl sie ihn oft genug erwähnte. Er ging davon aus, dass sie, wie alles andere auch, etwas Flüchtiges war, auf der Durchreise. Sie würde nicht auf Dauer bleiben.

Einstweilen vertraute sie ihm; er vertraute sich selbst. Er vertraute darauf, dass sein Begehren sie zum Schmelzen bringen würde. Sie vertraute darauf, dass sie bald zusammen auf dem eisigen Gipfel eines mächtigen Alpenbergs oder am Ufer des Comer Sees stehen würden. Sie verweigerte ihm nicht ihren Mund. Sie wickelte ihr Haar, eine schlüpfrige Fessel, um sein Handgelenk. Doch alles Übrige an ihr war ein Rätsel: Nackt unter seiner Nacktheit, lag sie wie ein pompejanischer Abguss in dem Bett, in dem sie allein geschlafen hatte, als diese Schreie und das Wimmern und pathetische Stöhnen während des Liebesspiels ihres Bruders oder während der schlimmen Träume seiner Frau an ihr Ohr gedrungen waren. Und wenn nachts die blinden Stöße des Glieds des Wahrsagers wieder und wieder auf ihr Fleisch trafen, konnte sie den einen Schrei nicht von dem anderen unterscheiden.

44

SPÄT AM MITTWOCHNACHMITTAG vor Thanksgiving saß Bea im leeren Klassenzimmer an ihrem Pult, den Rotstift gezückt. Eine regnerische Dämmerung trübte die großen Fensterscheiben, und von den leeren Bankreihen stiegen die vermischten schlechten Gerüche junger Männer empor. Vor ihr lagen die Aufsätze ihrer Klasse zu Shakespeare: Fehlinterpretationen, orthografische Fehler, Verben und Kommata wild durcheinander, falsche Wendungen allerorten. Armseliges Vokabular. Und doch entdeckte sie in diesem Dickicht von Flecken und Gestrüpp eine verborgene Aufmerksamkeit: Sie kannten zu Hause Jago und Goneril und Edmund und Lear, sie kannten ihre Abbilder, sie kannten Furcht, sie kannten Wut. Sie hatten das Tragische erkannt, und sie schämte sich nicht für ihre Fehler. Ihre Fehler waren kurzlebige Papierphantome; sie aber waren geschickte, mannhafte Jungen, und sie würden kein Papierleben führen. Beas Rotstift konnte sie nicht herabwürdigen.

Vier freie Tage, das längste Wochenende des Jahres. Laura hatte Bea zum Thanksgiving-Essen eingeladen: mit allem, was dazugehört, von der Füllung bis zu den kandierten Süßkartoffeln und zur Cranberrysoße. Und Apfelkuchen! Harold war von Beas Apfelkuchen begeistert gewesen. Und Jeremy hatte sich angeboten, kaum zu fassen, den Obstsalat zu machen. Und außerdem, hatte Laura gesagt, gebe es eine spezielle Attraktion für Bea – Drama live auf ihrem Fernseher.

Drama live? Das neue Gerät brachte neue Ausdrücke hervor.

»Richtige *Stücke*«, erklärte Laura. »Wie wenn man ins Kino geht, ohne das Haus zu verlassen. Es gibt nicht mehr bloß Sid Caesar und Wrestling. Und sowieso wirst du nicht an Thanksgiving allein sein wollen …«

»Das macht mir nichts aus«, sagte Bea. »Ich habe mir was aus der Bibliothek geholt, damit ich Gesellschaft habe.«

»Ach, du«, sagte Laura. »Sich all die Beilagen wegen eines Buchs entgehen zu lassen …«

Es war *Doktor Faustus*. In diesem muffigen Raum, in dem es nach abgestandener Luft und dem Geist hastig ausgedrückter Zigaretten stank, Leos ehrwürdiges Exemplar der Modern-Library-Ausgabe neben sich … und sie hatte es nicht angerührt. Sie war zwar kühn gewesen, aber nicht so dreist, um diesen ungreifbaren Teil von ihm, der in einem Buch spukte, anzufassen. Stattdessen das traurige Foto dieser kleinen Mädchen. Der Flügel war verbannt, sein Schatten getilgt – doch da blieb immer noch dieses irritierende, quälende unsichtbare Gespenst: Leos Gehirn. Erstaunlicherweise nahm es immer noch Raum in ihrem eigenen Hirn ein. Wie es loswerden? Die kommenden stillen Tage, wenn es keine Ablenkung geben würde: Dann wollte sie es ein letztes Mal ganz allein austreiben.

Jemand hatte einen in Folie verpackten Schokoladentruthahn auf eine Ecke ihres Pults gestellt. Um den Hals trug er an einem Gummiband einen mühsam gekritzelten Zettel: EIN VOGEL FÜR MISS NACHTIGALL. Bea musste lächeln;

es war ihr vorher nicht aufgefallen. Sie glaubte zu wissen, von wem das Geschenk stammte: einem Jungen, der nie Socken trug und die Angewohnheit hatte, sie feierlich anzustarren. Sie schob den Papierhaufen in eine Schublade und ließ den Rotstift darauf fallen. Fertig, sie war erleichtert, ihr eigener Herr bis Montag. Sie nahm ihren Regenmantel, löschte die Lichter und ging hinaus auf den stillen Flur.

Ein Mann kam ihr entgegen, schaute zögernd in die offen stehenden Türen der dunklen Klassenzimmer. Sie umklammerte ihre Brieftasche und blieb nervös stehen. Das war kein gewöhnlicher Nachmittag an einem Werktag, wenn die Gänge voller sich balgender Jungen waren, entlang den Wänden missmutige Aufpasser heiser den Tumult zu bändigen suchten und dumpfe Aufschläge und gellendes Geschrei von der Turnhalle herauftönten. Ihr wurde bewusst, wie leer es war, wie verlassen – alle miteinander, Schüler wie Lehrer, hatten wegen der Feiertage bereits das Weite gesucht. Aber offenbar doch nicht alle: Im trüben Licht einer einzigen Glühbirne im Treppenhaus sah sie, dass der Mann groß war, keinen Hut trug und eine Halbglatze hatte. Also Mr Elkins, spät dran so wie sie auch, der noch wer weiß was erledigen musste. Bea hatte gehört, wie er sich im Lehrerzimmer gebrüstet hatte, er verlasse niemals das Gebäude, ohne ordentlich aufzuräumen, als Lektion für die Schlamper.

Der Mann kam näher. Es war nicht Mr Elkins. Ein Eindringling: Er hatte hier nichts verloren. Er schien verwirrt, winkte und rief etwas, doch die Rufe verflüchtigten sich in Echos und Bruchstücken. Sie verstand ein paar Fragmente: »… mir im Büro gesagt, dass das dein Stockwerk ist – waren alle im Weggehen – sagten, du seist schon fort – warst nicht zu Hause – zuerst dort probiert …«

Bei jedem Schritt hinterließen seine Schuhe einen nassen ovalen Abdruck, bis er direkt vor ihr stehen blieb, so nah, dass sie seinen Atem hören konnte. »Schüttet wie aus Kübeln«, sagte er, und Bea ging das Herz auf bei diesem alten Schulhofausdruck, als wären er und sie in diesem einen Augenblick wieder Kinder. Aber das war auch schon die ganze Begrüßung.

»Verdammt mühsam, dich ausfindig zu machen. Wie hältst du es hier bloß aus, stinkt ja wie im Schweinestall …«

»Es ist bloß das Desinfektionsmittel, das sie für den Boden benutzen«, sagte Bea.

»Stinkt trotzdem, lass uns von hier verschwinden, aber dalli. Blöde Treppen, gibt's irgendwo einen Fahrstuhl?«

Es gab keinen Fahrstuhl. Sie führte ihn fünf Stock hinunter. Man merkte seinem massigen Körper, als er keuchend hinunterhastete, die Anstrengung an: Er hatte die fünfzig längst überschritten.

Auf der Straße fragte sie, unter einer Markise in der Nähe, auf deren beiden Rändern das Wasser hinunterrauschte: »Wo bist du untergebracht?« Eine höfliche Frage, die man einem fremden Besucher stellen würde.

»Im Waldorf. Gut für Geschäftsreisen.«

»Du bist also wegen der Arbeit hier …«

»Nein«, sagte er. »Wegen dir.«

Bea überlegte. »Dann komm mit.«

»Wohin?«

»In meine Wohnung. Es gibt einen Bus, es ist nicht weit.«

»Kommt nicht infrage. Ich war schon dort, bin klatschnass geworden. Kein Doorman, ein Haufen Backstein, der genauso aussieht wie jeder andere, wie kann man es so bloß aushalten …«

»Dein Stil ist es nicht«, sagte sie. »Kommst du?«

»Hör zu, ich bin nicht zehn Stunden lang dreitausend Meilen geflogen und zweimal umgestiegen, um eine Tasse Tee zu trinken, verdammt noch mal …«

»Warum dann?«

»Es geht darum, dass du was Bestimmtes begreifen musst, und zwar gleich, genau darum geht's, kapiert? Also in Ordnung, deine Wohnung, es ist mir letztlich egal.«

Aus seiner Gleichgültigkeit war ein Befehl geworden. Autoritär hob er den Finger. Ein Taxi fuhr an den Bordstein und bespritzte ihre Waden.

Beas Wohnung – da war er nun, so unwahrscheinlich, so unvorstellbar es war: ein Monarch am Esstisch, der jenen Platz einnahm, wo einst der Flügel dominiert hatte. Wo sie ihn sich nie vorgestellt hatte. Er lockerte seine Krawatte; den obersten Knopf seines Hemds hatte er bereits geöffnet. Ein dicker Hals – zumindest so viel vom Sohn erkannte sie im Vater. Seinen tropfnassen Mantel hatte sie über die Stange in der Dusche gehängt.

»Gar nicht so übel«, sagte er, während er sich umblickte. »Zweieinhalb Zimmer, ich hätte es mir voller vorgestellt.«

»Das war es früher auch.«

»Habt ihr hier … du und dein Mann …?«

»Ob wir hier zusammengelebt haben? Nein, das ist lange her und war ganz woanders«, antwortete Bea trocken.

»Ja nun, woher soll ich das wissen? Jahrelang hast du dich nicht gerührt.«

»Du dich auch nicht«, sagte Bea.

»Ich hatte meine Firma, das ist der Unterschied. Und eine Familie – was weißt du schon, wie es ist, wenn man eine Familie hat? Und wenn du dich schließlich zum Schreiben aufraffst, dann antwortest du nicht, du fängst an und hörst wieder auf, erst nichts und dann dies und das und Andeutungen und Verschweigen und dann wieder nichts. Dieser letzte Brief, der war wirklich verdammt kalt. Eiskalt, und glaub mir, das lasse ich mir nicht gefallen, nie im Leben lasse ich mir das gefallen, kapiert?«

»Marvin«, sagte Bea, »worum geht es, warum hast du mich nicht informiert?«

»Dich informiert! Damit du mir mit irgendeiner lächerlichen Ausrede kommst, und dabei muss jetzt Schluss sein, ich meine, sofort, warum kapierst du das nicht, bist du dermaßen schwer von Begriff?« Aber dann unterbrach er sich, und wieder sah Bea, wie sein Blick von einer Ecke zur anderen wanderte, vom Fenster zur Tür und über die neuerdings nackten Dielenbretter. »Erzähl mir nicht, dass du wirklich vorgehabt hast, meinen Jungen in diesem Kaninchenstall unterzubringen ...«

»Ich werde den beiden mein Schlafzimmer überlassen, so wie zuletzt, als Iris hier war, das war bloß für die eine Nacht, aber Julian kommt mit seiner Frau, also ...«

»Seiner Frau! Seiner Frau! Hast du den Verstand verloren? Mir so einen verrückten Brief zu schicken und zu glauben, dass ich das zulasse? Ich werde es nicht zulassen, Bea, *es wird nicht so weit kommen*, geht das nicht in deinen Kopf?«

»Sie sind in sechs Tagen da«, sagte Bea. Sie stand auf und ging zur Tür.

»Wohin gehst du, zum Teufel noch mal?«, rief er ihr nach.

»Was zum Essen richten.«

»Ich muss mit dir reden! Wenn ich bedenke, dass ich alles hab stehen und liegen lassen, hab ein Meeting sausen lassen, hab mich nicht mal verabschiedet von meiner – Margaret …« Sie merkte, wie er beinahe ins Stottern kam, aber er fing sich sofort wieder. »Mach mir einen Kaffee, wenn du schon in der Küche bist, und zwar einen anständigen heißen.«

In ihrer kleinen Küche – wie winzig sie ihr plötzlich vorkam, ein Kaninchenstall von einer Küche – setzte sie Kaffeewasser auf, machte Rührei aus einem halben Dutzend Eiern, toastete vier Scheiben Brot und trug dann alles auf einem Tablett ins Zimmer.

»Was ist das?«

»Thanksgiving-Dinner.«

»Hör zu, drüben in meinem Hotel gibt's ein piekfeines Restaurant, was soll ich mit diesem Zeug?« Trotzdem aß er mit Heißhunger.

Sie wusste nicht, wie sie aus ihm schlau werden sollte. Er war nicht rasiert, und sein Gesicht wirkte durch die Bartstoppeln gealtert, mitgenommen, hohlwangig. Seine Nase war breiter, als sie sie in Erinnerung hatte. Sein Mund war zu einem schmalen Strich geworden. Weiße Flecken sprenkelten seine Augenbrauen; zwei, drei Haare, dunkler und länger als die übrigen, kräuselten sich nach oben wie Insektenfühler. Er kam ihr sogar kahler vor als noch vor wenigen Wochen, als sie ihn auf dem Weg zum Pool hinter der Hecke gesehen hatte – aber das war aus einiger Entfernung und von der anderen Straßenseite aus gewesen.

»Ich weiß nicht, warum du dagegen bist«, sagte sie. Sie bemühte sich, deutlich zu werden, nun jede Spur von Gehässigkeit zu vermeiden. »Es ist doch genau das, was du gewünscht hast. Was du gewollt hast, was du von mir gewollt hast, worum du mich gebeten hast.«

Ein Toastkrümel klebte verächtlich an seiner Lippe. »Was weißt *du* schon vom dem, was ich will?«

»Du wolltest Julian zurückhaben. Er kommt zurück.«

»Großer Gott, aber nicht so! Das hab ich nie gewollt!«

»Er ist noch sehr jung«, räumte sie ein.

»Jung hat nichts damit zu tun, Margaret und ich waren nicht viel älter, und Margaret – Margaret war Margaret, das ist der springende Punkt. Margaret hätte so etwas nicht akzeptiert, sie war nicht dafür geschaffen …«

»Sie hat *dich* akzeptiert«, sagte Bea.

»Und ich hab dem ein Ende gemacht, verstehst du? Ich hab damit Schluss gemacht, damit es nicht auf die nächste Generation übergeht, und das hat auch funktioniert, ich hab dem von Anfang an einen Riegel vorgeschoben. Du hast ja Iris gesehen …«

»Ja, hab ich. Direkt von der *Mayflower*.«

»Hör auf damit, Bea, du kannst ganz still sein. Ich hab meinen Namen behalten, genauso wie er von Papa auf mich kam, und das ist mehr, als du getan hast, und ich werde nicht zulassen, dass sich ein altes Großmütterchen mit gebrochenem Englisch in meine Familie einschmuggelt. Ich hab es satt, ich werde es nicht erlauben, der Junge ist ein elender Dummkopf, ich kann nicht schlafen, ich kann nicht denken, bin mehr tot als lebendig – ein Dummkopf, du hast ihn ja gesehen und hast mir das Ganze verheimlicht, und jetzt glaubst du, du kannst ihn an mir vorbeilotsen …. kannst du aber nicht, ich bin hier, um das zu verhindern, und ich weiß, was ich tun muss …«

Marvin, ganz der alte Wüterich. Ihr wurde heiß; sie schämte sich für ihn und für sich selbst, für ihre kleinlichen Spitzen – die Bemerkung über das Thanksgiving-Essen, die alberne Anspielung mit der *Mayflower*, warum so sarkastisch, litt er denn nicht, auch wenn es seine eigenen schrecklichen Widersprüche waren, unter denen er litt? Er machte sie eher müde als zornig.

Erschöpft sagte sie mit schleppender Stimme: »Warum wartest du nicht einfach ab, bis du sie kennenlernst?« Doch sie merkte, wie einfältig das klang.

»*Du* hast sie doch kennengelernt, einer genügt. Ich will die Frau gar nicht sehen. Ich weiß, was kommen wird. Ich habe die Filme gesehen wie jeder andere auch und brauche keine von denen, nicht in meiner eigenen Familie. All das ist Schnee von gestern, es geht mich nichts an, und ich denke gar nicht dran, mich auf so was einzulassen. Und glaub ja nicht, ich wüsste nicht, was du denkst …«

»Du wolltest ihn zurückhaben«, sagte Bea. »Du wolltest ihn zurückhaben, zumindest um Margarets willen.«

»Hartherzig, du denkst, ich bin hartherzig. Ich habe keine Spur – wie nennt man es gleich, *Mitgefühl*, das Wort würde dir bestimmt gefallen? Ganz zu schweigen davon, dass ich meinen eigenen kleinen Kriegsorden habe, und ich verdiente ihn mir mit vierundvierzig, falls das irgendwas zählt, und ich werde diesen Organisationen, welche auch immer es sind, alles spenden, was sie wollen, so wie ich auch fürs Rote Kreuz und so weiter spende, und auch mehr, wenn sie meinen, ich schulde es ihnen aus Solidarität … Solidarität! Aber ich will keinen von diesen Leuten bei mir im Haus, damit bin ich seit Langem fertig, schau doch dich an, du bist nicht anders als ich, du bist sogar schlimmer, du hast gar nicht die Mittel für die Art Spende, die ich lockermachen kann, was nützt also all dein nobles Mitgefühl, wenn du nicht das Geld hast, dafür was springen zu lassen? Ich will die Frau nicht sehen, will sie nicht riechen – und meinen Sohn will ich auch nicht sehen, den verdammten Dummkopf … Bukarest, wo zum Teufel ist das, Rumänien, Bulgarien, wen interessiert das? Er ist drei Generationen zurück in die Vergangenheit gegangen, der Junge gräbt Leichen aus …«

Bea sagte knapp: »Aber du bist zu der Oboe gegangen, nichts hat dich davon abgehalten.«

Seine Augen blitzten: zwei wilde Tiere in einem Käfig.

»Wovon redest du?«

»Leo Coopersmith.«

»Woher weißt du das? Wer hat es dir gesagt?«

»Er selbst.«

»Was, du hast Kontakt zu ihm?«

»Nein, aber ich habe ihn gesehen. Ich habe sein Haus gesehen. Ich sah sein … Instrument. Es ist keine Oboe, es ist nie eine Oboe gewesen.«

»Mein Gott, Bea, dieser fade alte Witz! Du bist aber auch wirklich ganz schön nachtragend …«

»Jemand, den du dein ganzes Leben lang verachtet hast, und dann gehst du hin wegen seiner Beziehungen …«

»Er hat sich jedenfalls nicht für ihn eingesetzt. Julian hat sich eingebildet, er hätte Talent zum Schreiben, in der

Filmbranche hätte man aus einem Jungen wie ihm was machen können, warum denn nicht?«

»Du hast gedacht, du könntest über mich an Leo herankommen.«

»Es hat dir doch nicht geschadet, oder, und verdammt noch mal, ich würde alles tun für meinen Sohn, verstehst du das nicht? Sogar jetzt noch, auch jetzt noch …«

Bea sah zu, wie er sich von seinem Stuhl erhob, wie ein Bison, die Schultern nach vorn gebeugt, das Kinn auf die Brust gesenkt, wie er sich umsah, als würde er den Abstand von einer Wand zur anderen messen oder ungeduldig inspizieren wollen, wohin ihn seine Nase lenkte: ein erregter Wiederkäuer, der nach Futter schnuppert. Nachdem er sich noch ein-, zweimal umgesehen hatte, kam er zu ihr zurück und warf ein Stück Papier auf den Tisch, zwischen die schmutzigen Teller.

»Das«, sagte er, »ist eine ganze Menge Geld. Eine gewaltige Menge Geld. Man könnte sagen, es reicht, um fünfzehn, vielleicht auch zwanzig Jahre anständig davon zu leben, je nachdem, und das macht man normalerweise *nicht* so, ich habe Anwälte, ich habe Bankleute, es müsste über eine Stiftung laufen, mit allem Drum und Dran, ich weiß verdammt genau, wie das normalerweise läuft. Aber zum Teufel, ich will keine Anwälte, noch nicht, um die Komplikationen kann ich mich später kümmern, ich will es so, wie ich es will, und jetzt will ich es genau so – schlicht und einfach, egal, was dahintersteckt, der Junge hat nicht mehr Ahnung als ein Zweijähriger davon, wie es in der richtigen Welt zugeht. Ich will es so, dass der Junge es versteht.«

Sein Hals und seine Stirn waren feucht; er atmete heftig.

»Hör mir jetzt zu, du wirst diesen Scheck meinem Sohn schicken, und zwar dalli, via Luftpost, kapiert? Bevor er einen Schritt vor die Tür setzen kann, egal, wo er ist. Und sag ihm, er soll sich nicht vom Fleck rühren. Er soll bleiben, wo er ist. Sich fernhalten. Er ist dort in den Dreck gefallen, soll er doch dort bleiben.«

Bea starrte ihn immer noch an. Die breite Brust hob und senkte sich bedrohlich unter dem feuchten Hemd. »Willst du das wirklich?«, fragte sie. »Wo er sich endlich entschlossen hat, nach Hause zu kommen?«

»Er wird einsehen, dass es sich für ihn lohnt, das garantiere ich.«

»Aber was ist mit Margaret?«, fuhr Bea fort. »Du hast gesagt, er müsse wegen Margaret zurück, ihre Gesundheit hänge davon ab ...«

»Das spielt jetzt keine Rolle mehr. Sie ist schon zu sehr hinüber, in den letzten Wochen hat sie nur noch Unsinn geredet. Ich habe dir ja gesagt, sie halluziniert, sie hat Visionen, man möchte meinen, sie weiß von Dingen, bevor sie überhaupt passieren ... Mein Gott, Bea, ich bin ein Mann ohne Frau. Ich lebe wie ein Mönch.«

»Ach ja?«, sagte Bea. Der schattige Weg, das Mädchen mit dem Umhang, der Pool; aber sie ließ ihm die Lüge durchgehen. »Und was ist, wenn Julian dein Geld nicht haben will?«

»Ganz so blöd ist er dann doch nicht, und wenn doch, dann bestimmt nicht *sie*. Leute, die all das dort drüben durchgemacht haben, müssen praktisch sein, sie nehmen, was sie kriegen können.«

»Du glaubst, sie nutzt die Leute aus…« Sie hielt den Satz wie einen Spiegel hoch.

»Was denn sonst? Warum würde sie sich sonst an einen Jungen wie Julian hängen?«

»Und obwohl du das glaubst, bist du willens, für diese Frau zu sorgen?«

Er warf die Arme hoch und jammerte: »Er hat dieses Geschöpf schließlich *geheiratet*…« Und dann gab er abgehackte Laute von sich, die Bea zunächst nicht deuten konnte: der Ausbruch von kurzen, hohen Lachsalven, fast ein Kichern, ein Anfall von gequälter Ausgelassenheit. Da verstand sie ihn – ihr ungehobelter Bruder war imstande, auf grässliche Weise ironisch zu sein. Sie war versucht, ihn in die Arme zu nehmen, seinen Kopf an ihrem Körper zu bergen, während er von wildem Gelächter geschüttelt wurde, aber sie tat es nicht, und wenn er geweint hätte, hätte sie vielleicht zusammen mit ihm geweint, aus Mitleid (jetzt bemitleidete sie ihn uneingeschränkt), aber ihm kamen keine Tränen, keine einzige, und was sollte sie mit seinem Gelächter anfangen?

Als er gegangen war, fiel ihr ein, dass er seine Tochter kaum erwähnt hatte. Und sie hatte ihm auch nicht ihren heimlichen Besuch bei seiner Frau gestanden – schon wieder die Unterlassungslüge einer Schwindlerin.

45

SIE RÄUMTE DAS Geschirr ab und trug es in die Küche, und als sie mit dem Abwasch fertig war, warf sie einen flüchtigen Blick auf Marvins Scheck, der auf dem Tisch lag, wo er ihn hingeworfen hatte, und da sie noch einen langen Abend vor sich hatte, holte sie das Buch, von dem Leo Coopersmith erklärt hatte, es sei sein Talisman – trotzig oder defensiv, in diesem kitschigen Anwesen, das nach alten Kippen stank. Doch als sie ein zweites Mal, den *Doktor Faustus* in der Hand, am Tisch vorbeiging, flatterte der Scheck, so dünn und leicht wie ein Blatt, von einer Stelle zur anderen und suchte zu entwischen: Also hob sie ihn auf und steckte ihn in das Buch, damit er nicht wieder wegflog. Wie dünn er war, der Scheck, und wie leicht: Aber die Summe, die daraufstand, war gewichtig. Ein unermessliches Vermögen, ein Schatz, das Lösegeld für einen König: In dieser Summe waren zwei Jahrzehnte von Beas Gehalt, von ihrem Leben mehr als hundert Mal enthalten. Sie sah, dass Marvin bereit war, seinem Sohn – seinem Sohn und der Frau seines Sohnes – ein königliches Erbe zu überlassen. Aber zu was für Bedingungen! Ein Erbe, dazu bestimmt, mit den Qualen des Exils zu bestrafen, eine Eisentür, die erbarmungslos geschlossen wurde. Er konnte sich nicht vorstellen, dass Julian das Erbe ausschlagen würde. Und bestimmt würde Lili – *Leute, die all das dort drüben durchgemacht haben, müs-*

sen praktisch sein, sie nehmen, was sie kriegen können. Was Marvin auch sonst noch sein mochte, er war der Realität zugewandt, er war schlau, er war ein Virtuose des Eigennutzes.

Ein Stück des Schecks, ein hauchdünner Wisch, schaute aus der Mitte des *Doktor Faustus* heraus. Ohne zu überlegen, hatte sie ihn dort hineingelegt, einfach so. Doch jetzt kam ihr auf einmal der Gedanke, sie könnte bloß aus Lust und Laune versuchen, ihn als Orakel zu benutzen, so wie die Gläubigen, die eine Bibel aufschlagen und blindlings auf eine Passage deuten, die ihr Finger zufällig bezeichnet hat. Ausgehend von dieser Passage, wird dann ein Schicksal bestimmt, und so würde es auch mit Leos Talisman sein. Leos Schicksal war es, wonach sie suchte – sein gegenwärtiges Schicksal, nicht seine Zukunft, nicht das, was noch aus ihm werden würde; sondern vielmehr seine Lage in genau diesem Augenblick oder, wenn sich das nicht ergeben würde, der unterirdische Keim, der ihn dorthin gebracht hatte, wo er nun war, allein mit seinem heiligen Blüthner, ohne seine beiden kleinen Mädchen. Es war ein Spiel und doch kein Spiel; es war ein absichtlicher Aberglaube und zugleich das Gegenteil, ein Sich-Ergießen, eine letzte Säuberung – das prophetische Verbindungsglied zwischen Wahrsagung und Exorzismus. Leo ausfindig zu machen, ihn zu analysieren, ihn endlich zu sehen, in ihn *hineinzusehen* … ihn auszutreiben. Und dann würde die Made sterben, die in ihren Nerven krabbelte. Der Kaiser Titus hatte eine Mücke im Ohr, die ihn mit ihrem unaufhörlichen Summen rasend machte. Wie Titus die Mücke loswurde, wusste Bea nicht, und Legenden sind selten Wegweiser für die Verwirrten. Doch sie war sich sicher, dass sie Leo mittels Leos Talisman austreiben würde. Und wie sonst sich beschäftigen in den schwindenden Stunden dieser verrückten Nacht, als Marvin ohne Vorwarnung bei ihr hereingeplatzt war, in den fanatischen Sturm seiner Ränke?

Hastig blätterte sie die Seiten um, als täte sie etwas Peinliches, was wohl bald aufgedeckt würde, bis sie zu dem Knick im Buchrücken kam, wo Marvins Scheck steckte, schamhaft verborgen, teils aufgrund statischer Elektrizität, teils aufgrund eigenen Beharrens. Und über dieser Seite (es war die Seite 379) ließ sie ihren Zeigefinger einmal kreisen; dann ein zweites und ein drittes Mal und ließ ihn mit geschlossenen Augen auf die stummen Silben sinken, auf die er im Kreisen getroffen war.

Sie sah:

und dieselbe Furcht, dieselbe scheue und sorgende Unbeholfenheit empfinde ich bei diesem durch fünfzig Takte hinfegenden, mit dem Gekicher einer Einzelstimme beginnenden und rapide um sich greifenden, Chor und Orchester erfassenden, unter rhythmischen Umstürzen und Konterkarierungen zum Tuttifortissimo grauenhaft anschwellenden, überbordenden, sardonischen Gaudium Gehennas, dieser aus Johlen, Kläffen, Kreischen, Meckern, Röhren, Heulen und Wiehern schauderhaft gemischten Salve von Hohn- und Triumphgelächter der Hölle.

Das Gaudium Gehennas, das Gelächter der Hölle. Ja ja ja, Leo, wie er leibte und lebte, verlacht und vernichtet. Der Mann, der sich danach sehnt, etwas zu werden, und davor Angst hat, etwas zu werden. Was zu werden? Der Mahler der *Sechsten Symphonie*, wo der Hammer niederfällt, der Beethoven des Allegrettos der *Siebten Symphonie*, wo die sich sammelnden Winde in heimlicher Melancholie sich legen, Hindemith mit seinem zerklüfteten Stammeln… Spielt keine Rolle, sie hört nichts, fünfzig Takte, hundert Takte, all das sagt ihr nichts, sie ist ausgeschlossen, diese sehnsüchtigen klagenden Noten sagen ihr nichts – trotzdem sieht sie Leo deutlich vor sich, sein Erschrecken, sein Nichtwerden. Sie stellt sich eine leuchtend rote, vollreife Birne am Ast vor; bald aber, vor Angst, auf dem Boden zu zerplatzen, lässt sie sich von einer inneren Fäule verzehren, brütet ihren eigenen wurmlosen Wurm aus, der sie verschlingt.

Es war kein Spiel. Es war kein Aberglaube. Was war Leo Coopersmith nun für Bea?

Sie wusste sofort, was sie zu tun hatte. Sie ging in die Küche zurück und ließ Marvins Scheck in die Spüle fallen. Dann zündete sie ein Streichholz an und sah zu, wie das dünne Papier aufflammte und dann zu schwarzer Asche schrumpfte. Dann schwemmte sie es mit Wasser den Ausguss hinunter.

46

SELBST ENDE NOVEMBER behält Südkalifornien noch sein sommerliches Lächeln: Die Sonne ist noch immer an ihrem üblichen Platz und wirft braune Schatten, und manchmal reflektiert sie mit einem blendend hellen Strahl Fenster- und Windschutzscheiben oder das Zifferblatt einer Uhr. Margaret musste in dem grellen Licht die Augen zukneifen, als sie über das ausgedehnte Gelände des Suite Eyre Spa blickte, das übersät war mit rosafarbenen und roten Blumenbeeten. An diesem Tag hatte sie beschlossen, nach Hause zu gehen. Viele ihrer Nachbarn waren für den Feiertag bereits abgeholt worden von pflichtbewusst wachsamen Familien, die die typischen orangefarbenen Zugbeutel des Instituts trugen, prall gefüllt mit duftenden Fläschchen. Marvin selbst hatte bei seinem letzten Besuch – wann mochte das gewesen sein?, hier herrschte Zeitlosigkeit – einen, wie er es nannte, Heimaturlaub vorgeschlagen, den Besuch irgendeines bestimmten noblen Restaurants für das Thanksgiving-Dinner, doch sie hatte gezögert. Solange Julian fort ist … wenn Julian wieder da ist … »Immer das gleiche Theater«, hatte Marvin gebrummt und war so verdrießlich weggegangen, wie er gekommen war. Er hatte ihr Geld dagelassen, damit sie sich etwas Besonderes leisten konnte. Ihr war klar, dass es als Bestechung für die unteren Chargen des Personals gedacht war. Die Therapeuten konnte man nicht bestechen.

Auch die Therapeuten hatten sich für den Tag davongemacht, außerdem (so schien es zumindest) mehr als die Hälfte des Personals. Eine Schläfrigkeit, tiefer als die übliche Dumpfheit. Die Lobby ein marmornes Gehäuse, kühl unter ihren Füßen. Zwei Porzellanfiguren auf der Theke am Empfang: ein Pilgerpaar, er mit seinem breitkrempigen Hut samt Schnalle, sie in Häubchen und Schürze, zwischen ihnen ein großes rechteckiges Stück Karton mit der Ankündigung: UNSER SPEZIELLES THANKSGIVING-MENÜ, 15.30 Uhr. Aus einem entfernten Korridor ein paar lachende Stimmen. Die Frau, die an der Rezeption hätte sein müssen, war nirgends zu sehen – wer konnte ihr das vorwerfen, wenn es doch nichts zu tun gab und niemand zu beaufsichtigen war? Margaret ging unbemerkt bis zur Veranda mit ihren weißen Säulen und den bequemen Polstersesseln; auf den Eichenbänken, die aus dem Gras emporwuchsen, saß niemand. Der einzige deutlich erkennbare Pfad schlängelte sich labyrinthisch zwischen den Blumenbeeten dahin und führte sie zurück zur Veranda; also ging sie wieder los, diesmal direkt über den ausgedehnten Rasen in Richtung des Tores, das auf die Schnellstraße hinausging. Einen kurzen Augenblick lang übertönte das Summen einer Biene zu nah an ihrem Ohr das gleichmäßigere Brummen von Autos in der Ferne. Sie wusste, dass es direkt neben dem Tor eine Bushaltestelle gab – sie hatte die unteren Chargen davon sprechen hören. Jede Menge Kleingeld in der Tasche ihres Kittels – sie hatten ihre Staffelei gestohlen, aber nicht ihren Malerkittel. Die Diebe, wer immer sie sein mochten, waren zu dumm gewesen, um ein begehrliches Auge auf ihren Kittel zu werfen. Sie trug ihn nun, weil er so weit war: Dadurch blieb sie verborgen, unsichtbar, niemand konnte über sie urteilen, niemand konnte etwas ahnen von der freudigen Botschaft, die in der unergründlichen Tasche steckte – in der *anderen* Tasche, nicht in der, die beschwert war von all diesen klingenden Münzen … wie so oft, von dem Moment an, da sie diese Freudenbotschaft erhalten hatte, hatte sie sie auseinander- und wieder zusammengefaltet, sodass die Knicke ganz von selbst aufgingen! Und wenn man bedachte, dass die frohe Botschaft von der Schwester ihres Mannes geschickt worden war, von allen unsympathischen Menschen ausgerechnet sie, die Schwester, mit der er so viele Jahre lang nichts zu tun gehabt hatte … Und doch war es die Schwester ihres Mannes, die mit der ersten Andeutung der freudigen Botschaft aus dem Nichts aufgetaucht war! *Displaced person*, wie konnte es anders sein? Der Krieg und die Umwälzungen, die er mit sich gebracht hatte, Könige und Herzöge und Gräfinnen und dergleichen, ihres Throns beraubt, abgesetzt, verstoßen und aus ihrem Land vertrieben, und immer noch hielten sie in fremden Städten an ihren rechtmäßigen Titeln fest … War es möglich, dass Julian eine von *denen* geheiratet hatte, aber es wäre ja auch kein Wunder, war doch ihre Cousine Roseanna, eine Familienlegende, in den Zwanzigerjahren nach Krakau gegangen und zum Katholizismus konvertiert, um einen polnischen Grafen zu heiraten oder jedenfalls jemanden, von dem es hieß, er sei ein Graf, er besaß keinen Penny, aber er lebte mit seiner Mutter, der Gräfin, und fünf Schwestern in den Überresten eines nobel verfallenden alten Landguts, das einst ein Dutzend Ställe für Rassepferde besessen hatte … wie doppelt erfreulich die frohe Botschaft, Julian endlich zurück, Julian *zu Hause*, Julian in den Armen einer adligen Ehefrau! Und alle waren sie da – dazu noch an Thanksgiving! –, Iris … und dann wohl oder übel auch Marvin und oh!, Julian und seine Braut, die Prinzessin, und sehr bald schon, nach einer halben Stunde Fahrt mit dem Bus, würde sie alle miteinander beim Feiern erleben, und wie sie sie empfangen würden, Julian strahlend und kindlich, wenn sie hereinkam mit den klingenden Münzen in der einen Tasche und dem Brief von Marvins Schwester in der anderen! Seit diese frohe Botschaft in ihre Hände geflattert war, hatte sie sie unaufhörlich entfaltet und wieder zusammengefaltet, bis die Knicke von selbst wussten, wie es lief …

Inzwischen war sie am Tor angelangt. Hier war keine Bushaltestelle. Sie hob die Hand, um sich vor dem grellen Sonnenlicht zu schützen (ein Passant mochte glauben, die barfüßige Frau in dem unförmigen Gewand, kostümiert wie ein verarmter Engel, sei dabei, jemanden zu grüßen), und merkte, dass sie sich geirrt hatte. Die Haltestelle war auf der anderen Seite der Schnellstraße. Aber man musste sie doch bestimmt irgendwie überqueren können! Eine Ampel, die den rücksichtslosen Verkehrsfluss aufhalten würde – und es gab natürlich eine, ein, zwei Blocks weiter zu ihrer Linken, obwohl es in dieser abgeschiedenen Gegend keine Spur eines städtischen Lebens gab, nur diese Straße mit dem unaufhaltsam rauschenden Verkehr, die eine Vorstadtsiedlung mit der nächsten verband … Ein brennender, stechender Schmerz in ihren Fußsohlen. Irgendwie hatte sie vergessen, ihre Schuhe anzuziehen … oder vielmehr nicht vergessen, es war, weil sie sich so freute, deshalb war sie eins mit der Luft, glitt ein paar Zentimeter über dem Boden dahin oder schwebte darüber wie ein Kolibri! Aber warum dann dieses Brennen und Stechen? Sie hob den Fuß, um nachzusehen. Ein Steinchen, in die Ferse eingedrückt. Sie hob den anderen Fuß. Unter den Zehen ein blutender Schnitt, und wie qualvoll weit weg, wie unerreichbar schien jetzt die Ampel! Ein Auto nach dem anderen raste vorbei, wurde lauter, während es sich näherte, bis das Getöse mit einem Mal erstarb, um im nächsten Moment wieder aufzubranden, dann im nächsten und im übernächsten. Die verrückte Prozession der dröhnenden Laute betäubte sie ein wenig, doch sieh an, immer wieder tauchte eine Lücke in den beiden parallelen Reihen von Autos auf, die in die entgegengesetzte Richtung brausten, eine Lücke auf der nächsten Fahrbahn und eine auf der dahinter; und immer wieder gab es die beiden Lücken wundersamerweise gleichzeitig, so dass sich eine klare Schneise öffnete, wie bei der Teilung des Roten Meers, und wie leicht wäre es, die doppelte Lücke zu überqueren, geradewegs bis zur anderen Straßenseite! Und zum Glück war nun, unter all dem verrückten Getöse, ein knirschendes, vibrierendes Brummen zu hören: Es war ihr Bus, zunächst nur ein undeutlicher blauer Fleck, beim Näherkommen blitzten seitlich viele Fenster, und er bremste kaum, als er auf die Haltestelle zufuhr. Margaret erkannte ihre Chance: Mit brennenden und stechenden Füßen floh sie bis zur nächsten Lücke und war schon halbwegs auf der anderen Seite, als sie mit der Ferse, in der das Steinchen steckte, auf einem Öl- oder Fettfleck oder irgendetwas Undefinierbarem ausrutschte und nach vorn aufs Gesicht fiel, während ein neues Kreischen, schriller als alles vorhergehende, in ihrem Kopf aufheulte und sich die Lücke über splitternden Knochen und lebendigem Fleisch schloss.

Bis die Polizei und der Krankenwagen kamen, war der Bus längst fort (es gab keine wartenden Fahrgäste, er hatte gar nicht gehalten), und Margaret, den blutbefleckten, aber immer noch leserlichen Brief ihrer Schwägerin in der Tasche, war tot.

47

2. Dezember

Liebe Tante Bea,

als Dein Telegramm kam, schrieb ich sofort an Dad, um ihm zu sagen, dass ich heimkomme und bei ihm bleiben werde. Du weißt besser als irgendjemand sonst, wie gemein ich war – zum ersten Mal, seit ich hier bin, hat er überhaupt einen Ton von mir gehört –, aber er schrieb mir per Luftpost und sagte, er freut sich, endlich zu hören, wo ich die ganze Zeit über gesteckt habe. Er klang nicht einmal zornig… eher so, als sei er am Boden zerstört, es ist so trostlos und furchtbar, und niemand scheint herausgefunden zu haben, warum es passiert ist oder wo Mom hinwollte. Dad sagte, sie wussten nur, dass es Mom war, weil sie bei ihr einen Brief von Dir gefunden haben. Ich hatte keine Ahnung, dass Du und Mom miteinander korrespondierten, ich glaube nicht, dass ich sie je Deinen Namen habe erwähnen hören. Und der arme Dad, er ist jetzt wirklich ganz allein, also muss ich so schnell wie möglich weg von hier. Mein altes Rückflugticket ist nicht mehr gültig – das habe ich erst heute erfahren –, und das bedeutet, dass ich Phillips Rückkehr abwarten muss, um von ihm Geld für ein neues zu kriegen. Dad würde das Geld natürlich schicken, aber ich möchte lieber nicht zugeben, dass ich in allem von Phillip abhängig gewesen bin. Momentan bin ich hier jetzt allein, und ich nehme an, das hat sein Gutes, denn sonst wäre ich in Griechenland gewesen und hätte den Parthenon ge-

sehen oder in Florenz und hätte die Uffizien besichtigt und hätte Dein Telegramm verpasst. Es hat also alles noch geklappt – ich kann nicht gut sagen, zum Glück, wo alles so schrecklich traurig und schockierend ist. Nach Griechenland sind wir dann doch nicht gefahren und nach Florenz auch nicht, Phillip wurde praktisch über Nacht nach Mailand zurückgeholt, eine Art Notfall, eine alte Kundin von ihm, die sich vor einiger Zeit einer kleinen Operation unterzogen hat (er operiert tatsächlich auch!), und er bat mich, hier für ihn die Stellung zu halten, so wie das auch Julian getan hat, für den Fall, dass er eine Woche oder so brauchen würde, um das Problem zu lösen. Du siehst also, dass wir noch keine Gelegenheit hatten, eine dieser Reisen zu unternehmen, von denen wir gesprochen hatten, in der Klinik hier gibt es so viel zu tun, auch wenn Phillip versprochen hat, wenn er das nächste Mal in die Mailänder Klinik müsste, würde ich ihn begleiten, und dann würden wir am Wochenende zu den Uffizien fahren, wo sie eine Madonna von Michelangelo haben und andere tolle Sachen, aber als der Notfall mit dieser Adriana eintrat, es ist eine verschrobene alte Lady, die ihm viel Probleme macht, da fand er, es wäre besser, wenn ich hierbliebe. Also bin ich hier! Ich denke jede Minute an Mom, ich kann einfach nicht aufhören zu weinen. Julian stand Mom immer näher als ich – er war ihr Liebling, vielleicht weil er, schon als wir noch klein waren, immer aufwachte, wenn er schlecht träumte. Es ist schwer zu sagen, ob es Mom genauso gefiel, mit Dad verheiratet zu sein, wie es Dad gefiel, mit ihr verheiratet zu sein. Es ist komisch mit dem Heiraten, stimmt's?, und bitte entschuldige, wenn ich zu persönlich werde, aber Du warst doch auch einmal verheiratet, und ich stelle mir vor, Dir hat es auch nicht besonders gefallen, weil Du Dich am Schluss hast scheiden lassen. Ich bin mir ziemlich sicher, dass ich nie heiraten möchte, manches davon würde mir bestimmt nicht gefallen, und vielleicht liegt das bei mir im Blut, ich meine, ich hab von diesen drei alten Jungfern gehört in Dads Familie. Wenn ich mich traue, das direkt anzusprechen, Tante Bea, ich kann mir nicht helfen, ich muss einfach daran denken, dass Du den größten Teil Deines Lebens allein gelebt hast, und genau das will ich auch tun. Und wenn es etwas gibt, was mir hoffentlich nie passieren wird, dann ist es dieses: Seid fruchtbar und mehret euch, ein sarkastischer Spruch aus der Bibel, den Mom mir immer an den Kopf warf, wenn sie richtig wütend auf mich war. Meistens sagte sie es, wenn ich lang im Labor bleiben musste, manchmal bis spätabends. Ich nehme an, sie hat schon vor langer Zeit festgestellt, dass ich Dad viel zu ähnlich bin, der immer völlig mit dem beschäftigt ist, was mit seiner Firma passiert, aber sie würde es nicht mehr denken, wenn sie wüsste, was ich in Paris getrieben habe! Bloß dass sie es jetzt nie erfahren wird. Und Julian – wo immer er sein mag, es wird ihn umbringen, wenn er das mit Mom erfährt. Aber vielleicht auch nicht, wo er so komisch geheimnisvoll tut mit Lili und allem Übrigen. Ich hab es ihm nie gesagt, auch Phillip nicht, aber in der Nacht, bevor Julian und Lili auszogen und auch ich hätte wegfahren sollen, da schliefen sie schon und hatten alles gepackt bis auf Julians Notizbuch, und da hab ich einen Blick riskiert, und er hat's mit der Religion, kannst Du Dir das vorstellen? Ich glaube, inzwischen sitzt er dort in der Wüste unter einem komischen Rizinusbaum oder was auch immer. Er hat gesagt, er ist nicht unbedingt scharf darauf, aber wer weiß das schon, wenn er so eng mit Lili verbandelt ist?

Ich hab Dad noch mal geschrieben und ihn vorgewarnt, dass es noch etwas dauert, bevor ich einen Rückflug buchen kann.

Ich musste ein bisschen flunkern, ich konnte ja nicht sagen, dass ich mit dem Ticket warten muss, bis Phillip zurückkommt – er schien unheimlich in Sorge wegen dieser einen Kundin, sagte, er will bei ihr wiedergutmachen, was falsch gelaufen ist. Also, ich glaub jetzt, ich werde nie die Uffizien oder die Alpen oder den Parthenon oder den Comer See oder irgend so was sehen. Und ich werde auch mein eigenes kleines Apartment aufgeben und bei Dad bleiben und versuchen, ihn glücklich zu machen. Er wird froh sein, wenn ich zurück ins Labor gehe und meinen Abschluss mache, und das muss ich vermutlich. Vielleicht werde ich eines Tages, wenn ich alt bin, so eine Reise machen, mit einem Führer und einem Stadtplan. Tante Bea, macht es Dir was aus, wenn ich Dir ab und zu schreibe, wenn ich wieder in L.A. bin? Nicht bloß als Wiedergutmachung für all die schlimmen Sachen von früher, sondern auch, um herauszufinden, wie es ist, wenn man für den Rest seines Lebens auf sich allein gestellt ist. Ehrlich gesagt, hab ich es erst vor einer Weile gemerkt, aber ich glaube, Du bist wahnsinnig tapfer!

Iris

48

IN AMERIKA IST es leicht, an Thanksgiving zu verreisen, besonders mit dem Zug und dem Flugzeug. Jeder, der sich zu einem Familientreffen oder zu einem festlichen Beisammensein entfernt lebender Freunde begibt, ist bereits eingetroffen und wird erst zwei, drei Tage nach dem Fest wieder abreisen wollen. In dieser Zwischenzeit befand sich Marvin als einziger Passagier in der Erste-Klasse-Kabine seines PanAm-Flugs nach Los Angeles, notgedrungen mit einem zweistündigen Aufenthalt in Dallas. Das Getöse der vier Propeller verursachte ein zwar gedämpftes, doch andauerndes Dröhnen in seinen Ohren, das vertraute Geräusch von Sirenen in seinem Kopf, von dem er wusste, dass es noch lange nach dem Flug zu hören sein würde, wie das Pfeifen zorniger Geister. Er hatte im Flughafen La Guardia ein Nachrichtenmagazin mitgenommen und blätterte es nun flüchtig durch: in Korea die eine oder andere Schlacht, Eisenhower schlägt Taft bei der Nominierung des republikanischen Präsidentschaftskandidaten, Höhlenmalereien mit einem irischen Elch in Südfrankreich entdeckt, Mau-Mau-Ausschreitungen in Kenia, jüdische Lyriker in der Sowjetunion verfolgt … Er verscheuchte die Stewardess und ihr Tablett mit den Getränken, obwohl er keine drei Minuten zuvor seine üblichen zwei Gin Tonic bestellt hatte. Er hatte schlecht geschlafen in seinem teigig weichen Hotelbett. Zwischen dem einen und dem anderen Gähnen und den rivalisierenden Küsten des Kontinents kam es ihm vor, als hätte er überhaupt nicht geschlafen. Und doch war er sich einer Zunahme des Machtgefühls bewusst, wie er es auch sonst kannte, eines gesteigerten Hochgefühls wie nach einer harten Verhandlungsrunde, die zum Triumph über einen Konkurrenten führte, spürte das gleiche, gar nicht so seltene Vergnügen, wie wenn er seinem Team von Chemikern und Ingenieuren voraus war. Sein Gehirn funktionierte gut in Krisenzeiten: Er konnte das Unlösbare lösen.

Wie stets gab es auch hier eine Lektion für den Besiegten. Marvins ganze Weisheit – der dürftigste Aspekt davon, der der Psychologie am nächsten kam – war, wie er selbst es vielleicht formuliert hätte, in Mendels Vererbungslehre verwurzelt. Er war der Sohn einer starken Mutter, was eindeutig seine eigene Energie erklärte – aber er war auch der Sprössling eines schwachen Vaters, des Sohns eines Ladenbesitzers, der wiederum selbst einen Laden führte, eines Schwächlings ohne Ehrgeiz, der sich gern während der Geschäftszeit auf einem altmodischen Kanapee ausstreckte und sich die Augen verdarb mit Haufen von Büchern voll unrealistischem Gefasel; und diese unverzeihliche Neigung zur Vergeudung hatte leider Julian geerbt. Gewiss lag darin eine Lektion – nicht für seinen Sohn, den glücklosen Träger einer vorbestimmten Schwäche, sondern für seine Tochter. Was diese Lektion für seine Tochter war, wusste er nicht genau – sie schwebte ihm vor Augen, doch vage, wie hinter einem Schleier. Sie hatte ihren Bruder ausfindig gemacht; sie war rätselhafterweise aufgebrochen, um mit ihm und der Frau zusammenzuleben, und was besagte das, worauf deutete es hin? Einen besseren Kopf auf den Schultern als ihr Bruder, dank Mendel und seinen Zuckererbsen und auch dank diesem Gemisch der Vorfahren; auch Margaret hatte einen Anteil daran. Iris war zu einer gesunden jungen Frau herangewachsen. Da sie warmherzig und pragmatisch war, mochte sie Julian nachgerannt sein, um ihn bloßzustellen, ohne sich von ihm loszusagen, als könnte die einstige Vertrautheit noch immer ihre Wirkung tun. Eine völlig andere Aktion als Marvins eiliger Aufbruch nach New York: ein rascher, sauberer Schnitt. Eine Lektion nicht für den Jungen, nein! (der Junge war für immer ruiniert), sondern für dieses fleißige, aufgeweckte Mädchen mit dem gleichen soliden Verstand wie er. Iris würde sehen, wie gerecht das war, was er getan hatte – die kalkulierte, geschäftsmäßige Kompensation, die Zurückweisung des Sohnes, ohne ihn im Stich zu lassen. Darin lag eine Lektion für seine Tochter, aber diese Lektion entglitt ihm, er hatte sie beinahe zu fassen bekommen, aber dann entzog sie sich ihm wieder …

Er läutete nach der Stewardess.

»Wo bleibt mein Gin Tonic?«

»Ich habe ihn Ihnen gebracht, aber Sie sagten, Sie wollten ihn nicht mehr …«

»Aber jetzt will ich ihn. Und bringen Sie mir eine Augenschlafmaske.« Er trank; sein dicker Hals fühlte sich heiß an, der Specknacken und das Fett um seinen Adamsapfel, und das Sirenengeräusch in seinen Ohren wurde schwächer (aber nur ein wenig, gespensterhaft); er konnte nicht schlafen.

Was war die Lektion, und wenn sie ihm einfiel – sie schwebte gleichsam am äußersten Rand seines Bewusstseins –, würde das Mädchen sie erkennen, würde sie sie aufgreifen, würde sie ihr gerecht werden? Was waren die Vorwürfe seiner Kinder, wodurch hatte er sie beleidigt? Sein Sohn und die Frau seines Sohnes, sie hatten *ihn* beleidigt! Während Iris, die den gleichen soliden Verstand hatte wie er, wenngleich sie ein bisschen nachgiebiger war … er hatte ein Kind verloren, aber auch das andere?

Als Marvin sich viele Stunden später erschöpft von Schlaflosigkeit den Weg zu seinem Haus hinaufmühte, sah er zu seiner Überraschung die schwere Tür mit dem Oberlicht aus buntem Glas weit offen stehen und davor die weißhaarige Haushälterin in Straßenkleidung mit ihrem Wäschesack – Margaret hatte darauf bestanden, dass sie eine Dienstmädchentracht trug, und sie hatte nachgegeben und trug sie gewöhnlich zweimal pro Woche in die Wäscherei. Ein deutlich jüngerer Mann – ein Motorradfahrer, der nach dem Weg fragte? – zeigte ihr etwas, was wie ein schmutziger Fetzen Papier aussah. Die Haushälterin stieß einen Schrei aus und zupfte den Mann am Ellbogen, damit er sich ihrem näher kommenden Arbeitgeber zuwandte.

»Gerade in diesem Augenblick wollte ich gehen«, rief sie, »und Gott behüte, er ist von der Polizei!«

Später fiel Marvin ein, obwohl es nichts zu bedeuten hatte, dass auch der Polizist in Zivil gewesen war.

49

MARVIN AM MORGEN nach Thanksgiving am Telefon, heiser, tobend, anklagend, was um Himmels willen erzählte er ihr da? Ein totales Durcheinander, unmöglich, es zu entwirren. Ein Prozess, sagte er, er würde die Leute verklagen, bis sie vollends den Verstand verlören und den letzten Penny, eine Pflichtverletzung, wie er sie schlimmer noch nie erlebt hatte, er hatte im Übrigen herausgefunden, dass die dumme Kuh nicht zum ersten Mal in ihrem Job versagt hatte, sie war schon vorher verwarnt worden, hätte das Kommen und Gehen der Leute überwachen sollen, die Besucher eintragen et cetera, sie hatten die Frau auf der Stelle gefeuert, aber was nützte das jetzt? Und ohne Schuhe, ihre Füße bluteten, es war grauenhaft, der verdammte Fahrer, die Busgesellschaft musste verklagt werden, sie würden nicht ungestraft davonkommen, schlicht und einfach Mord, und dieser blutverschmierte Brief, den sie aus ihrer Tasche geholt hatten, hatte sie den Verstand verloren, einer kranken Frau so einen Brief zu schicken, sie so aufzuregen, und barfuß, großer Gott, barfuß mitten auf der Schnellstraße, schlicht und einfach Mord!

Marvin litt. Die krächzende Stimme, die blinde Wut, die Panik. »Du musst es meinen Kindern sagen, du bist diejenige, die es tun muss, ich kann es nicht selber, ich kann's nicht, ich bin dem nicht gewachsen, auch wenn ich wüsste, wie ich sie erreichen kann, die ganze Zeit keine einzige Zeile von Iris, und mein Sohn – also, mit Julian ist es aus. Aber man muss es ihm sagen, Margaret würde es wollen.«

Und Margaret: krank oder gesund? Ein bisschen von beidem. Es war gewiss ein Zeichen von Gesundheit, Marvin Widerstand zu leisten, ihn zu durchschauen, sogar gegen ihn aufzubegehren; und ihn zu durchschauen bedeutete zwangsläufig, gegen ihn aufzubegehren. Aber was spielte es nun für eine Rolle, ob Margaret etwas gesehen, widerstanden, gegen ihn aufbegehrt hatte? Ein zerbrochener Körper auf einer kalifornischen Landstraße.

»Und wie kommst du dazu, meiner Frau dieses hirnverbrannte Briefchen zu schicken? Julian hat geheiratet, er ist auf dem Heimweg, genau das Zeug, von dem sie in ihrem irren Wahn gefaselt hat, du hast Margaret ja sowieso nicht gekannt, du hattest nicht das Geringste mit ihr gemein, wie auch, du hast doch praktisch dein ganzes Leben wie eine verdammte Nonne gelebt, und wenn du mich fragst, dann bist du's und dein verdammtes Briefchen, die sie in den Tod getrieben haben …«

Bea sagte kleinlaut und zerknirscht: »Ich habe gedacht, das würde sie glücklich machen.«

»Glücklich! Bea, sie ist tot, meine Frau ist tot.«

Und dann die elektrische Stille in der Leitung, all die vielen Meilen zwischen ihnen.

Aber schon wieder hatte er ihr einen seiner unumstößlichen Befehle hinterlassen: Ihr fiel die Aufgabe zu – schon wieder! –, die Botin für Marvins Kinder zu sein. Unumstößlich? Sie war schon jetzt eine Meisterin in der Kunst des Verrats – was Marvin alles nicht wusste, was sie ihm alles verheimlicht hatte! Er wusste nicht, dass sie Margaret besucht hatte, wusste nicht, dass sie dieses Mädchen mit dem Umhang gesehen hatte, wusste nicht, dass sie seinen Scheck verbrannt hatte. Er wusste nicht, dass seine Tochter einem Gauner hörig war! Bea zählte alles zusammen, überlegte hin und her, wog die Konsequenzen einer Beichte ab – wenn sie Marvin all dies beichten würde, liefe es am Ende auf das Gleiche hinaus. Margaret war tot. Tot, ob befreit von ihrem Wahn oder nicht. Marvin vermutlich ein Ehebrecher. Julian von seinem Vater verstoßen; es gäbe keine Gnadenfrist. Und Iris … In der ganzen Angelegenheit sah Bea bei sich keine Schuld: Sie hatte sich auf die Seite der Partei am fernen Horizont geschlagen. Was die Asche im Ausguss betraf, so hatte sie Marvins Unvernunft mit Vernunft durchkreuzt. Es war vernünftig gewesen, Marvins Absichten zu durchkreuzen! Geld befreit – gewiss, sie hätte Julian ganz und gar befreien können, sie hätte dem Sohn sein Erbe geben können, ohne ihm die Bedingung seines Vaters zu verraten. Doch Geld bedeutete auch einen Zwang – wäre Julian versucht gewesen, es anzunehmen, oder hätte er überredet werden können, es anzunehmen (von wem?, von Lili?), dann wäre das Geld für immer und ewig vom Imperium seines Vaters, von der Verachtung seines Vaters gebrandmarkt gewesen. Nach der Logik ihres Verrats hatte sie Julian aus dem Schraubstock von Marvins Bosheit befreit. Freiheit! Um frei zu sein, musste eliminiert werden! Kein letzter Rest einer Beziehung, kein letztes Bindeglied …

Die Austreibung von Leo Coopersmith. Die Austreibung der Asche im Ausguss. Beides vereint in einer einzigen Nacht.

Auf der anderen Seite – oh, wie qualvoll diese ewige andere Seite: Hatte sie nicht Julians Chance, sich zu entscheiden, eliminiert? Die Entscheidung, das Geld zu nehmen, falls er sich traute? Es auch dann zu nehmen, wenn man ihm begreiflich machte, was die Bedingung dafür war? Wenn es keine Wahl gab, wo war dann die Freiheit? Und Marvins entsetzliche Bezichtigung – war es wahr? Enthielt sie auch nur einen Hauch von Wahrheit? Es konnte nicht wahr sein! Das Leid ist ein Albtraum, das Leid ist eine Fratze: Der Schock über den gerade erlebten Verlust musste wohl zu solchen grotesken Beschuldigungen führen. Ein Unfall auf der Schnellstraße! Oder, Gott behüte, ein Selbstmord. Wie barsch sie zu Margaret gesprochen hatte in diesem protzigen, öden Mausoleum für die Lebenden – aber trotzdem, wie konnte ein kleines Stück Papier, geschickt als Wiedergutmachung und aus Reue, jemanden umbringen?

50

WEIL DER BARON mit dem Ende seines Stockes gegen sein Brustbein gestoßen hatte – diesen Ort beleidigter Männlichkeit, wo seine am wenigsten eingestandenen Ahnungen lagerten –, wusste Kleinman, dass er heute Abend zu Lili gehen musste. Die Schuld (die Sünde!) war die des Barons; Kleinman fühlte sich erniedrigt von diesem demütigenden Knuff. Aber auch Kleinman war schuld; er war unterwürfig gewesen, hatte untätig mit angesehen, wie Lili schlechtgemacht wurde. Er hatte zugelassen, dass der Baron ihn beschimpfte, ihn mit seinem Stock stieß, sich über ihn lustig machte – und hatte die ganze Zeit dagestanden, unterwürfig und ängstlich. Er hatte Angst davor gehabt, Lili zurückzurufen – er hatte sie gehen lassen, hatte sie nicht einmal zurückgeholt, um ihr den halben Wochenlohn zu geben, der ihr zustand. Und Lili war krank, sie war eindeutig krank. Krank und verstoßen, so wie Hagar, hatte sie irgendein unbekanntes persönliches Problem – aber Hagar hatte als Trost ihren Sohn Ismael gehabt, während die arme Lili kinderlos war. Oder vielleicht … Kleinman hatte sie einmal mit einem Jungen gesehen, der anscheinend ihretwegen gekommen war, einem großen, pummeligen Jungen in amerikanisch aussehenden Sandalen, der nichts mit all den anderen in der Schlange gemein hatte. Kleinman mischte sich nicht in das unglückliche Leben seines Personals ein. Ihre Geschichten waren zwangsläufig traurig.

In seinem Buch mit den Aufzeichnungen – es war tadellos geführt, die Zahlen in peinlich genauer Ordnung (der Baron hätte nicht das Geringste daran auszusetzen gefunden) – stellte er fest, wo Lili wohnte. Er kannte die Gegend nicht und war überrascht. Seine Leute, Lipkinoff zum Beispiel, und er selbst logierten in irgendwelchen Winkeln im überfüllten Marais. Doch das hier – die steinerne Fassade einer Festung, die hohen Rundbogenfenster, die schweren Türen mit ihren Schnitzereien –, das hier war ein richtiges Bauwerk! Er hatte ein dünnes Päckchen bei sich: die Handvoll Francs, die er Lili noch schuldig war, und ein paar hastig hingekritzelte Worte, Reue und Bedauern, Scham und Entschuldigung (er war mit von der Partie gewesen, er hatte sie ziehen lassen und nur einen ganz schwachen, feigen Protest geäußert), er wollte sie wissen lassen, dass sein tiefstes Vertrauen, seine Loyalität ganz auf ihrer Seite waren, er hatte sie nie wie eine verstoßene Hagar abschieben wollen, es war die Sünde des Barons, nicht seine! Er besaß nicht die Macht, sie zu trösten, er selbst hatte auch keine Kinder – und auch keine Frau –, aber wenn sie je in Not war …

Die Sätze wollten nicht enden, und er begriff, dass solche Sätze in der Geschichte der Welt Tausende Male geschrieben worden waren und in Wahrheit nie Trost spenden und wie Dunst ins Nichts geblasen würden. Die texanische Wildnis lag vor ihm (*hamidbar*, die Wüste, auch er teilte Hagars Los), und was erwartete Lili – und wo? Ihre Wege trennten sich, er ging in den Westen, sie in den Osten … sie hatte von einem Onkel gesprochen, würde sie nun zu diesem Onkel gehen? Und wie war es möglich, dass diese paar Francs ihr in der Zwischenzeit gestattet hatten, in einem derart prächtigen Anwesen zu wohnen: das luxuriös mit einem Teppich ausgelegte Foyer, der vergoldete Käfig des Fahrstuhls, die säuerlich dreinblickende Concierge, deren Akzent so wenig hierherpasste wie sein eigener?

Hinter einer Marmorsperre hielt die Frau eine Hand hoch, um ihn am Weitergehen zu hindern.

»Was wollen Sie hier?«

»Ich möchte eine Freundin besuchen.« Wie hätte er es sonst sagen können?

»Sie sind doch bestimmt einer von denen, oder?«

Sie hatte ihn gleich taxiert, sie wusste sofort, was er war. In ganz Paris wussten sie es. Noch aus dem Augenwinkel konnten sie es erkennen. Wäre es in Texas genauso? Warum nicht, es war überall das Gleiche.

»Er hat aber das Büro noch nicht aufgemacht, soweit ich weiß«, sagte die Concierge. »Er ist gerade erst zurückgekommen, es ist jetzt bloß noch das eine Mädchen oben. Und der Junge, der da gehaust hat, ist auch weg, ich hab nie rausgefunden, ob er Jude war oder nicht, jedenfalls hatte er so einen Namen.«

Kleinman erbleichte. Hielt sie ihn für den Besucher eines Bordells?

»*Sixième étage*, Sie wollen bestimmt zu diesem Montalbano. Solange ich mein Trinkgeld krieg, geht mich das nichts an.«

Als er mit dem Fahrstuhl hochfuhr, dachte er: Nein, nicht Lili, es kann nicht Lili sein … und doch war die Welt voller Widersprüche. Er drückte auf den Knopf und wartete; Scham überkam ihn, Scham wegen Lili, Scham wegen dem, wofür man ihn hielt. Die Tür ging auf, und eine junge Frau stand vor ihm, nur halb bekleidet – er sah gleich, dass sie Amerikanerin war: Etwas an den Gesichtern von Amerikanern war anders. Ein Ausdruck von … wie sollte man es nennen? Als hätten sie irgendeine Sonderstellung. Er hatte den gleichen Ausdruck bei dem Jungen wahrgenommen, der Lili abgeholt hatte, dem Jungen, der niemandem in der Warteschlange ähnlich sah. Amerika war von Cowboys und Gangstern bevölkert.

Er probierte sein neues Englisch aus. (Wie fleißig er gelernt hatte!) »Entschuldigen Sie«, sagte er. Der Satz klang richtig, genauso, wie er ihn geübt hatte. Doch er kam so unterwürfig über seine Lippen, als machte er dabei eine Verbeugung. Wie dreist sie dastand, wie ungeniert in diesem legeren Aufzug!

Die junge Amerikanerin erwiderte mit einer geschäftsmäßigen amerikanischen Stimme: »Tut mir leid, das sind nicht unsere Sprechstunden, Kunden erst nach dem Wochenende.«

»Ich würde gern Lili sehen«, sagte er in bittendem Ton.

»Lili? Sie ist nicht mehr da …«

»Ich muss sie sehen, unbedingt. Bitte, sagen Sie mir, wie ich Lili finden kann.«

»Sie sollten sich fernhalten, sie ist krank, sie will niemand sehen.«

»Krank, ja!«, rief er. »Ich habe Geld für sie, darum muss ich sie jetzt sehen …«

Wie falsch klang doch der Satz! Als suchte er nicht nach der Lili, die er kannte, sondern nach einer … Hure.

»Bitte«, wiederholte er noch einmal. Sein Kopf, seine Brust beschmutzt von diesen Worten. »Ich bitte Sie, sagen Sie mir, wo Lili ist.«

Also sagte Iris es ihm, schloss die Tür hinter ihm und rief nach Phillip, der bereits nackt in ihrem Bett lag. »So! Ich hoffe, ich habe es richtig gemacht! Meine erste Amtshandlung für die Klinik«, sagte sie fröhlich. Dann überlegte sie es sich, es stimmte nicht, was sie gesagt hatte. »Eigentlich nicht für die Klinik«, fügte sie hinzu. »Jemand von Lilis Arbeitsstelle – einer von denen. So wie er sich aufführte, könnte man meinen, das Ende der Welt steht bevor. Aber ich wusste sofort, dass es kein Kunde war.«

Unten im Eingang, unter den verächtlichen Blicken der Concierge, nahm Kleinman seinen Füller – den besonderen, den er für die Buchhaltung des Barons benutzte – und fügte sorgsam dem letzten seiner tiefempfundenen, rasch dahingekritzelten Sätze noch ein paar Wörter hinzu.

»In welcher Lage auch immer Sie sich befinden«, schrieb er.

Es war nach sieben, als er in der Pension ankam. Eine ärmliche Adresse in einem heruntergekommenen Außenposten. Er war erst in die falsche Gegend gefahren, nachdem er den falschen Bus genommen hatte, war dann zurückgefahren und hatte sich von Neuem auf den Weg gemacht. Es war dunkel geworden. Es gab nur eine einzige Straßenlampe, die anderen waren defekt. Er wäre beinahe über einen Riss in der Schwelle gestolpert, und als er sich aufrichtete, stellte er fest, dass die Tür nicht verschlossen war. Im Gang roch es schlecht, eine unangenehme Süße überdeckte den Gestank; doch gleich danach merkte er, dass es der unreine Atem einer Frau war. Sie hatte sich aus dem Halbdunkel herangestohlen (in der Deckenlampe fehlte eine Glühbirne) und näherte sich ihm, sodass ihr Mund fast auf der Höhe seines eigenen war. Sie kaute an einem Karamellbonbon.

»Wir sind voll«, sagte sie. »Falls Sie ein Zimmer suchen.«

»Nein, nein, ich will nur eine Freundin besuchen.« Und als Kleinman diesen Refrain von sich gab, kam er sich vor wie ein Reisender in einem orientalischen Märchen.

»Und wer soll das sein?«

»Sie heißt Lili.«

»Ich weiß nicht, wie sie sich nennen, ich erkenne sie an ihrem Aussehen. Und daran, ob sie pünktlich zahlen.«

»Klein. Schwarzes Haar. Und sehr dünn.«

»Das ist die, für die er Wasser wollte. Als könnte ich jedem Herumtreiber, der danach fragt, den Heiligen Gral verschenken. Hab einen Essigkrug ausgewaschen und dafür auch Geld von ihm verlangt.«

»Von ihm?«, fragte Kleinman.

»Jede Menge Geschrei hat's da drin gegeben, ein Streit, nehme ich an. Und Sie sind nicht der Einzige, der heute nachgefragt hat – der andere ist gleich wieder weggerannt. Am besten machen Sie es auch so, ich schließe um Viertel nach sieben.«

Er stieg die Treppe hoch und lauschte. Lili; und dann ein Mann; und dann wieder Lili. Verzerrte Töne, die erst lauter, dann leiser, lauter und wieder leiser wurden, als sammelte sich Blut in ihrer Kehle. Die Geräusche machten ihm Angst.

Er wagte nicht zu klopfen. Stattdessen schob er das Päckchen unter die Türschwelle und ging davon.

Einer von denen, sagte sich die Vermieterin und drehte den Schlüssel im Schloss.

51

ES ÜBERRASCHTE BEA nicht, dass ihr Schulrektor nicht auf ihren Vorschlag einging.

»Eine Lehrerin für Fremdsprachen? Hast du den Verstand verloren? Ausgerechnet du weißt doch besser als sonst irgendjemand, dass wir unseren Jungs nicht mal ihre sogenannte Muttersprache richtig beibringen können!«

»Nein«, sagte Bea, »ich fragte mich, ob du noch Kontakt hast zu dieser anderen Schule, wo sie Französisch und Latein lernen – an der du früher warst.«

»Früher, ja. Aber jetzt bin ich hier. Passe besser hierher, wie es heißt. Und Bea, noch dazu aus einem kommunistischen Land, wer will so was heutzutage riskieren?«

Aber es war Harold Bienenfeld, der eine Lösung wusste.

Laura sagte: »Harold hat einen alten Klassenkameraden, eigentlich ist es gar kein Klassenkamerad, er war ein Jahr älter, aber er arbeitet in einem großen Wirtschaftsprüfungsbüro, sie machen Geschäfte in ganz Südamerika und Europa. Ich werde sehen, ob ich Harold dazu bringen kann, dass er ihn fragt, in Ordnung?«

Und vier Tage später: »Es hat sich herausgestellt, dass sie tatsächlich jemand brauchen könnten, ich bin mir nicht ganz sicher, aus dem Spanischen ins Französische und ins Deutsche … irgend so was. Der Zeitpunkt ist günstig, sie haben gerade einen ihrer Übersetzer verloren, der Mann ist nach London gezogen.«

Lili hatte also Glück. Bea nahm die Visitenkarte, die Laura ihr gegeben hatte, und stellte sie auf die Kommode im Schlafzimmer. Möglicherweise käme es zu einem Vorstellungsgespräch, und wie würde sich Lili präsentieren, was würde sie anziehen, wie würde sie sich ausdrücken? Die Karte bedeutete Hoffnung.

Sie leerte zwei der Kommodenschubladen und stopfte den Inhalt in eine dritte. Sie nahm zwei Reihen Kleider mitsamt den Bügeln und schaffte sie vom Schlafzimmerschrank in einen kleineren Schrank im Vorraum. Die Küchenschränke waren frisch aufgefüllt worden mit mehr als den üblichen Vorräten. Wo bisher nur Bea gewesen war, wären nun drei Personen. Drei in einem Kaninchenstall? Die Wohnung wirkte nun wieder merkwürdig klein. Sie ahnte künftige Unordnung … Dieser Strumpf, der von einem Lampenschirm gebaumelt hatte, von einem Bilderrahmen – das konnte nicht Lilis Strumpf gewesen sein. Lili war zu sehr in ihre blasse Haut eingehüllt. Also der von Iris; aber Iris war dabei, sich aus dem Leben zurückzuziehen. Würde sie, allein mit ihrem Vater in dessen Haus, je wieder einen Strumpf über eine Lampe werfen?

Bea verbrachte die Nacht auf dem Sofa. Ihr großes Bett mit den makellos frischen Laken und den großen weichen Kissen erwartete die Besucher. Ihr Rücken schmerzte ein wenig wegen der ungewohnten Oberfläche – hart und viel zu straff gepolstert. Sie freute sich nicht auf den Tag, der vor ihr lag. Sie fürchtete sich vor Julian – vielleicht noch mehr als vor Lili. Sie fürchtete sich vor beiden und vor dem, worauf sie sich einließ, vor dem, was sie Julian sagen musste. Und vor dem, was sie getan hatte! Diese kleine heimliche Feuersbrunst. Es war heimlich, es war privat, aber war es auch schändlich, ging es nur darum, Marvins Plan zu durchkreuzen, oder hatte sie Julians Pläne noch schlimmer durchkreuzt? Etwas zu durchkreuzen war nicht das Gleiche, wie sich zu rächen, nicht wahr, wenn sie sich nur wegen ihrer verletzten Würde rächte? Ihr ganzes Leben lang hatte Marvin sie schlecht behandelt. Und sein Sohn hatte sie schlecht behandelt, sein barbarischer Sohn, der ein Fremder für sie war, den sie nur zweimal gesehen hatte! Sie hatte ihn gesehen, und er hatte kaum zurückgeschaut. Sie hatte noch nicht einmal seine Hand berührt.

Als sie aufwachte, war es draußen unnatürlich hell – ein gefilterter Glanz, als wäre ihr Fenster durch irgendeine dunkle galaktische Strahlung verwandelt worden. Die Scheiben wurden durch sternförmige Kristallmuster verdunkelt. Schnee! Auf der Straße weiße Höcker am Rinnstein, wenige Autos, die nur langsam vorankamen in dem schneidend kalten weißen Wind. Flughäfen geschlossen, Abflüge verschoben, Ankunftszeiten unbekannt. Eine Ankündigung nach der anderen; häufig Rauschen im Radio. Das seltsame Licht verbreitete einen seltsamen Geruch – den Geruch banger Erwartung.

Sie hätten vor der Mittagszeit ankommen sollen. Sie kamen nach Mitternacht. Ihr Flugzeug war in eine andere Stadt umgeleitet worden, Lili wusste nicht, in welche, stundenlang musste sie an Bord bleiben, dann waren sie in eine andere Stadt geflogen, über der sie unablässig eine Runde nach der anderen drehten, weil sie nicht landen konnten.

Es war alles außerordentlich verwirrend, sie waren außerordentlich müde, sie wollten wirklich keine heiße Suppe, und danke vielmals, aber wo sollten sie bitte schlafen?

Julians Füße in den abgetragenen kalifornischen Sandalen waren nass bis zu den Knöcheln. Unter dem Mantel (er hatte vernünftigerweise eine Kapuze) trug Lili eine Bluse, die für eine Gartenparty auf dem Land fünfzig Jahre zuvor passend gewesen wäre, mit Volants am Kragen, Puffärmeln und an den Manschetten mit einer Doppelreihe Rüschen verziert. Lange Ärmel bei kaltem Wetter, aber was für lächerliche Ärmel! Konnte Lili selbst so einen Aufzug gewählt haben, diese Tochter Bukarests, die so viele Sprachen Europas beherrschte? Die beiden sahen verarmt aus; sie *waren* verarmt. Lilis zwei abgenutzte Koffer mit den unbrauchbaren Schlössern waren verschnürt mit einem faserigen Strick. Julian schleppte einen vollgestopften schweren Seesack. Stadtnomaden, der eine so fremdartig wie die andere.

Bea führte sie in ihr Schlafzimmer. Unmittelbar darauf schlossen sie die Tür; sie hörte gedämpftes Zischeln; und später, später … unterdrücktes Keuchen, abgehackte Schreie. Bea hatte noch nie ihre Schlafzimmertür geschlossen. Vor wem auch? Leerer Luft? Aber diese beiden waren demonstrativ Mann und Frau.

Am Morgen war es beinahe so dunkel wie in der gerade vergangenen Nacht. In wenigen Stunden hatte sich der lautlose Schneefall in einen tobenden Blizzard verwandelt, der monoton die Fenster bombardierte und kundtat, dass auch am heutigen Tag die Außenwelt geschlossen blieb – die Geschäfte, die Büros, die Straßen, die Schulen.

Von dort aus gesehen, wo Bea lag, nicht wie sonst zwischen die Hügel gemütlicher Kissen gebettet, war alles um sie her fremd geworden, dämmerig und höhlenähnlich; ein feiner Riss in der Decke, der ihr noch nie aufgefallen war, die Kollwitz-Drucke wie merkwürdige Kleckse an der Wand. Ihr Rücken schmerzte; ihr Gehirn wimmelte noch von angsterregenden Traumfetzen, die langsam verblassten. Sie hatte tief geschlafen und schlimm geträumt, Träume voller Verrat.

Ganz in der Nähe ein Rascheln und Klirren, das Geräusch von fließendem Wasser, des leise siedenden Kessels, der Geruch nach getoastetem Brot: Lili schlich in Beas winziger Küche herum. Bea setzte sich irritiert auf. Der Tisch war schon gedeckt, Frühstücksteller und Besteck; und Julian kauerte vor einer Dampfwolke, die von seiner Teetasse aufstieg, auf dem Platz, wo sein Vater gesessen hatte, genau da, wo Marvin die infame Verstoßung seines Sohnes verkündet hatte. Der Sturm tobte weiter, Hagelkörner, vermischt mit Schneeregen. Hin und wieder das Grollen eines winterlichen Donners. Sie waren miteinander eingeschlossen, Bea, ihr Neffe und seine Frau.

Um drei Uhr nachmittags nahm eine falsche Dämmerung bereits mitternächtliche Farben an. Die Lampen wurden angeschaltet. Den Tag über war ein halbherziger Anstand gewahrt worden – Lilis Dankesbezeigungen, Julians zumeist einfältiges Schweigen. Er gähnte; er schien zu grübeln; er hortete seine Gedanken. Manchmal zeigte sich an beiden Enden seines kümmerlichen strohfarbenen Schnurrbarts eine leichte Röte, ohne irgendeinen Anlass. Erkannte er damit an, dass der unfreundliche Empfang in Paris mit

Beas warmem New Yorker Bett vergolten wurde? Aber es war Lili, die zugab, dass sie sich schämte.

»Sie verzeihen doch meinem Mann«, sagte sie. Schon wieder *»mein Mann«*, diese Überlegenheit des Besitzens. Oder aber sie klammerte sich an den Gedanken, unruhig, nervös. »Er ist so *fatigué*, die Reise, es war so schwierig, bald geht es ihm besser.«

Sie hatten das Thema Sturm schon beinahe erschöpft. Es gab nicht mehr viel zu sagen, und die eisige Wucht hatte auch langsam nachgelassen, stattdessen gingen Regenschwaden nieder. Von der Straße tönte ein Chor scharrender Schaufeln herauf. Die Lastwagen der Stadtreinigung waren da und streuten Salz.

»Vermutlich«, sagte Bea und wehrte die Entschuldigung ab, »werde ich morgen zur Arbeit gehen können. Aber vielleicht auch nicht, so wie es bis jetzt aussieht. Und, Lili«, fügte sie pflichtschuldig hinzu, »wenn dieses schreckliche Wetter vorbei ist und Sie zu einem Vorstellungsgespräch gehen wollen, gibt es vielleicht einen Job für Sie. Ein Freund hat mir den Tipp gegeben, es klingt genau richtig.«

Die parallelen Falten auf Lilis Stirn zogen sich zusammen.

»Aber Julian …« fing sie an und verstummte.

»An Julian hatte ich nicht gedacht – ich habe nichts gefunden, genau genommen habe ich es auch gar nicht versucht.« Ein schnödes Eingeständnis. Sie hatte wirklich nicht an Julian gedacht, an das, was er tun konnte … wozu er überhaupt gut war.

»Er möchte studieren. Lernen.«

»Sein Vater hat einmal erwähnt, dass Julian irgendetwas Wissenschaftliches studiert hat …«

»Ich glaube, seine Veranlagung geht in eine andere Richtung«, sagte Lili.

Sie sprachen über ihn, als wäre er weggegangen. Oder hätte sich in eine Statue verwandelt, blind und taub. Den ganzen Tag über hatte er über einem Buch gehockt, nicht beteiligt am Gespräch. Beas stiller Versuch, gesellig zu sein – absichtsvoll, forciert; Lilis bemühte Höflichkeiten. Es gab nicht die geringste Intimität.

»Was will er dann tun?«, fragte Bea.

»Nichts tun. Sein.«

Doch Lili ging durch das Zimmer dahin, wo Julian kauerte (noch immer auf Marvins Stuhl, niemand hatte seitdem darauf gesessen), und schlang ihre dünnen Arme um seinen Hals. Fügsam führte er ihre Finger an seine Lippen und las weiter. Bea erkannte, dass der Junge und die Frau eng miteinander verbunden waren. Sie ergaben ein altmodisches Bild von Häuslichkeit: Alles, was zur Vervollständigung noch fehlte, war ein Heim; oder ein Kind. Der Junge (der Mann, korrigierte sie sich) hatte einen langen, starken, maskulinen Rücken. Ein Bein war ausgestreckt, das andere um eine Querstrebe des Stuhls geschlungen – eine knabenhafte Haltung; doch der über die Seite des Buches gebeugte Nacken war der eines betagten Mannes. Verwundert erkannte Bea in Julian ein flüchtiges Bild ihres Vaters, träge in seiner Nische hinten im Laden; sah ihren milden, schüchternen, zuvorkommenden Vater mit seinem ewigen Roman in der Hand; ihren weltfremden Vater mit der gekrümmten Haltung des rabbinischen Stubengelehrten. Sie sah den Jungen an: ein körperhafter Blick, jede Pore ein Auge. Sehnsucht erfasste sie – ein plötzlicher Stich. Sein Kopf war überraschend schön, selbst die zarte Kurve des vollen Kinns. Sein Körper brachte das Gewicht seiner Gefühle zum Ausdruck. Sein Appetit auf Fleisch, das begriff sie auf einmal, war ein Hunger nach Gefühl. Sie erkannte ihn als jemanden, den sie versäumt, verkannt, übergangen hatte. Und sie hatte über ihn ein mitleidloses Geschick verhängt. Ihre Hand war so blutbefleckt wie die von Lady Macbeth. Ihre Hand war ein Fallbeil.

»Was liest du da?«, rief sie – im grauen Regenlicht, das senkrechte Rinnsale die tropfnassen Fensterscheiben hinunterjagte, schien er unerklärlich weit weg. »Seit heute früh steckst du deine Nase in dasselbe Buch.« Der freundliche, tantenhafte Ton, mit dem sie sich einschmeicheln wollte. In Paris hatte er ihn nicht ausstehen können.

Es war ein dicker Band, wie ein Schulbuch. Der Rücken war schwarz, die Buchstaben gelb – oder golden? Vielleicht, dachte sie, war es ihre alte Anthologie aus dem College, *Von Beowulf zu Wordsworth*. Vermutlich hatte er sie sich aus dem kleinen Regal im Schlafzimmer geholt, wo sie solche Sachen aufbewahrte: die Erbstücke aus der Jugend, darunter immer noch der von Leo hinterlassene Füller mit der rostigen Spitze; vergessen.

»Nichts«, sagte er.

Es stimmte: Was immer ihn anzog, gehörte ihm und bedeutete ihr nichts. Diese Gewissensbisse, dieser Druck auf den Rippen – war es Bedauern, war es Neid? Neid, weil es niemanden gab, der ihre Fingerspitzen an den Mund eines jungen Mannes führte? Julians langer Rücken, seine Beine.

Eine alte Frau, die einen Jungen begehrte. Die Atmosphäre war erfüllt von ihrem Neffen und seiner Frau. Ihre Nähe und ihre Ferne drangen in jeden Winkel.

Entschlossen entzog sich Lili Julians Griff. Sie hielt Bea ihre Handflächen entgegen: die leeren Schalen einer Bettlerin. »Er nimmt so viele, viele Bücher mit – schwer! Und sehen Sie, er sieht wie ein Student aus, er muss jetzt richtig studieren, an einer richtigen Schule …« – hier hielt sie inne, das Wort entzog sich ihr, sie konnte es nicht herausbringen, bis sie schließlich auf die Sache an sich kam – *»théologie«*.

»Sie meinen doch nicht Religionswissenschaft!«

Unmöglich, dass Marvin so einen Sohn dulden konnte. Ein missratener Spross, entstanden aus dem steinernen Samen des Vaters.

Julian hob den Kopf. Zum ersten Mal – zum allerersten Mal – sah er Bea aus schmalen Augen an. »Nichts dergleichen, du hast mich völlig falsch verstanden. Ich glaube überhaupt nichts von dem Kram, warum sollte ich auch? Und für Lili ist es völlig fremd. All diese Konfessionen, vielleicht hat das mal meiner Mutter etwas bedeutet, aber ich bin nichts, das ist die ganze Wahrheit.«

»Aber Lili sagt, Theologie …«

Die Tatarenlider blinzelten. »Es ist nur ein Wort. Lili weiß, was ich meine. Nicht über Gott will ich nachdenken. Sondern darüber, warum es keinen Gott gibt.«

»Für so etwas gibt es keine Schule.« Aber Bea wollte ihm entgegenkommen, freundlich zu ihm sein. Nicht ihm widersprechen.

»Irgendwo gibt es eine. Oder einen Lehrer. Oder vielleicht«, stieß er hervor, »könnte ich eine gründen.«

Der letzte Satz war doch bestimmt ironisch gemeint, aber du liebe Güte, der Junge war doch nicht ganz richtig im Kopf, er war auf der Suche nach dem Nicht-Gott! Und wenn es keinen Gott gab, dann war er auf der Suche nach nichts, und wie würde er dann leben? Marvin hatte in seiner Weisheit seinem Sohn die Mittel verschafft – ja, ja, sie musste es zugeben, Marvins unbestreitbare Weisheit! –, und Bea hatte sie ganz heimtückisch, boshaft geopfert.

Und Julian hatte von seiner Mutter gesprochen.

»Lili denkt an etwas Herkömmlicheres«, sagte Bea.

Lilis kleiner Mund verzog sich krampfhaft, wie in einem nervösen Tic. In dieser albernen Bluse, die ihre knochigen Arme verbarg, wirkte sie hilflos und clownesk.

»Nein«, sagte sie. »Julian muss sein. Ich werde tun.«

Und wieder dachte Bea, wie schon zuvor beim Anblick der Haken, der Kleiderhaken oder Fleischerhaken: *Sie ist an alles gewöhnt. Die Welt ist, wie sie ist. Sie ist auf alles gefasst.* Hatte Lili geglaubt, dieser verträumte Junge würde, wenn er erst einmal die ihm in die Wiege gelegten Möglichkeiten wiedererlangte, die Ernsthaftigkeit *(théologie!)* eines seriösen Gelehrten an den Tag legen? Hütete sie den Geist eines verlorenen Ehemanns und hoffte, der neue würde in irgendeiner Weise den alten imitieren? Trotzdem, die Welt ist, wie sie ist; es war klar, dass Lili, so fragil sie war, bereit war, für alle Zeiten diesen Jungen – sein Gewicht, seinen Hunger – mitzuschleppen. Sie würde in seelenlosen Büros arbeiten und ihren kargen Lohn verdienen, während Julian über seinen Büchern saß (welchen auch immer, schwarze Rücken mit vergoldeten Buchstaben) und über das große Nichts meditierte, den Nicht-Gott, der nicht imstande war, das Universum zu regieren. Dann war Lili seine Komplizin, seine hartnäckige Komplizin, in die Sache verwickelt. Und vielleicht würden sie ein Kind bekommen? Ein Kind, gezeugt von einem Phantom, einem, der vom Nichts träumte. Bea konnte sich kein Kind vorstellen. Es tat ihr leid, wenn ein Schoß keine Frucht trug. Es tat ihr leid um Julian. Etwas – was? war es nur eine momentane Stimmung, war es dieses Eingesperrtsein in der Höhle des nachlassenden Sturms, was war es? –, etwas in ihr hatte sich verändert, hatte sich umgekehrt. Diese Geräusche mitten in der Nacht hinter ihrer Schlafzimmertür. Sie hatte gesehen, wie er an den Fingern seiner Frau saugte, als könnte er melken, woraus sie gemacht war. Hatte er auch die schwarze Milch ihrer Albträume eingesaugt?

Er schloss sein Buch und stand auf. Sein Blick galt nicht Lili. Er galt Bea.

»Erzähl mir von meiner Mutter«, sagte er.

Sie musste sich festhalten; ihre Beine drohten nachzugeben. »Ja«, sagte sie benommen und fiel auf den Stuhl, von dem er aufgestanden war. Marvins Stuhl: Ging ein Bann von ihm aus? Er hatte Julian verhext und zum Reden gebracht.

»Ich möchte sie sehen. Ich dachte, wenn wir nach Westen gehen …«

»Was?« sagte Bea.

»Julian«, unterbrach ihn Lili, »wir müssen warten, bis du davon erzählst, das ist nicht die Art …«

Er reagierte rasch und kurz angebunden. »Lili will den Job sowieso nicht.«

»Aber nach dem, was sie schrieb, glaubte ich …«

»Die Pläne haben sich geändert, wir haben Tickets für den Anschlussflug. Wir bleiben nicht hier.«

Dann sagte Lili, gequält, zurückhaltend, vorsichtig: »Bitte, Sie sind überaus freundlich, Ihre großzügige Gastfreundschaft, wir sind dankbar, wir machen solche Umstände bei Ihnen zu Hause …«

»Es geht darum«, fuhr Julian unerbittlich fort, »dass ich nicht mit meinem Vater zusammentreffen will. Ich muss meine Mutter sehen, selbst wenn ich … in dieses Heim muss. Aber nur, wenn er nicht in der Nähe ist.«

Bea war stumm: verstummt aus Angst. Jetzt war der Moment, jetzt. Es konnte nicht mehr aufgeschoben werden. Sie hatte einen Plan gehabt, sie hatte ihn durchgespielt – wie sie anfangen musste; immer wieder hatte sie ihn durchgespielt. Aber in der Szene, die sie sich ausmalte, war sie diejenige, die anfangen würde. Sie war mit dem Lasso eingefangen worden: Er hatte sie in einer Schlinge zu fassen bekommen.

»Mein Vater hat dir doch bestimmt gesagt, wie es geht. Die Öffnungszeiten, wann er sie besucht, solche Dinge. Damit ich nicht mit ihm zusammentreffen muss.«

»Ich war dort«, sagte Bea schließlich. »Ich bin hingeflogen, nachdem ich Paris verlassen hatte.«

»Du hast meine Mutter gesehen?«

»Sie war mit Malen beschäftigt.«

»Mit Malen?«

»Ja, eine Landschaft. Eine nächtliche Szene, eine Art Feld. Es war … wunderschön. Ich sah … ein großes Talent. Ich hatte mich getäuscht – oder war es Iris? –, ich hatte nicht erwartet, dass es die Art von Heim wäre, als die es sich dann herausstellte. Ich erwartete – weißt du, ich dachte, es sei ein Pflegeheim, so hat dein Vater es genannt. Marvin und seine satirische Ader.«

»Ein Irrenhaus. Dort hat er sie versteckt, oder etwa nicht?«

»Sie hat mir gesagt, sie selbst hat es sich ausgewählt.« In einer verrückten Anwandlung fuhr sie fort: »Genau gesagt, sie wurde ausgewählt.«

»Das hat sie dir gesagt?«

»Es war … eine Art Künstlerkolonie. Eine Künstlerkolonie. Marvin hat sich darüber lustig gemacht, er wollte es nicht ernst nehmen. Überall standen Staffeleien, auf dem ganzen Rasen. Und Musik! Klaviermusik! Es gab Komponisten, Konzerte. Sie hatten sogar einen Blüthner.«

Und Julian, gebannt, hingerissen: »Was ist das?«

»Ein berühmter alter Flügel, eine Art europäischer Steinway. Deine Mutter wirkte sehr glücklich. Man muss … man muss sich bewerben, um in so einem Heim aufgenommen zu werden, es ist eine Ehre, wenn man angenommen wird. Es gilt als Auszeichnung.«

»Aber Iris … Du hast sie gehört, sie hat gesagt, Mom würde allmählich durchdrehen …«

»Davon weiß ich nichts, ich weiß nicht, warum Iris so etwas gesagt hat. Vielleicht hat sie sich über irgendetwas geärgert, vielleicht haben sie sich gestritten. Sie ist doch weggefahren, ohne Margaret überhaupt zu sagen, dass sie wegfährt! Deine Mutter und ich haben uns gut verstanden, wir hatten uns jahrelang nicht gesehen. Wir haben ununterbrochen geredet.«

»Worüber?«

Bea improvisierte: »Also, sie war tatsächlich ein wenig

böse auf deinen Vater. Du weißt ja, wie sarkastisch er sein kann. Sie hat mir gesagt, sie sei froh, eine Zeit lang weg zu sein.«

Ein Hauch von Wahrheit in der ganzen wahnsinnigen Erfindung. Diese verrückten Lügenmärchen, diese fantastische Fabel. Es war über sie gekommen wie ein unaufhaltsamer Strom, wie etwas, was sie verschlang, Lüge, Lüge, Lüge, es war gewissenlos! Er glaubte ihr, war wild darauf, um ihr zu glauben. Sie schenkte ihm Freude. Seine Gesichtshaut glühte um die gelben Strähnen seines Schnurrbarts. Er, ein Dichter *(Tauben im Marais)*, der Sprössling einer Malerin, einer preisgekrönten Künstlerin!

Und doch war das Ganze riskant – ein Fantasiegebilde, das allzu leicht infrage gestellt werden konnte. Der Sohn würde ganz gewiss Abstand zum Vater halten, aber wenn er nach Kalifornien unterwegs war, wo Iris demnächst in Klausur leben würde, würde sie dann nicht … *nein*! Es konnte zu keiner Zufallsbegegnung kommen, die Vermutung war absurd. Julian würde nicht dorthin reisen, um seine Mutter zu sehen, es gab keine Mutter zu sehen …

Es ließ sich nicht länger aufschieben.

Vorsichtig tastete sich Bea vor. »Wenn ihr beide nach L.A. fahren wollt …«

Lili sagte knapp: »Zuerst gehen wir nach Texas.«

Wie grotesk der Name aus ihrem Mund klang. Es passte nicht zu ihrer Natur.

»Texas? Warum Texas? Kennt ihr dort irgendjemand?«

»Lili hat dort diesen Freund, also nicht direkt ein Freund. Sie hörte kurz vor unserer Abreise von ihm, sie haben zusammengearbeitet. Er könnte ihr Vater sein, so hat er sich gefreut, als er hörte, dass sie nicht allein ist. Dass sie mich hat und einen Ring am Finger.«

»Aus Polen«, sagte Lili. »Ein guter Mensch.«

»Und dort kann man genauso gut leben wie irgendwo sonst«, betonte Julian. »Vielleicht ist es für uns sogar besser als anderswo. Diesmal ist es nicht nur Lili – wir werden alle beide … du weißt schon … Außenseiter sein.«

»Aber wie werdet ihr zurechtkommen?«

»Wir werden es schon schaffen. Lili schafft es immer. Und dieser Kleinman sagt, man hat dort jede Menge guter Chancen, wenn man einigermaßen Spanisch kann.«

Gute Chancen inmitten von Skorpionen und Wüstengebieten! Und Julian, der sich als Fremder im eigenen Land darstellte.

»Und dann«, sagte Julian, »in ein, zwei Wochen, wenn wir auf eigenen Füßen stehen, werden wir meine Mutter besuchen. Ich hatte keine Ahnung, dass Mom Kunst macht, hat sie früher nie getan, und Dad hätte ohnehin darüber gelästert. So wie er zu mir war …«

Das Ganze frei erfunden, und das glaubte er! Glaubte Lili es? Warum sollte sie nicht, und was machte es schon, da Margaret tot war?

»Julian«, sagte Bea – sie kroch bäuchlings darauf zu, vorsichtig, wie ein verängstigter Hund –, »ich habe deiner Mutter erzählt, dass du heimkommst. Ich habe es in einem Brief erwähnt nach meiner Rückkehr nach New York, sie hat sich so darauf gefreut …«

Er reagierte gereizt. »Ich bin aber nicht heimgekommen, oder? Was uns betrifft, Lili und mich, so ist Texas ein anderes Land, darum geht's.«

Darum geht's. Marvins Jargon, Marvins Insistieren. Aber unter der harten Schale der weiche Junge.

»Sie haben den Brief in ihrer Tasche gefunden, es waren nur ein paar Zeilen. In der Tasche ihres Kleides. Irgendwie … irgendwie … ein Unfall auf der Straße, sie wurde verletzt, niemand wusste, wohin sie ging …«

Lili stieß einen Schrei aus. Es war der gleiche Schrei, den Bea nachts gehört hatte.

»Auf der Straße?«, fragte Julian. »Welcher Straße?«

»Der direkt vor dem … vor der Künstlerkolonie.« Das verlogene Wort widerte sie nun an. Sie hatte ihm Freude geschenkt, um ihn dann zu zerstören. Eine Zerstörung nach der anderen.

»Dann ist sie also im Krankenhaus …«

»Nein«, sagte Bea. »Nein.«

»Julian«, murmelte Lili, griff nach seinen Händen, zwang sie um ihre Rippen, hielt sie fest.

Er packte sie mit einem brüchigen Gewieher, das keines war – aber was war es dann? Ein wirres, krankes Geräusch, das nicht aus der Tiefe der Kehle kam, sondern aus einem namenlosen, vergrabenen, missgestalteten Organ – Teufelsmusik –, du großer Gott, der Junge ertrank im Gelächter seines Vaters!

»So ein Witz, Religionswissenschaft, bist du verrückt? Ich wünschte, ich wünschte«, krächzte er, »es könnte einen Gott geben, und es gibt keinen, es gibt keinen, es gibt nichts …«

Langsam ging er Lili hinterher. Die geschlossene Tür wurde eins mit der Wand. Er hatte sein Buch auf dem Stuhl zurückgelassen. Jetzt konnte Bea sehen, was es war: *Rein-*

heit des Herzens heißt, ein einzig Ding wollen. Bald wären sie fort, unterwegs in jenes andere Land ihres freiwilligen Verschwindens. Sie bedauerte es nicht. Sie rechnete nicht damit, die beiden je wiederzusehen. Dieser so ganz, ganz weiche Junge … die Verliebtheit würde vergehen.

Die Sinfonie, die es nie gab, der Gott, den es nie gibt.

52

BEREITS UM ACHT Uhr morgens verwandelte eine wässrige Dezembersonne die Rinnsteine in unpassierbare Flüsse. Bea zog ihre Galoschen über; sie musste zur Arbeit. Die Wiederkehr des Gewöhnlichen, des Vorhersehbaren: In ungefähr einer Stunde würde Cäsar ermordet werden, und ihre jungen Männer (es waren ja schon beinahe Männer) würden zur Feier des Tages einen Höllenlärm veranstalten. Shakespeare brachte ihnen Zynismus bei, und warum auch nicht?

Die Tür zum Schlafzimmer ging auf. Lili kam heraus, noch im Nachthemd.

»Wie geht es Julian?«, fragte Bea.

»Er schläft jetzt. Heute fahren wir.«

Das Nachthemd hatte keine Ärmel. Eine Kuhle im Oberarm. Ein zweiter Mund, an der falschen Stelle – lippenlos, sprachlos.

»Heute? Jetzt schon?«

»Mein Mann wünscht es.«

»Ich dachte, ihr würdet mindestens noch ein paar Tage bleiben wollen …«

»Er wünscht es.«

»Kein Wunder, ich habe ihm wehgetan. Ich musste es tun«, sagte Bea. »Ich konnte es ihm nicht verschweigen. Seine Mutter … Ich musste es ihm sagen. Er musste es wissen.«

»Manchmal«, sagte Lili, »suchen die Verrückten den Tod.«

»Niemand weiß, was sie vorhatte.«

Der Brief in ihrer Tasche – bin ich schuld?

»Aber ihr Kopf war doch nicht in Ordnung?«

»Ja und nein. Es ist schwer zu sagen, wir kannten uns kaum. Der arme Julian, ich habe ihm das Herz gebrochen.«

»Seine Mutter war gebrochen, oder?«

Die Fäkalienkleckse auf der Leinwand, die Flucht, die bloßen Füße.

»Ich glaube schon«, sagte Bea.

»Diese andere Frau – sie ist intakt. Intakt und begabt.«

»Wovon reden Sie, welche andere Frau?«

»Die Künstlerin, die Frau, die malt.«

»Ach so«, sagte Bea. Wie durchschaubar sie war für Julians Frau: als hätte er eine Sibylle geheiratet.

»Er wird sie jetzt behalten, diese andere Frau. Die begabte Mutter, die malt.«

»Es ist nicht wahr, Lili. Sie wissen, dass es nicht wahr ist.«

»Für meinen Mann ist es wahr. Wie gut Sie sind!«, sagte Lili.

»Wird er es nicht merken? *Sie* haben es gemerkt.«

»Er ist wie ein Engel, wie ein Kind, er sieht alles und nichts.«

Bea sagte mit bleierner Stimme: »Sie haben ihn einmal als Mann bezeichnet.«

Die müden Falten in Lilis kleinem dunklem Gesicht bildeten ein Delta wie auf dem Kopf eines Tigers. »Nur ein Mann ist fähig, in seinem Bett zu weinen«, sagte sie.

Und noch einmal: »Wie gut Sie sind!«

53

Weihnachtsabend

Liebe Tante Bea,

ich bin ganz allein heute Abend – allein mit Dad, was meistens praktisch auf das Gleiche rauskommt –, und ich wollte Dir schreiben, weil ich mir denke, dass Du auch allein bist, obwohl Du gar nicht Weihnachten feierst, oder doch? Es ist bloß so, dass heute Nachmittag etwas Komisches passiert ist, und vielleicht möchtest Du es jetzt schon erfahren. Dad war es nicht recht, dass der Baum auch in diesem Jahr aufgestellt wurde, ich mache ihm keinen Vorwurf, aber unser Gärtner lieferte diese große, hohe Coloradofichte ab, so wie er es all die Jahre getan hat, seit ich mich erinnern kann. Niemand hat ihm gesagt, er soll es bleiben lassen, und da war also der Baum, und ich hab Mrs Hruska (sie ist Dads Haushälterin) gebeten, mit mir die Sachen für den Baum aus dem Abstellraum im Keller zu holen. Zwei Schachteln voll mit diesem komischen Schmuck, den Mom über die Jahre gesammelt hat, kleine silberne Esel und Schafe und die glänzenden roten und grünen Kugeln, an denen Julian und ich immer lecken wollten, als wir klein waren, und der orangefarbene Stern für die Spitze. Wir hängten die ganze Dekoration auf, bis auf die Lichter, weil die Drähte verknotet waren und Mrs Hruska Angst hat, irgendetwas anzufassen, was mit Elektrizität zu tun hat, sie hasst es, den Staubsauger zu benutzen. Dad sah das Ganze, als es fertig war – es sah wirklich schön aus –, und sagte kein

Wort. Ich weiß nicht, ob dieser angenehme Duft nach Fichtennadeln und das weihnachtlich geschmückte Haus ihn ein bisschen aufmuntern oder ihn noch trauriger machen. Er geht fast gar nicht mehr ins Büro, ist aber den ganzen Tag am Telefon, es ist nicht so, dass er die Sachen schleifen lässt, es scheint nur, dass er seit dem Unfall nicht unter Leuten sein will. Als Phillip aus Mailand zurückkam, um mir aus der Klemme zu helfen, war es längst zu spät, um auf die Beerdigung zu gehen, aber Mrs Hruska setzte mich ins Bild – massenhaft Leute in der Kirche, sagte sie, einschließlich dieser reichen mexikanischen Hidalgos, mit denen Dad Geschäfte macht. Doch ich ging zu Moms Grab (Moms Grab, wie schrecklich das klingt), aber Dad wollte nicht mitkommen, und ich musste ganz allein dastehen und mir ansehen, was auf dem Stein stand: GELIEBTE FRAU UND MUTTER. *Das klang so banal und nach gewöhnlicher Friedhofsinschrift, dass ich irgendwie das Gefühl hatte, es wurde Mom nicht gerecht, ich weiß nicht, warum. Vielleicht weil sie etwas halbwegs Neutrales aus dem Alten oder dem Neuen Testament gewählt hätte, wenn sie selbst ihre Grabinschrift hätte aussuchen können, irgendetwas mehr oder weniger Religiöses. Noch letzte Woche bekam Dad einen Brief von einem ihrer Cousins aus Boston, jemand, von dem ich nie gehört hatte, und er warf einen raschen Blick auf den Namen und gab den Brief an mich weiter, ohne ihn zu lesen. Er war unterschrieben mit Alexander Breckinridge III, und dieser Mensch redete endlos davon, wie er sich mit so viel Respekt und Bewunderung an Moms Eltern erinnerte und hoffte, dass Margarets Kinder trotz allem gute Christen geworden waren, und am Schluss kondolierte er Julian und mir, kein Wort über Dad, als gäbe es ihn nicht. Dad hat eine Menge anderer Beileidsbriefe bekommen, hauptsächlich von Geschäfts-*

partnern und von den Ehefrauen seiner Angestellten. Er hat kaum einen Blick darauf geworfen. Ich kann nicht erraten, was er denkt. Selbst heute – am Weihnachtsabend! – war er stundenlang am Telefon, alles Dienstgespräche, er hat davon gesprochen, dass er einen zweiten Anschluss für mich einrichten lassen will, damit meine Freunde mich anrufen können, als ob mir daran gelegen wäre. Seit ich nach Hause zurückgekommen bin – seit Phillip – habe ich weitgehend das Interesse an dem verloren, was vorher war. Und es hat ja ohnehin keinen Sinn, ins Labor zurückzugehen, wenn ich das halbe Semester verpasst habe – sie würden mich auch gar nicht lassen, der Fachbereich hat Nein gesagt, und mein alter Partner aus dem Labor hat ganz allein das Projekt zu Ende geführt, an dem wir gearbeitet hatten – wir veränderten ein Protein, damit es Kristalle bildete, übrigens von Anfang an meine Idee. Wir setzten all diese Proteinplatten der Kälte aus und warteten darauf – besser gesagt, hofften wie verrückt –, dass sie Kristalle bildeten und groß genug würden, damit man sie röntgen konnte. Es kann Wochen und Aberwochen dauern, es können Monate sein, bis manche Proteinkristalle wachsen, und natürlich passierte all das, während ich weg war! Denk nicht, ich bin neidisch, ich bin zuversichtlich, dass ich nächsten September wieder loslegen kann, vielleicht mit einer anderen Idee und um Dad eine Freude zu machen. Ich will ihn beeindrucken. Bloß gibt es bis dahin noch so viel Leerlauf, mit ihm allein in diesem Haus und er so deprimiert … Vielleicht war es der Baum, der es ausgelöst hat, die roten und grünen Kugeln oder was auch immer, aber als er endlich mit dem Telefonieren fertig war und Mrs Hruska ihr Weihnachtsgeld gegeben hatte (sie ging früh, gleich nachdem wir den Stern befestigt hatten, ich oben auf der Leiter, die Mrs Hruska festhielt), begann er aus heiterem Himmel eine Menge Fragen über Julian zu stellen, ob ich wüsste, wo er sei, und ob ich je etwas von ihm hörte. Ich sagte, ich wüsste offen gestanden überhaupt nichts, bloß das, was er selber auch wüsste – ich traute mich nicht, ihm zu sagen, dass sie wahrscheinlich zu Lilis Onkel gegangen waren –, da ging die Türklingel, und Dad verschwand. »Ich bin nicht in der Stimmung, gib ihnen ein paar Dollar und wimmle sie ab«, sagte er. Wir glaubten beide, es seien Kinder, die in der Nachbarschaft von Tür zu Tür gingen und Weihnachtslieder sangen, wie immer an Heiligabend. Aber draußen stand ein Mann in den Fünfzigern, schätze ich, der nach Dad fragte. Er erklärte, er habe den halben Tag lang versucht anzurufen, und es sei dauernd belegt gewesen, war unser Telefon denn nicht in Ordnung, und da er mehr oder weniger in der Nähe wohnte, dachte er, er könnte genauso gut zu Fuß rüberkommen. Also, Tante Bea, der langen Rede kurzer Sinn, er wollte wissen, ob Dad Deine New Yorker Adresse hat – und wer, glaubst du, war es? Dein Mann! Vielmehr Dein gewesener Mann. Dann unterhielten wir uns, ich bat ihn sogar herein, und beinahe hätte er Ja gesagt, aber am Ende ging er doch. Bea! Dein Mann! Der wieder mit Dir Kontakt aufnehmen wollte!

Ich hoffe, Du verbringst ein glückliches Weihnachtsfest. Ein glücklicheres als wir hier, und vielleicht wird es das ja auch.

Iris

54

ER HATTE ES in drei Lagen Seidenpapier gewickelt, es mit zwei festen Kartons geschützt und in einen wattierten Umschlag gesteckt – und doch wusste er, dass es so wenig festgehalten oder eingedämmt werden konnte, wie wenn er eine Flamme in einem Laubbündel hätte einpacken wollen. Es brannte weiter, trotz allem, was es schützte und verhüllte. Es würde ihre Hände in Brand setzen – diese Hände, die ihn verrückt gemacht hatten, die Linke gespreizt wie der Flügel eines Kormorans, die Rechte zu einem aggressiven Hammer geballt. Ihre Fingerabdrücke würden aufgelöst, ihre Knöchel zu geschwärzten Würfeln; sie hatte sich diese Strafe eingehandelt, sie war ein rächender Sukkubus, sie war plötzlich, aus dem Hinterhalt, über ihn gekommen, sie hatte ihn entmannen wollen. Ihre Strafe war die Blindheit ihres Sehens – die blinde Klarsicht ihres Sehens: Sie würde diese runden schwarzen Noten ansehen müssen, aufrecht auf ihren Stielen wie kreischende schwarze Störche – ein Kryptogramm von Klecksen und Fasern, nur durch den Ton zu entziffern, und sie – die ihn wegen seines Unvermögens verspottet hatte – würde nichts hören, nichts hören können! Ihre Ohren waren blind für diese blutig-schwarzen Tröpfchen, die niederregneten, gekürzt, gestutzt, manche reduziert auf ihren Notenschlüssel, andere befreit, um darüber oder darunter herumzurasen, während das Chaos ihres Terrains Syllogismen absonderte, genau dann, wenn sie in einen kritischen Furor mündeten …

Es war erreicht, es war vollendet, dem Blüthner entrissen, Leos Lungen, seinen Hoden entrissen, seinem Ehrgeiz, seiner vernichteten, ausgedörrten Lust. Es war rachsüchtig, es war zornig. Und hier und da (er spürte es, so wie ein Philosoph die Wahrheit spürt) brachte es Schönheit hervor. Der Zorn war in sein Fleisch eingeschrieben, doch das Sublime war ihm von einer Macht hinter dem Schleier widerfahren. Das Sublime würde die Strafe für sie sein: Sie war davon ausgeschlossen im Käfig ihrer Unwissenheit. Der Notenschlüssel, der Code, die Stimme der Noten, alles stumm. Sie war das, wofür er sie schon immer gehalten hatte: eine musikalische Niete.

Und diese taub-blinden ignoranten Hände, die Faust und die gespreizte Hand, hatten Jubel ausgelöst! Er sah, jenseits der Rache, den Ruhm. Das komplette Orchester, die Konzertsäle (Chicago, New York), der Dirigent mit der weißen Mähne – er ging (im Geist) seine Lieblingsmaestros durch –, stehende Ovationen des Publikums, überwältigt von Begeisterung, einer flammenden Begeisterung, geboren aus dem Überfließen seines schöpferischen Gehirns, die vier Sätze, die in einem Geniestreich kulminierten, einem Chor von hohen, winzigen Zwergenfalsetti (solche Miniatursänger ließen sich doch sicher finden) vor dem Hintergrund der explodierenden Pauken. Er rechnete damit, dass das Werk bekannt würde – dass die Welt es kennen würde – unter dem Titel *Coopersmiths Sinfonie b-Moll*.

Aber diese banale Bezeichnung war schwerlich befriedigend, und ohnehin würde das Werk wahrscheinlich nie aufgeführt werden – das Filmgeschäft hatte Leo schon vor langer Zeit bitteren Realismus gelehrt: Im ganzen Land wimmelte es von gescheiterten Sinfonien. Aber einerlei, es war getan, erledigt. Ein Sieg über ihren Unglauben.

Aber wie es sie wissen lassen? Wo in New York wohnte sie? Nach all den Jahren doch bestimmt nicht mehr in dem alten, engen Apartment in der Bronx?

Der Bruder. Der Mogul als Bittsteller. Der Bruder hatte ihm seine Karte dagelassen – nicht dass er sie hatte behalten wollen.

»Nehmen Sie sie, da stehen alle meine Nummern drauf, und bitte lassen Sie mich wissen, wenn Sie von irgendwas hören, was für einen jungen Mann mit einem Hang zum Schreiben einigermaßen passen könnte, mein Sohn glaubt anscheinend, dass er das gut kann, Filmdrehbücher zum Beispiel. Ich sorge dafür, dass es sich für Sie lohnt, wenn Sie irgendwas auftreiben, egal, was.«

Leo hatte ihn weggeschickt – ein ungehobelter Mensch, der sich die uralte Beziehung zu seiner Schwester zunutze machen wollte: eine tote, begrabene, vergessene Ehe. Verachtung. Abscheu. Warum sollte Leo Coopersmith von einer Erinnerung an eine frühere Laune, eine falsche Wendung in seinem Leben verfolgt werden? Falsch und unnötig – was hatte sie ihm je Gutes gebracht? Hatte ihm mit ihren Erwartungen zugesetzt – allerdings war es auch sein eigener Anspruch, waren es seine vielversprechenden Aussichten, was das Ganze nur noch irritierender machte. Und dieser schmerbäuchige, schnaufende Grobian hatte die Stirn gehabt, seine Karte einem einstigen Schwager aufzudrängen, der inzwischen ein Fremder war! Er stand in seiner Diele (wo er hin und wieder die stinkende Hinterlassenschaft des Hundes zu riechen glaubte, der dem Stummfilmschauspieler gehört hatte) und warf die Karte hinter sich, so wie abergläubische Menschen hinter sich spucken, um einen Fluch abzuwehren. Er war diese lästigen Bitten losgeworden, er hatte dem Kerl die Tür gewiesen.

Einen Monat später entdeckte er *Marvin Nachtigall, Aeronautics Design*, an den Ecken ein bisschen zerknittert, auf einer Arbeitsfläche in der Küche – Cora hatte die Karte aufgehoben im Glauben, es handle sich um etwas Wichtiges. Ein zufälliger Fund: Um an die Schwester zu kommen, brauchte er den Bruder.

Es war aber ein Mädchen, das auf sein Klingeln reagierte. Ein nervöses Mädchen in einem langen Rock, das an einer Spange im Haar herumfummelte. Haar in der Farbe einer der bernsteingelben Glasscheiben im Oberlicht der Tür.

»Oh«, sagte sie verblüfft. »Aber wahrscheinlich haben wir deshalb niemand singen hören.«

»Singen?«, fragte er.

»Sternsinger. Meistens kommen sie um diese Zeit.«

Er musterte sie. Ihre Nervosität war abzulesen an den bebenden Nasenflügeln, an der Zunge, die die Lippen befeuchtete. In den dämmerigen Zimmern hinter ihr sah er undeutlich einen nicht beleuchteten Baum, über und über behängt mit Krimskrams. Aber nicht die Spur von Festlichkeit. Dunkelheit dort drinnen, Stille.

»Sammeln Sie für irgendwas? Wenn ja, hier haben Sie fünf Dollar.« Sie war drauf und dran, ihm die Tür vor der Nase zuzumachen.

»Marvin Nachtigall«, erklärte er. »Ich glaube, das ist das richtige Haus. Ich suche nach seiner Schwester. Beatrice Nachtigall.«

Daraufhin hielt sie inne.

»Aber das ist meine Tante. Die Schwester meines Vaters.«

»Und mit Ihrem Vater möchte ich gern sprechen. Über seine Schwester, wie ich sie erreichen kann.«

»Das kann ich Ihnen sagen. Was wollen Sie von ihr?«

»Ich schulde ihr etwas.« Dann begann er erneut: «Ich versuchte zu telefonieren, wenn ich also Ihren Vater sprechen könnte ...«

»Sie heißt nicht Nachtigall, sie hat einen anderen Namen.«

Ein Moment der Überraschung. »Dann ist sie also verheiratet?«

»Nicht mehr, das ist ewig her.« Sie schob die Spange zurück ins Haar, als könnte ihn die heftige Bewegung einschüchtern. Was er für Nervosität gehalten hatte, war Ungeduld. »Was schulden Sie ihr denn?«

»Ein Geschenk. Ein musikalisches Geschenk.« Dass er so bedenkenlos die bedeutsame Angelegenheit auf der Schwelle eines Hauses verkünden würde, auf der Straße, im Freien! Der Leichtsinn der Anonymität. Er hatte das Gefühl, er sei ein Hochstapler.

Er sagte: »Vermutlich sind *Sie* nicht musikalisch.« Wie denn auch? Ihre Abstammung sprach dagegen.

»Meine Mutter war es vielleicht ein bisschen – sie hat uns mal erzählt, dass sie als Teenager im Kirchenchor singen musste, obwohl sie es eigentlich nicht wollte. Aber sie ist tot, sie ist gestorben.« Die blassen Lider des Mädchens flatterten. »Fast keiner in meiner Familie ist es, nicht wirklich. Meine Tante Bea ist die Einzige – sie besitzt diesen riesigen Flügel, den sie behandelt, als wäre es eine Art Altar.«

»Es war mal meiner«, sagte er.

»Ihrer?« Das gab ihr zu denken.

»Ich habe jetzt einen anderen.« Er lächelte ein Lächeln, von dem er perverserweise wusste, dass es gefährlich war. »Ein anderes Instrument, ein anderes Leben. Ich hatte sogar andere Ehefrauen.«

»Andere Ehefrauen?« Sie wurde hellwach, die Verwirrung war vorbei, jetzt hatte sie begriffen.

»Sie war Beatrice Nachtigall, als wir uns kennenlernten«, sagte er.

»Sie nennt sich Nightingale.«

»Und hat das Ohr einer Krähe. Wenn Sie mich nun wissen lassen könnten, wohin ich …«

»Kommen Sie einen Moment rein, ich schreib es Ihnen auf.«

»In Ordnung.« Und dann überlegte er es sich anders. Das Mädchen war zuvorkommend genug, es war nicht nötig, den Vater zu treffen. Im Übrigen hatte sich das Blatt gewendet: Wer wäre nun der Bittsteller, wer bäte um einen Gefallen?

»Und nehmen Sie es bitte meinem Dad nicht übel«, warnte sie ihn. »Wenn es nicht ums Geschäft geht, wird er ohnehin nicht mit Ihnen reden wollen, er hat eine Art Depression. Er wird Sie nicht mögen, in letzter Zeit mag er überhaupt niemand.«

Gereiztheit. Oder war es Wut? Vielleicht Langeweile.

»Ich warte hier draußen«, sagte er.

Dann kam sie wieder an die Tür, übergab ihm einen Zettel und fragte: »Was hat es mit der Krähe auf sich?«

»Vergessen Sie die Märchen. Im wirklichen Leben singen Nachtigallen nicht besser als Krähen«, belehrte er sie.

Dafür bedachte sie ihn mit einem Grinsen. Ihre Schneidezähne glänzten: eine hübsche Reihe kleiner weißer Tasten.

»Gehen Sie je ins Kino?«, fragte er.

»Wollen Sie mich einladen?«

»Ich fürchte nein. Dafür bin ich zu alt.«

»In Paris hatte ich einen Verehrer, der war vierzig, mir würde das nichts ausmachen.«

»Paris?«

»Ich komme herum. Zumindest früher bin ich rumgekommen.«

»Also, wenn Sie zufällig einen schrecklichen Film mit dem Titel *Ein gutes Geschäft für Betsy* sehen – er läuft zurzeit in allen Kinos … Hiermit widme ich Ihnen die Partitur.«

»Warum das?«

»Weil Sie mir die Adresse Ihrer Tante gegeben haben. Sie werden ein paar hübsche Scherzi hören.«

»Wie kommen Sie darauf, dass mich das interessiert?«

»Ich habe sie geschrieben.«

»Ach wirklich? Ich hab gehört, dass Sie bloß die Oboe spielten«, sagte sie spitz.

Er hätte sie am liebsten geohrfeigt. Sie wusste also seit zehn Minuten oder noch länger, wer er war; sie hatte mit ihm gespielt, wie wenn man eine Schnur vor einer Katze baumeln lässt. Schlimmer, sie hatte die Beleidigung von ihrem Vater übernommen. Aber sie war ein hübsches Ding, war selber eine Art Scherzo, wechselte rasch die Stimmung; sie war kein Unschuldslamm. Sie erzählte ihm, sie gehe nicht in die Schule, jedenfalls zurzeit nicht. Sie erzählte ihm, ihre Mutter habe auf der Schnellstraße einen Unfall gehabt, sie habe Phillip in Paris zurücklassen müssen und habe in einer Klinik gearbeitet, und sie sei verärgert über ihren Vater, der manchmal ein richtiger Tyrann sei, allerdings nicht im Moment. Und dass es ihr Vater gewesen sei, der sie hochtrabend auf den Namen der jungfräulichen Göttin getauft habe, die in den Wolken lebe; sie gab diese extravagante Geschichte zum Besten, aber an der aggressiven Art, wie sie (schon wieder) an ihrer Haarspange fummelte, erkannte er, dass sie sie spontan erfunden hatte.

All dies auf der Türschwelle unter dem Oberlicht.

»In gewisser Hinsicht«, sagte sie, und ihr schiefes Grinsen wirkte verschwörerisch, »sind Sie praktisch mein Onkel.«

Das bewegte ihn – es war etwa so, wie wenn man das richtige Tempo für eine flüchtige, triviale Melodie fand.

Vom unteren Ende der Straße her näherten sich die Sternsinger. *»O come, all ye faithful«*, sangen sie.

Und aus einem Grund, den er nicht benennen konnte, dämmerte Leo Coopersmith die Wahrheit über sein grandioses Werk auf der Schwelle von Iris Nachtigalls Haus: dank einer halb vergessenen Geschichte, verankert in der Erinnerung an eine nostalgisch mit Büchern verbrachte Kindheit. Er würde – die Welt würde – seinem Opus den Namen eines fragwürdigen Vogels mit scharfem Schnabel geben.

55

WIEDER KAM IRIS sich unwahrscheinlich groß vor, ein Gulliver unter all den kleinen Menschen, die in den zehn Reihen vor ihr herumzappelten und in den noch viel mehr Reihen hinter ihr und in den mit blauem Plüsch bezogenen Sitzen rechts und links von ihr; ihr dünnes, hohes Gepiepse, ein Hagel von Nadelstichen, die von allen Seiten auf sie zukamen. Der Mann, der ihr Onkel hätte sein können, hatte überhaupt nicht angedeutet, dass *Ein gutes Geschäft für Betsy* ein Kinderfilm war, schlimmer noch: ein Zeichentrickfilm! Es stellte sich heraus, dass Betsy eine mollige Biberdame war, die eine mit vielen Taschen bestückte Schürze trug und in einem hohlen Baumstamm neben einem Fluss und in der Nähe eines Damms ein Gummibärchengeschäft führte. Der Damm ist ein Bollwerk gegen einen bedrohlichen Wald, wo ein böser Zauberer mit einer anzüglich grinsenden Wolfsmaske eine unheimliche Fabrik in einer mit Spinnweben verhangenen Grotte unter der Erde versteckt hat; dort reihen sich an der Wand Glasflaschen und Kännchen und Krüge, alle bis obenhin gefüllt mit grellbunten falschen Gummibärchen. Doch eines Nachts, als Betsy schläft und herzhaft schnarcht, durchbricht der Zauberer den von den Bibern aus Schlamm und Zweigen gebauten Damm und dringt in ihren Laden ein. Sein böses Vorhaben besteht darin, dass er Betsys gesunde Bärchen, die nach

Sahne schmecken, jedoch mit vitaminreichen Karotten, mit Spinat und Kohl gefüllt sind, gegen seine eigenen, gefährlich glitzernden Kügelchen vertauschen will. Alle Kinder aus der Nachbarschaft kommen in Betsys fröhlichem Laden zusammen – Mäuse und Eichhörnchen und Waschbären, ein oder zwei komische Stachelschweine und eine Schar geschwätziger Hühner sowie Betsys eigene Nichten und Neffen im braunen Pelz, die aufgeregt mit ihren platten Schwänzen wedeln. In einer reizenden Szene am Anfang tanzen die Tierkinder im Kreis um Betsy, die aus den Tiefen ihrer großen Taschen einen Haufen glänzender, gesunder Gummibärchen verstreut, begleitet von den perlenden Tönen der Harfe. Und als die entzückten Kinder auf dem Boden herumkrabbeln, um sie zu grabschen, wird die Musik fröhlicher und lebhafter – Schmetterlinge, die sich in einer pulverigen Wolke erheben: Leo Coopersmiths Scherzo!

Aber nicht wegen dieser lustigen Passage mit den harmonischen Saitenklängen schaute sich Iris jetzt schon zum zweiten Mal an diesem Tag geduldig den ganzen Rest an – wie der Zauberer mit dem Wolfskopf in den dunklen Laden schleicht, um den gesunden Inhalt von Betsys Töpfen gegen seine unheilvollen Imitationen zu vertauschen, und wie die Tierkinder arglos die schlechten Bärchen schlucken und dann betäubt in Gleichschritt verfallen und sich gehorsam durch den zerstörten Damm führen lassen, um in der unterirdischen Fabrik zu schuften, wie sie, kohlenäugig und stumm, große dampfende Bottiche mit falschen Bärchen umrühren müssen, eine Ladung nach der anderen, um die nächste Kinderarmee anzulocken, die dem bösen Zauberer zu Diensten sein muss. Und jetzt kommen das tiefe Brummen des Kontrabasses, das durchdringende Trillern der Querflöten, die dicht aufeinanderfolgenden Schläge einer Trommel – erschreckende Geräusche. Ringsum halten die Menschenkinder den Atem an, manche schreien, andere plärren – als plötzlich die tapfere Betsy mit einem Aufgebot der Biberpolizei … und so weiter und so fort, bis die Rettung geglückt ist und wieder das hübsche kleine Scherzo ertönt.

An der Verkaufstheke in der von Menschen wimmelnden Lobby fiel Iris ein großer Behälter auf, gefüllt mit roten, grünen, gelben, blauen und violetten, in Zellophan verpackten Bärchen mit der Aufschrift BETSYS BILLIGE BÄRCHEN. Sie konnte sich nicht erinnern, wo bei der Geschichte von etwas Billigem die Rede gewesen war, auch nicht entfernt: Hatte man den Drehbuchautoren ihr Hauptmotiv herausgeschnitten? Oder wurden die soeben befreiten Sklavenkinder dazu verführt, sich an der dringenden Aufgabe zu beteiligen, den Damm neu zu bauen? Die Rettung hatte ihren Preis, eine Form der Knechtschaft wurde gegen eine andere eingetauscht, und was, wenn ihnen inzwischen das stumme, dunklere Leben unter der Erde lieber war? Ein Trick, dachte Iris – die sklavische Plackerei an dem Damm, angepriesen als fröhliche Gemeinschaftsaufgabe. Aber dem ins Freie stürmenden Publikum war es gleichgültig, und in weniger als fünf Minuten waren die Gummibärchen ausverkauft.

Iris war es ebenfalls gleichgültig. Es war das übliche fade Zeug im Disney-Stil, der Rattenfänger, verknüpft mit ein, zwei Anspielungen auf den Menschenfresser aus dem Märchen von Jack und dem Bohnenstängel – die sprechenden Tiere, die wirbelnden Farben, die verkrampfte Animation, der zuckersüße Kitsch! Zuckersüß und giftig. Das eifrige Bemühen, das auf der Leinwand zu sehen war, war vergebliche Liebesmüh, hatte nichts zu tun mit … *Gefühl* … abgesehen vielleicht von der Szene, wo aus den Schürzentaschen ahnungslos die unheilvollen Süßigkeiten des Zauberers verstreut wurden … Der Inhalt einer Tasche kann tödlich sein. Und wenn es ein seriöser Film für Erwachsene gewesen wäre, beispielsweise *High Noon* mit Gary Cooper (Iris hatte überall die Plakate gesehen, es war einer der beiden großen amerikanischen Filme in diesem Sommer in Paris, zusammen mit *Whispering Winds*), dann wären trotzdem der Regisseur und die Story und die Kameraarbeit nicht amüsanter gewesen als dieser schwache Zeichentrickfilm. Wie müßig waren solche Geheimtipps, die nur den Cineasten interessierten. Und doch hatte Iris in den vergangenen zwei Wochen einen Klub für Filmklassiker in Santa Monica und ein schäbiges Kino in Santa Monica, in dem nur Wiederholungen gespielt wurden, ausfindig gemacht, sowie jedes Filmtheater, in dem sie möglicherweise in die anschwellenden und verebbenden Vibrationen von Leo Coopersmith gewirbelt würde. Das war es, was sie suchte: die Vibrationen, den Schauder. In dieser Musik (es gab so viel von dieser Art) war das private Etwas verborgen, das sie unbedingt enträtseln musste: was der Ehemann (der Ehemann!) an sich hatte, was Bea befähigt hatte, ihn zu verstoßen, ihn ziehen zu lassen. Wie durch Zauberei war er nach langer, langer Zeit aus der Versenkung aufgetaucht, eigens um sich wieder in Beas leere Umlaufbahn einzuschleichen. Aber Bea blieb unwiderruflich abseits: Man konnte sie nicht zurückholen. Sie hatte einen Ehemann geheiratet und ihn ziehen lassen. Dieses Ziehenlassen, das so entscheidend war, ein geheimer Riegel, der plötzlich aufging: Was war es?

Die Musik würde die Antwort geben. Iris hörte unablässig zu: Sie schloss die Augen, war auf der Suche. Laszive Paarungen inmitten der wirbelnden Flöten – sie fischte sie heraus. Sie war angewidert von den Paarungen der Welt. Freunde, Liebhaber, Ehemänner, müßiges Geschäker (hätte sie nicht beinahe mit dem Mann geflirtet, der ihr Onkel hätte sein können?), während in den nie gesehenen Regionen der Erde schneebedeckte Berge und Seen, zerklüftet wie der Mond, warteten und in der marmorweißen Stadt Rom Michelangelos mächtiger Moses! (Phillips falsche Versprechungen, und was war aus Florenz und Como geworden und den Alpen, von Mailand aus gesehen?) Stattdessen all diese Paarungen, bei denen Nachkommen gezeugt wurden, die verhängnisvolle Paarung ihres Vaters und ihrer Mutter, eines ungleichen Paares; ihr Vater war dadurch habgierig geworden, ihre Mutter leichtsinnig. Ihr Bruder und seine ausländische Frau, soweit sie wusste, weit weg in einem anderen Land, die sich aneinanderklammerten unter Rizinusbäumen, beschienen von einer brennenden mediterranen Sonne – und wenn es dunkel wird, Geräusche wie von Aasfressern, wütendes, qualvolles Sterben. Und Phillip nackt, mit seinen Versprechungen von Bergen und Seen, die hässliche nächtliche Nacktheit, ihre nackte Gewalt: die Paarung … die Kopulation. Die fürchterlichen Penetrationen. Koitus, eine wölfische Gewalt, die den winzigkleinen geheimen Samen befruchtet, der in ihrem Bauch schlummert …

Ihre friedlichen Kristalle hatten sich in der Kälte des Raumes unglaublich vermehrt ohne solche fleischlichen Imperative! Unaufhörlich lauschte sie auf die Paarungen in all der Musik, ihre verderbliche Hitze, ihren Rhythmus, vergänglich und wandelbar. Sie lauschte; sie sah. Beas Antwort lag eingebettet in diesem Anschwellen und Verebben, dem Vorschnellen und den Rückzügen, dem Pulsieren und dem Entschwinden, dem Verflechten und Sich-Entflechten … und Bea war befreit davon, sie hatte die Musik ziehen lassen. Der Mann, der ihr Ehemann gewesen war, würde sie nie zurückbekommen, ganz gleich, was er ihr schuldig zu sein glaubte, ganz gleich, dass er sie zu spät mit seiner billigen Musik zu bestechen suchte.

In dem schummrigen Kino flimmerte grelles orangefarbenes und purpurrotes und violettes Geglitzer von der erleuchteten Leinwand und übergoss die aufmerksamen kleinen Kindergesichter mit regenbogenfarbenem Flackern. Iris überragte sie wie eine groteske rotwangige Menschenfresserin. Ihre Schenkel waren lang, ihre Waden hart wie Stein. Sie wünschte, sie könnte ein Kind sein wie die Kinder um sie herum. Sie wünschte, sie könnte ein kleines Mädchen sein mit ihrem kleineren Bruder neben sich, und sie würden heimlich an den roten und grünen Christbaumkugeln lecken. Sie wünschte, sie könnte ihre Schenkel, die einer Frau, hinwegwünschen und auch die unterirdische Fabrik, ihren Schoß einer Frau. Sie würde nie mehr der Torheit des Kopulierens anheimfallen, sie würde nie einen Ehemann haben. Sie würde für immer mit ihrem Vater zusammenleben. Sie wünschte sich, sie könnte frei sein. Sie wünschte sich, sie könnte Bea sein.

56

10. Januar 1953

Bea,

ich habe von meiner Buchhaltung erfahren, dass der fragliche Scheck nicht eingelöst wurde, und ich glaube, Du bist mir eine Auskunft schuldig, falls Du etwas weißt; ich kann nicht glauben, dass er auf eine Summe von dieser Größenordnung pfeifen würde, und sie schon gar nicht. Ist es denkbar, dass er ihn nicht rechtzeitig bekommen hat oder dass er in der Post verloren ging? Du hast ihn doch um Himmels willen per Luftpost und als Einschreiben geschickt? Alles andere wäre verdammt idiotisch gewesen.

Marvin

12. Januar

Lieber Marvin,

Dein eingeschriebener Luftpostbrief ist gestern früh hier eingetroffen. Mir ist klar, dass Du damit demonstrieren wolltest, wie man aus der Ferne miteinander kommunizieren soll. In Ordnung, ich habe begriffen, aber es hat nichts mit dem zu tun, was man nur eine Herzensangelegenheit nennen kann. Es ist klar, dass Dein Sohn sein eigenes Leben so gestalten will, wie er es will – kannst Du ihm das nicht zugestehen? Wenn er Dein Geld zurückgewiesen hat, dann ist es eben das. Was bedeutet, dass sie *es zurückgewiesen hat, obwohl Du sie, ohne sie je gesehen zu haben, anders eingeschätzt hast. Ehrlich gesagt, Marvin, habe auch ich hin und wieder einen ähnlichen Verdacht gehabt in Bezug auf Julians Ehe. Ich dachte genau wie Du – zu meiner Überraschung hast Du das bei mir bewirkt. Doch es könnte sein, dass diese beiden nach etwas anderem suchen auf dieser Welt – ich weiß nicht, wie ich es beschreiben oder beurteilen soll, aber als ich Julian zuletzt sah*

Hier hob Bea den Füller, um sich zu konzentrieren: Sie war im Begriff, prekärerweise eine kieselsteingroße falsche Aussage auf den Berg von Irreführungen zu platzieren, der Stein um Stein höher geworden war. Julian in ihrer eigenen Wohnung, auf Marvins Stuhl; aber das konnte sie nicht zugeben. Stattdessen schrieb sie:

Als ich Julian zuletzt sah – an dem Abend, als ich Paris verließ, bei dem Essen, von dem ich Dir berichtete –, las er Kierkegaard! Du siehst also, wo er mit seinen Gedanken ist – er hat diese metaphysischen Neigungen, wie soll ich es anders ausdrücken? Deshalb wirkt er ein wenig ruppig – er kümmert sich nicht um gewöhnliche Dinge. Und sie kommt mir ganz ähnlich vor – als sei sie irgendwie geläutert, weil sie verletzt worden ist, ich kann es nicht recht erklären, es liegt irgendwie an der Art, wie sie spricht und denkt, ich habe ja nicht viel Zeit mit den beiden verbracht. Aber es mag doch sein, dass sie ihm guttut, und warum kann man es nicht dabei belassen?

Ich hoffe, das neue Jahr bringt Dir einen gewissen Trost. Es muss doch ein Trost für Dich sein, dass Deine Tochter wieder bei Dir ist.

Viele Grüße
Bea

17. Jan.

Bea:

Ich habe nicht die geringste Ahnung, wovon zum Teufel Du redest. Kierkeguard, was ist das? Klingt nach einem Deodorant, und das heißt, die ganze Sache stinkt, was mich betrifft. Ich habe Anweisung gegeben, dass der Scheck annulliert wird, das wär's dann also. Ich wollte Iris sagen, was ich getan hatte – ich dachte mir, sie sei vernünftig genug, um einzusehen, dass es richtig war. Aber seit sie zurück ist, hab ich es mir noch mal überlegt. Ein solcher Batzen Geld für ihren Bruder dafür, dass er nichts getan hat, dass er nichts ist – was würde sie davon halten, dieses Mädchen, das sich ihr Leben lang mit den Ellbogen durchsetzen musste? Sie nimmt Margarets Tod sehr schwer, sie nimmt das Wort nicht in den Mund, zumindest nicht, wenn ich in der Nähe bin – sie nennt es »den Unfall«, als könnte ihre Mutter wieder zusammengeflickt werden. Übrigens sind meine Anwälte im Augenblick dabei, dieses sogenannte Spa und die verdammte Busgesellschaft zu verklagen, und Du kannst Gift darauf nehmen, dass sie zahlen müssen, bis sie schwarz werden. Und dieser bescheuerte Brief, den Du geschickt hast, das nagt an mir, was sonst hätte sie dazu gebracht, fortzulaufen? Ich will nicht unbedingt sagen, dass es Deine Schuld ist, vielleicht bin ich darüber weggekommen, aber schau doch mal, was passiert ist, was soll ich also glauben? In Ordnung, ich werde Dir sagen, was ich glaube! Ich habe eine Weile gebraucht, bis ich wieder einen klaren Kopf bekam, du lieber Gott, meine arme Frau, dieser beschissene blutverschmierte Fetzen in ihrer Tasche, das konnte nicht das einzige Mal gewesen sein, dass Du ihr geschrieben hast, Du musst ihr auch schon andere Male geschrieben haben – Du hast ihr Sachen erzählt, Du wusstest *von Dingen, von denen Du mir nie erzählt hast, und Du hast sie hinter meinem Rücken Margaret erzählt, Du hast ihr erzählt, dass Julian drüben geheiratet hat! Du hast ihr Sachen erzählt, und ich hab ihr nicht geglaubt – wie hätte ich das können, niemand glaubte ihr, sie war krank, so merkte man, dass sie krank war. Als ich sie das letzte Mal besuchte, hab ich Dir das nicht geschrieben?, hatten sie aufgehört mit der idiotischen Kunsttherapie und ließen sie stattdessen diese absurden idiotischen Sachen weben,* Tischsets, *kannst Du Dir das vorstellen? Margaret konnte so was Ordinäres nicht ausstehen, sie nannte es immer Bostoner irische Tischwäsche. Sie versuchte die Dinger vor mir zu verstecken, aber ich hab mir eins davon genau angesehen – sie haben sie dazu gebracht, diesen Schrott zu fabrizieren! –, ganz weiß, mit Sternen in jeder Ecke, blaue sechszackige Sterne mit sechs Punkten und in der Mitte ein großes gelbes Kreuz. Nein, sagt sie zu mir, es ist kein Kreuz, das zeigt nur, wie du immer denkst, es ist ein Pluszeichen, und ich hab es mit Absicht reingemacht, es steht für Geld. Pure Gehässigkeit, damit haben sie sie stundenlang beschäftigt, das ist ihre Therapie! Und während all dies ablief, hast Du sie mit Informationen versorgt, die sie aufregten, über Julian und dass Iris die Uni verlassen hat, Du hast eine kranke Frau schändlich behandelt. Wärst Du nicht in Paris gewesen, könnte ich mir im Nachhinein fast vorstellen, dass Du tatsächlich hier draußen bei meiner Frau hereingeplatzt bist auf irgendeine hinterlistige*

Weise, ohne es mich wissen zu lassen – das hat sie behauptet! Sie hat behauptet, Du seist in ihr Apartment gekommen und hättest gesehen, was sie malte, soviel ich wusste, war es nicht plausibel, Du flogst von dort direkt zurück nach New York, aber sie hat es immer wieder behauptet, wie hätte ich so eine Geschichte glauben sollen? Besonders, wo Du Dich doch nie im Leben von ausgetretenen Pfaden wegbewegt hast, Du bist ewig stecken geblieben im alten Trott. Trotzdem hast Du es bis nach Paris geschafft … Ich weiß nicht, ich weiß es nicht, und ich sag Dir jetzt, Bea, wenn ich je mit Gewissheit herausfinde, in welchem Maß genau Du Dich bei Margaret eingemischt hast, wenn Du es auf die eine oder andere Art geschafft hast, Dich dort einzuschleichen und das Gehirn meiner Frau zu manipulieren, dann wirst Du dafür bezahlen, frag mich nicht, wie. Sie war krank, aber sie war keine Lügnerin! Ich glaube inzwischen fast, Du bist die Lügnerin, und inzwischen habe ich von Iris erfahren, dass Du Dich mit meiner Tochter angefreundet hast, sie sagt, sie möchte ab und zu Verbindung zu Dir aufnehmen – aber vergiss bloß nicht, dass ich das unterbinden kann, wenn es sein muss. Meine Tochter ist in diesen Tagen mein einziger Lichtstrahl / Stecken und Stab – das ist aus einem Kirchenlied oder so was Ähnlichem, das Margaret als Kind in der Kirche gesungen hat – Führ mich aus der tiefsten Nacht, o Herr, du hast das Licht gebracht. / O Herr, du bist mein Stecken und Stab, du bist das Einz'ge, was ich hab. Du hast wahrscheinlich gehört, dass Iris die Beerdigung verpasst hat, es muss einen Grund gegeben haben – ich hatte ihr beizeiten ein Telegramm geschickt, ich nehme an, sie dachte, sie könnte es nicht verkraften. Ich wollte nicht mit ihr zum Friedhof, als sie schließlich nach Hause kam – um mein Kind am Boden zerstört zu sehen? Kommt nicht infrage. Das Schlimmste ist, sie hat viel zu viel Zeit zur Verfügung, mit der sie nichts anfangen kann, sie hat den Kontakt mit all ihren alten Freunden abgebrochen, sie will nicht sagen, warum. Und zu allem Überfluss ist sie jetzt mit ihrem Diplom ein Jahr im Rückstand – während sie weg vom Fenster war, hat irgendein widerlicher Konkurrent in dem Labor für Kristallografie dieses geniale Experiment zu Ende geführt, das sie in Angriff genommen hatte. Dieser Kerl hat die Lorbeeren dafür eingeheimst – jeder gegen jeden, genauso wie in der Geschäftswelt, kein Haar anders. Iris sagt, ich soll es mir nicht zu Herzen nehmen, sie wird das im nächsten Semester aufholen. Meine Tochter ist völlig anders als dieser Junge! Das eine ist, sie hat mich immer als Vorbild gehabt – obwohl ich die Geschäfte nicht mehr länger von zu Hause aus führen kann, wie in letzter Zeit, ich denke, ich werde mich zusammenreißen und wieder loslegen. Was zählt, ist, dass ich noch ein Kind habe, dem eine Zukunft bevorsteht, ich mache mir keine Sorgen um sie, versteh mich nicht falsch, es ist nicht gut für ein Mädchen wie sie, wenn sie sich in diesem leeren Haus verkriecht, sie macht es richtig, sie ist viel unterwegs und oft im Kino, manchmal zweimal am Tag, ist mir schleierhaft, wie sie das aushält. Die fixe Idee mit Hollywood, in ihrem Alter haben das wahrscheinlich alle. Sie sagt, sie geht wegen der Musik – Filmmusik, das muss man sich mal vorstellen. Wenn sie dem etwas abgewinnen kann, will ich mich nicht beschweren.

Ich versuche, nicht an den Jungen zu denken. Der Junge ist fort – das ist alles.

Marvin

57

WAS WAR DAS? Schicht um Schicht, eingewickelt, die Binden einer Mumie, versiegelt wie für eine Reise in die Ewigkeit – was konnte es bloß sein?

Sie kam zur letzten Hülle und zog sie ab. Schwarze Kleckse und Flecken, manche mit zarten Fischschwänzen, die auf Insektenbeinen parallelen Linien entlangtanzten; eine Markierung, gebogen wie ein Krummsäbel oder rund wie der Bauch eines Und-Zeichens, ein anderes ähnelte einem Buckel, wieder ein anderes einem geschwollenen Komma. Diskant und Bass. *Allegro*, *legato*, *sostenuto*, *sforzando*. Leo, der in Zungen sprach.

Auf einem einzelnen makellosen Blatt las sie:

Der Dorn der Nachtigall
SINFONIE IN B-MOLL
von
Leo Coopersmith

Ein dicker Stapel Papier. Schwer. Umfangreich! Wie nannte man so einen Haufen? Ein Ries? Einen Ballen? Eine Lage? Und unter all den Tausenden von Noten keine Notiz, keine Angabe von Gründen, kein Warum, keine Erklärung. Moll – ein Grübeln? Eine Herabsetzung? Wie unwichtig war sie in seinem Leben gewesen. Ein Stäubchen, ein winziger Tupfer.

Bea minor, meinte er das? Was sollte sie damit anfangen? Was für eine Lehre sollte sie daraus ziehen? Er hatte die Sinfonie hastig komponiert, und wie hastig! Es war offenkundig, dass er nichts in der Hand gehabt hatte, als sie ihn in seinem schmucken Zuhause überrascht hatte. Ein leerer Topf. Aber wie konnte sie das wissen? Es mochte auch das Resultat von jahrelanger, jahrzehntelanger stiller Arbeit sein. Eine Sprache, die sie ausschloss, falls es überhaupt eine Sprache war. Musik, die universale Sprache, Vibrationen, die sprechen – was für eine Lüge. Wörter, die Souveränität von Wörtern, deren Besonderheit im Ausschließen bestand, *das* war Sprache. Was sollte sie mit diesen verstreuten Klecksen anfangen, die sich auf Notenlinien auf und ab bewegten wie Insekten auf einer Rolltreppe? Dieser sich wandelnde Turm zu Babel ohne Stimme? Fremde Materie. Sie verstand nichts. Was wollte er von ihr?

Sie breitete die losen Blätter wie riesige Spielkarten auf ihrem großen Esstisch aus: Es gab so viele, dass sie übereinanderlagen. Schwarze Bläschen, die aus nackten Stängeln platzten. Schwarze Ballons auf dünnen Stecken. Bodenlose schwarze Brunnen. Fünf Streifen: ein fünfspuriger Highway, dahinflitzende kleine schwarze Autos. Aber stumm, völlig stumm.

Was wollte er von ihr, wenn er sich doch sicher war, dass sie nichts zu geben hatte? Sinfonie in Bea-Moll: eine seiner bissigen Witzeleien, wie der *diabolus in musica*, nämlich ihr krummer Zeh.

Sie hatte den Flügel zu Geld gemacht und seinen Schatten entwurzelt. Sie war ihn los! Und hier war der Flügel, wieder zurück (oder jedenfalls das, was daraus hervorgegangen sein könnte), die Flecken auf dem Teppich, den sie hinausgeworfen hatte, waren in Gestalt dieser tintenschwarzen Tätowierungen wieder da, ihre Teufelsaustreibung ins Gegenteil verkehrt. Und doch war es ein Geschenk – eine Art Geschenk. Leos Geist! Es war das, worauf sie gehofft hatte vor langer Zeit. Sie hob ein Blatt nach dem andern auf und schaute, heftete den Blick darauf – nicht viel anders als ein Hund, der an einem offenen Buch schnüffelt.

Aber es lag etwas Erregendes darin, eine glorreiche Wildnis unter dem Brustbein, ein Metronom, das in ihren Schläfen klickte – diese Tröpfchen vom Schwanz der Meerjungfrau. Leo in Flammen. Ihr Herz in seinem Käfig ein Fremdkörper – es hatte kein Recht, diesen Taumel aufzuwühlen, dieses Delirium von Wissen und Nichtwissen.

Sie dachte: Wie schwer ist es, sein Leben zu ändern.

Und dann wieder dachte sie: Wie erschreckend einfach, das Leben anderer zu ändern.

Was Fliegen sind den müß'gen Knaben.

Am nächsten Morgen nahm sie ohne die geringste Aussicht auf Erfolg – ihre albernen jungen Männer würden bald nüchtern, würden Soldaten werden – den *König Lear* durch. Und auf der Stelle summte es rings umher, unterbrochen von einer einzelnen schrillen Stimme: *Fliegen, Jungs! Fliegen in der Wan-Tan-Suppe!*

Im Lehrerzimmer erzählte sie nachher Laura: »Kannst du dir vorstellen, ich hab von deinem Cousin gehört, und er hat doch tatsächlich eine komplette Sinfonie geschrieben ...«

»Was, fürs *Kino*«, kreischte Laura. »Was soll denn das?«

»Für die Nachwelt«, sagte Bea nicht. Der Kommentar

wäre zu sehr wie ein Dorn gewesen, und Laura hätte nur gelacht.

Aber trotzdem, war es nicht Bea, die in dem langen, langen Krieg mit Leo den Sieg davongetragen hatte?

Bitte beachten Sie auch
die folgenden Seiten